清代诗文研究丛书

丛书主编　杜桂萍

姜宸英研究

杜广学　著

中国社会科学出版社

图书在版编目（CIP）数据

姜宸英研究 / 杜广学著 .—北京：中国社会科学出版社，2023.12
（清代诗文研究丛书）
ISBN 978-7-5227-2915-2

Ⅰ.①姜… Ⅱ.①杜… Ⅲ.①姜宸英—文学研究 Ⅳ.①I206.49

中国国家版本馆 CIP 数据核字（2023）第 242620 号

出 版 人	赵剑英
责任编辑	张　潜
责任校对	侯聪睿
责任印制	王　超

出　　版	中国社会科学出版社
社　　址	北京鼓楼西大街甲 158 号
邮　　编	100720
网　　址	http://www.csspw.cn
发 行 部	010-84083685
门 市 部	010-84029450
经　　销	新华书店及其他书店
印　　刷	北京明恒达印务有限公司
装　　订	廊坊市广阳区广增装订厂
版　　次	2023 年 12 月第 1 版
印　　次	2023 年 12 月第 1 次印刷
开　　本	710×1000　1/16
印　　张	22.25
字　　数	321 千字
定　　价	118.00 元

凡购买中国社会科学出版社图书，如有质量问题请与本社营销中心联系调换
电话：010-84083683
版权所有　侵权必究

现状与反思：
清代诗文研究的学术进境
（代总序）

杜桂萍

1999年，清代诗文研究还是"一个期待关注的学术领域"[①]，和明代诗文一样，亟待走出"冷落寂寞"的困境；至2011年，"明清诗文研究由冷趋热的发展过程非常明显"[②]，清代诗文研究涉及之内容更为宽广、理解之视域更为开放、涉及之方法也更为多元。如今，明清诗文研究已然成为古代文学研究的一个新的学术生长点，而清代诗文与明代诗文研究在方法、内容乃至旨趣诸方面均有所不同，独有自己的境界、格局和热闹、繁荣之处，取得的成绩也自不待言。无论是用科研项目、研究论著或从业人数等来评估，都足以验证这个结论，而所谓的作家、作品、地域性、家族性乃至总集、别集的研究等，皆有深浅不一的留痕之著，一些可誉为翘楚之作的学术成果则为研究者们不断提及。这其中，爬梳文献的工作尤其轰轰烈烈，新著频出，引人关注。吴承学教授说："经过七十年的发展，近年来的明清诗文研究可谓跨越学科、众体兼备，几乎是全方位、无死角地覆盖了明清诗文的各个方面。"[③] 对于清代诗文的研究而言，大体

[①] 吴承学、曹虹、蒋寅：《一个期待关注的学术领域——明清诗文研究三人谈》，《文学遗产》1999年第4期。

[②] 周明初：《走出冷落的明清诗文研究——近十年来明清诗文研究述评》，《文学遗产》2011年第6期。

[③] 吴承学：《明清诗文研究七十年》，《文学遗产》2019年第5期。

也是如此。回首百廿年之学术演进,反观二十年来之研究状态,促使清代诗文学术进境进一步打开,应是当下反思的策略性指向,即不仅是如何理解研究现状的问题,也关涉研究主体知识、素养和理念优化和建构的问题。袁世硕先生曾就人文学者的知识构成如是表述:"文科各专业的知识结构基本上是由三种性质的因素组成的:一是理论性的,二是专业知识性的,三是工具手段性的。缺乏任何一种因素都是不行的,但是,在整个的知识结构中,理论因素是带有方向性、最有活力的因素。因此,我认为从事文学、历史等社会科学研究的人应当重视学习哲学,提高理论素养,形成科学的思维方法。"① 以此来反思清代诗文的研究,是一个颇为理想的展开起点与思考路径。

一

清代文化中的实证学风,带给一代诗文以独特的性征,促成其史料生成之初就具有前代文学文献难以比拟的完善性、丰富性和总结性,这给当下的清代诗文整理和研究带来难得的机遇,促使其率先彰显出重要的文学史、学术史价值。史料繁多,地上、地下文物时常被发现,公、私收藏之什不断得到公布,让研究者常常产生无所措手足之感,何况还有大量的民间、海外收藏有待于进一步确认与挖掘。这带来了机遇和热情,也不免遭遇困惑与焦虑。顾此而失彼,甚至于不经意间就可能陷入材料的裹挟中,甚而忽略了本来处于进行中的历史梳理,抑或文本阐释工作。史料的堆砌和复制现象曾经饱受诟病,目前依然构成一种"顽疾",误读和错判也时常可见,甚至有过度阐释、强制解说等现象。清代诗文研究的展开过程中,不明所以的问题可以找到很多原因,来自文献的"焦虑"是其中一个重点。这当然不是清代诗文研究的初衷,却往往构成了学术过程的直接结果。张伯伟教授说:"我们的确在材料的挖掘、整理方

---

① 袁世硕:《治学经验谈——问题意识、唯物史观和走向理论》,《中国研究生》2018年第2期。

面取得了很好的成绩，而且还应该继续，但如果在学术理念上，把文献的网罗、考据认作学术研究的最高追求，回避、放弃学术理念的更新和研究方法的探索，那么，我们的一些看似辉煌的研究业绩，就很可能仅仅是'没有灵魂的卓越'。"① 是的，清代诗文研究应该追求"灵魂的卓越"。

文献类型的丰富多元，或云史料形态的多样化，其实是清代诗文研究的独家偏得，如今竟然成就了一种独特性困境，也是我们始料不及。或者来自对于史料存在认知之不足，或者忽略了史料新特征的探求，或者风云变幻的宏观时代遮蔽了有关史料知识谱系的思考。的确，我们要面对如同以往的一般性史料，如别集、总集、笔记等，又有不同于以往的图像、碑刻乃至口述史料等；尤其是，这一切至清代已经呈现了更为复杂的文献样态，需细致甄别、厘定，而家谱、方志、日记等史料因为无比繁复甚而有时跻身于文献结构中心的重要位置。如研究清代行旅诗专题，各类方志中的搜获即可构成一类独立的景观，这与彼时文人喜欢出游、偏爱游览名胜古迹的行迹特征与创作习惯显然关系密切。在面对大量的地域性文人时，有时地方文献如乡镇志、乡镇诗文集都可能发挥决定性作用；而对类型丰富的年谱史料的特别关注，往往形成对人物关系的更具体、细致的解读，促成一些重要作家的别致理解。笔者对乾嘉时期苏州诗人徐爔生平及创作的研究即深得此益。就徐爔与著名诗人袁枚的关系而言，一贯不喜欢听戏读曲的袁枚几次为其戏曲作品《写心杂剧》题词，固然与徐爔之于当世名人的有意攀附有关，但袁枚基于生存、交际诉求进入戏曲文本阅读的经验，几乎改变了他的戏曲观念，一度产生了创作的冲动。② 题跋、札记、日记等史料的大量保存，为文人心灵世界的探究提供了便利，张剑教授立足于近代丰富的日记史料遗存所进行的思考，揭示了日常生活场景中普通文人的

---

① 张伯伟：《现代学术史中的"教外别传"——陈寅恪"以文证史"法新探》，《文学评论》2017年第3期。
② 杜桂萍：《戏曲家徐爔生平及创作新考》，《苏州大学学报》（哲学社会科学版）2007年第3期。

生活与创作情况，并于这些不易面世的文字缝隙处发现了生命史、心态史的丰富信息，为理解个体与时代的真实关系提供了新的维度和视角。① 显然，在面对具体的研究对象与问题时，史料的一般性认知与民间遗存特征有时甚至需要一种轩轾乃至颠覆传统认知的错位式理解。只有学术理念的不断优化，才可能冷静面对、正确处理这些来自史料的各种复杂性，并借助科学的分析方法和理性、淡定的心态，在条分缕析中寻找脉络、发现意义。知其然又能知其所以然，其中之困难重重，实在不亚于行进在"山阴道上"；不能说没有"山重水复"之后的"柳暗花明"，但无功而返、无能为力乃至困顿不堪等，也是必须面对之现实。

　　清代诗文研究过程中的困惑、拘囿或者也是其魅惑所在，一种难以索解的吸引力法则似乎释放着一种能量，引领并吸纳我们：及时占有那些似乎触手可及之存在的获得感与快感，成为一个富有时代性的学术症候。近二十年来，清代诗文研究的队伍扩充很快，从事其他研究的学者转入其中，为这一领域的突破性进展做出了重要贡献，著名学者如蒋寅、罗时进教授等由"唐"入"清"，带来了清代诗文研究崛起所稀缺的理念与经验；如今青年学者参与耕耘的热情更令人叹为观止："明清诗文的研究者主要集中在三十岁至五十岁之间，很多博士硕士研究生加入到元明清诗文研究的行列中，新生代学人已经成为元明清诗文研究的生力军，越来越多地涉足明清诗文的研究。"② 而相关研究成果更是以几何倍数在增长，涉及的话题已呈现出穷尽这一领域各个角落的态势。这一切，首先得益于清代诗文及其相关领域深厚的史料宝藏。各类史料的及时参与和独特观照，为清代诗文研究提供了多元、开阔的视野，为真正打开文本空间、发现价值和意义提供了更多可能："每一条史料的发掘背后几乎都有一个故事，这也是一部历史，充满血和泪，联结着人的活的

---

① 详见张剑《华裘之蚤——晚清高官的日常烦恼》一书相关论析，中华书局2020年版。
② 石雷：《明清诗文研究的观念、方法和格局漫谈》，《文学遗产》2011年第3期。

生命。"① 每当这个时刻，发现历史及其隐于漫漶尘埃中的那些惊心动魄，尤其那可能揭示"你"作为一种本质性存在的真正意义时，文学的价值也随之生成、呈现，成功的喜悦和收获的满足感一定无以复加。蒋寅教授说："明清两代丰富的文献材料为真正进入文学史过程的研究提供了可能。"② 21 世纪以来清代诗文研究的多维展开已然证明了这一判断。只有对"过程"有了足够的理解，才可能发现"内在层面的重大变革或寓于平静的文学时代，而喧嚣的时代虽花样百出，底层或全无波澜"③ 的真正内涵，而以此来理解清代诗文构成的那个似近实远的文学现实，实在是最恰切不过。譬如乾嘉时期的诗文，创作人群和作品数量何其巨大，文本形态又何其繁复，以"轰轰烈烈"形容这个诗文"盛世"并非不当；然深入其过程、揆诸其肌理，就会洞见这"轰轰烈烈"的底部、另一面，那些可被视为"波澜"的因子实在难以捕捉，其潜隐着、蛰伏着，甚至可以"隐秘"称之："彼时一般文人的笔下，似乎不易体察到来自个体心灵深处的压迫感、窒息感，审美的'乏力'让'我'的声音很难化为有力的'呻吟'穿透文本，刺破云霭厚重的时代天空。即便袁枚、赵翼、蒋士铨、张问陶等讲求性灵创作的诗人，现实赋予他们的创作动力和审美激情都只能或转入道德激情，或转入世俗闲情。"④ 如是，过程视角下的面面观，可能让我们深入到历史的褶皱处，撷出样态迥异的不同存在，借助历史与逻辑相统一的基本方法，廓清其表里关系，解释文学现象的生成机理，进而揭示文学史发展的多样性、复杂性。

作为特殊史料构成的文学文本也应得到特别关注。由于对清代诗文创作成绩的低估，认为清代诗文作品不如前代（唐宋），进而忽

---

① 钱理群：《重视史料的"独立准备"》，《中国现代文学研究丛刊》2004 年第 3 期。
② 蒋寅：《进入"过程"的文学史研究》，《王渔洋与康熙诗坛》，"导论"，中国社会科学出版社 2001 年版，第 2 页。
③ 蒋寅：《进入"过程"的文学史研究》，《王渔洋与康熙诗坛》，"导论"，中国社会科学出版社 2001 年版，第 3 页。
④ 杜桂萍：《重写与回溯：清代文学创作中的"明代"想象》，《中国社会科学报》2022 年 9 月 5 日第 4 版。

略文本细读的现象依旧十分普遍。文学作品在本时期具有更加丰沛的史料意义,已毋庸讳言,大量副文本的存在尤其可以强化这样的认知。实际上,将诗文作品置放于史料编织的"共时性结构"中给予观照,可以为知人论世的研究传统提供很多生动的个案。如陆林教授借助金圣叹的一首诗歌及其他史料的互文,细致考证出其生命结束之前的一次朋友聚会,不仅诗歌创作的时间、地点和参加聚会者的姓名等十分精确,还明晰推断出聚会的前因后果、来龙去脉,尤其是细掘出"哭庙案"发生后即金圣叹生命后期的心态、思想、交往方式等,还原了一次具有特殊意义的人生"欢会",金圣叹的人格风采亦栩栩如生。① 很多时候,文学文本被视为与外部世界、与读者接受关系密切的开放式而不是封闭性结构,这是值得赞同之处,但到底如何发现与理解其审美性内容,也是研究清代诗文必须直面的关键性问题。蒋寅教授《生活在别处——清诗的写作困境及其应对策略》从全新的视角理解清代文人的创作努力,极富启发意义,值得特别关注。② 从美学、哲学、文化学或心理学等理论维度进入文本,对清代诗文进行意义阐发,是对作为一种古代文化"不可再生的资源"的价值发现,也是一种基于当代文化的审美建构过程。事实上,清代文人从没有放弃文学创作的审美追求,对审美性的有意忽略恰恰是当下清代诗文研究趋于历史化的原因之一。而对文学审美性选择性忽略的研究现状,也从一个侧面说明基础研究仍然处于缺位的状态。只有具有方法论意义的理论介入,才可能将史料与文本建构为一个完整的意义世界,形成对其隐含的各种审美普遍性的揭示、论证和判断。

的确,我们从未如今天一样如此全面、深切地走进清代诗文的世界,考察其历史境遇,借助政治、地域、家族、作家等维度的研究促其"重返历史现场",或使其禀有"重返历史现场"的资质和

---

① 陆林:《生命中的最后一次欢会——金圣叹晚期事迹探微》,《南京师大学报》(社会科学版) 2000 年第 6 期。

② 蒋寅:《生活在别处——清诗的写作困境及其应对策略》,《文学评论》2020 年第 5 期。

能力；我们由此发现了清代诗文带来的纷繁的、具体的和独特的文学现象，索解之，阐释之，并以同情之理解的眼光看待置身其中的大大小小的"人"，小心地行使着如何选择、怎样创作、为什么评价等权力。当然，我们也不应放弃探索深厚的文化传统的塑造之力以及清人对有关文学艺术经验的建构与解构；人文研究所应禀赋的主体价值判断，不应因缺乏澄明的理论话语而逐渐"晦暗"。微妙地蛰伏于清代诗文及其相关史料中的那个灵魂性的存在，将因话语方式的丰富、凸显而成就其当代学术研究的意义。丰富的学术话题，将日益彰显清代诗文研究独有的深度与厚度，以及超越其他时代文学的总结性、综合性的优势，而多视角、跨学科的逐渐深入与多元切入，将伴随着继续"走进"的过程而让清代诗文呈现为一种更加丰盈的学术现实。

二

葛兆光教授说："我们做历史叙述时，过去存在的遗迹、文献、传说、故事等等，始终制约着我们不要胡说八道。"① 其实，将"历史叙述"引进文学研究的话语结构中，即借助史料阐释已然发生的文学现象时，也需要有一种力量"制约着我们不要胡说八道"，那应该是思想的力量。我们应该追求有思想的学术。古人云"文章且须放荡"②，既是内容的，也是理念的，而从理念的维度出发，最重要者毫无疑问是方法论的变革。在史料梳理、考订的基础上回应文学现象的发生以及原因，辨章学术，考镜源流，揭示其中各种学术观点和思想的产生、演变及渊源关系，又能逻辑地提取问题、评价其生成的原因，借助准确的话语阐释发明其在文学史构成中的地位和价值，这是清代诗文研究面临的更重要的任务。我们并不急于提出

---

① 葛兆光：《思想史研究课堂讲录：视野、角度与方法》，生活·读书·新知三联书店2005年版，第94页。

② （梁）萧纲：《诫当阳公大心书》，（清）严可均辑《全梁文》卷十一，商务印书馆1999年版，第113页。

有关人类命运的思考，但人文学科的思想引领确实需要这样一个终极指向；而在当下，只有基于方法论变革的理论性思考，才能推动清代诗文研究学术境界的拓展和学术品格的提升。将理论、批评与史料"相互包容"并纳入对文学现象的整体评价，是当代学术史视野下一项涵盖面甚广的系统性工程。

近年，当代文学学科一直在促进学科历史化上进行讨论，古代文学则因为过于历史化而需认真面对新的问题。史料在学科体系中的基础地位，已然成为一种传统，然如何实现史料、批评、理论的三位一体，进而推动古代文学研究理论品格的提升，是人文学科研究应该担负的历史责任。清代诗文研究的水平提升和进境拓展尤其需要这一维度的关切。常见史料与稀见史料的辨别和运用、各类型史料的边界与关系、因主客观因素而形成的认知歧义等比比皆在的问题，皆需要理论性话语的广泛介入。在某种意义上，研究主体理论素养的提升是史料建设工作的根基。清代诗文别集的整理之所以提出"深度整理"的原则，也是基于这样一种理念所进行的学术选择。仅仅视别集整理工作为通常的版本校勘、一般性的句读处理，忽略对其所应具备之学理性内涵的发掘，会形成对别集整理工作的简单化理解。可以说，这种不够科学的态度是别集整理质量低下、粗制滥造之作频出的重要原因。钱理群教授说："文献学是具有发动学术的意义的，不应该将其视为前学术阶段的工作。"① 即是对文献研究深邃的理论内涵的强调。将史料及其处理方式视为文献学的重要方法，是专业性、学术性的表达，也是具有鲜明理论意义的方法论原则。在史料所提供的纵横坐标中为一个人、一件事或一种现象寻找历史定位，在史实还原中完成对真相的探索是必要的，然将其置放于一个完整的意义链中，展示或发现其价值和影响，才能促成真正有思想的学术。随意取舍史料，不仅容易被史料遮蔽了眼睛，难以捕捉到一些重要的细节和关键性的线索，也无法发现与阐释那

---

① 王风：《现代文本的文献学问题——有关〈废名集〉整理的文与言》，《中国现代文学研究丛刊》2004 年第 3 期。

些具有重要价值的论题,无法将文学问题、事实、现象置于与之共生的背景、语境进行长时段考察,而揭示其人文意涵、文学史价值,更可能是一句大而无当的空话。注入了价值判断的史料才能进入文学史过程,而具备了理论思考的研究方法才能为诸多价值判断提供观念、方式和视野。

当然,我们也应该避免将一些理论性话语变成某些理论所统摄的"材料",将史料的文献学研究真正转变为有意味、有生命意识和人文担当的理论研究,这是古代文史研究中尤其需要关切的方法论问题。清代诗文研究中,普遍存在似"唐"类"宋"类的批评性话语,以"唐""宋"论说诗文创作之特色与成就已然体现为一种习见思维。如钱锺书先生之所论,甚为学者瞩目:"夫人禀性,各有偏至。发为声诗,高明者近唐,沉潜者近宋,有不期而然者,故自宋以来,历元、明、清,才人辈出,而所作不能出唐宋之范围,皆可分唐宋之畛域。"① 诗分唐宋,尊唐或佞宋,助力于唐宋诗文的发现及其经典化,也打造了清代诗文演进中最有标志性的批评话语。唐宋诗文成就之高,以之为标的本无可厚非,然清代诗文的存在感、价值呈现度究竟如何呢?揆诸相关研究成果,或不免有所失望。唐宋,作为考察清代诗文时一种颇具理想性的话语方式,其旨趣不仅在乎其自身的理论内涵、价值揭示,更应助力于清代诗文系统化理论形态的发现与完成,而这样的自觉尚未形成,显然是相关理论话语缺乏阐释力量的反映。"酷似""相似"等词语弥漫于清代诗文评点和批评中,作为一种意义建构方式,其内蕴的文学思想和批评观念有时竟如此模糊、含混,固然有传统文论行文偏于感性的影响,也昭示出有关清代诗文创作的批评姿态,即其与唐宋之高峰地位永远不可能相提并论。我们并不纠结孰高孰低的评价,清代诗文的独特性和价值定位却是不能不回答的学术问题。作为清代诗文批评的方法论,"唐""宋"应该成为富含内质的话语方式,以之进行相关理论思考时,应关注清人相关概念使用的个性色彩,或修辞色彩,

---

① 钱锺书:《谈艺录》,生活·读书·新知三联书店2001年版,第3页。

创作或理论审视的历史语境，甚至私人化的意义指向，不能强人就我，或过度阐释。整合碎片化的话语成就一个整体性的理论体系内容，对古代文论中的理论性话语给予现代性扬弃，是清代诗文研究理论性提升不可或缺的路径。

　　进入21世纪的清代诗文研究，早已摆脱简单套用一般社会历史研究诸方法的时代，有意识地探索多学科方法的交叉并用，日益理性地针对史料和时代性话题选用最具科学性的研究方法，已成为观念性共识，并因学科之间的贯通彰显了方法的张力与活力。在具体话题的选取和展开中，来自西方的历史主义、接受美学、结构主义、原型批评等方法，成为与中国传统的知人论世等观照原则融通互助的方法，西方话语的生成语境与中国经验之间的独特关系得到了充分的尊重与关注；以往经常出现的悖逆、违和之现象已得到明显的改善，而对中国传统文论话语的重视也给予文学研究以足够的理论自信。借助于中西经验和多学科方法论的审视，清代诗文丰富的学术内涵正得到有效发现和阐释。但是，如何保持文学研究的独立性和学术旨归，尚需要进一步的深入探讨。如交叉研究方法，已逐渐成为一个广泛使用的方法，在面对复杂的文学现象时，集中、专门、精准地发挥其特点，调动其功能，往往能取得事半功倍的效果。新文科倡导所带来的方法论思考，于人文学科的融合与创新质素的强调亦提供了重要的思维方式和阐释路径。在守正创新的前提下，借助不拘一格的研究方法的使用，进一步发现清代文人的日常生活、心态特征和精神面貌，发现其创作的别样形式以及凝结其中的丰富意义，所生成的发现之乐和成就感，正是清代诗文研究多样性和价值的体现。沐浴在一个文化多元的时代，让我们有机会辗转腾挪于各种不同性质的方法之间，并以方法的形式完成对研究对象的反思、调整、建构和应用，在这一过程中与古人对话，建构一种新的生命过程，这是清代诗文研究带给当代学人的特殊福利。我们看到，近十年许多具有精彩论点或垂范性意义的论著先后问世，青年学者携带着学术个性迥异的成果纷纷登台亮相，清代诗文研究所富有的开拓性进展昭示了一个值得期盼的学术未来。

文学毕竟是人学，是一种基于想象的关于人类存在的思考。发现并理解人作为主体性存在的价值，呈现其曼妙的内心世界景观，借此理解现实世界和精神世界的构成方式，其实是文学研究必须坚持的起点、理应守护的终点，清代诗文研究也必须最后回到文学研究所确立的这一基本规定性。我们不仅应关注"他"是谁，发现其文学活动生成与展开的心理动因，且应回答"他"为文学史贡献了什么，进而理解政治、经济乃至文化如何借助作家及其创作表达出来、折射出来。我们已经优化了以往仅仅关注重要作家的审视习惯，不仅对钱谦益、王士禛等文坛领袖类文人进行着重点研究，也开始关注那些"不太重要"的文人，恰恰是这一类人构成了清代诗文创作的主体，成就了那些繁复而生动的文学现象，让今天的我们还有机会探寻到文学史朦胧晦暗的底部，进而发现一些弥足珍贵的现象。笔者多年前曾关注的苏州人袁骏就是这样一位下层文士，其积五十年之久征集表彰其母节烈的《霜哺篇》，梳理研究后才发现包含着作为"名士牙行"的谋生动力，借助这一征集过程所涉及的文人及彼此的交往、创作情况，能够透视出类似普通文人其实对文学生态的影响非同凡响①，而这是以往关注不够的。作为袁骏乡党的金圣叹本是一介文士，但关于其生平心态和精神世界的挖掘几乎为零。陆林教授的专著《金圣叹史实研究》改变了这一现状。针对这位后世"名人"生平语焉不详的状况，他集中二十多年进行"史实研究"，最终还原了这位当时"一介寒儒"的生平、交游及文学活动。相关研究厘清了金圣叹及相关史实，以往有关其评点理论等的众说纷纭恐怕也需要"重说"；更重要的是还揭秘了一大批名不见经传的普通文人的生活景观："金氏所交大多是遁世隐者、普通士人，对他的交游研究，势必要钩稽出明末清初一大批中下层文士的生平事迹，涉及当时江南地区身处边缘阶层的普通文人的活动和情感，涉及许多向来缺乏研究的、却是构成文学史和文化史丰满血肉和真实肌理的

---

① 杜桂萍：《袁骏〈霜哺篇〉与清初文学生态》，《文学评论》2010 年第 5 期。

人和事的细节。"① 这形成了金圣叹研究的"复调",构造了一个丰满且具有精神史意义的文学世界。所以,越过一般性的史料认知,借助文本阐释等方法,达成实证研究与理论解析的有机结合,进而形成对"人"的审视和意义世界的探讨,才可能建构自足性的文学研究。意义的缺失会使本来可以充满生机的清代诗文研究生命力锐减,其研究的停滞不前自然难以避免。

阮元说:"学术盛衰,当于百年前后论升降焉。"② 清代文学的结束距离我们已百年有余,足可以论"升降"了,而作为距离我们最近的"古代",存在着说不尽、道不完缠绕的诸多问题,亦属正常。彼时的当代评价、20世纪以来的批评乃至如今我们的不同看法,也在纠缠、汇聚、凝结中参与着清代诗文研究的现实叙事;我们不断"后撤",力求对学术史做出有效的"历史"回望,而"历史"则在不断近逼中吸纳了日渐繁杂的内容,让看似日趋狭窄的"过程性"挤压着、浓缩着、建构着更为丰富的内容,这对当代学人而言,实在是一种艰难的考验和富有魅力的吸引。史实的细密、坚实考索,离不开学术史评价的纵横考量,不仅文学史需进入"过程",文学史研究也应进入"过程",只有当"过程"本身也构成为当代文学理论审视的对象,有关学术创获才更具维度、更见深度。文学史运动中的复杂性是难以想象的,学术史评价更是难而又难,研究者个人的气质、趣味和人格等皆不免渗入其中,对于清代诗文研究亦是如此。好在对一个时段的文学研究进行反思和盘点,也是时代的现实需求和精神走向的表达,作为个中之人,我们有足够的清醒意识与担当之责。吴承学教授在总结七十年来明清诗文研究的成就与不足时,针对研究盛况下应当面对的各种问题,强调填补"空白"和获得"知识"已不是目前的首要问题,如何"站在学术

---

① 陆林:《论明清文学史实研究的学术理念——以金圣叹史实研究为中心的反思与践行》,《社会科学战线》2015年第11期。

② (清)阮元:《十驾斋养新录序》,钱大昕《十驾斋养新录》,杨勇军整理,上海书店出版社2011年版,第1页。

史的高度，以追求学术深度与思想底蕴为指归"[1] 才是亟需思考的重点。的确如此。琐碎与无谓的研究随处可见，浮泛和平庸隐然存在着引发学术下行的可能性，我们必须克服日渐侵入的诸多焦虑，在过程中补充、拓展、修正、改写清代文学研究的现状。"学术史的高度"某种意义上也是一个时代的高度，清代诗文研究真正成为一代之学，是生长于斯的当代学者们回应时代赋能的最好文化实践。

三

转眼，21 世纪又有 20 年之久了。无论是否从朝代角度总结中国古代文学研究的成绩，清代诗文研究作为一个重要内容和学术热点已然绕不过去。研究成果之数量自不待言，涉及之领域亦非常宽广，重要的文学现象多有人耕耘，而不见于经传的作家、作品也借助于新史料的发现、新视野的拓展而得到关注，相关的独特性禀赋甚至带来一些不同凡响的新的生长点。包容性、专门化和细致化等特征多受肯定，而牵涉问题的深度和切入角度之独特等也提供了启人新思的不同维度。一句话，清代诗文的优长与不足、艺术创获之多寡与特色及其文学史价值等都在廓清中、生长中、定位中。面对纷繁的内容和大大小小的问题，我们往往惴惴不安，而撷取若干问题以申浅论，当是清代诗文研究中需要不断请益的有效方式之一。

譬如清代是一个善于总结的文学时代，这是当代学人颇为一致的观点。然彼时的文人会意识到他们是在总结吗？面对丰厚的文学遗产，清人的压力和焦虑一定超出我们今天的想象。或者，所谓的"总结"不过跟历代相沿的"复古"一样，是一种创新诉求的另辟蹊径。如是，力求在累积的经典和传统的制约中创新，应该构成了有清一代文人的累积性压力。职是之故，他们的创作不仅在努力突破前人提供的题材范围、表现方式和主题传达等，还有很多文人注重日常与非日常的关联、创作活动与非创作活动的结合；不仅仅关

---

[1] 吴承学：《明清诗文研究七十年》，《文学遗产》2019 年第 5 期。

注并从事整理、注释和评介等工作,还努力注入其中一种"科学"的意识,并将之转化为一种学术。在清代诗文乃至戏曲小说的研究中,我们已经发现了那些足以与现代学术接轨的思想、观念乃至话语,其为时代文化使然,也是一代文学开始的底色。

清代文坛总体来看一片"宽和"之气,并没有呈现出如明人那般强烈的门户之见乃至争持;二元对立的思维并不是他们思考问题的特点,恰恰相反,融合式的思考是有清一代文人的主导性思维。比如"分唐界宋"的问题,有时是一个伪命题,相关论述多有不足或欠缺;就清代诗文的总体性来评价,唐宋兼宗最为普遍,"唐""宋"本身又有诸多层面的分类。"融通"其实是多数清人的观念,"转益多师"才是他们最为真实的态度。在这方面,明代无疑提供了一种范式性存在,明人充满戾气的论辩尤其为有清一代文人自觉摒弃。入清之初,汉族文人已在伤悼故国的同时开启了多元反思中的复古新论与文化践行。尽管在规避明人的错误时,清人仍不免重复类似的错误,比如摹拟之风、应酬之气等①,不过"向内转"的努力也是他们践行的创作自觉。如关于诗文创作之"情""志"的讨论,如关于趣、真、自然等观念的重新阐释,等等。只是日渐窄化的思维模式并未给诗文创作带来明显的突破与创获,反而让我们看到了文学如何受制于特定历史时期的政治、文化的诸多尴尬,以及文学的精神力量和审美动能日渐衰退的过程。而清人所有基于整体性回顾而进行的诸种探究,为彼时诗文创作、理论乃至观念上呈现出的总结性特征提供了充分的证据。

譬如清代诗文创作"繁荣"的评价,一度构成了今人认知上的诸多困扰。清代诗文数量、作者群体等方面的优势,造成了其冠于历代之首的现实。人们常常以乾隆皇帝的诗歌作品与有唐一代诗歌相比较,讨论其以一人之力促成的数量之惑。而有清一代诗文创作经典作家、作品产量所占数量比之稀少,又凸显了其总体创作成绩

---

① 参见廖可斌《关于明代文学与清代文学的关系——以诗学为中心的考察》一文相关论述,《文学评论》2016年第5期。

的不够理想。清代诗文作品研究曾饱受冷落的现实,让这种轩轾变得简单明了,易于言说。量与质的评说,对于文学创作而言是一个仅靠单一、外在诸因素难以判断的问题吗?显然不是。实际上,存世量巨大的清代诗歌作品,很多时候来自普通文人对庸常现实生活的超越,因之而带来内容的日常化乃至艺术的平庸化,审美上的狭隘和琐碎比比皆然,不过其中蕴积的细腻情感、变革力量和剥离过往的努力等,也体现了对以往文学经验和传统的挣脱;没有这样的过程,"传统"怎么可能在行至晚清时突然走向"现代"?

近十年如火如荼的研究,让我们对清代诗文有了更进一步的体认,与之并生的是难以释解的定位困惑。我们往往愿意通过与前代诗文的比较进行价值评判。唐诗宋词一直与清诗研究如影随形,汉魏文、两宋文乃至明文,往往是进行清代文章审视时不可或缺的话语方式。我们常常不由自主地回首那些制造出经典的时代,用以观照当下,寻找坐标或范式。李白以诗歌表达生命的汪洋恣肆,诗歌构成了他的生命意识,杜甫、李商隐、李贺等皆然;但清人似并非如此。在生命的某一个空间,或一个具体的区间,确实发现了诗构成其生命形式的现象,却往往是飘忽而短暂的。以"余事为诗人"在很多时候是一种心照不宣的"假话"或"套话",这决定了清代诗文创作的工具性特征,而与生命渐行渐远的创作现象似乎很多,并构成了我们今天进行审视的障碍。也因此,相比于那些已经被确认的诗文创作高峰时期,如何理解有清一代诗文创作的所谓"繁荣",或将继续困顿我们一段时间。

譬如来自不同社会层面的诗文创作主体,形成了群体评价上的"众声喧哗"。几乎所有可能涉及的领域,都有清代诗文作家的"留痕",所传达之信息的丰富、广泛也超过了历代:"上至庙堂赓和、酬赠送迎,下至柴米油盐、婚丧嫁娶,包括顾曲观剧、赏玩骨董等闲情雅趣,日常生活的方方面面全都成为诗歌书写的内容,甚至作诗活动本身也成为诗歌素材。"① 这其中,洋溢着日常的俗雅之趣,

---

① 蒋寅:《生活在别处——清诗的写作困境及其应对策略》,《文学评论》2020年第5期。

也深深镌刻出那些非日常的凝重与紧张，为我们了解和理解文人的生活世界与心灵景观提供了更多可能；在清代诗文作品中，更容易谛见以往难以捕捉的多面性和复杂形态。很多时候，我们撷取的一些文学现象来自所谓的精英创造，他们在实际的社会文化结构中位置突出，有条件也很容易留下特别深刻的历史印迹；但其在那个时代的影响究竟如何，是需要谨慎评价和斟酌话语方式的。袁枚的随园、翁方纲的苏斋，其中文学活动缤纷，颇为今人所瞩目，但其在当时这些主要属于少数文人的诗意活动，对那些长距离空间的芸芸众生究竟怎样影响的？影响到底如何评价呢？至于某些为人瞩目的思想观点，最初"常常是理想的、高调的、苛刻的，但是，真正在传播与实施过程中间，它就要变得妥协一些、实际一些"①；当我们跨越时空将之与某些具有接受性质素的思想或话语相提并论时，大概应该考量的就不仅是接受者的常规情况，也还需要加入一个"传播与实施"关系的维度。因之，我们应特别关注"创造性思想"到"妥协性思想"的变化理路。

如是再回到清人是否以诗文为性命问题，又有另一种思考。李之仪"除却吟诗总是尘"②之说历来影响甚大，以之观照清人的情感世界和抒情方式，却少了很多诗情画意，多了喧嚣的世俗烟火气。文字不单单是生命的形式，更是生命存在的附加物，其生成往往与生存的平庸、逼仄相关。功名利禄与诗的关系从来不是有你无我的存在，而是你中有我、我中有你的现实。为了生存而进行繁复的诗歌活动，是阅读清代诗文时见到最多、感受最为深刻的印象。我们必须面对清代文学中更多的"非诗"存在，正视清诗中的缺少真情，或诗味之寡淡，并以理解之同情面对一切。诗文创作有时不是为了心灵之趣尚，也不是为了审美，反而是欲望的开始、目标和实现方式，由此而生成的复杂的诗歌活动、文学生态，其实是清代诗文带

---

① 葛兆光：《思想史研究课堂讲录：视野、角度与方法》，生活·读书·新知三联书店 2005 年版，第 296 页。

② （宋）李之仪：《和友人见寄三首》其三，北京大学古文献研究所编《全宋诗》卷九五四，北京大学出版社 1995 年版，第 11174 页。

来的一言难尽的复杂话题，其价值也在这里：这不仅仅是清代诗歌研究的本体问题，也能够牵涉出关于"人"的诸多思考。

譬如文献的生成方式及其形态特征等，带来了关于文献发生的重新审视与评价。以文字而追求不朽，曾经是文人追求形而上生命理想的主要方式，然在文献形态多元的清代，这一以名山事业为目的的实现方式具有了更多的机缘。大量诗文作品有机会留存，众多别集得以"完整"传世，地域总集总在不断被编辑中，这是清代成为诗文"盛世"的表征之一。"牙签数卷烦收拾，莫负生前一片功"①，很多文人通过汇集各个时段的诗文作品表达人生的独特状态，已然成为一种生命存在的方式。如是，在面对丰富的集部文献以及大量序跋、诗话、笔记等，实证研究往往轻而易举，面对汉唐、先秦文献的那种力不从心几乎可以被忽略。不过，清代诗文史料的类型繁复以及动态变化之性征，也容易造成其传播过程中知识的繁杂错讹，甚至促成"新"的知识生成，进而影响到后人的价值判断、学术评价等；而"新""旧"史料的传播过程、原因以及蛰伏其中的一些隐秘性因素，都可能生成新的问题，进而带来文学性评价的似是而非、变化不定。如何裁定？怎样评判？对于今天的我们实在是一个挑战性的选择，是一个难度系数极高的判断过程。根据学术话题对史料进行新的集合性处理，借助其不断生成的新意义链及时行使相关的学术判断，决定了我们对文献学意义的新理解，而避免主观化、主义化乃至强制阐释等，又涉及研究主体学养、修为乃至心态等的要求。如是，在有关文本、文献与文化的方法论结构中，理论具有特殊的建构意义，有时可能超过了勤奋、慧心、知识等一般意义上的文献功力要求。

譬如传统文学对周边文化群的影响和建构，已构成清代诗文研究不可或缺的重要内容。境外史料的不断发现提供了一个重要维度，中国汉语文学不同程度地参与了其他国家与地区文学的发展；但也

---

① （清）邓汉仪撰，陆林、王卓华辑：《慎墨堂诗话》卷十"余垒"条，中华书局2017年版，第409页。

应重视另外一个维度，在沐浴"他乡"文化风雨的过程后，史料的文献形态中多多少少会带有新的质素，即"回归"故国的史料绝对不仅仅是简单的"还原"问题。如何面对返回现场后的史料形态？如何评价其对本土文学建设的重新参与？这是需要格外重视的问题。如是，究竟有哪些异质文化元素曾经对清代诗文创作发生过影响，影响程度究竟如何，都会得到有效判断。19世纪末以来，中国逐渐进入世界结构体系，"他者"不仅参与到近代以来的文学建构，还以一种独特的眼光审视着清代乃至之前的社会、文化和文学；具备平等、类同的世界性视角，才能形成与海外文化的多向度对话，彰显一种国际观念、开阔视野，以及不断变革的方法论理念。立足于历史、现实人生和世界体系中回望清代文学，我们才可能超越传统疆域界限，以全球化视野，进行更全面、准确、深刻的清代诗文省察和评价。就如郭英德教授所言："一个民族的文化要立足于世界文化之林，就应该在众声喧哗的世界文化中葆有自身独特的声音，在五彩缤纷的世界图景中突显自身迷人的姿态，在各具风姿的世界思想中彰显自身特出的精神。"①

也还有更多的"譬如"。清代诗文各阶段研究的不平衡，已经得到了有效改善，但各具特色的研究板块之间的关系尚需辨析、总结；诗文创作的地域问题，涉及对不同区间地理、人文尤其是"人"的观照，仅仅聚焦经济文化发达的江南并非最佳方略，在北方文明及其传统下的士心浮动、人情展演和文学呈现自有独特生动之处；就清代而言，多民族汉语创作的情况呈现出更为复杂的状态，蒙古族、满族作家对于传统诗文贡献的艺术经验，以斑驳风姿形成汉语雅文化的面貌和风情，值得进一步总结。当然还有清代诗文复古之说，作为寻求思想解放、文学创新的思想方式，有待清理的问题多不胜数，这与中国的文化传统有关，与政治权力之于文学的干预有关，也与作家思维方式中注重变易、趋近看远的习惯等有关。清人复古

---

① 郭英德：《探寻中国趣味：中国古代文学之历史文化思考》，商务印书馆2017年版，第3—4页。

现状与反思：清代诗文研究的学术进境（代总序）　19

的多向度探索来自一种基于创新的文化焦虑，应给予理解之同情。而学者们关注的唐宋诗之争，不仅是诗歌取向的问题，也不仅是诗歌本质、批评原则、审美特征诸多命题的反映，更不仅仅涉及文学思潮、文学流派等，还是交往原则、权力话语等的体现，标新立异、标旗树帜等的反映，所牵系的一代文学研究中或深或浅的问题，亦有待深入。所以，面对清代诗文研究中的繁复现象，"不断放下"与"重新拾起"，都是我们严谨态度、思考过程的生动彰显，而在不远的将来实现丰富、鲜明和具有延展性的学术愿景，才是清代诗文研究进境不断打开、真正敞开之必然。

四

钱谦益说："夫诗文之道，萌折于灵心，蜇启于世运，而苗长于学问。"① 衡量诗文创作的状况应如此，评估当下清代诗文研究之大势，也不能忽略世道人心之于学术主体的重要作用。一代又一代的学者在这样的历史语境中开启了文化实践的过程，让百廿年的清代诗文研究成长为一门"学问"，如今已经很"富有"。基本文献如袁行云《清人诗集叙录》，李灵年、杨忠《清人别集总目》，柯愈春《清人诗文集总目提要》等工程浩大，其贡献不言而喻；而就阐释性著述的学术影响而言，著名学者刘世南先生、严迪昌先生等成绩斐然，其开辟荆荒的研究至今具有不可替代性，正发生着范式性的影响。朱则杰先生依然在有计划地推出《清诗考证》系列成果，进行甘为人梯的基础性文献研究工作，也实践着他有关《全清诗》编纂的执念；蒋寅先生立足于清代诗学史的建构，力求从理论上廓清清代诗歌演进中的重要性问题，也还在有条不紊的探索中。新一代学者的崛起正在成为一种"现象"，清代诗文研究的学者群将无比庞大而贡献卓越。作为年富力强的后起之秀，他们的活力不仅体现在著

---

① （清）钱谦益：《题杜苍略自评诗文》，《牧斋有学集》卷四十九，钱曾笺注，钱仲联标校，上海古籍出版社1996年版，第1594页。

述之丰富、论点之纷纭诸方面，更重要的是让清代诗文研究呈现出喧嚣嘈杂的声音聚合，活力、新意和人文精神都将通过这个群体的研究工作得以更好的表达。

  作为历史的一个部分，我们应时刻注意自身的局限性以及与历史呈现的关系，研究主体与"世运"的互文从来不仅仅是一个学术问题。一个尊重学术的时代不需要刻意追求主调，清代诗文研究也应在复调中灿烂生存，"喧嚣嘈杂"正可以为"主调"的澎湃而起进行准备、给予激发。而只有处于这样的文化进境中，我们才能切实释解清代诗文的独特性所在，真正捕捉到清代文人的心灵密码，促成一代文献及其文学研究意义的丰沛、丰满，并由此出发，形成有关清代诗文及其理论的重新诠释，进而重构中国古代诗文理论及其美学传统。郭英德教授说："在改革开放的时代语境中，学术研究仍然必须坚守'仁以为己任'的自觉、自重和自持，始终以'正而新'为鹄的，以'守而出'为内驱，'以文会友，以友辅仁'。"① 反观清代诗文的当代研究，这确实是一个至为重要的原则。谨以此言为结，并与海内外志同道合者共勉。

---

① 郭英德：《守正出新：四十年中国古代文学研究随想》，《文学遗产》2019 年第 1 期。

目　　录

绪　论 …………………………………………………………（1）

第一章　姜宸英家世、生平、著述考述 ……………………（19）
　第一节　家世与家风 ……………………………………（19）
　　一　家世与家庭成员述考 ……………………………（19）
　　二　家风论略 …………………………………………（25）
　第二节　生卒与行迹 ……………………………………（30）
　　一　生卒与字号辨讹 …………………………………（30）
　　二　行迹述略 …………………………………………（34）
　第三节　诗文与著述 ……………………………………（37）
　　一　诗文集考述 ………………………………………（37）
　　二　新发现之手稿本述略 ……………………………（39）
　　三　其他著述杂考 ……………………………………（47）
　本章小结 …………………………………………………（50）

第二章　姜宸英交游考述 ……………………………………（51）
　第一节　姜宸英与文苑英才 ……………………………（51）
　　一　冯宗仪、王猷定 …………………………………（51）
　　二　计东、董以宁 ……………………………………（56）
　　三　魏禧 ………………………………………………（63）
　第二节　姜宸英与诗坛宗匠 ……………………………（65）
　　一　王士禛 ……………………………………………（66）

  二 查慎行 …………………………………………………（71）
 第三节 姜宸英与人生挚友 ………………………………（77）
  一 徐乾学 …………………………………………………（78）
  二 纳兰性德 ………………………………………………（86）
 本章小结 ………………………………………………………（97）

第三章 姜宸英文学思想研究 ……………………………（98）
 第一节 诗学思想诠说 ……………………………………（98）
  一 诗之本：提倡"性情之正" ……………………………（99）
  二 诗之用：推扬"诗可以怨" …………………………（104）
  三 诗学思想的时代价值 …………………………………（108）
 第二节 古文理论探赜 …………………………………（111）
  一 主张"以道为本，文道一体" ………………………（111）
  二 重视"自得" …………………………………………（115）
  三 标举"法度" …………………………………………（119）
  四 古文理论的现实品格 …………………………………（121）
 第三节 其他相关问题考释 ……………………………（124）
  一 通变观："变必复古，而所变之古非即古也" ……（124）
  二 文体观："文之所不能尽者，于是乎有诗" ………（127）
  三 时文观："以古文为时文" …………………………（129）
 本章小结 ……………………………………………………（132）

第四章 姜宸英的古文创作与其人格面向的多维阐释 ………（134）
 第一节 姜宸英古文创作的渊源与风格 ………………（134）
  一 古文创作渊源初探 ……………………………………（135）
  二 古文风格"醇、肆之间"考辨 ………………………（137）
 第二节 经世精神与姜宸英的论体文创作 ………………（140）
  一 实学思潮与经世精神 …………………………………（141）
  二 经世精神与论体文主题建构 …………………………（145）
  三 经世精神与论体文特色生成 …………………………（150）

第三节　狷介人格与姜宸英传记文创作 …………………（155）
　　一　狷介人格与坎坷遭际 ………………………………（156）
　　二　狷介人格与传记文主题取向 ………………………（158）
　　三　狷介人格与传记文审美特质 ………………………（163）
第四节　文人情怀与姜宸英的题跋文创作 ………………（165）
　　一　遥情远旨与题跋特色 ………………………………（166）
　　二　清粹温润与题跋书写 ………………………………（170）
　　三　文人情怀与题跋创作 ………………………………（174）
本章小结 ………………………………………………………（177）

第五章　姜宸英诗歌与清初诗坛风尚 …………………（178）
第一节　姜宸英的题画诗与清初尚画之风 ………………（179）
　　一　题画诗的主题取向 …………………………………（179）
　　二　题画诗的文本生成 …………………………………（185）
　　三　题画诗创作与清初尚画之风 ………………………（187）
第二节　姜宸英的行旅诗与清初游幕、处馆之风 ………（189）
　　一　行旅诗的内容 ………………………………………（190）
　　二　行旅诗的特色 ………………………………………（195）
　　三　行旅诗创作与清初游幕、处馆之风 ………………（197）
第三节　姜宸英的唱酬诗与清初雅集之风 ………………（199）
　　一　姜宸英与文人雅集 …………………………………（200）
　　二　唱酬诗的情感取向 …………………………………（203）
　　三　唱酬诗创作与清初雅集之风 ………………………（205）
第四节　姜宸英其他诗歌简论 ……………………………（206）
　　一　咏怀诗 ………………………………………………（206）
　　二　咏史诗 ………………………………………………（208）
　　三　送别诗 ………………………………………………（210）
本章小结 ………………………………………………………（211）

结　语 …………………………………………………………（212）

附录一　姜宸英遗佚诗文汇编 ……………………………（215）
附录二　姜宸英研究资料选编 ……………………………（262）

参考文献 …………………………………………………………（316）

后　记 ……………………………………………………………（328）

绪　　论

姜宸英（1628—1700），字西溟，号湛园，又号苇间，慈溪（今浙江省慈溪市）人。早年，与朱彝尊、严绳孙并称为"江南三布衣"。康熙二十年（1681），被荐入史馆，参与《明史》修纂。一生艰于科考，屡试不中。康熙三十六年（1697）进士及第，时年已七十岁。康熙三十八年（1699）为顺天府乡试副考官，因科场作弊案牵连入狱，不久死于狱中。其著述丰富，有《姜先生全集》三十三卷、《诗笺别疑》等存世。

姜宸英命途多舛，但雅好古文、诗歌、书法和学术，用力甚勤，成就斐然。古文创作成就尤为突出，王士禛誉之为"本朝古文一作手"[1]。诗歌"沉着工稳，亦斫轮老手"[2]，是清代著名诗派"浙派"重要成员之一[3]。书法秀润清健，名重一时，清末吴德旋评曰："本朝书家，姜湛园最为娟秀。"[4] 学术著作《湛园札记》四卷，考证精详，阮元曾取该书有关经学部分，录入《皇清经解》。由此可见，姜宸英在清初文学史、书法史、学术史上的地位不容忽视，值得深入研究。本部分对现有的关于姜宸英的研究成果试做述评，并指出进一步研究的学术增长点与可能性，以期推进、深化有关姜宸英的各个方面的研究。

---

[1] 王士禛：《分甘馀话》，张世林点校，中华书局1989年版，第86页。
[2] 袁行云：《清人诗集叙录》，文化艺术出版社1994年版，第283页。
[3] 张仲谋把姜宸英"列为浙派第二期诗人"，专章论述。见张仲谋《清代文化与浙派诗》，东方出版社1997年版，第201页。
[4] 吴德旋：《初月楼论书随笔》，《历代书法论文选》，上海书画出版社1979年版，第590页。

一 姜宸英研究史述略

对姜宸英的研究始于清人。清人学风醇正，考证严密，诚如梁启超所言："清儒之治学，纯用归纳法，纯用科学精神。"[1] 因此，其持论相对客观，可资参考者较多。如清初著名古文家魏禧准确地揭示了姜宸英古文的创作风格与文坛地位，全祖望、李祖陶、李慈铭等学者精到地阐发了姜宸英古文的艺术特色，尤其是李慈铭所评，有理有据，很有说服力。姜宸英的诗歌和书法也较早地纳入了研究者的视野，或探究其创作风格，或追溯其艺术渊源。凡此，均给后学以很大启发，为进一步研究奠定了坚实基础。

进入20世纪，受五四新文化运动的影响和西方文化观念的冲击，明清小说研究成为一时风尚，清代诗文则少有人问津。[2] 1949年以前，学界对姜宸英的研究几乎一片空白，只有谢无量《中国大文学史》提到一句："清初为古文者，自侯魏以外，有汪琬、姜宸英、邵长蘅，皆显于康熙朝。"[3] 值得注意的是，此论述把姜宸英与汪琬并列，并没有局限于宋荦所划定的"清初古文三大家"[4] 的藩篱，显示出作者较为独特的学术眼光。

20世纪50年代后，政治日益干预学术，文学研究的视角日渐逼仄，方法也是局限于人民性、阶级性范围的"以论带史"。在这样的学术生态下，姜宸英研究自然艰于起步，但也并非一无是处，如出版于20世纪60年代的邓之诚遗著《清诗纪事初编》，对姜宸英古

---

[1] 梁启超：《清代学术概论》，上海古籍出版社1998年版，第62页。
[2] 详见吴承学、曹虹、蒋寅《一个期待关注的学术领域——明清诗文研究》，《文学遗产》编辑部编《世纪之交的对话》，上海古籍出版社2000年版，第187页。
[3] 谢无量：《中国大文学史》，中华书局1918年版，第15页。
[4] 因清初宋荦、许汝霖编选《国朝三家文钞》而得名。宋荦认为"迨今上躬天纵之圣，奎章宸藻，炳耀区寓。风声所被，文学蔚兴。上之卿大夫、侍从之臣，下之韦布、逢掖，争作为古文、诗歌以鸣于世。绘绣错采，《韶濩》以间"，"三君（笔者按：侯方域、魏禧、汪琬）际其时，尤为杰出，后先相望，四五十年间，卓然各以古文名其家"。见宋荦《国朝三家文钞序》，载《国朝三家文钞》卷首，清康熙三十三年刻本。

文、诗歌成就做了钩玄提要的评述，尤其对其诗歌"调高格稳，颇有寄托"[①]的揭橥，颇为符合姜宸英诗歌创作的实际。

历史的脚步迈入20世纪80年代，随着政治、经济、文化等领域一系列的"解冻"，学界也迎来了"春天"，对文学史、书法史、史学史上的很多问题都进行了重新考量和评价。在这样的学术背景下，姜宸英研究也出现了转机，学界贡献了几篇较有价值的学术论文，如郑玉浦《姜宸英书法初探》(《宁波师院学报》，1985年第4期)、朱端强《姜宸英与〈明史·刑法志〉》(《南开史学》，1987年第1期)等，尽管数量较少，格局较窄，毕竟姜宸英的书法和史学进入了现代学人的研究视野，在一定程度上丰富了对姜宸英的整体研究。

诚如蒋寅所言："清代文学研究的高涨，尤其是诗文研究的全面展开，是在20世纪80年代以后。"[②]尽管如此，对姜宸英诗文的研究还多是把他作为某个文坛大家的附庸或某个文学流派的成员出现。如出版于1983年的黄天骥《纳兰性德和他的词》一书"附录二：交游考"中，考述了姜宸英的生卒年，梳理了纳兰性德和姜宸英交游的经过；出版于1997年的张仲谋《清代文化与浙派诗》一书，把姜宸英视为清代著名诗歌流派——"浙派"的一员，列专章(第三编第四章"古文家兼诗人姜宸英")探讨。

21世纪以后，关于姜宸英的研究状况才渐趋明朗，学界出现了一批较扎实的学术论文，如古文方面，熊曲《姜宸英文学思想初探》(《船山学刊》，2010年第1期)、笔者《经世精神与姜宸英论体文创作》(《社会科学辑刊》，2016年第1期)、笔者《姜宸英古文理论及价值刍议》(《励耘学刊》，2016年第2辑)；史学方面，段润秀《姜宸英与〈明史〉修纂考述》(《廊坊师范学院学报》，2010年第3期，后收入其专著《官修〈明史〉的幕后功臣》，人民出版社2011

[①] 邓之诚：《清诗纪事初编》，上海古籍出版社1965年版，第859页。
[②] 蒋寅主编：《中国古代文学通论》(清代卷)，辽宁人民出版社2005年版，第519页。笔者按：此部分为蒋寅执笔。

年版）；书法方面，高军红《从〈六行轩姜帖〉看姜宸英的书法风格和历史地位》（《书画世界》，2008 年第 2 期）、杨勇《西风吹冷长安月——姜宸英及其书法》（《书法》，2012 年第 8 期）；生平经历方面，刘畅《康熙己卯顺天乡试案考辨》（《菏泽学院学报》，2007 年第 6 期）、笔者《姜宸英与纳兰性德交游考论》（《文艺评论》，2015 年第 10 期）、笔者《清初古文家姜宸英生平、著述若干问题考述》（《古籍整理与研究学刊》，2016 年第 2 期），等等。这一时期，还出现了一些相关研究，如张则桐《计东与康熙初年文风》（《古典文献研究》，2010 年 6 月）、陈国安《清初文化变革与桐城派》（《南京社会科学》，2012 年第 12 期）两文，或追溯姜宸英思想学术的渊源，或置其于有清一代散文史上加以审视，视野颇为开阔，观点很是新颖，遗憾的是限于文章的论题，论述只能三言两语，我们无法领略其细密的论证和有效的阐发。

学位论文方面，现有三篇硕士论文、一篇博士论文，分别为：何丽晶《姜宸英书学研究》（吉林大学 2008 年硕士论文）、赵祥《姜宸英研究》（南京师范大学 2010 年硕士论文）、邵劼《姜宸英诗文研究》（宁波大学 2012 年硕士论文）、笔者《姜宸英研究》（黑龙江大学 2016 年博士论文）。这些硕博论文，对推进姜宸英研究具有重要意义，但限于研究者的视野、学识，还存在着不同程度的缺憾。

早在 1913 年，冯贞群（1886—1962）即编成《姜西溟先生年谱》，但此谱一直尘封于宁波天一阁，直至雍琦整理《姜宸英全集》将其作为附录于 2016 年印出，才显明于世。受搜集、整理乡邦文献思潮的推动，陈雪军《姜宸英年谱》于 2011 年在浙江大学出版社出版。但因其是"急就章"[1]，在搜集文献的广度和辨析史实的深度方面还存在诸多不足。陈雪军"在撰写《姜宸英年谱》时即开始留心收集姜宸英诗文集的相关资料"[2]，后在孙欣的协助下，点校《姜宸英文集》，于 2015 年 9 月在浙江大学出版社出版，但遗憾的是，该

---

[1] 陈雪军：《姜宸英年谱》，浙江大学出版社 2011 年版，第 249 页。
[2] 姜宸英：《姜宸英文集》，陈雪军、孙欣点校，浙江大学出版社 2015 年版，第 621 页。

书底本的选择存在严重问题，标点、文字的错误也时常出现。2016年，雍琦整理的《姜宸英全集》作为"浙江文丛"的一种于浙江古籍出版社出版。该书相较陈雪军、孙欣的《姜宸英文集》有很大进步，尤其是披露了宁波天一阁藏有姜宸英有关的诸多资料，弥足珍贵，但该书在校勘、文字等方面仍存有不少错误。在上述诸书的基础上，笔者的《清代诗人别集丛刊·姜宸英集》（上下）于2018年在人民文学出版社出版。

综上所述，三百年来关于姜宸英的研究虽然取得了很多成绩，但仍留有进一步提升的学术空间，我们需要调整思路，更新观念，对其进行更系统更深层次的整合研究。

二　姜宸英研究之基本问题刍议

（一）生平研究与诗文集整理

有关姜宸英生平的研究，冯贞群于1913年编成《姜西溟先生年谱》。此谱对姜宸英的生平交游、创作行迹等史实进行了较为细致的梳理，对姜宸英大部分诗文进行了较为准确的编年，为我们的后续研究提供了很大便利。更为难得的是，此谱著录了姜宸英历次科考的考官、试题，对考察姜宸英科举历程及复杂心态具有重要价值。关于编纂年谱的方法，当代学者陆林认为："按年编纂谱主事迹的年谱类著述，大致宜包括这样几个步骤或目的：一、全面收集有关文献史料；二、对收集到的史料予以考辨取舍；三、将有关事迹按时间编定；四、对所涉人和事逐一给以准确考述，一时无考者加以说明（以便后人进一步研究）。"[①] 以陆林的理论来观照此谱，则一、二、三项已达到了较高水准，但限于当时编纂年谱的体例，此谱明显缺失第四项。如若补上此项，此谱无疑会更加精善。

与冯贞群《姜西溟先生年谱》相比，陈雪军《姜宸英年谱》便有所逊色。首先，此谱关于姜宸英文献史料的搜集不够广泛和全面，

---

① 陆林：《蒋寅：〈王渔洋事迹征略〉》，《中国学术》2002年第4期。

缺漏之处很多，如姜宸英不中博学鸿词科之事，这本是常见史料，然此谱阙如。其次，此谱对相关史料的考辨也不够精审，如作者根据计东《壬子三月朔渡江行淮泗间口号》第十首，并联系姜宸英《口岸早发看桃花二首》，得出结论："则计东和西溟相识当在淮泗间的旅途中。"① 此推论实误。姜宸英祭计东诗有"迎舟风正好，望舍月初圆"句，句下自注云："辛亥夏，君数遣书，以舟迎我至陆家溆，君属定其新稿。"② 辛亥夏，即康熙十年（1671）夏，可见计东与姜宸英在1671年夏已经很熟识了，并不是相识于壬子（1672）三月旅途中。最后，此谱在技术上也留有不少缺憾，排比资料时有重复，如27页所引《十峰诗刻序》与29页完全相同，可根据谱主具体行迹稍做裁剪；标点失误亦复不少，如"时天台无尽大师开讲《观经》《妙宗钞》于郡城，延寿寺师往，参毕就坛受具归"③ 一句，应标点为"时天台无尽大师开讲《观经》《妙宗钞》于郡城延寿寺，师往，参毕就坛，受具归"，等等。鉴于以上种种，使此谱的学术价值打了不少折扣。

在诗文集整理方面，陈雪军、孙欣点校的《姜宸英文集》（简称"陈书"）和雍琦整理的《姜宸英全集》（简称"雍书"）先后出版。陈书文集部分以文渊阁四库全书本《湛园集》为底本，诗集部分以《姜先生全集》［清光绪十五年（1889）冯氏刻本］中的《苇间诗集》《湛园诗稿》为底本。一般而言，整理古籍应尽可能选定时间较靠前、内容最完整、错误最少的版本作为底本，而陈书的底本选择明显不当，文渊阁四库全书本《湛园集》存在大量删改现象，与原作面貌已有很大差异，不宜作底本；就诗集而言，也应以时间较靠前的康熙五十二年（1713）唐执玉刻本《苇间诗集》和嘉庆二十三年（1818）郑乔迁岁寒堂刻《湛园诗稿》本为底本。此外，陈书在校勘、分段、标点等方面出现不少问题，使得此整理本难以令

---

① 陈雪军：《姜宸英年谱》，浙江大学出版社2011年版，第51页。
② 姜宸英：《计孝廉甫草葬有日矣，以诗叙哀，祭而哭之四十韵》，《苇间诗集》卷二，《清代诗人别集丛刊·姜宸英集（上）》，人民文学出版社2018年版，第92页。
③ 陈雪军：《姜宸英年谱》，浙江大学出版社2011年版，第23页。

人信赖。

雍书是目前收录姜宸英诗文、著述最多的整理本,最值得称道的是此整理本资料之丰富。除正文外,包括《诗文补遗》《序跋题识》《西溟文钞校记》《姜西溟先生年谱》等,为读者准确解读姜宸英诗文提供了很大方便,尤其是发掘出了冯贞群钞本《姜先生全集附录》二卷,弥足珍贵。因为冯保燮、王定祥编纂《姜先生全集》时,曾有"以表、传、酬赠、遗事、文评、丛谈为附录殿焉"[1] 的计划,但刻本《姜先生全集》并无"附录"部分,伴随着雍书的出版,《姜先生全集附录》才重见天日。雍书最大的问题,一是校勘不细,颇有遗漏。如《苇间诗集》卷二《奉怀莫鲁岩师四首》"舆情归卓茂"中的"舆情",《姜先生全集》本作"兴情",误;《尚书桥感旧》中的"桥外草深连古岸"中的"连古岸",康熙五十二年(1713)唐执玉刻本和《姜先生全集》本同,嘉庆二十三年(1818)郑乔迁岁寒堂刻《湛园诗稿》本作"迷古岸"。类似这样的讹误、文义两通等情况,应该在校勘记中加以说明。二是错字较多。如339页"清风之讽然"之"讽",应为"飒";613页"姜心情里往"之"往",应为"住";623页"邛杖飘渺空可从"之"空",应为"安"。此外,"诗文补遗"部分的《玉池生稿序》,与《西溟文钞》卷一中的《红兰室诗序》基本相同;《跋禹之鼎风木图卷》一诗,已见于《苇间诗集》卷五。此一文一诗不应属于遗佚之作。

笔者的《清代诗人别集丛刊·姜宸英集》,在秉持的整理理念、设计的编纂体例、选用的工作底本等方面,均与陈书、雍书有着较为明显的不同。具体情况,请详见该书《前言》与《凡例》。此外,在文字、标点等方面,笔者的整理本对陈书、雍书亦多有校正。虽然如此,笔者的整理本也依然会有诸多纰漏,敬请师友指正。

(二)古文研究及文学史定位

梳理清人对姜宸英古文之研究,主要表现在三个方面。

---

[1] 《校刻慈溪姜先生全集例略》,《姜先生全集》卷首,清光绪十五年(1889)冯氏刻本。

一是论定其文坛地位。姜宸英古文创作在当时就获得了相当高的评价。魏禧《答计甫草书》中把姜宸英与侯方域、汪琬并列，指出"数君子者皆今天下能文之人"①。方苞《记姜西溟遗言》中说："余为童子，闻海内治古文者数人，而慈溪姜西溟其一焉。"② 在当时人看来，姜宸英的古文成就、文坛地位和著名古文家侯方域、魏禧、汪琬等人不相伯仲，后学赵怀玉甚至说："先生之文，与归德侯朝宗、宁都魏冰叔、长洲汪苕文齐名，号'四大家'。"③ 可见其文坛地位之高。

清人对姜宸英古文成就的接纳与认可也可从另一维度说明。张伯伟指出："在中国古代文学批评中，选本是一种非常重要的批评形式。"④ 所以，我们可从清人古文选本选录其作品之多寡觇见其文坛地位。徐斐然《国朝二十四家文钞》（1795年刊）选姜文19篇（其中收录作品19篇以上的是：魏禧47篇、汪琬37篇、袁枚27篇、侯方域26篇、朱彝尊26篇、茅星来21篇、方苞20篇），李祖陶《国朝文录》（1837年刊）选3卷（正、续编收录四卷者只一人：全祖望。三卷者九人：陈宏绪、黄宗羲、陈廷敬、姜宸英、邵长蘅、陈兆会、蓝鼎元、李容陛、计东。二卷者共有三十四人），陈兆麒《国朝古文所见集》（1844年刊）选3篇（其中魏禧3篇、汪琬3篇、邵长蘅3篇）。由上述选本可见，无论是桐城派选本还是非桐城派选本，都非常重视姜宸英的古文成就。

二是明确其古文风格。魏禧《答计甫草书》中说："侯（笔者案：指侯方域）肆而不醇，某公（笔者案：指汪琬）醇而未肆，姜醇、肆之间。"⑤ 此评价颇富启发性，论者认为"盖实录也"⑥。"醇"

---

① 魏禧：《魏叔子文集》（卷五），胡守仁、姚品文、王能宪校点，中华书局2003年版，第247页。
② 方苞：《方苞集》（下），刘季高校点，上海古籍出版社1983年版，第705页。
③ 赵怀玉：《姜西溟先生杂著手稿书后》，《清代诗人别集丛刊·姜宸英集（下）》，人民文学出版社2018年版，第1186页。
④ 张伯伟：《中国古代文学批评方法论》，中华书局2002年版，第277页。
⑤ 魏禧：《魏叔子文集》（卷五），胡守仁、姚品文、王能宪校点，中华书局2003年版，第247页。
⑥ 全祖望：《鲒埼亭文集选注》，黄云眉选注，齐鲁书社1982年版，第173页。

指的是文章内容合乎儒家圣贤之道,"肆"指的是文章表达的奇横恣肆。如果说"醇、肆之间"还不够明确的话,《四库全书总目提要·湛园集提要》一言以蔽之:"其文闳肆雅健,往往有北宋人意。"① "闳肆"就是"肆","雅健"就是"醇"。从此,"闳肆雅健"便成为姜宸英古文风格的定评。

三是阐发其古文特色。论者分别以不同的视角,对姜宸英古文特色做出了精到的阐发和高度的评价。全祖望看重节操,讲求学以致用,他说:"先生之文,最知名者为《明史稿·刑法志》,极言明中叶厂卫之害,淋漓痛切,以为后王殷鉴。《一统志》中诸论序,亦经世之文也。"② 李祖陶指出,姜宸英"议论之文,纵横贯穿,直入子瞻之室。最奇者为《春秋四大国论》,指画情势,证据古今,理足气昌,足以垂训万世。《江防》《海防》二稿,亦有用文章,坐而言、可以起而行者也。"③ 李氏所论,对姜宸英"议论之文"做出了和《四库全书总目提要》相似而又更为细致的评价。晚清著名学者李慈铭《越缦堂读书记·集部·别集类》对姜宸英古文点评道:"湛园文章简洁纡余,多粹然有得之语,此集皆其未第时所作。穷老不遇,他人皆为搤撃,而湛园和平自处,绝不为怒骂嬉笑之辞,其加于人固数等矣。……每读其集,辄为之悲惋不置也。湛园学养深醇,故集中论古,皆具特识。其《楚子玉论》《荀氏八龙论》等作,尤有裨于世教。《萧望之论》,亦为杰作。……又《黄老论》《书史记儒林传》《读孔子世家》诸篇,皆正议卓然,足以推明史意。其《书史记卫霍传后》云,论者多左霍而右卫,熟观太史公传,所谓两人点穴处,则左卫也,其于霍多微辞。传叙卫战功,摹写惟恐不尽,至骠骑战功三次,皆于天子诏辞见之,此良史言外褒贬法也,其言诚当。"④ 李氏所评,能从姜宸英简雅的行文风格、平和的处世态

---

① 纪昀总纂:《四库全书总目提要》(四),河北人民出版社 2000 年版,第 4540 页。
② 全祖望:《鲒埼亭文集选注》(上册),黄云眉选注,齐鲁书社 1982 年版,第 175 页。
③ 李祖陶:《湛园未定稿文录引》,《国朝文录·湛园未定稿文录》卷首,《续修四库全书》,第 1670 页。
④ 李慈铭:《越缦堂读书记·集部·别集类》,上海书店出版社 2000 年版,第 996—997 页。

度、深厚的学术修养等方面发掘其文章价值，视野较为开阔，结论也很有深度。

在肯定姜宸英古文成就的同时，清人也没有回避其不足，体现了研究者应有的批评勇气和学术态度。如魏禧称誉姜宸英"醇、肆之间"后，补充道："惜其笔性稍驯，人易近而好意太多，不能割舍。"① 指出姜氏文章不擅剪裁的不足。吴德旋批评其文"漫衍"②，也是这个意思。李祖陶则从接受的角度，认为姜宸英"论文喜《国策》，不喜《左传》，故其文善议论，不善叙事"③。这些批评都比较客观、中肯。当然，也有一些评价存有可商榷之处。翁方纲曾记述道："尝闻方望溪以其文质诸李穆堂，穆堂笑其未通，望溪愕然。穆堂指其首句'吾桐'云：桐江、桐庐皆可称桐。望溪为折服。乃今读姜湛园之文，有甚于此。"④ 翁氏以学者求真之眼光锱铢必较，未必全部合于情理，本不足据。

总体来看，清人对姜宸英古文之地位、风格、特色及其不足的认知与评价，较为准确精当，为后学进一步研究奠定了坚实的基石。至于翁方纲认为姜宸英古文文理不通，则实有主观臆断之嫌，未可视为定论。

姜宸英古文取得如此突出成就，理应在古代文学史教材上占有一席之地，但事实并非如此。历年编著的文学史教材，对姜宸英多几笔带过，少有重视。刘大杰《中国文学发展史》、章培恒等《中国文学史新著》根本没有提及。袁行霈主编《中国文学史》在重点论述"古文三大家"后提到"清初散文家还有王猷定、冒襄、姜宸

---

① 魏禧：《魏叔子文集》（卷五），胡守仁、姚品文、王能宪校点，中华书局2003年版，第247—248页。
② 吴德旋："姜湛园则更漫衍。"见其《初月楼古文绪论》，人民文学出版社1959年版，第29页。
③ 李祖陶：《湛园未定稿文录引》，《国朝文录·湛园未定稿文录》卷首，《续修四库全书》，第1670页。
④ 翁方纲：《跋湛园未定稿》，沈津辑《翁方纲题跋手札集录》，广西师范大学出版社2002年版，第32页。

英、邵长蘅、王弘撰、宋起凤等"[1]。古文专史中，陈柱《中国散文史》、刘衍《中国古代散文史》根本没有涉及姜宸英。郭预衡《中国散文史》下卷，介绍了清代散文名家44位，依然没有姜宸英。张修龄《清初散文论稿》第十一章"文坛多元态势"第三节有关于"姜宸英"的研究。该部分对姜宸英研究史进行了梳理，资料比较完备，评述亦客观中肯，多有独到之处。但总体来看，论述姜宸英的篇幅远远低于侯方域、魏禧和汪琬，甚至不及傅山、杜濬、钱澄之、归庄等人。日本学者青木正儿出版于20世纪40年代的《清代文学评论史》第四章"清代唐、宋八大家文的流行"共分两节："一 侯方域、方以智、魏禧、汪琬""二 朱彝尊、姜宸英、邵长蘅"。把姜宸英放在了比较突出的位置。陈国安《清初文化变革与桐城派》说："由宗程、朱而尚八家，姜宸英可说正因应了清初古文的发展趋向，只是姜氏被魏禧视为文在'醇、肆之间'，恰恰表明姜宸英和方苞一样处在清初文风总体趋向醇雅的转换关头。"[2] 这段话指出了姜宸英古文在清代文学史上的地位和意义，颇为准确。

赵祥硕士论文《姜宸英研究》第三章把姜宸英的散文分为政论文、日常应用文两大类，分别论述其创作特色，又探究了其散文的艺术风格，认为"我们从中还是可以确定姜宸英文风的共同之处，即宏博雅健。这其中宏博主要体现在内容上根柢六经，而雅健则是体现风格上醇中带肆，以及清正雅健的文风"[3]。此观点问题有二：一是把姜宸英文风的共同之处归结为"宏博雅健"，这不符合姜宸英古文创作实际。二是从内容角度解释"宏博"，从风格角度解释"雅健"，也颇为牵强。邵劼硕士论文《姜宸英诗文研究》第三章用四节分别论述了"姜宸英古文创作的意图与类型""姜宸英古文创作的情感和风格""姜宸英古文创作的语体与结构""姜宸英古文的师法对象及渊源"，比赵祥论文更为全面和细致。

---

[1] 袁行霈主编：《中国文学史》（第四卷），高等教育出版社1999年版，第25页。
[2] 陈国安：《清初文化变革与桐城派》，《南京社会科学》2012年第12期。
[3] 赵祥：《姜宸英研究》，硕士学位论文，南京师范大学，2010年。

(三) 诗歌渊源、风格、内容及相关研究

姜宸英诗歌属于"浙派"①，也取得了较高成就。全祖望探究了姜宸英诗歌的渊源："诗以少陵为宗，而参之苏氏以尽其变。"② 明确指出其诗歌取法杜甫和苏轼，客观准确，后学并无异议。《清史稿·文苑传》说："诗兀鼍滂葩，宗杜甫而参之苏轼，以尽其变。"③ 兀鼍，形容文词超脱不凡；滂葩，形容文词华丽。此四字很显然不符合姜宸英诗歌创作实际。

全祖望的正确观点和《清史稿》的错误提法多为后学所承袭。如徐嘉《论诗绝句五十七首·姜西溟〈苇间诗钞〉》："西溟驰誉布衣时，七十南宫及第迟。要与韩苏争一席，宫商抗坠角毫厘。"④ 郑方坤《国朝名家诗钞小传》："先生既以古文词雄视一代，而有韵之言，则又滂葩鼍兀，宫商抗坠，与前人角胜毫厘间，韩、欧诸公，安得而独有千古也？"⑤《晚晴簃诗汇》："诗自玉局入少陵，兀鼍磅礴，能以气举其辞。"⑥ 等等。正如张仲谋所总结："关于宸英的诗法家数，清人说法，几于众口一辞，都说他的诗取径在杜甫、苏轼之间，这并非英雄所见略同，而是辗转相袭的结果。"⑦ 如此陈陈相因，单调肤浅，较为严重地影响了姜宸英诗歌研究的进展。

真正准确地概括姜宸英诗风的是邓之诚和袁行云。邓之诚《清诗纪事初编》，对其诗歌做了精当的评述："诗亦调高格稳，颇有寄托，自注尤足征轶事。"⑧ 袁行云《清人诗集叙录》说："其诗沉着

---

① 张仲谋把姜宸英"列为浙派第二期诗人"，见《清代文化与浙派诗》，东方出版社1997年版，第201页。
② 全祖望：《鲒埼亭文集选注》，黄云眉选注，齐鲁书社1982年版，第173页。
③ 王锺翰点校：《清史列传》卷七十一《文苑传二》，中华书局1987年版，第5807页。
④ 转引自张仲谋《清代文化和浙派诗》，东方出版社1997年版，第213页。
⑤ 转引自张仲谋《清代文化和浙派诗》，东方出版社1997年版，第212页。
⑥ 转引自张仲谋《清代文化和浙派诗》，东方出版社1997年版，第212页。
⑦ 张仲谋：《清代文化和浙派诗》，东方出版社1997年版，第212页。
⑧ 邓之诚：《清诗纪事初编》，上海古籍出版社1965年版，第859页。

工稳，亦斫轮老手。"① 论者认为"比较亲切实在"②。

此外，也有一些相关研究。陈桂英《姜宸英〈送容若奉使西域〉诗考释》③一文，考证深入细致，颇有助于理解此诗，但此文是为论证纳兰性德有过"梭龙之行"，不是正面研究姜宸英的。张仲谋《清代文化与浙派诗》第三编第四章"古文家兼诗人姜宸英"较为全面地论述了其生平经历、诗论、"自叹与刺时"两大主题、"由唐音趋宋调"的风格嬗变，资料丰富，有理有据，较为深入。

赵祥硕士论文《姜宸英研究》第四章专门研究的是姜宸英的诗歌创作，论述了其诗歌的思想内容、艺术特色、诗歌风格前后期的变化。整体看来，平实有余而新意不足，尤其是第三部分的核心观点"最基本的变化就是由唐音而渐近于宋调"④，与张仲谋所论如出一辙。邵劼硕士论文《姜宸英诗文研究》第二章为《姜宸英的诗歌创作》，内分三节："苇间诗的主题取向和题材类型""苇间诗的情感类型和抒情方式""苇间诗之艺术风格和师法对象"。此论文较有新意的是第二节，既探讨了姜宸英诗歌的情感类型从早期积极、平和，到中期忧愁、悲伤，再到后期的深沉、低婉的变化过程，又论述了其抒情方式也伴随这种情感基调的嬗变而改变，从尚寄托、比兴到比兴中夹杂直述、议论和感慨。虽然个别论断尚需推敲，但这种注重过程性的研究更能接近姜宸英诗歌创作的实际。

（四）书法创作、书学观及书法史定位

姜宸英书法造诣甚高，与汪士鋐、何焯、陈奕禧被誉为"清初四大家"，与笪重光、汪士鋐、何焯并称"康熙四家"，是清初帖派的重要书家。其书初学米芾、董其昌，后溯晋、唐，工于行草。包世臣《艺舟双楫》列其行书为"能品上"（笔者案："能品上"共七家，分别为释丘山真及行书、宋珏分及榜书、傅山草书、姜宸英行

---

① 袁行云：《清人诗集叙录》，文化艺术出版社1994年版，第283页。
② 张仲谋：《清代文化和浙派诗》，东方出版社1997年版，第213页。
③ 《承德师专学报》（社会科学版）1991年第4期。
④ 赵祥：《姜宸英研究》，硕士学位论文，南京师范大学，2010年。

书、邓石如草书、刘墉榜书、黄乙生行榜书)①。吴德旋《初月楼论书随笔》云:"本朝书家,姜湛园最为娟秀。"② 王潜刚《清人书评》亦曰:"西溟书能以清健胜。"③ "娟秀""清健"确实准确地道出了姜宸英书法的风格特征。高军红《从〈六行轩姜帖〉看姜宸英的书法风格和历史地位》④ 一文颇为深入,对姜宸英书法风格的揭示、书风成因的探寻、历史地位的确立等,均给人以很多启发;尤为可贵的是此文结合姜氏书法作品对前贤揭示的"清新娟秀"进行了细致的论证,这是前所未有的。

中国书法界权威期刊《书法》于 2012 年第 8 期用铜版纸彩印姜宸英书法 17 页,分行、楷、草三种书体,共 12 幅作品。同时还有杨勇《西风吹冷长安月——姜宸英及其书法》一文加以全面介绍,附《湛园书论》14 则。这一事件,意味着姜宸英书法及书论已受到书法界广泛的关注和高度的认可。

姜宸英的书学观也较早地进入了现代学人的研究视野。郑玉浦《姜宸英书法初探》一文揭示出姜宸英两点主张:一是"以自己性情合古人神理",二是"以摹为学"⑤。这是第一篇研究姜宸英书学观的论文。何丽晶硕士论文《姜宸英书学研究》主要以姜宸英《湛园题跋》中的书跋为研究对象,其中第三章主要探究了姜宸英的书学思想,论述比较全面细致。王镇远《中国书法理论史》第三章"清初的书法理论"第七节为"姜宸英的'神明说'"。文章指出,姜宸英"论书标举神明","姜氏尤以神明指心中排除尘俗之念而超然物外的精神在书中的体现,故他所谓的'神明'之特征是灵动自然,出自天机,无人工斧凿之痕而表现神情散淡的一种艺术风貌。"⑥ 观点颇为新颖。遗憾的是,这些研究只是关注姜宸英的书学

---

① 包世臣:《艺舟双楫》,栾保群编《书论汇要》(下),故宫出版社 2014 年版,第 797 页。
② 吴德旋:《初月楼论书随笔》,栾保群编《书论汇要》(下),故宫出版社 2014 年版,第 824 页。
③ 崔尔平选编、点校:《历代书法论文选续编》,上海书画出版社 1993 年版,第 809 页。
④ 《书画世界》2008 年第 2 期。
⑤ 郑玉浦:《姜宸英书法初探》,《宁波师院学报》(社会科学版)1985 年第 4 期。
⑥ 王镇远:《中国书法理论史》,黄山书社 1990 年版,第 456 页。

理论主张，并没有和其书法创作的倾向联系起来，因此所得就颇为有限。

对姜宸英书法史地位的论定，清人颇有分歧。梁同书说："本朝书以苇间先生为第一，先生书又以小楷为第一。"① 吴锡麟在《六行轩姜帖》跋语中也认为："本朝书法，当以西溟先生为第一，以其秀挺之中，弥具古趣，故可贵也。"② 对姜宸英书法"本朝第一"的评价，王潜刚即加以反驳："至梁山舟言'本朝书以苇间先生为第一，先生书又以小楷为第一'，此语殊不足凭。盖苇间下笔清拔，临摹晋唐力求雅驯。山舟在人情米董之时，见其书自不觉失声赞叹耳。"③ 如何认识清人的分歧，高军红的看法比较通达："在'专仿香光'的康、雍之世，姜宸英的书法虽然从创新的意义上讲，不如另拓新路以碑铭书法名世的书家，但是从所用的功夫和所达到的高度来看，姜宸英则好像是在如林的帖派群峰之中，又巍然崛起一座高峰，不禁令人高山仰止。"④ 刘恒也认为："姜宸英的'摹以为学'取法已上溯到晋唐宋元，毕竟比死守华亭家法者高出一筹。至于'传与不传'，姜宸英虽自称只'貌得宋元人书'，但在董风弥漫的当时已属难得的新声。"⑤ 当代学者从书法史的视角对姜宸英书法均给以高度评价。

三 姜宸英研究拓展的路径

就目前而言，有关姜宸英的研究虽然取得了一定成绩，但仍然不够充分，可拓展和深化的空间依然存在。笔者认为姜宸英研究可

---

① 梁同书：《跋姜西溟楷书后汉书黄宪徐穉姜肱申屠蟠列传册》，《题跋》三，《频罗庵遗集》卷十二，《清代诗文集汇编》353 册，第 168 页。
② 转引自高军红《从〈六行轩姜帖〉看姜宸英的书法风格和历史地位》，《书画世界》2008 年第 2 期。
③ 崔尔平选编、点校：《历代书法论文选续编》，上海书店出版社 1993 年版，第 808 页。
④ 高军红：《从〈六行轩姜帖〉看姜宸英的书法风格和历史地位》，《书画世界》2008 年第 2 期。
⑤ 刘恒：《中国书法史》（清代卷），江苏教育出版社 1999 年版，第 58 页。

拓展的路径主要有二：

一是姜宸英史实的考辨问题。"文献的史实考辨，主要指围绕论题相关之作者生平交游、创作情况、文本状态等基本史实展开的实证研究。"① 姜宸英诗歌、古文、书法之文献的史实考辨则涉及作品辑佚、作品系年、与创作有关的生平交游等史实的考辨。冯贞群《姜西溟先生年谱》、陈雪军《姜宸英年谱》对此着力颇多，但仍存在不少缺漏。如钩稽姜宸英的生平交游问题。姜宸英祭计东诗有"迎舟风正好，望舍月初圆"句，句下自注云："辛亥夏，君数遣书，以舟迎我至陆家溆，君属定其新稿。"② 辛亥夏，即康熙十年（1671）夏。此条资料对探究姜宸英与计东古文之交游非常重要，但无论冯谱还是陈谱，均失录。诸如此类，还有很多。

再如古文编年问题。现存的《姜先生全集》[清光绪十五年（1889）冯氏刻本] 收录姜宸英各体古文近400篇（不算《湛园札记》中的文章），冯贞群《姜西溟先生年谱》中给以编年的有130篇左右、陈雪军《姜宸英年谱》只有不到50篇。在这些成果中，个别作品的系年尚有补正之处。《广陵唱和诗序》一篇，陈雪军云："按康熙五年谱，陈维崧认识姜宸英似是康熙五年的事情，则唱和诗序或应该作于康熙五年认识陈维崧之后。确凿年月待考。"③ 陈维崧与姜宸英相识之具体时间尚难考定，但二人确在康熙五年（1666）相会。陈维崧《湖海楼诗集》卷二"丙午"诗《春日吴闾杂诗》（其七）篇末自注云："喜晤越中姜西铭宸英。"④ "丙午"即康熙五年，此时，姜宸英正寓居苏州，读书缪彤园中。⑤ 序文中"去年余客江北"之"去年"即康熙五年，由此得出结论：姜宸英此序作于康

---

① 杜桂萍：《"文献先行"与"文心前置"刍议》，《文学遗产》2013年第6期。
② 姜宸英：《计孝廉甫草葬有日矣，以诗叙哀，祭而哭之四十韵》，《苇间诗集》卷二，《清代诗人别集丛刊·姜宸英集（上）》，人民文学出版社2018年版，第92页。
③ 陈雪军：《姜宸英年谱》，浙江大学出版社2011年版，第30页。
④ 陈维崧：《春日吴闾杂诗》（其七）篇末自注，《湖海楼诗集》卷二，《陈维崧集》（上），上海古籍出版社2010年版，第625页。
⑤ 张慧剑：《明清江苏文人年表》本年记载云："浙江姜宸英寓苏州，读书缪彤园中。"周绚隆《陈维崧年谱》（上）亦云，见《陈维崧年谱》，人民出版社2012年版，第274页。

熙六年（1667）。而冯谱将此序编于康熙五年，实误。可见，要想对姜宸英绝大多数古文作品加以准确编年，尚需要更为细致而深入的工作。

由上可见，在姜宸英相关文献的史实考辨方面，我们还应该下大功夫，扎扎实实地做好，最终做成一部资料丰赡、考辨细密的《姜宸英年谱新编》。它能够为研究者提供非常大的便利，吸引更多的研究者投入到姜宸英研究上来，从而促进姜宸英研究日趋繁荣。

二是姜宸英创作的阐释问题。总体来看，关于姜宸英古文、诗歌、书法创作的理论研究大部分呈现为简单化、平面化的状态，主要体现在研究角度较为单一，视野并不开阔，方法论色彩比较平淡。一般是先分类，再探讨，这样就不可避免地出现为分类而分类的肤浅现象，同时遮蔽了姜宸英创作的丰富性。要想解决这个问题，我们首先应该做到转换研究视角。侯体健在论述研究刘克庄诗文的方法时说："……我们的研究应该把握主流的文学研究，同时又要善于借鉴文化视域进行综合研究，从而多方位、多层次、多角度地展开论述，将普遍的粗糙转变为普遍的深入，将平面研究转变为立体研究。"[①] 也就是说，我们可从士人心态、家族文学、地域文化等大背景进入史实细部，探幽阐微，进行深入研究。如从"经世精神""狷介人格""文人情怀"切入研究其论体文、传记文、题跋文，分析其主题建构，鉴赏其艺术特色，不失为拓宽研究视角的一种努力。

其次，拓宽研究视野。这里暂以姜宸英古文研究为例。我们需要把姜宸英的古文创作放在文学史上细致地作纵向的、横向的考察，如此方能视野开阔。从纵向看，需探讨其与"唐宋八大家"的关系，其与明代"唐宋派"的关系以及与后来的"桐城派"的关系。从横向看，需探究其与清初古文思潮的互动，需研究其与"清初古文三大家"创作的异同。我们还需要"交叉研究"。姜宸英是清初著名

[①] 侯体健：《刘克庄的文学世界——晚宋文学生态的一种考察》，复旦大学出版社2013年版，第10页。

书法家、著名史学家①，对其书法理论与古文理论的互通、史学内蕴与古文创作的互动做深入研究，将是一个很有吸引力的课题。姜宸英古文研究如此，其诗歌、书法研究亦然。

综上所述，我们要尽力地搜集与姜宸英有关的全部史实，"搜寻考释，钩玄探逸，进而追踪觅影，顺藤摸瓜，考知诸多有关的人和事，对记述不一的文献资料去伪存真，进而理清研究对象各要素之间的关系，还原其生态原貌。"② 在这样坚实的史实考辨基础上，我们再转换视角，拓宽视野，从多角度切入研究，一定能够打开姜宸英研究的新局面，还姜宸英以应有之面貌。

---

① 可参看段润秀《姜宸英与〈明史〉修纂考述》，《廊坊师范学院学报》2010年第3期。此文后收入其专著《官修〈明史〉的幕后功臣》，人民出版社2011年版。

② 杜桂萍：《"文献先行"与"文心前置"刍议》，《文学遗产》2013年第6期。

第一章　姜宸英家世、生平、著述考述

对诸如家世、生平、著述等作家的相关问题进行梳理和考证，是文学研究的重要环节之一。勒内·韦勒克、奥斯汀·沃伦有言："学术研究的第一步工作，就是搜集研究材料，细心排除时间的影响，考证作品的作者、真伪和创作日期。……这些起步工作的重要性常常是特别重大的，因为缺少这些工作，就无法解决在对作品做批评性分析和历史性了解时所遇到的许多困难。"[1] 有鉴于此，本章在时贤研究成果的基础上，对姜宸英家世、生平、著述试做考述。其中，对其家族成员、生年、字号等问题和新发现的《姜西溟选诗类钞真迹》《姜西溟手钞欧曾老苏三家文》两部手稿本用力较多，对相关问题的讹误、模糊、阙如之处，亦做了进一步的考订、廓清和补充。

第一节　家世与家风

一　家世与家庭成员述考

姜宸英籍贯为"浙江慈溪"，向无异议，然其祖籍何处，宗族迁徙、定居情况如何，何时迁至慈溪，尚需说明。姜应元《姜氏世谱原序》记载：

---

[1] ［美］勒内·韦勒克、奥斯汀·沃伦：《文学理论》，江苏教育出版社2005年版，第53页。

  一世祖静,字乐山,行六,据《嵊谱》,本山东淄川族也,以儒术起家,宋太祖拜肇庆府通判。……夫淄川姜氏,自静至仲开,五世而徙台;仲开至敦、数,又六世而徙嵊;数至从一,又二世而徙姚,是为十三世矣。①

  可见,姜氏宗族始居于山东淄川(今山东省淄博市),后迁徙到台(今浙江省台州市),又迁徙到嵊(今浙江省绍兴市嵊县),后定居于姚(今浙江省余姚市)。

  据陈雪军所制《慈溪姜氏分谱世系》,余姚姜氏第八世为姜立德,其三子姜伏延始从余姚迁居慈溪,为慈溪姜氏宗祖。伏延生二子:四端、四维。四端无嗣,四维生一子渊。渊生三子:锦、镁、鉴。锦生一子槐。槐生六子:国泰、国秀、国华、国望、国器、国佐。② 国华,即姜宸英的高祖。

  高祖太仆公姜国华(1522—1592),字邦实,别号甬洲。嘉靖三十五年(1556)举礼部,丁忧归,三十八年(1559)殿试赐进士出身,曾任工部营膳司主事、陕西布政使司右参议、广东按察使司佥事等职。在职期间,姜国华清除了"矿寇充斥,梗商洛间,劫略吏民"之害,威名响彻"陕东西四千余里",但其为人性情刚直,不谐时俗,"见义奋发,不能与时俗圜转附和"③,多次招致降斥,致使其决心去官不仕。为官二十余年,姜国华始终保持清廉本色,去官归乡时,"环堵萧然,旧田四十亩,分毫无所增"④。死后,百姓向官府请求在城北建尊德祠,"岁时父老子弟致祭不绝"⑤。

  曾祖太常公姜应麟(1546—1630),字泰符,号松槃,姜国华长

---

① 《姜氏世谱》卷首,浙江图书馆藏。
② 陈雪军:《姜宸英年谱》,浙江大学出版社2011年版,第3页。
③ 姜宸英:《先参议赠太仆公传略》,《湛园未定稿》卷五,《清代诗人别集丛刊·姜宸英集(上)》,人民文学出版社2018年版,第581页。
④ 姜宸英:《先参议赠太仆公传略》,《湛园未定稿》卷五,《清代诗人别集丛刊·姜宸英集(上)》,人民文学出版社2018年版,第581页。
⑤ 姜宸英:《先参议赠太仆公传略》,《湛园未定稿》卷五,《清代诗人别集丛刊·姜宸英集(上)》,人民文学出版社2018年版,第582页。

子。万历十一年（1583）举进士，曾任神宗朝户科给事中、光宗朝太仆少卿。其"天性刚直，遇意不可，若雷抨矢激，人无得挠者"①。万历十四年（1586）二月，神宗诏封郑贵妃为皇贵妃，而王恭妃抚育皇长子已五年，无所加封。宫廷内外，物议纷纭，怀疑神宗想另立太子。这时，姜应麟冒死上疏，要求神宗"俯从阁臣之请，发德音，下明诏，册立元嗣为东宫，以定天下之本"②。结果神宗震怒，身遭贬斥。姜应麟为人安贫乐道，不慕荣利，"守先世遗产数十亩，分毫无所增益，租入不充，而常欲节衣食以给贫者"③，而对子孙学问和品行的要求却极为严格，常常"待子孙威严若朝礼，动必以法"④。居家三十年，于书无所不读，除儒家经典外，特别喜欢读历史、医学、地理之书，且对《易经》颇为精通，著述亦丰。

祖父姜思简，字淡仙。对于其生年，黄宗羲有言："先生生己卯，至丙戌才八岁。"⑤己卯，为明万历七年（1579）。朱彝尊云："（晋珪）父司简，官户部司务。"⑥可见，姜思简曾任职户部司务。何丽晶说："姜宸英的祖父名姜思睿。"⑦误。据陈雪军所制《慈溪姜氏分谱世系》："思简（应麟长子，生三子：晋珪、晋琮、晋璜）……思睿（应征长子，详见《明史》本传）。"⑧由此可知，姜思简确为姜宸英祖父，而姜思睿则为姜宸英从祖。

父亲孝洁先生姜晋珪（1609—1672），字桐侯，别字卓庵。少补儒学生员，贡于乡，三十七岁后不复应举。为人至孝，友爱兄弟，

---

① 姜宸英：《先太常公传略》，《湛园未定稿》卷五，《清代诗人别集丛刊·姜宸英集（上）》，人民文学出版社2018年版，第588页。
② 姜宸英：《先太常公传略》，《湛园未定稿》卷五，《清代诗人别集丛刊·姜宸英集（上）》，人民文学出版社2018年版，第583页。
③ 姜宸英：《先太常公传略》，《湛园未定稿》卷五，《清代诗人别集丛刊·姜宸英集（上）》，人民文学出版社2018年版，第588页。
④ 姜宸英：《先太常公传略》，《湛园未定稿》卷五，《清代诗人别集丛刊·姜宸英集（上）》，人民文学出版社2018年版，第588页。
⑤ 黄宗羲：《与姜淡仙思简书》，《南雷余集》，《清代诗文集汇编》第33册，第432页。
⑥ 朱彝尊：《孝洁姜先生墓志铭》，《曝书亭集》卷七十六，《清代诗文集汇编》第116册，第567页。按，"司简"当为"思简"。
⑦ 何丽晶：《姜宸英书学研究》，硕士学位论文，吉林大学，2008年。
⑧ 陈雪军：《姜宸英年谱》，浙江大学出版社2011年版，第4页。

平易近人，善与人交。精研理学，"兼通'六书'，辨其源流，又娴经世之略"①。工诗，多为思乡怀人之作，其诗"多幽忧悱恻之言，音甚酸楚"②。有诗集《泛凫吟稿》。姜氏家族至姜晋珪一代，"力不能给饘粥"③。明亡后，家境更加窘困。姜晋珪只能游学南北，以坐馆为生。姜宸英云："先君历年客馆，以辛亥九月归里，三月初复往端州，仅得五月聚首耳。"④ 可见其客馆生涯之漫长与艰辛。

母亲孙孺人，是"国子监生之菔之女，朝列大夫知德州事森之孙，赠朝列大夫某之曾孙"⑤，家世显赫。姜宸英《祭凌氏妹文》云："己未，吾客京邸，接二弟手书，闻变崩殒。"⑥ 己未，即康熙十八年（1679），孙孺人卒于是年。据朱彝尊记载，姜晋珪卒于"草坪旅舍，时康熙十一年五月日也"，"先生殁后七年，孙孺人亦卒"⑦，亦可确知孙孺人卒于康熙十八年。据姜宸英《三叔母林太夫人寿序》所言"忆癸亥年，叔母林太夫人五十初度""叔母年少余母孙太孺人二纪"⑧，可以推知孙孺人生于万历三十八年（1610）。在姜晋珪多年游学在外、无法奉养父母之时，"孙孺人曲成其孝，一味不以自甘，必先进舅姑，晓问寝安否。庭闱燕衎，靡以异先生在家也"⑨。

---

① 朱彝尊：《孝洁姜先生墓志铭》，《曝书亭集》卷七十六，《清代诗文集汇编》第116册，第567页。
② 朱彝尊：《孝洁姜先生墓志铭》，《曝书亭集》卷七十六，《清代诗文集汇编》第116册，第567页。
③ 朱彝尊：《孝洁姜先生墓志铭》，《曝书亭集》卷七十六，《清代诗文集汇编》第116册，第567页。
④ 姜宸英：《三月十一日》"作客衰年里，归程五月间"句下注，《苇间诗集》卷三，《清代诗人别集丛刊·姜宸英集（上）》，人民文学出版社2018年版，第109页。
⑤ 朱彝尊：《孝洁姜先生墓志铭》，《曝书亭集》卷七十六，《清代诗文集汇编》第116册，第567页。
⑥ 姜宸英：《祭凌氏妹文》，《湛园未定稿》卷六，《清代诗人别集丛刊·姜宸英集（上）》，人民文学出版社2018年版，第624页。按，"闻变"指孙孺人去世。
⑦ 朱彝尊：《孝洁姜先生墓志铭》，《曝书亭集》卷七十六，《清代诗文集汇编》第116册，第567页。
⑧ 姜宸英：《三叔母林太夫人寿序》，《诗文辑佚》，《清代诗人别集丛刊·姜宸英集（下）》，人民文学出版社2018年版，第898页。
⑨ 朱彝尊：《孝洁姜先生墓志铭》，《曝书亭集》卷七十六，《清代诗文集汇编》第116册，第567页。

第一章　姜宸英家世、生平、著述考述　　23

可见孙孺人之贤德。

姜宸英"居家孝友之行，粹然无间"①，但有关其兄弟情况的资料却颇为零散。现有研究，或略而不录②，或考述错误③，故有重新考订之必要。

检《姜氏世谱》，姜晋珪有子三人：长子宸英，次子宸莅，三子宸筠。④ 姜宸英《感梦五首寄舍弟孝俞扬州》序云：

> 忽闻大父唤声，云："汝弟阿仙今复离山阴矣，消息云何？"然弟实在广陵，非山阴，梦中云尔也。……吾家家君寓都下，季弟旅泊扬州三年矣，余亦浪迹三吴，仅仲弟时依膝下。⑤

将"仅仲弟时依膝下"之"仲弟"与《姜氏世谱》所记"次子宸莅"对读，可知姜宸英仲弟即是姜宸莅。姜宸莅时留慈溪，侍奉母亲，"有弟安耕凿，时能在母旁"⑥。同理，将"季弟旅泊扬州三年矣"之"季弟"与《姜氏世谱》所记"三子宸筠"对读，可知姜宸英季弟即是姜宸筠。从"汝弟阿仙今复离山阴矣"和"然弟实在广陵，非山阴"两句判断，姜宸筠小名阿仙，当时寄居扬州。从该诗题目"感梦五首寄舍弟孝俞扬州"，又知姜宸筠字孝俞。该诗有"访药心徒切，求仙愿颇乖"句及该句自注"弟寻师学道，闭关于广陵"⑦，可知姜宸筠喜学道、访药、求仙，乃一崇奉道教之人物。姜宸英曾记述道："家季孝俞为余言：'度臣多读书，诗歌古文辞累

---

① 全祖望：《翰林院编修湛园姜先生墓表》，《鲒埼亭文集选注》，黄云眉选注，齐鲁书社1982年版，第174页。
② 陈雪军：《姜宸英年谱》，浙江大学出版社2011年版。未加著录。
③ 赵祥：《姜宸英研究》，南京师范大学2010年硕士论文。考述错误。
④ 转引自陈雪军《姜宸英年谱》，浙江大学出版社2011年版，第4页。
⑤ 姜宸英：《感梦五首寄舍弟孝俞扬州》序，《苇间诗集》卷二，《清代诗人别集丛刊·姜宸英集（上）》，人民文学出版社2018年版，第50页。
⑥ 姜宸英：《感梦五首寄舍弟孝俞扬州》（有序），《苇间诗集》卷二，《清代诗人别集丛刊·姜宸英集（上）》，人民文学出版社2018年版，第51页。
⑦ 姜宸英：《感梦五首寄舍弟孝俞扬州》（有序），《苇间诗集》卷二，《清代诗人别集丛刊·姜宸英集（上）》，人民文学出版社2018年版，第51页。

数百篇。每落纸，云涌川恣，诡变百出。'行为余尽发其藏。"① 可知姜宸筠亦较富文学修养。姜宸筠时常在外漂泊，行迹不定，姜宸英非常牵挂季弟，多次有诗及之。如《送冯子游湖州》"加餐无恙瘦吟生"及此句自注："家弟病寓菱湖，因君行李问之。"②《梦晤三弟，复梦为忆弟诗》"片帆东渡钱塘水，匹马南逾岭峤霜"及此句自注："弟自都中暂归，即赴建宁，余入都门，时去已逾月矣。"③《逼岁书怀二首》"经年失路差池影"及此句自注："忆三弟也，弟三年闽峤，未得消息。"④ 姜宸英与其弟真可谓"粹然无间"矣！

姜宸英妻孔氏，其相关情况待考。姜宸英有一姐，"嫁儒学生员凌珆"⑤。其《祭凌氏姊文》记载："前年母死，远在四千里""六月，讣至吴门，姊已于前月二十日捐世"⑥。孙孺人卒于康熙十八年（1679），可知，凌氏卒于康熙二十年（1681）六月二十日。祭文又云："姊天性闲淑，内外称贤如一口。自节推公去世，事嫠姑三十年，极尽孝道。吾兄弟经岁出门，温清缺如，辄辛苦营甘旨以遗母，有余以赒吾兄弟之缓急。"⑦ 可见凌氏贤惠、孝顺之美德。

姜宸英有二子，长子姜嗣洙，次子姜嗣濂。嗣洙因拔贡授温州府乐清学教谕。其原名汉儒，姜宸英《忆儿汉儒》诗题下自注曰："嗣洙原名。"⑧ 嗣濂早逝，姜宸英为之作《祭濂儿文》，赞之曰：

---

① 姜宸英：《题蒋君长短句》，《湛园未定稿》卷五，《清代诗人别集丛刊·姜宸英集（上）》，人民文学出版社2018年版，第537页。
② 姜宸英：《送冯子游湖州》，《苇间诗集》卷一，《清代诗人别集丛刊·姜宸英集（上）》，人民文学出版社2018年版，第42页。
③ 姜宸英：《梦晤三弟，复梦为忆弟诗》，《苇间诗集》卷二，《清代诗人别集丛刊·姜宸英集（上）》，人民文学出版社2018年版，第78页。
④ 姜宸英：《逼岁书怀二首》，《苇间诗集》卷二，《清代诗人别集丛刊·姜宸英集（上）》，人民文学出版社2018年版，第90页。
⑤ 朱彝尊：《孝洁姜先生墓志铭》，《曝书亭集》卷七十六，《清代诗文集汇编》第116册，第567页。
⑥ 姜宸英：《祭凌氏姊文》，《湛园未定稿》卷六，《清代诗人别集丛刊·姜宸英集（上）》，人民文学出版社2018年版，第624页。
⑦ 姜宸英：《祭凌氏姊文》，《湛园未定稿》卷六，《清代诗人别集丛刊·姜宸英集（上）》，人民文学出版社2018年版，第624—625页。
⑧ 姜宸英：《忆儿汉儒》，《苇间诗集》卷一，《清代诗人别集丛刊·姜宸英集（上）》，人民文学出版社2018年版，第42页。

"以汝仁厚，亦曰能文。"①

孙辈情况，朱彝尊记载颇为简略："孙，男三人，女六人。"② 陈雪军所制《慈溪姜氏分谱世系》仅录一人："嘉树（嗣洙子）。"③ 孰是孰非，待考。

综上所述，姜宸英仲弟姜宸苣，时留慈溪，侍奉母亲；季弟姜宸筠，字孝俞，小名阿仙，喜学道、访药、求仙，时常漂泊在外；母孙孺人，妻孔氏，姊凌氏，子姜嗣洙、姜嗣濂，孙姜嘉树。朱彝尊《孝洁姜先生墓志铭》有云："（晋珪）子男二人：宸英，宸芝。"④ 朱彝尊作为姜宸英好友，本不该出现如此之失，抑或是印刷之误，而现有研究则未加考辨，据此得出结论："我们可以知道姜宸英有一弟弟姜宸芝。"⑤ 明显有误。

二 家风论略

祖父户部公姜思简曾对姜宸英说："汝曾大父箴仕先朝，功在国本。没之日，山阴念台刘公尝志其隧道之石矣。予亦载详之家乘，俾我世子孙无忘先烈，是汝之责也。"⑥ 于是姜宸英作《先太常公传略》。在祖父的督促下，姜宸英又作《先参议赠太仆公传略》。此文结尾云："玄孙宸英奉祖户部公命，谨著传略如左。"⑦ 祖上的传奇事迹作为家族荣耀，久为后人传颂，积淀成为固定的家族精神传统，引领后辈子孙不断追摹与发扬。

---

① 姜宸英：《祭濂儿文》，《湛园未定稿》卷六，《清代诗人别集丛刊·姜宸英集（上）》，人民文学出版社 2018 年版，第 625 页。
② 朱彝尊：《孝洁姜先生墓志铭》，《曝书亭集》卷七十六，《清代诗文集汇编》第 116 册，第 567 页。
③ 陈雪军：《姜宸英年谱》，浙江大学出版社 2011 年版，第 6 页。
④ 朱彝尊：《孝洁姜先生墓志铭》，《曝书亭集》卷七十六，《清代诗文集汇编》第 116 册，第 567 页。
⑤ 赵祥：《姜宸英研究》，硕士学位论文，南京师范大学，2010 年。
⑥ 姜宸英：《先太常公传略》，《湛园未定稿》卷五，《清代诗人别集丛刊·姜宸英集（上）》，人民文学出版社 2018 年版，第 582 页。
⑦ 姜宸英：《先参议赠太仆公传略》，《湛园未定稿》卷五，《清代诗人别集丛刊·姜宸英集（上）》，人民文学出版社 2018 年版，第 582 页。

一个人的道德、性情、处事习惯甚至生活细节，在很大程度上都与其耳濡目染的家风有关。姜氏后人的精神气质自与姜氏家风深有渊源，姜宸英亦是如此。

（一）刚正不阿

孔子曰："君子喻于义，小人喻于利。"① 这里"义"的意思是公正而不谋私利。孔子又曰："富与贵是人之所欲也，不以其道得之，不处也；贫与贱是人之所恶也，不以其道得之，不去也。"② 儒家强调在"道"的前提下去追求、实现自身价值，如不符合"道"，即使贫贱也在所不辞。儒家所提倡的"道义"观彰显出刚正不阿的正义之光。姜宸英笔下的高祖姜国华："公性虽乐易，然见义奋发，不能以时俗圜转附和，以是再得斥。"③ 曾祖姜应麟抗疏谏诤郑贵妃册封，"疏入未下，中外传上震怒，祸将不测"④。消息传到家里，家人都忧泣不已，只有姜国华不然，他对同年友御史颜鲸说："吾垂老，不复意儿能作此等事，虽受窜殛不恨矣。"⑤ 刚正不阿的姜国华对儿子见义奋发的凛凛风骨大加叹赏。姜应麟居家"待子孙威严若朝礼，动必以法"⑥，对家风、家规表现出自觉的遵守与传承。姜宸英父亲姜晋珪亦是"与人交恺易，然取与必以义，虽势力不能夺也"⑦。姜氏家族对儒家"道义"的坚守，代代传递。姜宸英对自己的性情有着清醒的认识："以余之戆愚，不谐于俗，虽久游于四方，

---

① 《论语集注·里仁第四》，朱熹《四书章句集注》，中华书局2012年版，第73页。
② 《论语集注·里仁第四》，朱熹《四书章句集注》，中华书局2012年版，第70页。
③ 姜宸英：《先参议赠太仆公传略》，《湛园未定稿》卷五，《清代诗人别集丛刊·姜宸英集（上）》，人民文学出版社2018年版，第581页。
④ 姜宸英：《先参议赠太仆公传略》，《湛园未定稿》卷五，《清代诗人别集丛刊·姜宸英集（上）》，人民文学出版社2018年版，第582页。
⑤ 姜宸英：《先参议赠太仆公传略》，《湛园未定稿》卷五，《清代诗人别集丛刊·姜宸英集（上）》，人民文学出版社2018年版，第582页。
⑥ 姜宸英：《先太常公传略》，《湛园未定稿》卷五，《清代诗人别集丛刊·姜宸英集（上）》，人民文学出版社2018年版，第588页。
⑦ 朱彝尊：《孝洁姜先生墓志铭》，《曝书亭集》卷七十六，《清代诗文集汇编》第116册，第567页。

熟尝人情变态，而志气硁然，愈不可易。"① 在日常生活中，他也是如此行事："与人交悃愊无城府，然遇权贵不少阿。常熟翁叔元任祭酒时，劾汤斌伪学，宸英与叔元旧识，遽移书责之。"② 在朋友的眼中，他亦复如是："姜子为人质直任性，或不合时宜，而于王公贵人亦率其自然，不为少变，此其所以可重也。"③ 可见，其对儒家"道义"下的刚正不阿之品性有着自觉认同与始终坚守。

（二）洁己自持

孔子云："不得中行而与之，必也狂狷乎！狂者进取，狷者有所不为也。"④ "狷"，朱熹注曰"知未及而守有余"⑤，也就是指知耻不为，洁己自持。在面对外界的诱惑，尤其是利益诱惑之时，姜氏一族能做到洁己自持，体现出儒家"狷"的精神。姜宸英写其高祖："粤有土司为怨家中伤，械系狱，公鞫得其冤出之，其人感泣谢去。数日橐千金米，公峻却之，曰：'吾岂以贫故，丧吾生平哉？'"⑥ "公宦游二十余年，持节河南北、关辅、粤东，皆仕宦膏腴地，然归家环堵萧然，旧田四十亩，分毫无所增。"⑦ 姜国华在金钱面前不为所动、在利诱面前淡然自处的人格风范，对后世子孙深有影响。其曾祖："通籍四十余年，守先世遗产数十亩，分毫无所增益，租入不充，而常欲节衣食以给贫者。"⑧ 这也是对姜国华洁己自持精神的继承，姜宸英也是如此。其好友韩菼写道："余识西溟三十余年矣，固未能尽知海内之贤豪，默数所及见，以为不可及，无如先生者；

---

① 姜宸英：《严荪友诗序》，《湛园未定稿》卷二，《清代诗人别集丛刊·姜宸英集（上）》，人民文学出版社2018年版，第442页。
② 王钟翰点校：《清史列传》卷七十一《文苑传二》，中华书局1987年版，第5807页。
③ 钱澄之：《湛园未定稿序》，《清代诗人别集丛刊·姜宸英集（上）》，人民文学出版社2018年版，第372页。
④ 《论语集注·子路第十三》，朱熹《四书章句集注》，中华书局2012年版，第148页。
⑤ 《论语集注·子路第十三》，朱熹《四书章句集注》，中华书局2012年版，第148页。
⑥ 姜宸英：《先参议赠太仆公传略》，《湛园未定稿》卷九，《清代诗人别集丛刊·姜宸英集（上）》，人民文学出版社2018年版，第581页。
⑦ 姜宸英：《先参议赠太仆公传略》，《湛园未定稿》卷九，《清代诗人别集丛刊·姜宸英集（上）》，人民文学出版社2018年版，第581页。
⑧ 姜宸英：《先太常公传略》，《湛园未定稿》卷九，《清代诗人别集丛刊·姜宸英集（上）》，人民文学出版社2018年版，第588页。

而所如之穷、穷且久、久益自强、益不僦，亦无如先生。盖三十年间，人事之变化多矣，姑勿论贵游子弟挟其声势气力，弋取功名，意满以去，即穷老失志、羁孤侘傺不平之士屡蹶，久困场屋中，晚乃终得一当，以不负其豪于平生者，比比也，而先生乃独如故。夫穷亦何病，然至斯极矣。"① 虽一生穷困潦倒，但姜宸英并未改变平生志愿，而是有所持守，最终在文学、学术、书法等领域取得突出成就。

（三）笃于孝友

有子曰："孝弟也者，其为仁之本与！"② 儒家认为孝悌是人伦之大者，是做人的根本，慈溪姜氏家族对此有着自觉的践履。其从高祖姜国望："笃于孝友。"③ 其父姜晋珪："性至孝，友爱诸弟。"④ 其母孙孺人："一味不以自甘，必先进舅姑。晓问寝安否？"⑤ 最让人感动的是其高祖姜国华之弟姜国望有一则"节孝"之事：

> 嘉靖岛贼突入，居民逆遁。时陆母氏初丧在殡，国望抱棺痛哭，誓不相离。贼至柩前，将举火，忽闻外间哨声，辄投火去，如是者三。抵暮，舁柩至空圹，不及于难。观风使者至，公论推举节孝。⑥

姜国望的所作所为，真可谓感天动地！姜宸英亦"家居孝友"⑦。其对父亲之死表现出深重的哀伤："先君于五月归路没于常山。忆此月

---

① 韩菼：《湛园未定稿序》，《清代诗人别集丛刊·姜宸英集（上）》，人民文学出版社2018年版，第373页。
② 《论语集注·学而第一》，朱熹《四书章句集注》，中华书局2012年版，第48页。
③ 冯可镛修、杨泰亨纂：《慈溪县志》卷三十一，清光绪二十五年（1899）刊本。
④ 朱彝尊：《孝洁姜先生墓志铭》，《曝书亭集》卷七十六，《清代诗文集汇编》第116册，第567页。
⑤ 朱彝尊：《孝洁姜先生墓志铭》，《曝书亭集》卷七十六，《清代诗文集汇编》第116册，第567页。
⑥ 冯可镛修、杨泰亨纂：《慈溪县志》卷九《孝友》，清光绪二十五年（1899）刊本。
⑦ 朱彝尊：《孝洁姜先生墓志铭》，《曝书亭集》卷七十六，《清代诗文集汇编》第116册，第567页。

登程，约略是过常山时，旅中和泪成咏。"① 母亲去世之后，作《夜哭二首》："终日泪成丝，终宵梦见之。娘来无复日，儿瘦更谁知？五十生涯浅，三千归路迟。此生怀橘愿，耿耿夜深时。"② 这是对母亲满腔真情凝结成的血泪之诗。对两个弟弟姜宸莅、姜宸筠也常常有诗怀之。日有所思，夜有所梦，姜宸英常常于梦寐见之。如梦到父亲和舍弟："忽闻大父唤声，云：'汝弟阿仙今复离山阴矣，消息云何？'然弟实在广陵，非山阴，梦中云尔也。……吾家家君寓都下，季弟旅泊扬州三年矣，余亦浪迹三吴，仅仲弟时依膝下。"③ 梦到母亲："乙卯夏初归，而吾母为予言：'去岁病黄，思大梨，遍觅不可得。'盖正英梦梨时也。"④ 梦到三弟："弟自都中暂归，即赴建宁，余入都门，时去已逾月矣。"⑤ 如此种种，真切地体现了姜宸英孝友之笃。

此外，姜氏族人还勤于读书，擅长书法。曾祖姜应麟尤其典型，在经学、诗学、书法方面均有造诣："公家居三十年，坐卧一小楼，于书无所不读。著《五经绪言》、《史论》，手缉《二十一史平衡录》、医学、地理书各数种，尤精于《易》，有《周易容光》、《易会》诸书，皆晚年心得。行楷法颜、欧，所读书皆手书之，累数千卷。"⑥ 书法上颇有声名的还有姜应麟的弟弟姜应凤："（应凤）博学工文，善草隶书，名于世。"⑦ 其父姜晋珪"研精理学，工诗，兼通

---

① 姜宸英：《三月十一日》，《苇间诗集》卷三，《清代诗人别集丛刊·姜宸英集（上）》，人民文学出版社 2018 年版，第 109 页。
② 姜宸英：《夜哭二首》，《苇间诗集》卷二，《清代诗人别集丛刊·姜宸英集（上）》，人民文学出版社 2018 年版，第 70 页。
③ 姜宸英：《感梦五首寄舍弟孝俞扬州》序，《苇间诗集》卷二，《清代诗人别集丛刊·姜宸英集（上）》，人民文学出版社 2018 年版，第 50 页。
④ 姜宸英：《梦梨》"呜咽随檐雨，鸡声欲曙天"句小注，《苇间诗集》卷二，《清代诗人别集丛刊·姜宸英集（上）》，人民文学出版社 2018 年版，第 82 页。
⑤ 姜宸英：《梦晤三弟，复梦为忆弟诗》"片帆东渡钱塘水，匹马南逾岭峤霜"句小注，《苇间诗集》卷二，《清代诗人别集丛刊·姜宸英集（上）》，人民文学出版社 2018 年版，第 78 页。
⑥ 姜宸英：《先太常公传略》，《湛园未定稿》卷五，《清代诗人别集丛刊·姜宸英集（上）》，人民文学出版社 2018 年版，第 587—588 页。
⑦ 姜宸英：《先参议赠太仆公传略》，《湛园未定稿》卷九，《清代诗人别集丛刊·姜宸英集（上）》，人民文学出版社 2018 年版，第 582 页。

六书，辨其源流，又娴经世之略"，"先生既远亲舍，岁时恒望乡遥拜，发为歌诗多幽忧悱恻之言，音甚酸楚，今所传《泛凫吟稿》是已。"①而姜宸英在古文、诗歌、书法、学术等方面均有精深造诣，成就突出，这和其家族文化的熏陶是分不开的。

要之，姜氏家族所彰显出的刚正不阿、洁己自持、笃于孝友等精神气质，勤于读书、擅长书法等良好习惯和才艺，代代相传，形成了独特的姜氏家风，对姜宸英精神气质、治学格局都具有重大影响。

第二节　生卒与行迹

一　生卒与字号辨讹

关于姜宸英生年，有崇祯戊辰年（1628）和崇祯戊寅年（1638）两说。钱仲联主编《中国文学家大辞典·清代卷》（中华书局1996年版），张㧑之等主编《中国历代名人大辞典》（上海古籍出版社1999年版），李灵年、杨忠主编《清人别集总目》（安徽教育出版社2000年版），柯愈春《清人诗文集总目提要》（北京古籍出版社2001年版），江庆柏《清代人物生卒年表》（人民文学出版社2005年版），陈雪军《姜宸英年谱》（浙江大学出版社2011年版）均主前说。主后说者由黄天骥开其端②，陈桂英、李晓峰、李文浦等人继之③。黄先生曾在专著中简略地说明："据全祖望所撰墓表说：'康熙丁丑七十矣，先生入闱'，'乃甫二年，而以己卯试事'，牵连下狱病死。可知，姜宸英卒于1699年，时为七十二岁。由此亦可推知他生于1638年。"④显然，黄先生对姜宸英生年的推算存在明显的计算错误。按黄先生所述，姜宸英卒于1699年，享年72岁，故其

---

① 朱彝尊：《孝洁姜先生墓志铭》，《曝书亭集》卷七十六，《清代诗文集汇编》第116册，第567页。
② 黄天骥：《纳兰性德和他的词》"附录二：交游考"，广东人民出版社1983年版，第261页。
③ 陈桂英：《姜宸英〈送容若奉使西域诗〉考释》，《承德师专学报》（社会科学版）1991年第4期；李晓峰、李文浦：《姜宸英〈通议大夫一等侍卫进士纳腊君墓表〉注释》，《承德民族师专学报》2004年第4期。
④ 黄天骥：《纳兰性德和他的词》"附录二：交游考"，广东人民出版社1983年版，第261页。

生年应为 1628 年，而非 1638 年。《纳兰性德和他的词》"附录一：年谱"有这样一条："清世祖顺治十一年（1655 年）生……这年……姜宸英二十六岁。"① 可见，按黄先生观点，姜宸英生于 1628 年。前者很可能是一时笔误，抑或印刷过程所造成。而陈桂英、李晓峰、李文浦等人则不加考辨，径袭黄氏之说。

其实，姜宸英生年可据相关材料考出。王猷定有云："姜子曰：先曾祖年八十三，而吾生；去世，吾三岁。"② "先曾祖"即姜应麟，其卒年，黄宗羲有明确记载："崇祯三年五月初七日卒，距生嘉靖二十五年四月二十四日，年八十五。"③ 崇祯三年为 1630 年，此年，姜宸英三岁，可推知其生于 1628 年。

姜宸英亦曾在作品中透露过自己年龄。其《祭凌氏妹文》："吾年四十五，先君道卒，不得视含殓。"④ 其父姜晋珪去世时，姜宸英四十五岁。检朱彝尊为其父所作的《孝洁姜先生墓志铭》，姜晋珪"卒于草坪旅舍，是康熙十一年五月日也，年六十三。"⑤ 康熙十一年，即 1672 年，由此可推知姜宸英生于 1628 年。综上，姜宸英生于崇祯戊辰年（1628），可无疑义。

姜宸英卒年向有一说，即康熙三十八年己卯（1699），但时贤根据相关资料推理，实有不严谨之处。如前引黄天骥所言："据全祖望所撰墓表说：'康熙丁丑七十矣，先生入闱'，'乃甫二年，而以己卯试事'，牵连下狱病死。可知，姜宸英卒于 1699 年，时为七十二岁。"姜宸英因康熙己卯科考案而牵连下狱，没有疑问，但何时"病死"，全祖望没有说明，至少没有明确说明是"己卯"。清人一些笔记多承袭全祖望说法，如法式善《槐厅载笔》："姜宸英，己卯顺天

---

① 黄天骥：《纳兰性德和他的词》"附录二：交游考"，广东人民出版社 1983 年版，第 201 页。
② 王猷定：《姜西溟诗序》，《四照堂文集》卷二，《清代诗文集汇编》第 12 册，第 15 页。
③ 黄宗羲：《皇明中宪大夫太仆寺少卿赠太常寺卿松檗姜公墓志铭》，《南雷余集》，《清代诗文集汇编》第 33 册，第 431 页。
④ 姜宸英：《祭凌氏妹文》，《湛园未定稿》卷六，《清代诗人别集丛刊·姜宸英集（上）》，人民文学出版社 2018 年版，第 624 页。
⑤ 朱彝尊：《孝洁姜先生墓志铭》，《曝书亭集》卷七十六，《清代诗文集汇编》第 116 册，第 567 页。

典试，以场弊下狱，卒。"① 陆以湉《冷庐杂识》："（慈溪姜西溟太史）久困名场，年七十始登第……太史于康熙己卯主顺天乡试……遂发愤死于刑部狱中。"② 等等，均没有明确道及姜宸英去世时间。

关于姜宸英的卒年，有两则材料不能不提。尹元炜辑《溪上遗闻集录》云："先生生明崇祯戊辰八月十九日，卒康熙庚辰正月二十一日，归葬夏家岙花盆山。"③ 生卒年月日俱全，显得非常可信，而且生年和上述考证相合，是正确的，卒年为"康熙庚辰"，即康熙三十九年（1700），与其下狱时间也相距不远。可见，尹元炜此处记载，与现有文献并无抵牾不合之处。清末慈溪文人王家振有诗题为《廿一日西溟姜先生忌辰，冯舸月孝廉招同与祭，再赋长句》④。此处述姜宸英之忌辰，与尹元炜所记一致，亦是一个旁证。但考察尹元炜所记之来源，乃是慈溪"故老传闻"⑤，故不能遽尔视为定谳。综上，姜宸英之卒年可暂定为康熙三十九年（1700）。

姜宸英字"西溟"，亦写作"西铭"⑥"西冥"⑦，而"湛园"是字还是号，尚存异说：

著作	严虞惇《姜西溟先生事略》	钱林《文献征存录》卷二	阮元《两浙輶轩录》卷十	柯玉春《清人诗文集总目提要》	袁行云《清人诗集叙录》	江庆柏《清代人物生卒年表》	杨廷福、杨同甫《清人室名别称字号索隐》（增补本）
字	西溟，一字湛园	西溟	西溟，一字湛园	西溟	西溟	西溟	西冥、西溟
号		湛园		湛园，又号苇间	湛园	湛园	湛园、苇间

---

① 法式善：《槐厅载笔》卷十三，清嘉庆刻本。
② 陆以湉：《冷庐杂识》卷三，清咸丰六年刻本。
③ 尹元炜：《溪上遗闻集录》，西泠印社出版社2005年版，第87页。
④ 王家振：《西江诗稿》，据光绪三十四年木活字本影印。
⑤ 尹元炜说："谢山《墓志》本系移国史馆事实所云先生下狱事，颇与吾邑故老传闻异词，故另述所闻于后。"（《溪上遗闻集录》，西泠印社出版社2005年版，第87页）可见，所记姜宸英生卒是慈溪"故老传闻"。
⑥ 如秦松龄《中秋同西铭、苏友、从叔乐天先生赋》《九日同西铭、苇南、邠仙步黑窑厂》，陈奕禧《兰州归得史局纂修姜西铭寄书并所著文集》。
⑦ 上海博物馆：《中国书画家印鉴款识》（上），文物出版社1987年版，第684页。

姜宸英有一印"苇间姜宸英西溟氏别号湛园"①,可见"湛园"是其号。另,古人有将与己相关的地名或自己的书斋名用作别号的习惯,从字面看,"湛园"应是地名,故"湛园"为姜氏别号无疑。姜氏有印鉴名"苇间书屋"②,曾明确说明:"予别业题'苇间书屋'。"③ 故姜宸英又号"苇间"。柯玉春《清人诗文集总目提要》作"号湛园,又号苇间",杨廷福、杨同甫《清人室名别称字号索隐》(增补本)作"号湛园、苇间",是矣。

姜宸英年轻时似曾自称"越吟野人"。其有诗云"庐山道人三昧力,写就潇湘高士色。挂君东皋一草堂,烟树离离生虚白。苇间野老归去来,手指寒潭空一摘。山云欲雨不雨时,清梦扶疏绕四壁。老干直上排云归,幽艳落落坐怪石。借问王孙小渭川,月下风前谁领得?(……予癸巳年在吾邑东郊缓归亭,为刘君题画绢兰竹。君张绢几上,令余立题之,余即捉笔写成。今去此四十年,刘君没已久,予亦衰疲,懒事笔墨。偶翻得旧稿,即应问亭之命,中间略改五六字,但换末二句,并觉前句生动矣。)"④ 检姜宸英癸巳年(1653)所作《醉过缓归亭题楚僧画》:"湘江老僧髯如戟,写就潇湘高士色。挂君东山一草堂,江树离离生虚白。越吟野人归去来,手指寒潭空一摘。山云欲雨不雨时,清梦扶疏绕四壁。老干直上排云归,幽艳落落坐怪石。借问何如刘子骥,桃源春深去不得。"⑤ 其中将"越吟野人归去来"改为"苇间野老归去来"。考"越吟"二字,典出《史记·张仪列传》:

> 陈轸适至秦,惠王曰:"子去寡人之楚,亦思寡人不?"陈

---

① 上海博物馆:《中国书画家印鉴款识》(上),文物出版社1987年版,685页。
② 上海博物馆:《中国书画家印鉴款识》(上),文物出版社1987年版,684页。
③ 姜宸英:《题夏重〈芦塘放鸭图〉二首》其二"有时忆我游何处,或恐延缘在苇间"句小注,《苇间诗集》卷四,《清代诗人别集丛刊·姜宸英集(上)》,人民文学出版社2018年版,第188页。
④ 姜宸英:《宗室博问亭属题庐山僧长幅画竹,傍有兰数茎,丛生石上》,《苇间诗集》卷四,《清代诗人别集丛刊·姜宸英集(上)》,人民文学出版社2018年版,第193页。
⑤ 姜宸英:《醉过缓归亭题楚僧画》,《苇间诗集》卷一,《清代诗人别集丛刊·姜宸英集(上)》,人民文学出版社2018年版,第27页。

轸对曰："王闻夫越人庄舄乎？"王曰："不闻。"曰："越人庄舄仕楚执珪，有顷而病。楚王曰：'舄故越之鄙细人也，今仕楚执珪，贵富矣，亦思越不？'中谢对曰：'凡人之思故，在其病也。彼思越则越声，不思越则楚声。'使人往听之，犹尚越声也。今臣虽弃逐之楚，岂能无秦声哉？"①

越人庄舄在楚国做官，生病时还念念不忘越国，发出越国的吟声。陈轸借此事说明自己到楚国亦不会忘怀秦国，将会类似庄舄越吟而发出秦声。后世遂以"庄舄越吟""越吟"等语词表达爱国怀家之情。姜宸英自称"越吟野人"，似可见其年轻时眷眷不忘明室。

姜宸英书斋名除"苇间书屋"外，尚有"畦风阁""真意堂""寒玉亭""老易斋"②四个。考量五个书斋名称，可觇其崇尚自然、向往田园之雅趣。姜宸英好友查慎行有诗云："不如蚤筑畦风阁，结伴归耕未算迟。"③畦风阁已成二人意中归隐之地。

综上，姜宸英（1628—1700），字西溟，亦写作西铭、西冥，号湛园，又号苇间，早岁曾自号"越吟野人"。书斋名有"苇间书屋""畦风阁""真意堂""寒玉亭""老易斋"五个。

二　行迹述略

姜宸英七十余年漫长的人生之路，依其行踪大致可分为四个时期：

（一）里居家乡时期（1628—1661）

此时期从崇祯元年（1628）到顺治十八年（1661），即从姜宸英出生到三十四岁。其间，他也偶有时间或长或短的出游，但仍以里居家乡慈溪为主。姜宸英少时曾问学于同乡好友冯孟勉之父，同

---

① 司马迁：《史记》（下），中华书局2005年版，第1812页。
② 上海博物馆：《中国书画家印鉴款识》（上），文物出版社1987年版，第684—685页。杨廷福、杨同甫：《清人室名别称字号索隐》（增补本），上海古籍出版社2011年版，第370页。
③ 查慎行：《姜西溟至都二首》，《敬业堂诗集》卷十七，《清代诗文集汇编》第178册，第250页。

时与孟勉一起读书，相互砥砺，彼此交好。甲申（1644）、乙酉（1645）之际，二人抛弃旧业，终日抵掌高谈纵横王霸之略，商榷经史，旁及诗赋。当时有一批乡邦友人致力于诗文创作，取得了较高成就。《慈溪县志》载："宸英同时刘纯熙、冯恺愈、冯宗仪、冯逊庸、姚纪、秦垛、秦勋、罗叔初、钱虎左亦工诗文，皆有名于时。"① 姜宸英与这些人均有交往，其中与冯宗仪尤为密切："初，余与君交时才弱冠，居相邻也。始用诗词相倡酬，已应诸生举，去为时文，俱不意得，则学为古文。每晨坐谈论，至忘寝食，巷中儿争笑以为痴。"② 可见二人研习古文之热情与刻苦。少年时期求学及研习诗文之经历，为姜宸英将来诗文创作取得突出成就奠定了坚实基础。

（二）外出游历时期（1662—1681）

此时期从康熙元年（1662）到康熙二十年（1681），主要是姜宸英外出游历时期。康熙元年，姜宸英因生活所迫，"不得已而游"③。他离开家乡慈溪，漫游扬州、无锡、苏州、金陵等江南地区，结识了陈维崧、吴伟业、严绳孙、秦松龄、汤斌、周亮工、计东等江南名士。这期间，姜宸英曾客居无锡，据董以宁记载："姜子西铭客游无锡，主于秦子留仙之家。余与黄子庭表、计子甫草、陈子赓明皆至，相与晨夕论文，甚乐也。"④ 姜宸英与这些著名文人如此频繁深入地切磋琢磨，对深化其古文观念、提升其古文创作能力非常重要。此后，姜宸英多次入京，先后结识了纳兰性德、龚鼎孳、叶方蔼、朱彝尊、汪懋麟、高士奇等达官显贵和著名文人，尤与纳兰性德交往最密。他们经常在一起宴饮雅集，交游唱和。康熙十七年（1678）正月，康熙拟开博学鸿词科，征召天下博学之士，无论

---

① 冯可镛修、杨泰亨纂：《慈溪县志》卷三十一，清光绪二十五年（1899）刊本。
② 姜宸英：《文学冯君墓志铭》，《清代诗人别集丛刊·姜宸英集（上）》，人民文学出版社2018年版，第602—603页。
③ 董以宁：《赠姜西铭为两尊人寿序》，《正谊堂文集·序》，《清代诗文集汇编》第112册，第318页。
④ 董以宁：《赠姜西铭为两尊人寿序》，《正谊堂文集·序》，《清代诗文集汇编》第112册，第318页。

已仕、未仕,均可由在京三品以上及科道官员或在外省督抚布按举荐应试。这对姜宸英而言,是一次步入仕途的大好时机,可最终失之交臂。个中原因,时任翰林院侍读学士韩菼回忆说:"方征博学鸿儒时,廷臣得举所知,余亟欲以先生荐,院长叶文敏公约同署名。会公宣入禁中,待之两月,及余独呈吏部,已不及期矣。"①

(三)编纂《明史》和《大清一统志》时期(1682—1696)

康熙二十一年(1682),姜宸英以诸生身份,进入明史馆,充翰林院纂修官,食七品俸。在这之前,康熙十九年(1680)二月,内阁学士徐元文便推荐姜宸英入明史馆,因其丁母忧未赴任。他在史局时,常与纳兰性德、陈维崧、严绳孙、顾贞观、朱彝尊、梁佩兰、吴兆骞、吴雯等人集会。康熙二十九年(1690)二月,徐乾学因遭弹劾而罢官归里,得康熙准允,携《大清一统志》等书稿回里编辑,延请胡渭、阎若璩、姜宸英、查慎行、黄虞稷等分纂。在此期间,姜宸英编纂了《江防总论拟稿》《海防总论拟稿》《日本贡市入寇始末拟稿》等多篇经世长文。

(四)为官时期(1697—1700)

姜宸英一生艰于科考,青年时期即参与清廷考试,但屡试不售,直至康熙三十二年(1693),才中顺天乡试,排名十九,时已六十六岁。康熙三十六年(1697)七月会试,殿试进呈卷在二甲第四。康熙识其手书,特拔置一甲第三,授翰林院编修。康熙三十八年(1699)八月,姜宸英任顺天乡试副考官。十一月,御史鹿佑弹劾顺天乡试考试不公,有玷清班。结果主考官李蟠遭遣,姜宸英牵连下狱而卒。康熙听闻姜宸英去世,"叹息再三"②。刑部尚书王士禛亦慨然兴叹:"吾在西曹,顾使湛园以非罪死狱中,愧如何矣!"③

---

① 韩菼:《湛园未定稿序》,《清代诗人别集丛刊·姜宸英集(上)》,人民文学出版社 2018 年版,第 373 页。
② 张锡璜:《挽姜湛园先生》,其四"黼座悲吁和日惨"句小注,《附录三 酬赠追悼》,《清代诗人别集丛刊·姜宸英集(下)》,人民文学出版社 2018 年版,第 1177 页。
③ 全祖望:《翰林院编修湛园姜先生墓表》,全祖望著、黄云眉选注《鲒埼亭文集选注》,齐鲁书社 1982 年版,第 174 页。

表现出了深深的愧疚与无奈。

第三节　诗文与著述

一　诗文集考述

在清代,整理姜宸英诗文集贡献最大者应数慈溪文人冯保彝、王定祥。二人编纂《姜先生全集》三十三卷,卷首一卷,光绪十五年(1889)毋自欺斋冯氏刻,内含《湛园未定稿》十卷、《西溟文钞》四卷、《真意堂佚稿》一卷、《湛园藏稿》四卷、《湛园札记》四卷、《湛园题跋》一卷、《苇间诗集》五卷、《湛园诗稿》三卷、《诗词拾遗》一卷。据《校刻慈谿姜先生全集例略》言,此本系冯、王二氏据姜宸英撰述行世者合校重刊、汰其重复而成,各集以类相从,类中又以刻订之先后、卷帙之多寡为编纂序次。民国十九年(1930)宁波大酉山房曾据以石印,2010年上海古籍出版社曾据以影印,收入《清代诗文集汇编》第107册。

除《姜先生全集》本之外,姜宸英诗文集尚有其他版本,曾刊刻于世。

《苇间诗集》五卷,康熙五十二年(1713)唐执玉二南堂刻本。道光四年(1824)叶元垲睿吾楼据以重刻,并附刻全祖望《翰林院编修湛园姜先生墓表》、郑方坤《苇间诗集小传》,"以志景仰云尔"[1]。

《湛园诗稿》三卷,嘉庆二十三年(1818)郑乔迁岁寒堂刻本。卷首有郑羽逵《湛园先生传》、郑乔迁《湛园诗稿题识》。据郑乔迁言:"先生《未定稿》板向藏吾家二老阁中,其诗名《苇间集》者,虽经授梓,不可多得。溯洄溪上,屈指先生之诗终以未见全豹为憾,兹从裘梦卿上舍鼎熙家得先生手稿,涂乙改窜,光怪陆离,令人不可逼视。案其诗,盖半为晚年之作,爰与宗人少梅、孝廉际良、金门茂才诏厘为三卷,同付剞劂,以广其传。有散见于选家而此本所

---

[1]　《苇间诗集》卷首,清道光四年(1824)叶元垲刻本。

无者，不敢增人，示原稿也。"① 可见此本严格依据姜宸英手稿整理编排而成。

《湛园集》八卷，现存版本有二。（1）《文渊阁四库全书》本，修成于乾隆四十六年（1781）底。此本为黄叔琳所编，所收均为姜宸英古文作品。黄氏编纂时，打乱存世各集原有编排顺序，以类相从。此本最大的缺点是存在较为严重的更改篇名、增删文字等情况。（2）《文津阁四库全书》本，钞成于乾隆四十九年（1784）十一月。此本距文渊阁四库本成书有三年之久，其中有所补正，但也存在部分文字明显错讹现象。

《湛园未定稿》六卷，康熙年间慈溪郑氏二老阁刻本。此本尚存初刻本和通行本两种。初刻本六册，前有秦松龄序、钱澄之序、韩菼序；通行本十册，前只有秦松龄序、韩菼序。初刻本计有三十篇有目无文：《明史·刑法志·论赎法拟稿》《大清一统志·江防总论拟稿二》《翁山诗外序》《冯孟勉诗集序》《孙朗仲诗序》《赠徐顺德序》《敦好斋记》《远悔堂记》《东轩记》《题金兴安卷子》《题帖类稿》《匡庐先生传》《先户部公传略》《先赠文林公传略》《赠太孺人先母述略》《濂儿权厝志》《祭谢时逢太学文》《祭仲弟次公文》，共十八篇。

《姜西溟先生文钞》四卷，乾隆四年（1739）南兰赵氏匪懈堂刻本。卷首有赵侗敩序和郑羽逵《姜湛园先生传》。

《湛园题跋》一卷，乾隆三年（1738）黄叔琳刻本。此外尚有道光二十四年《昭代丛书》本、咸丰元年（1851）海昌蒋氏宜年堂刻《涉闻梓旧》本、同治十三年（1874）虞山顾氏刻《小石山房丛书》本。各本篇数、文字均有一定差异，其中道光二十四年《昭代丛书》本增字、改字现象甚多，咸丰元年《涉闻梓旧》本篇数最少。

《探花姜西溟先生增定全稿》，毋自欺斋蓝格钞本，今藏宁波天

---

① 郑乔迁：《湛园诗稿题识》，《清代诗人别集丛刊·姜宸英集（上）》，人民文学出版社 2018 年版，第 244 页。

一阁博物馆。此钞本收录姜宸英八股文三篇，策论一篇，誓书一篇，策问五篇；有历科试墨十六篇，钞本有目无文。

此外，尚有数种以稿钞本形式流传的集子：《苇间诗稿》一卷，稿本，上海图书馆藏，宣统至民国间顺德邓氏风雨楼曾据以影印，收入《风雨楼秘籍留真》；《姜西溟书札》一卷，稿本，中国国家图书馆藏；《姜西溟手钞欧曾老苏三家文》，不分卷，稿本，上海图书馆藏；《选诗类钞》残卷，稿本，上海图书馆藏；《姜西溟先生文稿》（不分卷），稿本，一册，中国国家图书馆藏。

随着姜宸英文集的广泛传播，一些选本随之出现。典型者如李祖陶选《湛园未定稿文录》三卷，道光十九年（1839）刻《国朝文录》本；王心湛选《西溟文钞》一册，共六十六篇，每篇均有评语；中国国家图书馆藏清补堂钞本《姜西溟文钞》一册四卷，篇目与王心湛选本相同，无评语，疑是据王心湛选本所钞。

二 新发现之手稿本述略

除上述著述外，笔者于上海图书馆发现《姜西溟选诗类钞真迹》与《姜西溟手钞欧曾老苏三家文》手稿本两部，对研究姜宸英的诗学思想与古文理论具有重要价值。今不揣鄙陋，对这两部手稿本略作研考。

（一）《姜西溟选诗类钞真迹》

《选诗类钞》是姜宸英在康熙十二年（1673）道经汝宁时编辑而成。其《选诗类钞序》对此书编撰时间、过程、方法、旨趣均做了细致的交待：

> 梁昭明太子《选》诗，自荆轲下合六十五人，分其体为二十三部。余嫌其未足以著时代之升降、究作者之归趣也。去年十一月，自京师道汝宁，客邸多暇，因取更编缉之，以人系代，以诗系人，稍芟汰者十之二，日呵冻书之。仅一月，发汝抵广陵，录成卷，共得百十三纸。略疏其人世次、爵里于其名之下，

而不见余钞者七人焉。

……余之为是集也，非欲取天下之诗而必之"《选》体"，欲人之学为唐人之诗而已。求工于唐人之诗者，必务知其所本，则舍是奚取哉？余又欲稍葺自梁天监以后，合陈、隋、北朝作者，拾其遗事，共为一集，博采诸家之论诗者以附焉，而未暇也，因识其意于卷端。时甲寅正月己丑，书于广陵寓斋。①

此书打破了《文选》"凡次文之体，各以汇聚。诗赋体既不一，又以类分；类分之中，各以时代相次"②的编选方法，采用"以人系代，以诗系人"的方式，致力于"著时代之升降、究作者之归趣"，最终目的是使"求工于唐人之诗者，必务知其所本"，可谓有为之作。然此书的影响却颇为有限，从笔者目前所涉猎的文献中，独方象瑛《选诗汇删序》对此书进行了评价：

《选诗》旧皆分体，苦于寻涉，吾友慈溪姜西溟汇而抄之，各从其人，而习见熟闻者去之，不独观览最便，而文章气韵之升降亦大略可观。余尤病其去取过恕，未能快然心目。③

在方氏看来，此书优点有二：一是"观览最便"，二是"文章气韵之升降亦大略可观"。此评价不可谓不高，然尚有一缺点："尤病其去取过恕，未能快然心目。"故方象瑛又作《选诗汇删》一书。

上海图书馆所藏的这部《姜西溟选诗类钞真迹》，乃一残本。扉页有余绍宋④署"姜西溟选诗类钞真迹"九字。所钞诗现存五首：陆机《于承明作与士龙》《赠顾交趾公真》、沈约《宿东园》《游沈

---

① 姜宸英：《选诗类钞序》，《湛园未定稿》卷二，《清代诗人别集丛刊·姜宸英集（上）》，人民文学出版社 2018 年版，第 431 页。
② 萧统：《文选序》，《文选》上册，岳麓书社 2002 年版，第 3 页。
③ 方象瑛：《选诗汇删序》，《健松斋集》卷一，清康熙世美堂刻康熙四十年续刻本。
④ 余绍宋（1882—1949），字越园，号寒柯，衢州市龙游县人，近代颇具盛名的书画家、方志学家和爱国学者。详见苗银英《余绍宋》（《浙江档案》1990 年第 7 期）。

道士馆》、谢灵运《酬从弟惠连》、郭璞《游仙诗七首》。这与姜宸英序中所言之编选方法、编选旨趣别无二致。书后有姜宸英《选诗类钞序》、冯开记、马一浮诗、章炳麟识、童第德跋。

之于诗学思想研究而言，此书最有价值的无疑是姜宸英所作批注，"朱墨夹注，灿然盈目"①。这些批注不是一时一地所作，而是十数年连续为之。《于承明作与士龙》一诗共有两则批注，第二则批注为："此予十年前持论，自谓独特，及见李献吉论诗亦云。"② 可知"盖先生既成书时，取观览有所得，则连续而记之，非出于一时所为而"③。这些批注大多较冷静客观，往往三言两语，道出自己对诗作总体的印象或感受。如评《酬从弟惠连》："康乐诗所以特妙者，以其幽而能艳，细而能老。知其艳则得练句之法，知其老则得审局之法。"④ 评《于承明作与士龙》："余谓康乐诗虽源本子建，而体裁得之士衡，为多观此数诗可见。"⑤ 评《游仙诗七首》："潘、陆以前，声律未备；颜、谢以往，雕镂太工。唯景纯诸诗，兼辞格而并运，超千古而独出。"⑥ 这些印象或感受颇具文学史视野，推源溯流，品评精当。姜宸英有的批注则充满鲜明的个性色彩与强烈激情，如《游沈道士馆》一诗，共两则批注。一是眉批："此老死负东昏，生愧至奴矣。"二是夹批："贩国之贼，年已八十而犹思仙以度颓龄，老而无厌，独不思东昏之余怨耶？"⑦ 词义凛然，表现出强烈的憎恨之情，可见其品行与节操。这些批注，对于研究姜宸英彼时的诗学思想颇有助益。

（二）《姜西溟手钞欧曾老苏三家文》

上海图书馆所藏的这部《姜西溟手钞欧曾老苏三家文》（以下简称"姜《钞》"），手稿本，共四册。此文钞共录欧阳修、曾巩、

---

① 童第德：《姜西溟选诗类钞真迹》跋，《姜西溟选诗类钞真迹》残本，上海图书馆藏。
② 姜宸英：《于承明作与士龙》批语，《姜西溟选诗类钞真迹》残本，上海图书馆藏。
③ 童第德：《姜西溟选诗类钞真迹》跋，《姜西溟选诗类钞真迹》残本，上海图书馆藏。
④ 姜宸英：《酬从弟惠连》批语，《姜西溟选诗类钞真迹》残本，上海图书馆藏。
⑤ 姜宸英：《于承明作与士龙》批语，《姜西溟选诗类钞真迹》残本，上海图书馆藏。
⑥ 姜宸英：《游仙诗七首》批语，《姜西溟选诗类钞真迹》残本，上海图书馆藏。
⑦ 姜宸英：《游沈道士馆》批语，《姜西溟选诗类钞真迹》残本，上海图书馆藏。

苏洵三家古文72篇（其中欧文33篇，曾文17篇，苏文22篇），几乎每篇古文都有细致的评点，且形式多样，既有题下批、总评，又有圈点钩画、眉批、夹批。

姜《钞》前有沈堡跋文一篇。沈堡，字可山，萧山人，诸生，著有《渔庄诗草》。此《跋》在姜宸英研究史上出现较早，又不见于沈堡现存的诗文集中，故详录其文如下：

> 姜湛园先生文名雄一代，既殁后，手定诸书皆散逸，如秋风败箨，不能复问其所之。而友人钱黄初入市，于废书肆中得其《八家文钞》本，仅存欧、曾、老苏文，购归箧中，知予之爱之也，珍重贻予。其朱墨甲乙、圈点钩画，悉具慧解，而书法尤隽妙，草草中有晋人风骨。方摩挲不忍释手，而食朽蟫断漫漶，几不可读，亟命工补缀装潢，理为三帙，既成而喟然曰："今世士夫学殖荒落，游谈无根，而欲以空疏固陋之腹涂改烟云，点窜花鸟，与古人争衡，难矣。视先生之读破万卷，矻矻昏旦，至耄不衰者，不可以少愧乎？"先生于文无不解，了而心摹手追，不出欧、曾一路，其精悍者间或出入老苏，则是书虽缺，犹解百脉而独得其玄牝，未为不幸也。抑予幼时，蒙先生特达之知，今潦倒名场，忽忽数十年，目击先生之菀枯荣悴，仅收拾残编剩墨以为知己之报，又赧然自愧矣。雍正辛亥四月朔，渔庄居士沈堡题于青藤晨夕处。①

此跋作于"雍正辛亥"，即雍正九年（1731），距姜宸英去世三十余年，又因沈堡生平与姜宸英有交集，"幼时，蒙先生特达之知"，故其所记应为真实可信。此跋首先交代了姜宸英去世后"手定诸书皆散逸"的事实，《八家文钞》即已散佚，仅存欧、曾、老苏三家文钞。

---

① 沈堡：《姜西溟手钞欧曾老苏三家文跋》，《姜西溟手钞欧曾老苏三家文》卷首，稿本，上海图书馆藏。

此跋还有助于增进我们对姜宸英书法的认知："书法尤隽妙，草草中有晋人风骨。"姜宸英书法造诣甚高，与汪士鋐、何焯、陈奕禧被誉为"清初四大家"，与笪重光、汪士鋐、何焯并称"康熙四家"，是清初帖派的重要书家。其书初学米芾、董其昌，后溯晋、唐，工于行草。包世臣《艺舟双楫》列其行书为"能品上"（笔者案："能品上"共七家，分别为释丘山真及行书、宋珏分及榜书、傅山草书、姜宸英行书、邓石如草书、刘墉榜书、黄乙生行榜书）①。吴德旋《初月楼论书随笔》云："本朝书家，姜湛园最为娟秀。"②王潜刚《清人书评》亦曰："西溟书能以清健胜。"③沈堡所言之"隽妙""晋人风骨"，准确地道出了姜宸英书法的风格特征。

此跋对姜宸英古文风格亦有所揭示："不出欧、曾一路，其精悍者间或出入老苏。"认为姜宸英古文风格具有多样性，这无疑是有道理的，但将其创作渊源局限于欧、曾、老苏三家，则有失片面，因为姜宸英古文创作的渊源比较多元，以六经为本根，上溯《战国策》《史记》《汉书》，力学唐宋八大家，并接续于归有光，同时近师王猷定。总体来看，沈堡之《跋》对于理解姜宸英著述存佚、书法特征、古文风格等方面均有着较为重要的意义，理应纳入我们的研究视野。

姜宸英卒于康熙三十九年（1700）。在姜宸英生前的唐宋八大家古文选本，明代共有 8 种，清代共有 7 种，分别是：茅坤《唐宋八大家文钞》④，崇祯二年（1629）孙慎行刊行《精选唐宋八大家文钞》6 卷（上海图书馆），崇祯四年（1631）顾锡畴刊行《唐宋八

---

① 包世臣：《艺舟双楫》，栾保群编《书论汇要》（下），故宫出版社 2014 年版，第 797 页。
② 吴德旋：《初月楼论书随笔》，栾保群编《书论汇要》（下），故宫出版社 2014 年版，第 824 页。
③ 崔尔平选编、点校：《历代书法论文选续编》，上海书画出版社 1993 年版，第 809 页。
④ 茅坤《唐宋八大家文钞》是现存最早的唐宋八大家散文选本，初刊于万历七年（1579）。付琼把茅《钞》分为两个时期："茅一桂刻本的影响主要施于前期（万历七年至崇祯三年），历时 52 年；茅著刻本的影响主要施于后期（崇祯四年至清末），历时 280 年。"见其《唐宋八大家选本在明清时期的衍生和流行》，《中国社会科学院研究生院学报》2008 年第 4 期。

大家选本》59 卷（复旦大学图书馆），崇祯五年（1632）汪应魁校刊钟惺选评本《唐宋八大家选》24 卷（清华大学图书馆），崇祯六年（1633）王志坚编刊《古文渎编》29 卷（山东省图书馆），崇祯时期题名钟惺所选的《唐宋八大家文悬》10 卷（国家图书馆），崇祯时期刘肇庆发祥堂刻《唐宋八大家文钞选》①，陈贞慧《唐宋八大家文选》（已佚），顺治十五年（1658）卢元昌《唐宋八大家文选》，康熙时期孙琮《山晓阁选唐宋八大家全集》，康熙二十年（1681）蔡方炳《唐宋八大家文选》，康熙二十三年（1684）姚靖《唐宋八大家偶辑》，康熙三十八年（1699）储欣《唐宋八大家类选》，王昊《唐宋八家文》（已佚），魏禧《八大家文钞选》（已佚）。②

在上面所列选本中，姜《钞》所据之蓝本为何？据笔者考察，发现姜《钞》所据之蓝本为茅坤《唐宋八大家文钞》（以下简称"茅《钞》"）。根据有三：

首先，在篇目排列顺序上，姜《钞》与茅《钞》绝大部分一致。兹以《姜钞·欧阳永叔文钞》与《茅钞·庐陵文钞》相比较，列表如下：

篇序	《姜钞·欧阳永叔文钞》	《茅钞·庐陵文钞》	批语情况	备注
1	《论台谏官言事未蒙听允书》	《庐陵文钞》二		
2	《投时相书》	《庐陵文钞》十	题下批相同	
3	《与蔡君谟求书集古录序书》	《庐陵文钞》十		
4	《与郭秀才书》	《庐陵文钞》十		
5	《正统论上》	《庐陵文钞》十二	总评相同	
6	《正统论下》	《庐陵文钞》十二		

---

① 付琼：《唐宋八大家选本在明清时期的衍生和流行》，《中国社会科学院研究生院学报》2008 年第 4 期。

② 付琼：《清代唐宋八大家散文选本考录》，商务印书馆 2016 年版，第 2 页。

第一章　姜宸英家世、生平、著述考述　45

续表

篇序	《姜钞·欧阳永叔文钞》	《茅钞·庐陵文钞》	批语情况	备注
7	《原弊论》	《庐陵文钞》十三		
8	《春秋或问》	《庐陵文钞》十四	题下批相同	
9	《朋党论》	《庐陵文钞》十四		
10	《唐书食货志论》	《庐陵文钞》十五	题下批相同	
11	《唐书艺文志论》	《庐陵文钞》十五		
12	《唐书五行志论》	《庐陵文钞》十五		
13	《五代史唐六臣传论》	《庐陵文钞》十六		
14	《五代史伶宦者传论》	《庐陵文钞》十六	题下批相同	
15	《五代史伶官传论》	《庐陵文钞》十六		
16	《释维俨文集序》	《庐陵文钞》十七	题下批相同	
17	《释秘演诗集序》	《庐陵文钞》十七	姜《钞》总评与茅《钞》题下批相同	
18	《送徐无党南归序》	《庐陵文钞》十八		
19	《送杨寘序》	《庐陵文钞》十八		
20	《送田昼秀才宁亲万州序》	《庐陵文钞》十八		
21	《诗谱补亡后序》	《庐陵文钞》十九		
22	《集古录目序》	《庐陵文钞》十九	题下批相同	
23	《有美堂记》	《庐陵文钞》二十	题下批相同	
24	《岘山亭记》	《庐陵文钞》二十		
25	《李秀才东园亭记》	《庐陵文钞》二十	姜《钞》题下批与茅《钞》总评所引相同	
26	《菱溪石记》	《庐陵文钞》二十		
27	《襄州谷城县夫子庙记》	《庐陵文钞》二十一		
28	《丰乐亭记》	《庐陵文钞》二十一	题下批相同	
29	《醉翁亭记》	《庐陵文钞》二十一	姜《钞》总评与茅《钞》题下批相同	
30	《画舫斋记》	《庐陵文钞》二十一		
31	《峡州至喜亭记》	《庐陵文钞》二十一	题下批相同	

续表

篇序	《姜钞·欧阳永叔文钞》	《茅钞·庐陵文钞》	批语情况	备注
32	《樊侯庙灾记》	《庐陵文钞》二十一	姜《钞》总评与茅《钞》总评所引相同	此两文相邻,茅《钞》排列顺序相反。
33	《王彦章画像记》	《庐陵文钞》二十一	姜《钞》总评与茅《钞》总评所引相同	
34	《张子野墓志铭》	《庐陵文钞》二十九		
35	《河南府司录张君墓表》	《庐陵文钞》三十	题下批相同	
36	《泷冈阡表》	《庐陵文钞》三十一	题下批相同	

由上表可见,姜《钞》与茅《钞》除《樊侯庙灾记》《王彦章画像记》两篇顺序相反之外,其余各篇顺序完全一致。曾巩、苏洵古文的排列顺序,姜《钞》与茅《钞》则全部相同。

其次,在评语承袭上,姜《钞》有一部分题下批与总评来源于茅《钞》。如上表,"题下批相同"的共 11 篇,"总评相同"的 1 篇,总评与题下批相同或部分相同的共 5 篇。曾巩、苏洵古文的评语也存在类似情况。

最后,更为重要的是,姜宸英在手钞的过程中,对所钞文字还进行了校勘,而原文则与茅《钞》完全相同。如曾巩《列女传目录序》眉批"成,一本作文字,宜从"①,原文"而成帝后宫赵卫之属"与茅《钞》一致;曾巩《送周屯田序》眉批"僻,《文鉴》作厄"②,原文"而独游散弃乎山墟林莽僻巷穷闾之间"与茅《钞》相同,等等。

由上可见,姜《钞》的确是以茅《钞》为蓝本。

在姜《钞》中,正文、题下批、文末总评是用墨笔楷书书写,正文中圈点勾画、夹批、眉批是用朱笔书写,夹批、眉批多为行草。

---

① 姜宸英:《列女传目录序》眉批,《姜西溟手钞欧曾老苏三家文》,稿本,上海图书馆藏。
② 姜宸英:《送周屯田序》眉批,《姜西溟手钞欧曾老苏三家文》,稿本,上海图书馆藏。

夹批、眉批为姜宸英所作无疑，但题下批和总评有一部分承袭于茅《钞》。剔除掉源于茅《钞》的评语，余下的也不能论定均是姜宸英所作。因为姜宸英在手钞欧、曾、老苏三家文时，可以承袭茅坤之评，当然也可能抄录别人之语。至于以确定为姜宸英所作的夹批、眉批为基本材料，探讨其评点特色，分析其所蕴含的古文思想，这将在本书第三章第二节进行探讨。

三　其他著述杂考

（一）《杜诗笺》或《杜诗拾注》

仇兆鳌《杜诗详注·凡例》云："卢世榷之《胥抄》、申涵光之《说杜》、顾炎武、计东、陶开虞、潘鸿、慈水姜氏，别有论著，亦足见生际盛时，好古攻诗者之众也。"[1] 慈水姜氏，即姜宸英。孙微根据《杜诗详注》中引姜宸英论杜诗数条称"慈水姜氏"或"姜氏《杜笺》"，故名姜宸英杜诗研究著作为《杜诗笺》。《（光绪）慈溪县志·艺文志》引《亦有生斋集》作《杜诗拾注》。姜宸英于《湛园札记》卷四专论杜诗，多是考证笺释之作。那么，《杜诗笺》或《杜诗拾注》就是《湛园札记》卷四的内容吗？

翻检被称为"目前为止对清代杜诗文献搜罗最为全面丰富"[2] 的孙微的《清代杜诗学文献考》，顾炎武的杜诗"论著"名为《杜子美诗注》，见《日知录》卷二十七，未有单刻本。陶开虞的杜诗"论著"为《说杜》，此书一名《少陵说》，《成都杜甫草堂收藏杜诗书目》著录，称其为"手抄本，七册，见《诗筏》"[3]。而计东、潘鸿的"论著"则阙如。可见，顾炎武、陶开虞等人的杜诗"论著"没有单刻本，都是附在相应的著作中的。同理，姜宸英的杜诗"论著"也应如此，故《杜诗笺》或《杜诗拾注》很可能就是《湛园札记》卷四的内容。对于姜宸英专论杜诗的成就，著名杜诗研究专家周

---

[1]　仇兆鳌：《杜诗详注》（第一册），中华书局1979年版，第25页。
[2]　张忠纲：《清代杜诗学文献考》序，《清代杜诗学文献考》，凤凰出版社2007年版，第2页。
[3]　转引自孙微《清代杜诗学文献考》，凤凰出版社2007年版，第7页。

采泉指出："姜氏对杜诗之精辟见解及翔实考证，确有独到之处。"①

（二）《诗笺别疑》

光绪二十五年（1899）《慈溪县志》录有《诗笺别疑》《涑水论余》。赵怀玉亦云："姜西溟先生《杂著稿》三种，曰《湛园札记》、曰《涑水论余》、曰《杜诗拾注》。"②目前，《涑水论余》可能已佚，而《诗笺别疑》钞本尚存。

《诗笺别疑》一书现藏于中国国家图书馆，民国二十五年（1936）瑞安陈绳甫代钞。此书前有《诗笺别疑自序》，较为详细地说明了此书著成的经过：

> 辛未夏，自京师南还，赴洞庭东山书局，住翁氏园。四月，山中日长，编纂之暇，偶借得《毛诗注疏》读之，每日繙尽一卷，于郑义多所未安，有见辄录之别纸。积时成帙，藏奔行笥近三年。今年二月于京邸，寻理荒绪，涂乙颠倒，几不可识，乃手自脱稿存之，以待质于博雅君子。③

此书是姜宸英在洞庭东山书局协助徐乾学编纂《大清一统志》时利用余暇时间写成，又于乙亥（1695）二月，"寻理荒绪，涂乙颠倒"，进行了细致的修订，最后亲手抄录，形成定稿。此书内容主要是针对东汉经古文大家郑玄注《诗》而发。姜宸英认为郑玄注《诗》有两大弊端：一是"九（疑是'久'）无涵咏玩味之意"，导致曲解《诗》义；二是"果于自信，破字一百余"，犯了"破字解经"的大忌。此书主体部分即是姜宸英对郑玄注《诗》讹舛之处，引经据典，细致辨析。此书后面还有一个"附录"，是对清初古文大家汪琬"论《诗》数则"的考辨。

---

① 周采泉：《杜集书录》附录三，上海古籍出版社1986年版，第926页。
② 赵怀玉：《姜西溟先生杂著手稿书后》，《附录四 序跋赞题》，《清代诗人别集丛刊·姜宸英集（下）》，人民文学出版社2018年版，第1186页。
③ 姜宸英：《诗笺别疑自序》，《诗文辑佚》，《清代诗人别集丛刊·姜宸英集（下）》，人民文学出版社2018年版，第889页。

此书纯是考证之作，类似学术笔记，所得结论，对正确理解《诗》义具有相当重要的意义。

（三）史著

姜宸英曾云："及被荐入史馆……编成史志数种，列传二百余篇，又同修《一统志》。"① 对其史稿的收藏、存留情况未作明确说明。因姜氏史稿并未刊刻，流传不广，故散佚较多。姜宸英修史的现存史料，只有《湛园集》中涉及的《明史》修纂诸篇、南京图书馆藏清吴氏绣谷亭钞本《大明刑法志》一卷、《拟明史传》不分卷及《真意堂佚稿》卷一《李中丞传》。②

（四）《姜宸英校水经注》

郑德坤纂辑《水经注研究史料初编》"三二、姜宸英校水经注"条著录道："姜宸英校《水经注》，曾藏于全祖望家，赵一清曾见之。"其依据的是赵一清《水经注释参校诸本》中的说明："姜氏（宸英）本。西溟手自校定，全谢山家有之。"③ 此本目前未见，可能已散佚。

（五）评点

1.《三国志评》。《三国志评》不分卷，冯贞群钞本，今藏天一阁博物馆。内容为姜宸英对三国时期一些历史人物的评论。

2. 查慎行《敬业堂诗集原稿》（不分卷，稿本）第七册有姜宸英朱笔评点，今藏于上海图书馆。

3. 计东文集评点。姜宸英曾云："前年，在金阊与计子甫草往还。甫草日为文成，必命仆检定，信使反覆，再四不倦。仆感激其诚，亦时有异同，不复更存形迹……今甫草稿中多载仆评论，足下与同在京师久，岂未之见耶？"④ 可见，在当时计东文集草稿中，多

---

① 姜宸英：《寄寿镇海薛五玉先生八十序》，《姜西溟先生文钞》卷二，《清代诗人别集丛刊·姜宸英集（下）》，人民文学出版社2018年版，第661页。
② 详见段润秀《姜宸英与〈明史〉纂修》，《官修〈明史〉的幕后功臣》，人民出版社2011年版，第133页。
③ 郑德坤纂辑：《水经注研究史料汇编》（上），艺文印书馆1984年版，第70页。
④ 姜宸英：《与友人书》，《湛园未定稿》卷四，《清代诗人别集丛刊·姜宸英集（上）》，人民文学出版社2018年版，第517页。

载姜宸英评语，但检视目前通行的《改亭文集》①，并未发现其评语。倒是计东《甫里集》中有姜宸英评语一则②。

本章小结

本章围绕姜宸英的家世、生平、著述三方面，进行了相应的考述。在家世方面，对其高祖姜国华、曾祖姜应麟、祖父姜思简、父亲姜晋珪、母亲孙孺人、仲弟姜宸荗、季弟姜宸筠等做了较为细致的论述。同时，梳理了姜氏的家风及其对姜宸英的影响。姜氏家族所彰显出的刚正不阿、洁己自持、笃于孝友等精神气质，勤于读书、擅长书法等良好习惯和才艺，对姜宸英的人格风范、治学格局均具有重要的型塑作用。在生平方面，侧重两个面向：一是考辨了姜宸英的生卒年与字号；二是依其行踪，将姜宸英的一生大致分为四个时期，并给予相应论述。在著述方面，除考述《姜先生全集》和其他杂著之外，还详细地研考了笔者于上海图书馆古籍部发现的《姜西溟选诗类钞真迹》与《姜西溟手钞欧曾老苏三家文》手稿本两部。以上考述，对姜宸英家世、生平、著述等相关问题的现有研究多有辨析、廓清与补充。凡此，均为研究姜宸英的文学交游、诗文创作、文学思想等奠定坚实的基础。

---

① 《改亭文集》16卷，康熙三十二年（1693）宋荦刻本，乾隆十三年（1748）计琎读书乐园重刻本。

② 《甫里集》六卷，计东著，康熙五年（1666）刻，现缺第四卷。目录有68篇篇名，正文存文仅26篇，卷首有王崇简书、汪琬序，集中有王士禛、王崇简、汪琬、宋实颖、魏裔介、陈祚明、屈大均、徐作肃、姜宸英、刘体仁等名家评点。姜宸英对《严方贻太史稿序》评语云："作严太史稿序，却步步结到李子言诗上，笔法变化，出奇无穷，身分又甚高。"

第二章　姜宸英交游考述

　　交游，即社会交往，是作家研究的重要维度。"从某种意义上说，没有社会交往就没有文学创作，也不会形成文学创作群体，造就文学风气与文学流派，更不可能形成波澜壮阔的文学潮流。"① 可见考察作家的社会交往之于研究文学创作、梳理文学思潮之重要。就个体作家而言，只有考察其社会交往，才能深入地探究其创作个性与作品风格形成的原因，有利于客观评价作家的文学成就及其在文学史上的地位与影响。因此，本章集中考述姜宸英的社会交往，重点在于姜宸英与清初文苑、诗坛等重要人物的往来及相互影响。

第一节　姜宸英与文苑英才

　　姜宸英是清初著名的古文家，其一生或偏居慈溪，或漂泊江南，或寄居京城，在漫长的岁月中结识了一大批古文家。他们亦师亦友，情趣相投，时常在一起切磋琢磨，对姜宸英古文观念及其创作实践都有着不同程度的型塑作用。本节将集中考述他与冯宗仪、王猷定、计东、董以宁、魏禧的交往。

一　冯宗仪、王猷定

　　姜宸英早年居住家乡慈溪时，有一批乡邦友人致力于古诗文创

---

① 郭英德主编：《多维视角：中国古代文学史的立体建构》，北京师范大学出版社 2011 年版，第 279 页。

作，并取得了一定的成就。《慈溪县志》记载："宸英同时刘纯熙、冯恺愈、冯宗仪、冯逊庸、姚纪、秦垛、秦勋、罗叔初、钱虎左亦工诗文，皆有名于时。"① 以姚纪为例，他"少学为诗，多可喜，已复学为古文，以古人自期，不造其域不止。姚江黄宗羲谓为近时一作者。"② 可见其古文创作成就之一斑。不过，这些人中，对姜宸英古文影响最大的则是冯宗仪。

冯宗仪（？—1690），字元恭，号鲁庵，浙江慈溪人。慈溪冯氏是当地望族之一，明末其家族曾出现冯元飏、冯元彪两位抗清志士，史称"二冯"。冯宗仪的父亲冯文伟，明崇祯丁丑（1637）进士，官至扬州知府，"以文章为名太守"③。冯宗仪幼承家学，勤于读书，精研经传，著有《春秋三传谨案》《三礼谨案》《律吕谨案》，"文集、诗集各如干卷"④。

姜宸英与冯宗仪很早就开始研习古文。姜宸英自述道："初，余与君交时才弱冠，居相邻也。始用诗词相倡酬，已应诸生举，去为时文，俱不意得，则学为古文。每晨坐谈论，至忘寝食，巷中儿争笑以为痴。"⑤ 可见二人日常交往之密切及研习古文之刻苦。今姜宸英集中尚有《和冯元公九日诗，同刘子仲佳、冯子孟勉》一诗。诗中有句云："行药尚艰细石路，看花重到云年秋。"⑥ 行药，即因病服药之后，漫步以散发药性。"行药""看花"，鲜明地表现出二人的闲情雅致。冯宗仪在古文方面有着较高造诣，姜宸英曾评曰："三四十年间，元恭之文日与道偕进，而余为文至老不能自名其家。"⑦

---

① 冯可镛修、杨泰亨纂：《慈溪县志》卷三十一，清光绪二十五年（1899）刊本。
② 冯可镛修、杨泰亨纂：《慈溪县志》卷三十，清光绪二十五年（1899）刊本。
③ 姜宸英：《文学冯君墓志铭》，《湛园未定稿》卷六，《清代诗人别集丛刊·姜宸英集（上）》，人民文学出版社2018年版，第603页。
④ 姜宸英：《文学冯君墓志铭》，《湛园未定稿》卷六，《清代诗人别集丛刊·姜宸英集（上）》，人民文学出版社2018年版，第603页。
⑤ 姜宸英：《文学冯君墓志铭》，《湛园未定稿》卷六，《清代诗人别集丛刊·姜宸英集（上）》，人民文学出版社2018年版，第602—603页。
⑥ 姜宸英：《和冯元公九日诗，同刘子仲佳、冯子孟勉》，《苇间诗集》卷一，《清代诗人别集丛刊·姜宸英集（上）》，人民文学出版社2018年版，第10页。
⑦ 姜宸英：《文学冯君墓志铭》，《湛园未定稿》卷六，《清代诗人别集丛刊·姜宸英集（上）》，人民文学出版社2018年版，第603页。

此语虽有谦虚成分，但亦可见冯宗仪古文成就之不同寻常。

冯宗仪去世前数日，命其子曰："下窆宜有铭，以请于执友姜君，吾平生其所知也。"① 正是因为二人为知心好友，感情深厚，冯宗仪才把撰写墓志铭之事委托给姜宸英。冯宗仪故去，姜宸英非常悲痛："自君没而余之道益孤，讲求亦日益废，其将终其身以讫于无所成也，故于志君之事有余痛焉。"② 这种感受，不只是朋友去世而激起的悲伤难过，更是痛失知音而引发的无可奈何。

冯宗仪与姜宸英相交甚密，二人在学术取向与古文观念方面颇有相通之处。冯宗仪精于礼学，曾著有《三礼谨案》；姜宸英"《礼记》二卷，皆证经史之语，虽小有疏舛，而考论礼制，精核者居多"③，可见二人在礼学上均有很高造诣。冯宗仪"为文本之六经以为根底，旁通《史》、《汉》、八家以佐其波澜，含蓄蕴藉，得欧、王二家之神"④，这与姜宸英所秉持的"以道为本，文道一体""重视自得""标举法度"的古文理论⑤也差相一致。

在姜宸英的师长中，王猷定不能不提。王猷定（1599—1662⑥），字于一，号轸石，又号楮厓，江西南昌人。祖父王希烈，嘉靖己丑（1565）进士，曾任礼部侍郎。父亲王时熙，万历辛丑（1601）进士，曾任昆山县令、侍御史、太仆寺少卿。王猷定科场困顿，终其一生只取得一个拔贡。他曾短暂地在史可法幕中作记室参军，明亡不仕。王猷定"好读书为诗，尤工古文辞，偶有所得，激郁缠绵，浏漓浑脱，取抒己意而止"⑦。其古文创作成就突出，影响较大。著有《四照堂文集》十二卷、《四照堂诗集》四卷。

---

① 姜宸英：《文学冯君墓志铭》，《湛园未定稿》卷六，《清代诗人别集丛刊·姜宸英集（上）》，人民文学出版社 2018 年版，第 602 页。
② 姜宸英：《文学冯君墓志铭》，《湛园未定稿》卷六，《清代诗人别集丛刊·姜宸英集（上）》，人民文学出版社 2018 年版，第 603 页。
③ 王锺翰点校：《清史列传》卷七十一《文苑传二》，中华书局 1987 年版，第 5807 页。
④ 冯可镛修、杨泰亨纂：《慈溪县志》卷三十一，清光绪二十五年（1899）刊本。
⑤ 关于姜宸英的古文理论，可看本书第三章第二节。
⑥ 关于王猷定生卒年，学界多有歧说，详见鲁慧《20 世纪以来王猷定研究若干问题述论》，《励耘学刊》2021 年第 2 辑。
⑦ 周亮工：《王于一遗稿序》，《赖古堂集》卷十三，《清代诗文集汇编》第 39 册，第 135 页。

清初著名古文家计东曾说："且知姜子为江右王于一先生友甚久，宜姜子之能古文也。"① 从这句话中我们可得到两点信息：一是姜宸英与王猷定交友甚久；二是姜宸英古文深受王猷定影响。翻检二人诗文集，有关二人交游之资料甚少，二人何时结识，相交过程如何，则无由考定。姜宸英《赠孙无言归黄山序》一文可透露些许信息：

> 王子于一，南州高士也，乱后寓居广陵十五六年。孙子无言亦自新安来，居十余年。往予将适广陵，遇王子于西陵之古刹，谓予："予友孙无言者，耿介士，子至则必访之。"既至，而孙子居僻远，物色无所得。是年，王子死于湖上。其次年春，会予复来广陵，求孙子月余，已相会于客坐。然无言闻予名，即邂逅倾倒尽欢。盖于一去年已寓书无言，为言姜子西溟也。而两人掩涕者久之。②

王猷定卒于康熙元年（1662），"是年，王子死于湖上"，可知二人最后一次见面是在康熙元年。这年，姜宸英将去广陵，王猷定介绍姜宸英结识孙默（即孙无言），同时寓书一封，向孙默介绍姜宸英。王猷定对介绍姜宸英结识孙默一事如此热心，如此细致，如此周到，可见他对姜宸英的重视以及二人深厚的交谊。

王猷定曾作《姜西铭诗序》一文，这是考察二人交往的重要资料。文曰：

> 姜子能诗，余初不知。姜子之能诗，征之于其志也。厥志维何？曰：事关忠孝者，吾为之。然姜子，儒生也，而善贫不得志于时，曷行其志？予少闻之长老云：万历初，慈溪有姜给

---

① 计东：《赠姜西铭序》，《改亭文集》卷四，《清代诗文集汇编》第97册，第134页。
② 姜宸英：《赠孙无言归黄山序》，《真意堂佚稿》一卷，《清代诗人别集丛刊·姜宸英集（下）》，人民文学出版社2018年版，第709页。

事者，言建储事，上怒，贬极边。党人当国，复挤之，居北山咏诗阚湖者四十年。光宗即位，诏复天下言官，甫用公，复为阉党所锢，天下惜之。余尝想慕其人而不得。姜子西铭，其曾孙也。姜子曰："先曾祖年八十三而吾生，去世，吾三岁。"不克亲承其训，其志可师也。夫当神庙时，天下士大夫莫不欲得高爵厚禄为子孙计，而给谏独有见于社稷根本之重，危其身而不恤，至于贬谪边尉，困厄流离，归念君父，犹欲抗疏论官府封疆大事，为执政所沮，郁郁以终。姜子生当太平，长而遭世变，所见戎马之尘，弥天涨海，数十年所号为高爵厚禄之家子孙，堙灭不知凡几。而北山阚湖之间，有穷居隐约而歌咏不衰者，此何人之裔也？噫！忠孝之食报于天，讵必其身亲见之哉？此余所谓不知姜子之能诗而征之于其志也。姜子勉之！今世之言诗者多矣，吾惧其或亡也，子力持其作诗之本有旨哉！惟无惑于邪说，吾将执是编以考其后焉。①

此序于"忠孝"二字颇致意焉。开篇以姜宸英曾祖父姜应麟事迹勉励他要"忠孝"，结尾则提醒他要"无惑于邪说"，坚守"忠孝"为作诗之旨。王猷定立身行事，尤喜与漂泊贫苦之人交往："君交道既广，顾尤乐与四方羁旅穷饿者游。每花辰月夕，市肆相征逐，极饮大醉，歌吟笑呼以为适。群居燕处，则相与称诗论文，上下今古，留连欢洽如平生，典衣酤酒，索米晨炊，数十年一日也。"② 此时，他对"穷居隐约而歌咏不衰"的姜宸英加以勉励，提醒其为诗要一以贯之，可见他对姜宸英的赏识与期许。

王猷定"性倜傥，酷嗜两汉八家之文……性黜帖括，惟以古人为事"③，而姜宸英为人"质直任性，或不合时宜，而于王公贵人亦

---

① 王猷定：《姜西铭诗序》，《四照堂文集》卷二，《清代诗文集汇编》第12册，第14—15页。
② 饶宇朴：《四照堂集序》，《豫章丛书》（集部十一），江西教育出版社2007年版，第221—222页。
③ 韩程愈：《王君猷定传》，《豫章丛书》（集部十一），江西教育出版社2007年版，第218页。

率其自然，不为少变"①，主张"能志于古人者，必其能为古人之文者也"②，创作上取法唐宋古文，可见二人在性情、人格、文学宗尚等方面十分相似。同时，王猷定比姜宸英年长近三十岁，实属文坛前辈，在他的提携指点下，姜宸英的古文进步很大，正如计东所言，"宜姜子之能古文也"。

二 计东、董以宁

康熙一年（1662），姜宸英因生活所迫，"不得已而游"③。当然，在此之前，他也偶有出游，但仍以里居家乡慈溪为主。他离开慈溪，漫游扬州、无锡、苏州、金陵等江南地区，一直到康熙十二年（1673）赴京。④ 在这十余年里，他结识了陈维崧、吴伟业、严绳孙、秦松龄、汤斌、周亮工等当时著名的文人和学者，这其中要论对姜宸英古文影响之大者，无疑以计东、董以宁为最。

计东（1625—1676），字甫草，号改亭，江苏吴江人。崇祯十二年（1639）补诸生，文名日起。青年时期入复社，"少负经世才，自比马周、王猛"⑤。明末著《筹南五论》，上书史可法，陈说南都攻守策略，为史可法所叹赏。易代之后，迫于生存压力，他选择参加清朝科举考试。顺治十二年（1655）贡入太学，顺治十四年（1657）举顺天乡试，名动长安。顺治十八年（1661）江南"奏销案"发，计东受到牵连，被革去举人资格，从此绝意仕进，为衣食计，奔波南北。著有《改亭诗集》六卷，《改亭文集》十六卷。

姜宸英与计东结交的具体时间，因资料匮乏，无由考定，但可

---

① 钱澄之：《湛园未定稿序》，《清代诗人别集丛刊·姜宸英集（上）》，人民文学出版社2018年版，第372页。
② 姜宸英：《友说赠计子甫草》，《湛园未定稿》卷五，《清代诗人别集丛刊·姜宸英集（上）》，人民文学出版社2018年版，第553—554页。
③ 董以宁：《赠姜西铭为两尊人寿序》，《正谊堂文集·序》，《清代诗文集汇编》第112册，第318页。
④ 姜宸英：《送吴商志高士之上谷，余癸丑与其尊甫佩远先生在京盘桓浃月，以吴子不忘先志故及之》，《苇间诗集》卷四，《清代诗人别集丛刊·姜宸英集（上）》，人民文学出版社2018年版，第177页。按，癸丑即康熙十二年。
⑤ 赵尔巽等：《清史稿》卷四百八十四，中华书局1977年版，第13337页。

借助相关材料作大致推测。董以宁有云："姜子西铭客游无锡，主于秦子留仙之家，余与黄子庭表、计子甫草、陈子赓明皆至，相与晨夕论文，甚乐也。"①秦留仙，即秦松龄（1637—1714），字汉石，又字次椒，号留仙，又号对岩，晚号苍岘山人，江苏无锡人。秦松龄有园在惠山脚下，名寄畅园，暇时邀集友人唱和其中。黄庭表即黄与坚（1620—1701），字庭表，号忍庵，江苏太仓人，为"太仓十子"②之一。董以宁（1629—1669），字文友，号宛斋，江苏武进人。姜宸英何年客居无锡？此问题关涉他与计东结识时间，故略考之。

检视姜宸英《苇间诗集》卷二，先后有《初秋雨后，同严荪友、秦对岩》《惠山中秋，同荪友、乐天、对岩》二诗。秦松龄《苍岘山人集》"碧山集"有《中秋同西溟、荪友、从叔乐天先生赋》一诗。严绳孙《秋水集》卷三有《秋夕山园同西溟、留仙》。从题目看，这四首诗应为同时同地之作。秦松龄《中秋同西溟、荪友、从叔乐天先生赋》诗之下隔一首，即《支泉》一诗。严绳孙《秋夕山园同西溟、留仙》下一首即为《支泉同吴梅村、顾伊人作》。吴伟业《梅村家藏稿》卷十四有《秦留仙寄畅园三咏》，题下原注为"同姜西溟、严荪友、顾伊人作"，其二为《惠州支泉》。可见，这三首诗亦为同时同地之作。因秦松龄和严绳孙二诗在诗集中位置相距甚近，可推定这些诗均为同时同地之作。据冯其庸、叶君远考证，吴伟业《秦留仙寄畅园三咏》诗作于康熙七年（1668）③，可知姜宸英客居无锡时间即为此年秋。姜宸英诗云："因君拂枕簟，一梦松风长。"④为董以宁所记姜宸英"主于秦子留仙之家"一句作了生动的注脚。综上所述，姜宸英与计东结交之时间，最迟在康熙

---

① 董以宁：《赠姜西铭为两尊人寿序》，《正谊堂文集·序》，《清代诗文集汇编》第112册，第318页。
② 太仓十子，又称"娄东十子"，是明末清初娄东地区的十位文人，即周肇、黄与坚、王揆、许旭、王撰、王昊、王忭、王曜升、顾湄、王摅，为吴伟业所称许，辑《太仓十子诗选》。
③ 冯其庸、叶君远：《吴梅村年谱》，文化艺术出版社2007年版，第427页。
④ 姜宸英：《初秋雨后同严荪友、秦对岩》，《苇间诗集》卷二，《清代诗人别集丛刊·姜宸英集（上）》，人民文学出版社2018年版，第52页。

七年。陈雪军据计东《壬子三月朔渡江行淮泗间口号》其十，推断为："计东和西溟相识当在淮泗间的旅途中。"① 即康熙十一年（1672）三月，似误。

自康熙七年无锡"相与晨夕论文"后，姜宸英和计东对彼此的古文观念与古文创作有了更为深入的了解，计东对姜宸英的钦佩之情也与日俱增。康熙十年（1771）夏，计东多次给姜宸英写信，并用船迎至陆家溆，属定其新稿。姜宸英祭计东诗"迎舟风正好，望舍月初圆"句下自注云："辛亥夏，君数遣书，以舟迎我至陆家溆，君属定其新稿。"② 姜宸英到达陆家溆后，"祇致登堂敬，欢为并榻眠。北堂分肉膳，邻父乞鱼钱。烛跋三更话，尘消一寸编。君如辞掎摭，谁定别嫶妍？"③ 无论是日常住宿饮食，还是彻夜谈艺论文，均洋溢着轻松愉快的氛围。当然，更为愉快的还应是二人共同切磋古文。姜宸英回忆道：

> 前年，在金阊与计子甫草往还。甫草日为文成，必命仆检定，信使反覆，再四不倦。仆感激其诚，亦时有异同，不复更存形迹。尝作《友说》赠之，述所以欲相扶而同进于古人之意。今甫草稿中多载仆评论，足下与同在京师久，岂未之见耶？"④

"甫草日为文成，必命仆检定"，可见计东对姜宸英的信任与钦佩；"信使反复，再四不倦"，可见二人切磋古文之愉快。更为难得的是，计东所彰显出来的令姜宸英非常钦佩的气度：

---

① 陈雪军：《姜宸英年谱》，浙江大学出版社2011年版，第51页。
② 姜宸英：《计孝廉甫草葬有日矣，以诗叙哀，祭而哭之四十韵》，《苇间诗集》卷二，《清代诗人别集丛刊·姜宸英集（上）》，人民文学出版社2018年版，第92页。
③ 姜宸英：《计孝廉甫草葬有日矣，以诗叙哀，祭而哭之四十韵》，《苇间诗集》卷二，《清代诗人别集丛刊·姜宸英集（上）》，人民文学出版社2018年版，第92页。
④ 姜宸英：《与友人书》，《湛园未定稿》卷四，《清代诗人别集丛刊·姜宸英集（上）》，人民文学出版社2018年版，第517页。

故每一文成，则必俯以示仆，仆时有所指摘疵类，辄喜发于颊，即力称善。无所短长，则必愠曰："是得毋徇我乎？"夫文章小技，易为也。计子之于文可谓成矣，然犹不敢自是如此，惟恐不得闻其失是惧，况事固有大于此者，其肯以苟且从事乎？①

姜宸英认为，二人这种相互规箴、闻过则喜的交情才是真正的"道义之交"，并特地写一篇《友说》赠与计东。这段交游经历给姜宸英留下了永远温暖的回忆。

康熙十二年（1673），姜宸英抵达京城，与同在京城的计东见了一面，然后匆匆作别。姜宸英祭计东诗"比来增落落，念我益拳拳"句下自注云："余癸丑至京，仅一晤君，复于广陵署得书，辞甚惋，至此遂音信杳如矣。"② 这次短暂的会面，给姜宸英带来了深深的遗憾；到达广陵后，又得计东书信一封，此后再也没有见面，也再也没有通信。

三年后，计东去世，姜宸英闻讯后非常悲痛："凄其寒食路，启殡及新阡。哭尔已多日，伤心忆旧缘。""剑挂何方树？琴收绝听弦。呜呼终已矣，变化此茫然。"③ 此数句用俞伯牙与钟子期的典故，充满了知音逝去的无奈与悲叹。

对于二人的友情，姜宸英曾有过这样的定位："计子甫草善为文，与仆交最善。"④ 他们有着相似的际遇、相同的不遇之感，容易产生情感的共鸣。姜宸英很早就因生计之忧，辞别家乡，漂泊东南，计东亦复如此。计东自顺治十八年（1661）江南"奏销案"发被革

---

① 姜宸英：《友说赠计子甫草》，《湛园未定稿》卷五，《清代诗人别集丛刊·姜宸英集（上）》，人民文学出版社2018年版，第554页。
② 姜宸英：《计孝廉甫草葬有日矣，以诗叙哀，祭而哭之四十韵》，《苇间诗集》卷二，《清代诗人别集丛刊·姜宸英集（上）》，人民文学出版社2018年版，第93页。
③ 姜宸英：《计孝廉甫草葬有日矣，以诗叙哀，祭而哭之四十韵》，《苇间诗集》卷二，《清代诗人别集丛刊·姜宸英集（上）》，人民文学出版社2018年版，第92—93页。
④ 姜宸英：《友说赠计子甫草》，《湛园未定稿》卷五，《清代诗人别集丛刊·姜宸英集（上）》，人民文学出版社2018年版，第553页。

去举人资格后，便断绝了仕进之路。没有了仕进之路，计东的生活马上陷入了贫困之中，面对母老家贫的窘境，只能南北奔波。正因如此，他们彼此深深理解，肝胆相照。当姜宸英"郁郁有迟暮之叹"时，计东劝慰道："夫古人所为致叹于迟莫者，以未能有所树立也。而所为树立者，以在我之德与艺，不在遇不遇也。苟在我者，可自信而自立，我将与天地为终始，何迟莫之有？且知希则贵，古人言之也。姜子方以己之所独能，待知己于天下后世之一二人，而又何利于天下之尽能文而尽知姜子者乎？"① 当读到姜宸英的《口岸早发看桃花二首》时，计东有诗赞道："姜子（西溟宸英也）桃花篇，真成绝妙辞。此曲声最悲，赏音惟我知。"② 对姜宸英诗歌做出了高度评价，自诩为姜宸英的知音。

二人不仅在感情上志同道合，而且在古文创作方面也堪称"知音"。他们都擅长古文，又有着籍籍文名，自然惺惺相惜。二人对古文都有着浓厚的兴趣，用功甚深。姜宸英早年居住慈溪时，曾与冯宗仪共同学习古文，孜孜不倦。计东《竹林集自序》说："予被废之明年，又丧我长子准，自念既穷于世，独有太史公所云'垂空文以自见'耳，故癸卯、甲辰后，始肆力于古文辞。"③ 癸卯、甲辰，即康熙二、三年（1663、1664）。可见，二人很早即专注于古文写作，且均取得了突出成就。计东对姜宸英古文非常欣赏："读《续范增论》，未之奇也；再读《狄梁公祠记》《杨节妇传》，稍稍称善；再读《送孙无言序》《为薛君四十寿序》，益称善……既予寓与姜子居益近，乃往尽读其文，日对之如严师。"④ 姜宸英对计东文亦是钦佩有加，不然绝不会有"剑挂何方树，琴收绝听弦"这种知音失去的悲叹。

董以宁（1629—1669），字文友，号宛斋，江苏武进人。明末为

---

① 计东：《赠姜西溟序》，《改亭文集》卷四，《清代诗文集汇编》第97册，第134页。
② 计东：《壬子三月朔渡江行淮泗间口号》（十），《改亭诗集》卷一，《清代诗文集汇编》第97册，第22页。
③ 计东：《竹林集自序》，《改亭文集》卷二，《清代诗文集汇编》第97册，第102页。
④ 计东：《赠姜西溟序》，《改亭文集》卷四，《清代诗文集汇编》第97册，第134页。

诸生。少负文誉，工诗古文，尤擅填词。与邹祗谟齐名，时称"邹董"；与陈维崧、邹祗谟有"才子"之目；又与董以宁、陈玉璂（号椒峰）、邹祗谟（号程村）、龚百药（号琅霞），合称"毗陵四家"①。此四人在毗陵地区倡导古文之学，使毗陵成为康熙初年有重要影响的古文阵地，其鲜明的理论主张和突出的创作实绩，"反映了清初文坛从遗民文章学思想向庙堂正统文学过渡的特征"②。著有《正谊堂文集》（不分卷）、《正谊堂诗集》二十卷、《蓉渡词》三卷。

在清初太仓人沈受宏（1645—1722）看来，姜宸英、董以宁二人可称为"贤者"，其《赠董文友归晋陵序》云："丧乱以来，风流歇绝，而旧史吴梅村先生、大儒陆桴亭先生，并以文章、理学为时宗师，天下挟策担囊，争相请益，而四方君子至娄东者为再盛……以予所见君子众矣，而其中之号称贤者得二人焉。自丙午岁，得姜子一人，曰西溟……越四年己卯，又得董子一人，曰文友。"③可见二人在沈受宏心中的地位。

姜宸英曾于康熙七年（1668）秋客居无锡，与秦松龄、董以宁、黄与坚、计东、陈玉璂等人"相与晨夕论文，甚乐也"④，此点已于前文有所考述。随后，姜宸英抵达毗陵，拜访董以宁，并与他预订金陵之游。从姜宸英《自梁溪抵毗陵，与董文友订金陵之游，喜晤薛固庵、邹訏士、龚介眉、陈赓明，作诗留别》一诗题目，我们还可知道，姜宸英在毗陵还与邹祗谟、龚百药、陈玉璂等人会面。

在生活上，二人可以倾诉心声。董以宁曾有文记述道："已而姜子告归慈溪，为其母孙孺人寿。数子者各为文以祝，兼祝其尊甫桐

---

① 李邺嗣有云："椒峰向与同学琅霞、程村、文友三君子相励，志为古文词，世称毗陵四家。"（《学文堂集序》，《杲堂文钞》卷二，《清代诗文集汇编》第 77 册，第 594 页）

② 曹虹：《集群流派与布衣精神——清代前期文章史的一个观察》，《苏州大学学报》2012 年第 6 期。

③ 沈受宏：《白溇先生文集》卷一，《四库全书存目丛书》集部 238 册，齐鲁书社 1997 年版，第 29 页。

④ 董以宁：《赠姜西铭为两尊人寿序》，《正谊堂文集·序》，《清代诗文集汇编》第 112 册，第 318 页。

侯先生，而姜子忽有不安之色。私谓余曰：'今天下之为古文辞者，其人大率多显达，独吾两人诸生尔。吾又有父母，方侍吾大父在堂。家贫常恐甘旨不继，失吾大父之欢，益以失吾父母欢。区区之意，窃谓稍得所欲以效尊养，而乃蹉跎未遂以至于今，不得已而游。游而归，复无所资以为高堂寿，此只可告之吾子以志吾歉尔。'"① 姜宸英把自己目前的遭遇、家境以及内心之块垒，毫无保留地告知了董以宁。如果不是相交甚密，绝不会如此。

在古文观念和古文创作上，二人亦能深入交流。康熙七年七月，姜宸英作《董文友新刻文集序》。文中有言："余自去年冬，即立意不愿为文字，将归而键关以息吾志而未暇也。余之所不愿为文者，尝与董子文友言其故，董子以为然。"② 可见董以宁深深理解姜宸英之用心。"余读董子之文，称引繁博，根蒂经史。吾之所欲为董子言者，董子既已习闻之。虽董子自视若不足，然极之变化以要其至，吾知其无易于是而已。予与董子同应举有司，两人年又相若，乃董子独能卓然自信成一家言，不待予之久而知悔，此则予之所以有愧于夫人也。"③ 可见，姜宸英对董以宁古文亦有深入的理解和高度的评价。

康熙八年（1669），董以宁去世。姜宸英无限悲痛，作《哭董文友》七律一首。诗曰："谁教天付与才名，只合懵腾过此生。半岁存亡今日到，千秋著述几时成？泥中瘗玉光犹见，壑里藏舟去不惊。知汝牲碑应未琢，敢将心事听驴鸣。"④ 尾联用《世说新语·伤逝》中的典故，对其离世表达了深深的痛惜之情。

---

① 董以宁：《赠姜西溟为两尊人寿序》，《正谊堂文集·序》，《清代诗文集汇编》第112册，第318页。
② 姜宸英：《董文友新刻文集序》，《清代诗人别集丛刊·姜宸英集（下）》，人民文学出版社2018年版，第651页。
③ 姜宸英：《董文友新刻文集序》，《姜西溟先生文钞》卷一，《清代诗人别集丛刊·姜宸英集（下）》，人民文学出版社2018年版，第651—652页。
④ 姜宸英：《哭董文友》，《苇间诗集》卷二，《清代诗人别集丛刊·姜宸英集（上）》，人民文学出版社2018年版，第59页。

三 魏禧

在姜宸英所交往的古文家中，要论创作成就之大、文坛地位之高，应以魏禧为首，而魏禧之于姜宸英古文的褒奖揄扬，对姜宸英文名的传播与文坛地位的提升影响甚大。魏禧（1624—1680），字冰叔，一字凝叔，号裕斋，亦号勺庭先生，江西宁都人。明末诸生。明亡后，隐居翠微峰。四十岁后，出游江南，结交皆明代遗民。康熙十八年（1679）诏举博学鸿词，以病固辞。古文成就突出，与侯方域、汪琬合称"清初古文三大家"；与兄魏祥、弟魏礼并美，世称"三魏"；三魏兄弟与彭士望、林时益、李腾蛟、邱维屏、彭任、曾灿合称"易堂九子"。著有《魏叔子文集》二十二卷，《诗集》八卷，《日录》三卷，《左传经世》十卷，《兵谋》《兵法》各一卷，《兵迹》十二卷。

梳理现有史料，关于二人见面的记载只有一次："忆丁巳（1677）冬，客扬州，与邓孝威、程穆倩、宗鹤问、姜铁夫、西溟访魏凝叔寓斋，纵论当世古文家长短。"[①] 惜乎记述简略，无由觇见二人见面的具体情形及魏禧"纵论"的具体内容。

姜宸英与魏禧结交，缘于对彼此古文成就的欣赏与深入理解。魏禧很早就得读姜宸英古文，且颇为偶然。"易堂九子"之一的彭士望在给毗陵文人邹衹谟的一封信中记述道："伯调去岁客兴安令署中，其郡人姜西铭宸英有《真意堂稿》，凝叔得之青藜笥中，雪夜异寒，读之狂喜，呼和公，扣弟扉，共赏击节，亟命儿子抄诵之。道翁必素识西铭，见间为一道此意。"[②] 魏禧从曾灿（字青藜）的书箱中得到姜宸英的《真意堂稿》，不顾雪夜严寒，"读之狂喜"，还叫来魏礼（字和公），去找彭士望，共同欣赏，并马上命儿子抄诵。魏禧对姜宸英古文之喜爱与叹赏，可见一斑。魏禧后来给彭士望的信中对这段往事亦津津乐道："姜西铭文果佳耶！不虚弟黑夜上下数百

[①] 吴仪一：《健松斋续集序》，《四库全书存目丛书》第241册，380页。
[②] 彭士望：《复邹訏士书》，《耻躬堂文钞》卷四，《清代诗文集汇编》第32册，第65页。

磴，惊山中鸡犬也。"①

正是因为魏禧对姜宸英古文非常喜爱，深入研读，所以他对姜宸英古文的理解也就更为准确和全面。魏禧有云："禧尝好侯君（即侯方域）、姜君（即姜宸英）及某公（即汪琬）文，今又得足下（指计东）……韩子曰：'及其醇也，然后肆焉。'侯肆而不醇，某公醇而不肆，姜醇、肆之间。惜其笔性稍驯，人易近而好意太多，不能舍割。然数君子者，皆今天下能文之人，故其失可指而论。"②此数语较为深入地评价了姜宸英的古文创作，不但论定了其文坛地位，明确了其古文风格，还指出了其古文创作的不足。③ 在姜宸英研究史上，对姜宸英古文做出如此全面准确评价的，尚属首次。此评价对提升姜宸英在文坛上的地位与声名具有重要意义。

姜宸英对魏禧的古文成就亦深表叹赏。魏禧去世后，姜宸英曾题其《项节妇传》二绝。其一为："截肢劙面抚孤辰，抛过韶华五十春。培出芝兰霜霰后，祥风丽日一时新。"其二为："东京列女文姬传，多事南朝范蔚宗。唯有李翱杨烈妇，宁都健笔与齐锋。"④ 第一首是对该文内容的高度概括，第二首是对其艺术成就的高度赞扬，认为魏禧此文可以和南朝史学大家范晔的《文姬传》、中唐古文大家李翱的《杨烈妇传》相提并论，可见评价之高。

魏禧去世后，姜宸英含泪写下了《哭魏叔子》七律二首。其一曰："鸾江哀挽一时闻，惜别他年怅离群。天末无因能致酹，夜台谁与共论文？江山寂寂归魂断，蒗蓩凄凄去路分。尚有蔡邕书籍在，独随秋草伴孤坟。"其二曰："苦节谁云不可贞，翠微山共首山清。更无安道能求死，只有韩康解避名。（戊午鸿博之召，惟君不至。）远愧文章当纻缟，不教官爵污铭旌。临风一动江天豁，未觉

---

① 魏禧：《与彭躬庵》，《魏叔子文集》（卷五），胡守仁、姚品文、王能宪校点，中华书局2003年版，第305页。
② 魏禧：《答计甫草书》，《魏叔子文集》（卷五），胡守仁、姚品文、王能宪校点，中华书局2003年版，第305页。
③ 详见本书《绪论》中相关的论述。
④ 姜宸英：《题〈项节妇传〉，是亡友宁都魏凝叔所著》，《湛园诗稿》卷中，《清代诗人别集丛刊·姜宸英集（上）》，人民文学出版社2018年版，第309页。

前贤畏后生。"① 在这两首诗中，姜宸英对魏禧的古文成就、遗民气节表达了深深的钦佩之意，对其不幸离世表达了无限的悼念之情。

综上所述，冯宗仪之于姜宸英，可谓乡邦好友；王猷定之于姜宸英，可谓前贤师长；计东、董以宁、魏禧之于姜宸英，可谓同辈友朋。他们在情感上志同道合，在古文上亦能研究探讨，这对于姜宸英的古文创作与传播均具有重要意义。首先，深化了其古文创作的观念，提升了其古文创作的能力。如他与冯宗仪共学古文时"每晨坐谈论，至忘寝食"，与计东、董以宁等人"相与晨夕论文"，又与计东"信使反复，再四不倦"，如此频繁的互动、探究，对深化其古文观念、提升其古文创作能力至关重要。其次，扩大了其文坛的声名，提高了其文坛的地位。姜宸英所交，绝大多数都是清初著名的古文家，他们对姜宸英的肯定、赞扬，尤其是魏禧对姜宸英文坛地位的论定、古文风格的揭示，对其古文的传播及声名的提升均起着关键作用。

第二节　姜宸英与诗坛宗匠

姜宸英诗名为文名所掩，与其关系颇为密切的师长王猷定即云："姜子能诗，予初不知。"② 然据孙仲谋考察："姜氏之同乡后进诗人叶愚《读国朝人诗》绝句，称查慎行与姜宸英、汤右曾为伯仲，则宸英在浙派诗人中亦俨然重镇之一。"③ 基于这样的认识，他把姜宸英列为浙派第二期诗人并用一章篇幅加以论述。本节将重点考述姜宸英和诗坛泰斗王士禛、"清初国朝六家"④ 之一的查慎行二人的交往。

---

① 姜宸英：《哭魏叔子二首》，《苇间诗集》卷二，《清代诗人别集丛刊·姜宸英集（上）》，人民文学出版社 2018 年版，第 72 页。
② 王猷定：《姜西铭诗序》，《四照堂文集》卷二，《清代诗文集汇编》第 12 册，第 14 页。
③ 张仲谋：《清代文化与浙派诗》，东方出版社 1997 年版，第 201 页。
④ 因乾隆年间刘执玉编选《国朝六家诗钞》一书而得名，其余"五家"为施闰章、宋琬、朱彝尊、王士禛、赵执信。

一　王士禛

王士禛（1634—1711），字子真，又字贻上，号阮亭，晚号渔洋山人，山东新城人。顺治十四年（1657），年仅二十四岁的王士禛出游济南，邀请众多文士聚会大明湖饮水亭，举办"秋柳诗社"。社集上，王士禛作《秋柳诗》四首，于诗坛崭露头角，"这是他早博大名于诗坛，在舆论和心理上构成其为一代宗师的重要铺垫之一"[①]。顺治十五年（1658）中进士，十六年（1659）授扬州推官，康熙三年（1664）任礼部主事，而后历任礼部员外郎、户部郎中、翰林院侍讲、国子监祭酒、刑部尚书等职。康熙四十三年（1704）罢官归里，四十九年（1710）诏复原职，因老病未能赴任，第二年五月即病逝。王士禛"以诗古文词宗盟海内五十余年，海内公卿大夫文人学士，无远近贵贱，识公之面、闻公之名者，莫不尊之以为泰山北斗"[②]。其论诗，力主"神韵说"，影响颇为深远。一生著述极富，有《带经堂全集》《渔洋诗话》《池北偶谈》《居易录》《香祖笔记》等。

据现有资料，最迟在康熙五年（1666），王士禛就曾读过姜宸英古文，并深表赞赏。姜宸英《广陵唱和诗序》有云：

> 太仓端士王君之同年友新城王君贻上来佐斯郡，始稍稍披荆棘、事吟咏，用相号召。君于其秩满而去也，以舴艋渡江，而相与登昭明之楼，寻谢公之宅，拂摩断碣，按行旧垒，一字之赏，一石之奇，必咿唔竟日而去。故君之诗为绝句者至五十首，殆浸淫乎供奉、龙标而掇其胜者也。集成以示余，余读之喜曰："此其太平之征乎？盖自是广陵之风雅复振矣。"
>
> 去年余客江北，未尝一诣新城。阳羡陈子其年为余言："王

[①] 严迪昌：《清诗史》（上册），人民文学出版社2011年版，第390页。
[②] 王掞：《诰授资政大夫经筵讲官刑部尚书王公神道碑铭》，《王士禛年谱》附录，中华书局1992年版，第102页。

君见子文，辄叹息，以为作者。"今遇太仓亦云然，余谢不敢。然两君知余，余敢自谓不能知两君乎？故于是集也，敢粗述其所闻。若新城之诗，虽未暇合梓，然其风流亦大略可睹矣。①

关于姜宸英此序系年，陈雪军说："按康熙五年谱，陈维崧认识姜宸英似是康熙五年的事情，则唱和诗序或应该作于康熙五年认识陈维崧之后。确凿年月待考。"② 陈维崧与姜宸英结识确在康熙五年丙午。陈维崧《湖海楼诗集》卷二"丙午"诗《春日吴闾杂诗》（其七）篇末自注云："喜晤越中姜西铭宸英。"此时，姜宸英正寓居苏州，读书缪彤园中。③ 则"去年余客江北"之"去年"即康熙五年（1666），可知姜宸英此序作于康熙六年（1667）。康熙五年，陈维崧对姜宸英说道："王君见子文，辄叹息，以为作者。"可知，王士禛最迟在康熙五年即读过姜宸英古文，并深表赞赏，只是二人并未得见，而姜宸英对《广陵唱和诗》中王士禛诗的印象是："若新城之诗，虽未暇合梓，然其风流亦大略可睹矣。"评价颇高。

康熙二十一年（1682）五月六日，王士禛致书姜宸英，告以编成《五言古诗选》《感旧集》，请姜宸英为二书撰序。梁同书辑《明清两代名人尺牍》载王士禛致姜宸英书札云："尊集一册，缄付来手。附启者，弟客岁偶撰《五言诗》十七卷，《凡例》寄请教正，欲得大序以发明此书之旨。此书成，未敢示人，唯钝庵读学见之，颇谓不谬。此处正觅解人不得，惟先生了不异人意耳。"④ "欲得大序以发明此书之旨""此处正觅解人不得，唯先生了不异人意耳"等语表明，在王士禛心中，姜宸英正是此书之"解人"，能深明此书之要旨。十一月初五，王士禛奉命祭告南海，十九日启程。姜宸英

---

① 姜宸英：《广陵唱和诗序》，《湛园未定稿》卷二，《清代诗人别集丛刊·姜宸英集（上）》，人民文学出版社2018年版，第434页。
② 陈雪军：《姜宸英年谱》，浙江大学出版社2011年版，第30页。
③ 张慧剑《明清江苏文人年表》本年记载云："浙江姜宸英寓苏州，读书缪彤园中。"周绚隆《陈维崧年谱》（上）亦云，见《陈维崧年谱》，人民出版社2012年版，第274页。
④ 王士禛：《王士禛致姜宸英书札一通》，《附录三 酬赠追悼》，《清代诗人别集丛刊·姜宸英集（下）》，人民文学出版社2018年版，第1078页。

等三十余人祖饯彰义门外，过午始发。姜宸英作《送王少詹使祀南海神庙序》一文赠之。王士禛行程至卢沟桥，有诗寄赠姜宸英等友人，诗题为《甲子冬奉使粤东，次卢沟桥却寄祖道诸子，友人姜西溟，门人盛珍示、郭皋旭、卫凡夫、朱悔人、吴天章、洪昉思、汤西厓、查夏重、声山、张汉瞻、惠元龙、王孟毂》。

康熙二十七年（1688）二月二十二日，姜宸英与朱彝尊过访王士禛，并出示《游上方山》诗；二十五日，姜宸英亦去过访。这两次过访，王士禛均记于日记中。① 三月，王士禛撰《唐贤三昧集》三卷，姜宸英为之作序。

康熙二十八年（1689）六月，王士禛致书姜宸英，托为撰先祖传，姜宸英则促公早日赴京。这从姜宸英致王士禛信中可见：

> 昨尊纪还，数行附候。即日蒸暑异常，伏惟台履清胜为慰。门下翻然归里，栖迟丙舍，松楸之慕，过时弥笃，此真古之纯孝。然南来消息殊出意外，东山一局非捉鼻人莫能办。窃谓宜以时脂秣副舆情也。某老居人下，祇益厚颜，俟馆务粗了，即图南下矣。明布衣修《元史》者，多乞还山，此有成例，只无缘一奉清尘、快吐胸臆为恨耳。先传昨始脱稿，录呈。读《行状》，笔笔传神，只得依样描画，殊负委属，然所恃以仰慰孝思者，或亦在此也。欲时达起居邮便，勿吝好音。②

康熙二十九年（1690）十月，王士禛招姜宸英、魏坤、宫鸿历、汤右曾、史申义等宴集，赋《琴鱼诗》，甚赏其作。王士禛记载道："偶约座客赋《琴鱼诗》。姜宸英西溟、吴麐仁趾、魏坤禹平作皆佳……前辈多形之赋咏，梅圣俞、欧阳文忠公、王禹玉皆有和梅公

---

① "二十二日竹垞与姜征君西溟见过，西溟出示《游上方山》诗。""二十五日……西溟、凡夫、大木、悔人、孟毂先后至。"（袁世硕主编：《王士禛全集》〔三〕，齐鲁书社2007年版，第1731页）

② 姜宸英：《寄王阮亭》，《湛园藏稿》卷三，《清代诗人别集丛刊·姜宸英集（下）》，人民文学出版社2018年版，第779—780页。

仪《琴高鱼诗》。梅诗云：'大鱼人骑天上去，留得小鳞来按觞。吾物吾乡不须念，大官常膳有肥羊。'欧云：'琴高一去不复见，神仙虽有亦何为？溪鳞佳味自可爱，何必虚名务好奇。'公仪元倡未见，禹玉人不足道，诗句亦平平，欧梅大手二绝句，乃伧父面目。以今视昔，孰谓古今人不相及耶？"① 王士禛认为姜宸英等人诗作胜于欧阳修、梅尧臣等宋代大诗人。

康熙三十年（1691）九月，姜宸英寄海艳与王士禛。《苇间诗集》卷三有《以海艳缄寄阮亭侍郎并申前意》一诗。康熙三十三年（1694）十二月，王士禛从弟王幔亭于慈仁寺购得索靖《月仪》章草散页二纸，发现乃姜宸英旧藏，便举而归之，姜宸英有诗申谢并呈王士禛，该诗结句云："当今号博古，公家有永叔。请为志颠末，附之金石录。"② 姜宸英把王士禛比作欧阳修，称赞他"博古"。十二月二十八日，王士禛招诸朋友门人宴集，分题赋五言咏古人雪中事一章，有《雪中唱和集》传于都下。王士禛《蚕尾集》卷二有《甲戌除夕前二日雪集，姜西溟、吴商志，门人蒋京少、查夏重、宋山言、周策铭、殷彦来分赋，得钱思公》一诗。姜宸英《苇间诗集》卷四《除夕前一日，过东江寓，适蒙泉、友鹿两君先在座，主人喜为设饮酒行。西崖复至，欢笑至烛跋而散。明日书此，呈东江兼示诸子》："去年二十八，赏雪侍郎家。"自注："王少司农家饮，有分题咏雪诗。"亦可见此次宴集的大体情况。

姜宸英去世后，王士禛深表遗憾和无奈："吾在西曹，顾使湛园以非罪死狱中，愧如何矣！"③ 王士禛还多次在笔记杂著中记述姜宸英，比较有代表性的是《居易录》中的一则："慈溪姜宸英西溟，古文有名于时。上在禁中知其人，常与朱彝尊、严绳孙并称之曰三

---

① 袁世硕主编：《王士禛全集》（五），齐鲁书社2007年版，第3847页。
② 姜宸英：《旧藏索征南《月仪》章草，先失去二纸。新城王子幔亭买得于慈仁庙市，省予卷首名记，举以归之。而所存十纸，予南还时已并失矣。幔亭苦索予还帖诗，赋此志谢，兼质之司农公》，《苇间诗集》卷四，《清代诗人别集丛刊·姜宸英集（上）》，人民文学出版社2018年版，第169页。
③ 全祖望：《翰林院编修湛园姜先生墓表》，《鲒埼亭文集选注》，黄云眉选注，齐鲁书社1982年版，第174页。

布衣。己未博学鸿儒之举，朱、严皆入翰林，姜独以无荐达，不得与。后年余，始以徐学士立斋荐，与黄虞稷俞邰同以诸生召入史馆，食七品俸，未授官也。丁卯秋，仍以太学生应顺天试，首场已拟第二人，及二场表用点窜《尧典》《舜典》语，监试御史某指摘令易之，姜对以出李义山《韩碑诗》，不肯易。御史怒，辄摭其小不合例，贴出之，卷遂不得入。古云数奇，姜其是矣。"① 此段文字详细地叙述了姜宸英名满天下而又仕途多舛的坎坷遭际，流露出王士禛对姜宸英深深的同情。

　　姜宸英与王士禛数十年来相识、相知，基础在于二人能够彼此欣赏，互相理解。姜宸英曾说："今京师以诗名家者称两王先生，其一为新城阮亭少詹，而一则郘阳黄湄给事也。新城诗最富，成集者数种，牢笼百氏，不名一体。于是海内称诗后进，各随其意之所指而趋之，皆能自标风格，有声于时。"② 对王士禛诗歌特点、诗坛影响做出了高度评价。王士禛对姜宸英亦是赞不绝口："姜子天下士，高步擅文苑。"③ 他论定了姜宸英古文的特色、地位："慈溪姜编修西溟，文章豪迈有奇气，本朝古文一作手也……西溟先以诸生入史局，分修《明史·刑法志》，极言廷杖、诏狱、东厂、缇骑之害，淋漓痛切，不减司马子长。"④ 他深谙姜宸英的古文理论："其论文，自唐虞三代以来，盛于《六经》，衰于《左氏》，而再盛于《战国》。盖以《左氏》多迂阔，不似《国策》之纵横。持论太高，故世多河汉其言。"⑤ 对于王士禛赞同姜宸英论文主张，时人王应奎曾大惑不解："今日慈溪姜西溟宸英为古文学大苏，以纵横恣肆为主，遂以

---

①　袁世硕主编：《王士禛全集》（五），齐鲁书社2007年版，第3797页。
②　姜宸英：《过岭诗集序》，《湛园未定稿》卷二，《清代诗人别集丛刊·姜宸英集（上）》，人民文学出版社2018年版，第442页。
③　王士禛：《题〈松萱图〉四首寿姜节母》，《渔洋续诗集》（己未京集），《王士禛全集》（二），袁世硕主编，齐鲁书社2007年版，第921页。
④　王士禛：《分甘馀话》卷四，《王士禛全集》（二），袁世硕主编，齐鲁书社2007年版，第5027页。
⑤　王士禛：《分甘馀话》卷四，《王士禛全集》（二），袁世硕主编，齐鲁书社2007年版，第5027页。

《左氏内外传》为衰世之文，而病其委靡繁絮。夫左氏之文直继六经，而西溟以一人之好恶谬为诋諆……同时如阮亭先生，固所称文章宗主也，乃不加是正而反称许之，何欤？"① 可见，姜宸英的论文之语在当时是充满争议的，而王士禛则对之评价颇高。王士禛是当时的诗坛盟主，姜宸英则只是一介布衣，其对姜宸英的颇高评价及分别于康熙二十一年（1682）、康熙二十七年（1688）两次请姜宸英为自己诗歌选本《五言古诗选》《唐贤三昧集》作序的行为，无疑对提升姜宸英在文坛上的声名具有重要作用。

二　查慎行

查慎行（1650—1727），初名嗣琏，字夏重，号查田；后改名慎行，字悔余，号他山，晚年寓居初白庵，故又称查初白。浙江海宁人。康熙三十二年（1693）始中举人，四十二年（1703）赐进士出身，授翰林院编修，入直内廷。五十二年（1713），乞休归里，家居十余年。雍正四年（1726），因弟查嗣庭讪谤案，以家长失教获罪，被逮入京，次年放归，不久去世。著有《敬业堂诗集》五十卷、《敬业堂诗续集》六卷。

查慎行是清初著名诗人，在清代诗歌史上占有重要地位。《四库全书总目提要》评其诗曰："明人喜称唐诗，自国朝康熙初年窠臼渐深，往往厌而学宋，然粗直之病亦生焉。得宋人之长而不染其弊，数十年来，固当为慎行屈一指也。"② 四库馆臣把查慎行诗歌置于明清诗歌史的演进中加以观照，得出的结论颇令人信服。

姜宸英与查慎行结识的时间无从考证，但彼此的交友圈多有重合之处，如梁佩兰、汤右曾、张云章、唐孙华、赵俞等皆为二人共同之友，尤其是朱彝尊和王士禛。查慎行是朱彝尊的表弟，是王士禛的弟子；而朱、王则是姜宸英的好友。再加上二人文名颇著，应该很早就彼此有所了解。当二人结识后，同处一地时，经常雅集宴

---

① 王应奎：《柳南随笔　续笔》，以柔校点，上海古籍出版社2012年版，第49页。
② 纪昀：《四库全书总目提要》，河北人民出版社2000年版，第4545页。

饮，游赏赋诗，可考者如下：

康熙二十三年（1684）冬日，张园雅集，参与者有姜宸英、查慎行等人，查慎行有诗纪之。诗中，查慎行在回顾自己坎坷辛酸的经历后，慨叹道："行藏眼底但如许，有意排遣终悲凉。风流见赏古不乏，跌荡慎勿矜辞章。明朝定传好事口，指点此地成欢场。安知酒徒颓放意，不欲与世衡锋芒。城头鸦啼客尽散，独立四顾神苍茫。"① 诗句中充满了低沉伤感的心绪以及不为世俗理解的悲哀。姜宸英当时亦偃蹇不遇，应该会引起深深的共鸣。

康熙二十四年（1685），重阳节后一日，姜宸英同朱彝尊、梁佩兰、查慎行等同游长椿寺，联句作诗。朱彝尊《曝书亭集》卷十二有《重九后一日雨中集长椿寺》一诗纪之。

康熙二十五年（1686）夏，姜宸英与查慎行、朱彝尊、陆嘉淑、周笃等人集乔莱京师邸舍。孙致弥《杕左堂集》卷四有《朱竹垞检讨（彝尊）、钱越江编修（金甫）招集乔石林侍读（乔莱）一峰草堂看花，同陆辛斋（嘉淑）、周笃谷（笃）、姜西溟、查夏重（慎行）、陈叔毅（曾蕺）、汤西厓（右曾）分得咸字》一诗。此年，姜宸英第三次移居，查慎行作《移居诗为姜西溟作》。诗中有句云："君才本绝代，应召来公车。姓名上史馆，著作登石渠……即此见真率，宁能事奔趋。朱门旷荡开，无地置尔驱。请看名山业，终古归绳枢。"② 此数句诗，高度地评价了姜宸英的才华，指出其性情不适合尔虞我诈的官场生活，勉励其进行著述事业，可谓推心置腹，语重心长。是年，姜宸英、朱彝尊与查慎行约定同游房山，后查慎行未能履行约定，作《西溟、竹垞同游房山，余不及践约，口占送之》一诗，载《敬业堂诗集》卷八。

康熙二十八年（1689），朱茂晭、姜宸英、张远、王原、徐善、

---

① 查慎行：《冬日张园雅集，同姜西溟、彭椒邑、顾九恒、惠研溪、钱玉友、魏禹平、蒋聿修、王孟毅、张汉瞻、汪寓昭、陈叔毅、汤西厓、冯文子、谈震方、家荆州声山限韵》，《敬业堂诗集》卷五，《清代诗文集汇编》第178册，第150页。
② 查慎行：《移居诗为姜西溟作》，《敬业堂诗集》卷七，《清代诗文集汇编》第178册，第160页。

第二章　姜宸英交游考述

朱彝尊、万斯同、朱俨、谭瑄、查慎行、李澄中、魏坤、黄虞稷、释净宪、龚翔麟、汤右曾、郑觐袞、钱光夔十八人集槐树斜街作《苦热联句》，见《敬业堂诗集》卷十《集槐树斜街苦热联句》。

康熙二十九年（1690）春，姜宸英与查慎行南归，途中多有唱和。查慎行记述道："玉峰大司寇徐公予告南归，奉旨仍领书局，出都时邀姜西溟及余偕行。两人日有唱和，旗亭堠馆，污壁书墙，率多口占之作。"① 在这些唱和诗中，查慎行有两首题为《西溟谈及竹西旧事，戏调之》《平原口占，戏示西溟》的诗。从题目中的两个"戏"字，可见二人关系之融洽、友情之笃厚。是年，姜宸英赴北闱，仍落第，查慎行以诗招之。诗云："散是飞蓬聚是萍，可怜南北总飘零。一名于尔何轻重，双眼从人自醉醒。沙路离离鸦接翅，霜天矫矫雁开翎。此愁除有诗能豁，亟买归舠下洞庭。"② 诗中充满了对姜宸英的劝慰之情。

康熙三十二年（1693），姜宸英再至京师，查慎行赋《姜西溟至都二首》相迎。诗中有"不如早筑畦风阁，结伴归耕未算迟"③之句，表达了与姜宸英"结伴归耕"的意愿。是年，二人同中顺天乡试，姜宸英排名十九，查慎行二十④。主考官徐倬，副主考彭殿元。

康熙三十三年（1694），查慎行作《敝裘》二首，姜宸英作《和夏重同年敝裘》二首和之，载于《苇间诗集》卷四。

康熙三十四年（1695）正月，姜宸英开始与查慎行等人频繁雅集唱和。查慎行《酒人集》（自乙亥正月尽六月）序云："甲戌侲腊抵都，偕家声山僦居宣武门外，与姜西溟、惠研溪寓舍相望。自新

---

① 查慎行：《题壁集序》，《敬业堂诗集》卷十一，《清代诗文集汇编》第178册，第197页。
② 查慎行：《姜西溟继赴北闱，今仍下第，作诗招之》，《敬业堂诗集》卷十二，《清代诗文集汇编》第178册，第204页。
③ 查慎行：《姜西溟至都二首》，《敬业堂诗集》卷十七，《清代诗文集汇编》第178册，第250页。
④ 查慎行：《闻同年顾书宣前辈湖广讣音，怆怀今昔，成五十韵》"名稍居姜后"句下自注："癸酉同举京兆，书宣名在十八，西溟十九，余二十。"《敬业堂诗集》卷三十三，《清代诗文集汇编》第178册，第398页。

年始约为诗酒之会,吴中则唐君实、赵蒙泉,海陵则宫友鹿七人而已。汤西厓、钱木庵亮功兄弟时或一至。后益以翁康饴、陈六谦、狄向涛、杨嵩木,稍为好事所传,他有宴会牵率入座,大约月必有集,集必有诗,声非击筑,名托酒人,各有取尔。"① 元宵节,姜宸英邀请查慎行、唐孙华、赵俞等友人寓斋小饮;二月十二日,姜宸英等人在查慎行寓所雅集;上巳日,狄向涛招饮寄园;三月十六日,姜宸英与查慎行等同年到城西兴盛寺赏杏花;三月晦日,狄亿招饮寄园;四月初一,陆澹成招饮;四月二日,何倬云招饮赏紫藤花;五、六月间芍药花开,翁康饴招饮赏芍药花;初夏,姜宸英与查慎行等人寄园雅集;七月七日,查慎行将赴中州,姜宸英等人饯行。查慎行《敬业堂诗集》卷二十收有《将有中州之行,七月七日姜西溟、唐实君、赵文饶、惠研溪、杨嵩木、宫友鹿、项霜田、钱亮功、汤西厓、冯文子、杨次也、陈元之、家声山饯饮陈六谦邸舍,席间酬别》一诗。中秋前,戏和查慎行求画诗,姜宸英《苇间诗集》卷四有《查夏重以诗乞画于王麓台给谏守,数日竟得之。予未见查诗,亦戏为长句投王,聊以寄兴耳,非真有求也》一诗纪之。

康熙三十五年(1696),姜宸英常与查慎行、查升等去庙市淘书画碑刻。蒋光煦《东湖丛记》卷四记载道:"同里曹桐石征士宗载《紫峡文献录》云:'……忆丙子客都下,同西溟、悔余、淡远每至庙市,定得书画碑刻几种,辄互相鉴赏。'"② 是年冬,吴暻举行消寒会。姜宸英、查慎行分别从天津、江左归京,亦参与其会。吴暻《消寒唱和诗十九首》序云:"丙子冬,吴子卧疾京师,进不得与朝士大夫之列,退又不能归耕田里,贫居僻左,无以为乐,因结二三故旧为九九消寒之会。首于丙子十一月九日,讫丁丑正月二十九日,凡九会,宾主共十二人。既而姜丈西溟从津门归,夏重、次也复来自江左,遂为十五人。文章相赏,欢宴弥旬,得诗凡十九首,都为

---

① 查慎行:《酒人集》序,《敬业堂诗集》卷十九,《清代诗文集汇编》第178册,第267页。
② 陈雪军:《姜宸英年谱》,浙江大学出版社2011年版,第189页。

一编，以传之同好焉。"①

康熙三十六年（1697），查慎行旅居保定，得知从弟东亭、儿子查建、姜宸英科举中第消息，非常高兴，有诗云："邸报传来乐事重，一尊相属慰浮踪。青春三月客怀好，白发半头归兴浓。子弟联翩同榜羡，家门成就老夫慵。探花却入少年队，试问髯姜可胜侬。时姜亦成进士。"② 尾联以戏谑的口吻，寄予了对姜宸英中第的欣喜之情。

康熙三十八年（1699），姜宸英因己卯顺天乡试案下狱，不久逝世。当时虽未见查慎行所作的悼亡文字，但此后其为诗作文，多次提及姜宸英。康熙四十五年（1706），顾书宣去世，查慎行作《闻同年顾书宣前辈湖广讣音，怆怀今昔，成五十韵》，"名稍居姜后"句下自注："癸酉同举京兆，书宣名在十八，西溟十九，余二十。""芝兰臭味均"句下自注："甲戌殿试，书宣第一甲第二。丁丑，西溟一甲第三。"③ 是年，查慎行又作有《院长惠裘一袭赋谢十韵》，"回首十三年"句下自注："癸酉冬，余作《敝裘》诗。先生与西溟、实君、元龙皆有和章。"④ 由此亦可见其对姜宸英的思念之情。

姜宸英与查慎行有文字记载的密切交往是自康熙二十三年（1684）始，至康熙三十九年（1700）姜宸英去世终，二人延续了长达16年的交往。二人就年龄言，相差很大，姜宸英生于1628年，查慎行生于1650年；就性格言，亦大不相同，姜宸英狷介耿直，查慎行谨小慎微⑤。两位年龄、性情颇为不同的人能维系一生的友谊，应得益于下面三个原因：

首先，查慎行对姜宸英的才华非常倾慕，这是二人相交的基础。

---

① 吴暻：《消寒唱和诗十九首》序，《西斋集》卷九，《清代诗文集汇编》第205册，第176页。
② 查慎行：《保定旅次，阅邸钞，得从弟东亭及儿建南宫捷音，口占志喜，兼寄嘲老友姜西溟》，《敬业堂诗集》卷二十三，《清代诗文集汇编》第178册，第304页。
③ 查慎行：《闻同年顾书宣前辈湖广讣音，怆怀今昔，成五十韵》，《敬业堂诗集》卷三十三，《清代诗文集汇编》第178册，第398页。
④ 查慎行：《院长惠裘一袭赋谢十韵》，《敬业堂诗集》卷三十三，《清代诗文集汇编》第178册，第399页。
⑤ 参看张仲谋《清代文化与浙派诗》，东方出版社1997年版，第148页。

在查慎行心中，姜宸英既是师又是友，亦师亦友，查慎行有诗云："老来别绪兼师友，那得并刀剪乱丝。"① 对于姜宸英的才华，查慎行更是赞不绝口："君才本绝代。"②"姜侯才高同屈宋。"③ 虽有褒扬过多之嫌，但其对姜宸英才华的认可则是无疑的。

其次，二人均屡踬科场，命途多舛。查慎行才华横溢，诗名籍籍，但科考之路，却异常不顺。康熙二十三年（1684），参加乡试，落第；康熙二十四年（1685），参加乡试，又落第；康熙二十六年（1687），参加乡试，再次落第；康熙三十二年（1693），时年四十四岁的查慎行参加顺天乡试，终得中；康熙三十三年（1694）、三十六年（1697）、三十九年（1700），查慎行三上春宫，皆未中；康熙四十二年（1703）四月廷试，查慎行才得二甲第二名。姜宸英科考之路更是坎坷，康熙三十六年（1697）才进士及第，时年已七十岁。正是因为二人有共同的遭遇，失意人别有怀抱，更容易引起共鸣，如查慎行诗中所云："散是飞蓬聚是萍，可怜南北总飘零。"④"三年一别两蹉跎，短策重闻酒市过。"⑤"同是春风失意时，送君真觉拙言辞。"⑥ 可见二人相同之际遇与相似之感伤。

最后，二人具有相似的诗学主张。相似点有三：其一，论诗不主门户。姜宸英在给友人的信中说："弟一生读诗，触目即吟；一生作诗，意到即发。不论宗派，不名家数。"⑦ 张仲谋论查慎行："慎

---

① 查慎行：《天津别姜西溟次韵》，《敬业堂诗集》卷十八，《清代诗文集汇编》第 178 册，第 256 页。
② 查慎行：《移居诗为姜西溟作》，《敬业堂诗集》卷七，《清代诗文集汇编》第 178 册，第 160 页。
③ 查慎行：《断砚歌寄和姜西溟》，《敬业堂诗集》卷十六，《清代诗文集汇编》第 178 册，第 241 页。
④ 查慎行：《姜西溟继赴北闱，今仍下第，作诗招之》，《敬业堂诗集》卷十二，《清代诗文集汇编》第 178 册，第 204 页。
⑤ 查慎行：《姜西溟至都二首》，《敬业堂诗集》卷十七，《清代诗文集汇编》第 178 册，第 250 页。
⑥ 查慎行：《天津别姜西溟次韵》，《敬业堂诗集》卷十八，《清代诗文集汇编》第 178 册，第 256 页。
⑦ 姜宸英：《复程穆倩》，《湛园藏稿》卷三，《清代诗人别集丛刊·姜宸英集（下）》，人民文学出版社 2018 年版，第 776 页。

行论诗不大强调宋诗门户，有时还反对以唐音、宋派互相标榜。"①其二，二人均反对模拟与标榜。姜宸英云："余恶夫今之为诗者剽掇其景响形似，尘土猥杂，而号之为'《选》体'，故于今之为'《选》诗'者无取焉。"②查慎行在《酬别许旸谷》诗中说道："兰苕翡翠大海鲸，相去中间几霄壤。天资必从学力到，拱把桐梓视培养。方今侪辈盛称诗，万口雷同和浮响。或模汉魏或唐宋，分道扬镳胡不广。何曾入室溯源流，未免窥樊借依傍。"③其三，二人同属于宋诗派。全祖望探究了姜宸英诗歌的渊源："诗以少陵为宗，而参之苏氏以尽其变。"④明确地指出其诗歌取法杜甫和苏轼。张仲谋总体考察了查慎行的诗歌创作和诗学观念，认为"从大处着眼，其诗学仍属宋诗派"⑤。

综上所述，姜宸英虽不以诗名世，但仍是清代著名诗派——"浙派"中的一员，其诗歌创作及诗学观念均有可圈可点之处。其对王士禛《五七言古诗选》《唐贤三昧集》两部著名诗歌选本的编选宗旨、诗学影响进行的深入阐发，深得王士禛认可，并由此提升了姜宸英在清初诗坛上的声名与地位。姜宸英与查慎行之交往，可谓亦师亦友，二人不幸的生活遭际、相似的诗学主张，很容易引起彼此情感与思想的共鸣。当我们研究姜宸英诗歌创作时，不能不探讨上述诸人对姜宸英的重要影响。

第三节　姜宸英与人生挚友

除了与清初古文家和诗人的交游，姜宸英的生活中还有两位特殊的友人，深深地影响了他的生活和创作，即徐乾学与纳兰性德。

---

① 张仲谋：《清代文化与浙派诗》，东方出版社1997年版，第160页。
② 姜宸英：《选诗类钞序》，《湛园未定稿》卷二，《清代诗人别集丛刊·姜宸英集（上）》，人民文学出版社2018年版，第431页。
③ 查慎行：《酬别许旸谷》，《敬业堂诗集》卷十一，《清代诗文集汇编》第178册，第197页。
④ 全祖望：《鲒埼亭文集选注》，黄云眉选注，齐鲁书社1982年版，第173页。
⑤ 张仲谋：《清代文化与浙派诗》，东方出版社1997年版，第160页。

他们的影响不仅仅在于对其古文创作的理念、诗歌趣尚的选择方面，尤其是在关涉人生大节的科举考试上。姜宸英的科举之途异常坎坷，曾有记载云："（姜西溟）平生不食豕，兼恶人食豕。一日予戏语之曰：'假有人注乡贡进士榜，蒸豕一样，曰食之，则以淡墨书子名，子其食之乎？'西溟笑曰：'非马肝也。'"① 可见科举成功与否之重要性。确实，姜宸英二十岁已成诸生，然七十始中进士，这种屡试不中、不中屡试的特殊经历使其时常陷入人生困境之中，一时师友多给予姜宸英物质、精神、仕途等诸方面的帮助。要论帮助之大、影响之巨，当属交往密切的徐乾学与纳兰性德。

一 徐乾学

徐乾学（1631—1694），字原一，号健庵、玉峰先生，江苏昆山人。他是著名学者顾炎武的外甥，与其弟徐秉义、徐元文一起，被称为"昆山三徐"。康熙九年（1670）一甲第三名进士，授翰林院编修，历任内阁学士、礼部侍郎、《明史》总裁官、《大清一统志》总裁官、刑部尚书等要职。著有《憺园集》三十六卷。

徐乾学长于文学、经史，学识通达，同时又是清初显宦，性情豪爽，乐于"弘奖人伦、扶植善类"②，"汲引如朝饥"③。其弟子韩菼有更为具体的记述：

> 公故负海内望，而勤于造进，笃于人物，一时庶几之流，奔走辐辏如不及，山林遗逸之老，亦不惜几两，屣远千里乐从公。公迎致馆餐而厚资之，俾至如归，访问故实，商榷僻书，以广见闻。后生之才隽者，延誉荐引无虚日，即片言细行之善，

---

① 朱彝尊：《书姜编修手书帖子后》，《曝书亭集》卷五十三，《清代诗文集汇编》第116册，第419页。
② 姜宸英：《大司寇徐健庵先生寿宴序》，《湛园未定稿》卷三，《清代诗人别集丛刊·姜宸英集（上）》，人民文学出版社2018年版，第493页。
③ 姜宸英：《挽徐司寇公，用张文昌祭韩退之体》，《苇间诗集》卷四，《清代诗人别集丛刊·姜宸英集（上）》，人民文学出版社2018年版，第161页。

亦叹赏不去口。荜门寒畯，或穷困来投，愀然同其忧，辄竭所有资助，不足更继之，即质贷亦不倦。以故京师邸第，客至恒满不能容，侈就别院以居之，登公之门者甚众。①

无论是山林遗逸之老宿、才华横溢之后生，还是蓬门荜户之寒俊，徐乾学都倾其全力招待、资助与推扬。其"学博才雄，与之游，恂恂谦谨"②，才华、性格为时人所尊崇。

关于姜宸英与徐乾学结识之时间，目前最直接的材料是康熙二十七年（1688）冬十一月，姜宸英为徐乾学生日所作《大司寇徐健庵先生寿宴序》中的"予识公二十余年矣"一句。由此推知，二人于康熙七年（1668）前即已相识。当时，徐乾学早已名满江南。顺治七年（1650），以吴伟业为首的江浙十郡文人在嘉兴南湖举行影响深远的"十郡大社"，时年二十岁的徐乾学就出席了此次聚会，可见其在当地的影响。

康熙八年（1669），姜宸英去昆山探望徐氏一家。回来后，其祖父向姜宸英谈起昆山饮酒的风俗，并问及徐乾学一家的情况。③

康熙十一年（1672）秋，典顺天府乡试的徐乾学因遗取汉军卷，被杨雍建弹劾，降一级调用。姜宸英和严绳孙（字荪友）为之送行。当时徐乾学作诗一首："绨袍秋晚入寒飔，古寺松阴执手辞。襆被但余尫仆伴，送行频借蹇驴骑。萧骚严叟披裘意，辛苦姜肱拥被时。那有樊笼留凤鸟，低徊应讽五噫诗。"④诗中生动地描述了当时三人落魄的现状，表达了依依惜别之情，并流露出一种难以言传的愁绪。

---

① 韩菼：《资政大夫经筵讲官刑部尚书徐公行传》，《有怀堂文稿》卷十八，《清代诗文集汇编》第147册，第240页。
② 姚元之、王晫：《竹叶亭杂记　今世说》，曹光甫、陈大康校点，上海古籍出版社2012年版，第196页。
③ 姜宸英：《挽徐司寇公，用张文昌祭韩退之体》"其家竟何如，问知乐不支"句自注："己酉自昆山归，先祖云：'少侍太公至昆访徐年伯，昆山酒令甚酷'云云。又云：'其家今何若？'某对以'叔中状元，伯孝廉也'。"《苇间诗集》卷四，《清代诗人别集丛刊·姜宸英集（上）》，人民文学出版社2018年版，第162页。
④ 徐乾学：《严荪友、姜西溟策蹇相送，时各赴馆幕，六叠前韵》，《憺园集》卷五，《清代诗文集汇编》第124册，第333页。

康熙十二年（1673）六月，姜宸英在徐乾学家观洗象，作《徐健庵编修筳上，观洗象行》一首。诗中有句云："就中一象行踟躅，齿毛脱落颜摧颓。长者谓余岂解事，此物经今不知岁。闻说先朝万历初，贡车远自扶南至。中更四帝时太平，一朝阊骑走神京。忍死不食三品料，每到早朝泪纵横。沧桑变换理倏忽，勉强逐队保残生。君看垂老意态殊，众中那得知其情？茫茫旧事且莫说，劝君饮尽杯中物。"① 此象乃先朝遗物，老态龙钟，勉强苟活，但时时思念先朝，不啻是姜宸英此时自身心态之写照。中秋后二日，徐乾学邀姜宸英、钱澄之等同游西山。钱澄之《田间诗文集》诗集卷十九《客隐集》中有《中秋后二日，徐原一邀同姜西溟、叶子吉、张素存游西山，马上杂作》，共十一首。其《湛园未定稿序》亦云："明年，予入都门，未几，姜子亦至。其秋，徐太史原一邀同官数子与姜子及予为西山之游。姜子所至，题咏都遍。时予年六十有二，姜子犹强仕时也。"② 翻检《苇间诗集》，卷二有《始游西山，出西便门，憩摩诃庵作》《出十方院》《宿张氏庄》《寻宝珠洞，久行乱山中》《来青轩》《香山寺泉》《松磴》《表忠寺松》《景帝陵》等诗，皆是此次游西山所作。

康熙十三年（1674）重阳节，姜宸英与徐乾学、汪懋麟等人饮酒扬州见山楼。汪懋麟有诗云："莲花幕里人归早（时西溟先去），莼菜江头客去迟（谓原一）。"③ 此时姜宸英正客扬州知府金镇幕府。孙枝蔚集中亦有诗记载④。姜宸英与徐乾学、汪懋麟在扬州，禹之鼎为绘《三子联句图》。孙枝蔚题诗二首，序云："徐原一翰林与姜西溟文学集饮汪季角舍人爱园，原一之门人高生亦与焉。适善画者禹生

---

① 姜宸英：《徐健庵编修筳上，观洗象行》，《苇间诗集》卷二，《清代诗人别集丛刊·姜宸英集（上）》，人民文学出版社2018年版，第77页。
② 钱澄之：《湛园未定稿序》，《清代诗人别集丛刊·姜宸英集（上）》，人民文学出版社2018年版，第371—372页。
③ 汪懋麟：《九日原一、豹人、姜西溟、叔定家兄饮见山楼，和豹人韵》，《百尺梧桐阁集》卷十二，《清代诗文集汇编》第151册，第457页。
④ 孙枝蔚：《九日汪叔定、季角招饮见山楼，同程穆倩、姜西溟、徐原一》，《溉堂续集》卷五，《清代诗文集汇编》第71册，第530页。

在席，因命作是图，季甪为记，属余题诗其后。"① 诗中有句云："姜子在泥途，郁郁独可悲。请问《河东赋》，吹嘘当仗谁？"② 前二句对姜宸英怀才不遇之遭遇而深表同情，后二句化用杜甫《赠献纳使起居田舍人》"扬雄更有《河东赋》，唯待吹嘘送上天"诗句，表达对赏识、提拔姜宸英之人的渴望与期盼。汪懋麟《百尺梧桐阁集》文集卷三《徐健庵画像记》亦有详细记载。

康熙十四年（1675），徐乾学还京，官复原职。姜宸英与徐乾学、严绳孙、纳兰性德同游慈仁寺。严绳孙《秋水集》卷四有《慈仁寺毗卢阁同健庵、西溟、容若作》一诗记述了这次游览。

康熙十六年（1678）三月三日，姜宸英与徐乾学、陈维崧、李良年、吴绮、吴任臣、盛符升宴集钱曾述古堂。钱曾《判春集》有《戊午上巳，徐健庵、吴菌次、李武曾、吴志伊、姜西溟、陈其年、盛珍示集述古堂文宴，酒阑有作》。三月四日，姜宸英与陈维崧、徐乾学、李良年、吴绮、吴任臣、蒋伊、毛扆、王翚再集钱曾述古堂文宴。李良年《秋锦山房集》卷五有《虞山上巳后一日，健庵宫坊、菌次太守、莘田侍御、其年、志伊、西铭、斧季、石谷同集曾王述古堂，赋赠》一诗。姜宸英与徐乾学、李良年、吴绮、吴任臣等访毛晋汲古阁。徐乾学作《同吴菌次、志伊、石叶、陈其年、姜西溟、李武曾过隐湖访毛黼季，和菌次韵》一诗。

康熙二十一年（1682）八月十一日，高士奇招饮，参加者有姜宸英、徐乾学、徐倬三人。徐乾学作《八月十一日澹人招同西溟、方虎饮花下赋二首》。

康熙二十六年（1687），姜宸英参与纂修《大清一统志》。是年元夕，参加徐乾学碧山堂宴集，作《碧山堂元夕斗酒诗跋后》一文，中有句云："丁卯元夕，今总宪徐公碧山堂之宴，出所储酒三十种饮客，命客为《斗酒诗》。明日相继以诗来者若干人。"③ "某属病未能

---

① 孙枝蔚：《题三子联句图》，《溉堂续集》卷五，《清代诗文集汇编》第71册，第528页。
② 孙枝蔚：《题三子联句图》，《溉堂续集》卷五，《清代诗文集汇编》第71册，第528页。
③ 姜宸英：《碧山堂元夕斗酒诗跋后》，《湛园未定稿》卷五，《清代诗人别集丛刊·姜宸英集（上）》，人民文学出版社2018年版，第534页。

追和，故合公诗为一卷，以序而归之。"① 此会姜宸英因病未能作诗，只是写了一篇跋文。孟冬，与徐乾学、朱彝尊等人游上方山、普救寺等地。

康熙二十七年（1688）十一月，徐乾学生日，姜宸英作《大司寇徐健庵先生寿宴序》贺之。

康熙二十八年（1689）三月上巳日，徐乾学招同姜宸英等人修禊城南祝氏园。与会人员、修禊内容，可从徐嘉炎所作诗之题目见之，其诗题为《己巳三月上巳日，健庵司寇、立斋司农（徐元文）率两郎君艺初舍人（徐树谷）、章仲大行（徐炯），招同姜西溟、金穀似（金居敬）、朱竹垞（朱彝尊）、胡朏明（胡渭）、王令仪（王原）、汪武曹（汪份）诸子，修禊城南祝氏林亭，以"清流激湍，映带左右，引以为流觞曲水"十五韵分赋，得映字》。姜宸英亦有诗纪之，诗中有"雅令征经史，琐细遍抽摘。野父竟窥门，飞禽时拂席。道济贤者心，颇耽泉石癖。偕我二三子，赏玩竟日夕"② 等数句，充满了游玩的乐趣。闰三月初三，徐元文小斋初成，与徐乾学、徐元文、朱彝尊等集小斋修禊。徐元文有诗纪之，其小序云："重禊之日，小斋初成，伯兄偕西溟、竹垞（朱彝尊）、穀似（金居敬）、令贻（王原）、武曾（李良年）诸君集饮于此……"③

是年，姜宸英与徐乾学、朱彝尊、陈廷敬等人聚会颇多，以下联句皆作于此年。如《社日登黑窑厂联句》，有王士禛、徐乾学、朱彝尊、姜宸英、陈廷敬五人；《徐尚书载酒虎坊南园联句》，有姜宸英、朱彝尊、陈廷敬、徐乾学四人；《苦热联句》，有朱茂晭、姜宸英、张远、王原、徐善、朱彝尊、万斯同、朱俨、谭瑄、查慎行、李澄中、魏坤、黄虞稷、释净宪、龚翔麟、汤右曾、郑觐衮、钱光

---

① 姜宸英：《碧山堂元夕斗酒诗跋后》，《湛园未定稿》卷五，《清代诗人别集丛刊·姜宸英集（上）》，人民文学出版社2018年版，第535页。
② 姜宸英：《健庵司寇禊饮祝氏园，分得激字》，《湛园诗稿》卷中，《清代诗人别集丛刊·姜宸英集（上）》，人民文学出版社2018年版，第306页。
③ 徐元文：《闰月小斋分韵诗》，《含经堂集》卷十五，《清代诗文集汇编》第132册，第340页。

夔十八人。

康熙二十九年（1690）三月，徐乾学归里，开局洞庭东山，继续纂辑《大清一统志》，延请胡渭、阎若璩、黄仪诸子与姜宸英、查慎行、黄虞稷等分纂。是年夏，姜宸英与徐乾学同游华山，遇雨，在后来挽徐乾学的诗中，姜宸英特别记述道："庚午夏，与公同游华山，天暝大雷电，及法螺庵而雨大至。"①

徐乾学去世后，姜宸英作《感事二首》，其题下注云："顷有客南来，言去岁十二月葬昆山相国，冠盖视窆者寥寥，感而赋此，并述前事成二首。"② 对当时世态之炎凉感慨良多。

姜宸英晚年回忆道："昆山徐司寇健庵，吾故交也。能进退天下士，平生故人并退就弟子之列，独吾与为兄弟称。其子某作楼成，饮吾以落之，曰：'家君云：名此，必海内第一流。故以属先生。'吾笑曰：'是东乡，可名东楼。'健庵闻而憾焉。"③ 可见徐乾学对姜宸英的重视与宽容。

从上面的考述中，我们可以看到，姜宸英与徐乾学，只要同在一处，便如影随形，交往频繁而又密切。其缘由，有如下三点：

一是姜、徐两家为世交，为二人的友谊奠定了坚实的基础。姜宸英有诗云："通家古所重，请从先世推。有美太仆公，翰林标丰仪。与我先太常，同年契莫违。吾祖少随谒，屡摄升堂齐。"④ "太仆公"，即徐乾学曾祖，"初官翰林，以文章风义为后进所宗"⑤；"先太常"，即姜宸英曾祖姜应麟。二人同榜录取，交情深厚。姜宸英祖父幼时经常随父亲姜应麟去拜谒，受到热情的款待，后来随着

---

① 姜宸英：《挽徐司寇公，用张文昌祭韩退之体》"前年共仓卒，公独罹此灾"句下自注，《苇间诗集》卷四，《清代诗人别集丛刊·姜宸英集（上）》，人民文学出版社2018年版，第162页。

② 姜宸英：《感事二首》，《苇间诗集》卷四，《清代诗人别集丛刊·姜宸英集（上）》，人民文学出版社2018年版，第157页。

③ 方苞：《方苞集》，刘季高校点，上海古籍出版社1983年版，706页。

④ 姜宸英：《挽徐司寇公，用张文昌祭韩退之体》，《苇间诗集》卷四，《清代诗人别集丛刊·姜宸英集（上）》，人民文学出版社2018年版，第162页。

⑤ 韩菼：《资政大夫经筵讲官刑部尚书徐公行传》，《有怀堂文稿》卷十八，《清代诗文集汇编》第147册，第241页。

姜家的衰落，联系日渐减少。康熙八年（1669），姜宸英从昆山回，其祖父首先回顾往事："少侍太公至昆访徐年伯，昆山酒令甚酷。"然后又问道："其家今何若？"姜宸英回答道："叔中状元，伯孝廉也。"① 姜宸英在诗中又写道："卷波大剧饮，曩欢如可追。其家竟何如，问知乐不支。"② 可见姜、徐两家相交之醇厚。

二是姜、徐二人有共同的兴趣爱好、相似的学术观。徐乾学本是一位学者型官员，酷爱读书，重视学问，"少壮迨老，无一日释卷，自六艺子史百家之书靡不贯穿"③，姜宸英亦是如此，"生平读书以经为根本，于注疏务穷勤苦，至老犹笃"④。徐乾学在经史方面堪称大家，与姜宸英治学重经史的取向不谋而合。

三是徐乾学礼遇姜宸英，有姜宸英古文成就、学术造诣的原因，也有其提升个人声名的考虑。徐乾学非常钦佩姜宸英的古文，当时很多人对姜宸英说："公所好者，子之文也。"⑤ 同时徐乾学对姜宸英的学术造诣也非常了解。当徐乾学开局洞庭东山纂辑《大清一统志》时，特地"提请翰林姜、黄二君共事书局"⑥。尚小明认为："徐乾学延聘大批学人入幕，并赞助他们的学术活动，既是为了满足官方修书的需要，也是为了树立个人的学术地位和声望。"⑦ 可谓一语中的。

姜宸英与徐乾学之交游，对姜宸英有着重要影响。徐乾学凭借自身权势，在仕途、物质、学术方面都给姜宸英诸多帮助，尤其是

---

① 姜宸英：《挽徐司寇公，用张文昌祭韩退之体》"其家竟何如，问知乐不支"句自注。《苇间诗集》卷四，《清代诗人别集丛刊·姜宸英集（上）》，人民文学出版社2018年版，第162页。

② 姜宸英：《挽徐司寇公，用张文昌祭韩退之体》，《苇间诗集》卷四，《清代诗人别集丛刊·姜宸英集（上）》，人民文学出版社2018年版，第162页。

③ 宋荦：《憺园集序》，《憺园集》卷首，《清代诗文集汇编》第124册，第257页。

④ 王锺翰校点：《清史列传》卷七十一《文苑传二》，中华书局1987年版，第5807页。

⑤ 姜宸英：《大司寇徐健庵先生寿宴序》，《湛园未定稿》卷三，《清代诗人别集丛刊·姜宸英集（上）》，人民文学出版社2018年版，第493页。

⑥ 裘琏：《纂修书局同人题名私记》，《横山文钞》卷七，《清代诗文集汇编》第164册，第640页。

⑦ 尚小明：《学人幕府与清代学术》（增订本），东方出版社2018年版，第141页。

为姜宸英搭建了广泛的人际交往平台。自从与徐乾学交往后，姜宸英又结识了各类朋友，如纳兰成德，就相识于徐乾学家里，后来成为挚友。在徐乾学的幕府中，有乾嘉汉学的先驱人物阎若璩和胡渭。姜宸英和这些学术大师晨夕相处，自然有助于提升他的学术素养。《湛园札记》自序云："予本题'札记'，淮阴阎征君乙之，而改为'劄记'。"① 然后姜宸英引经据典，得出结论："予所记者，大抵多小事传闻而一行可尽者，故取名以此。'劄'之与'札'，义虽通行，然劄子，古人颇用以奏事，注疏家未尝及之。兼'劄记'名书，古人多有，予欲少异其字，以自别耳，故不从征君，仍为'札记'。"② 阎若璩想改"札"为"劄"，姜宸英并未同意，理由非常充分，尤其是对"札"与"劄"的辨析精细入微，令人叹服。

当然，徐乾学也给姜宸英带来了较重的负面影响。徐乾学是当时朋党之争中的一位知名人物。他入朝时，正值满臣索额图、明珠同柄朝政，二人互相倾轧，在朝内各植私党。他先是依附明珠，成为明珠之子纳兰性德的座师，反对索额图。脱离明珠之后，他自成一派，与明珠一派相抗衡。索额图失事后，徐乾学又与索额图及熊赐履相联结，反对明珠。党争愈演愈烈，到后期徐乾学受到来自各种势力的攻讦，最后惨淡收场。③ "时贵之构昆山者，亦恶先生。"④ 姜宸英在一定程度上卷入了当时激烈的党争之中，致使仕途颇为不顺。但是，徐乾学对姜宸英的帮助却自始至终："顾昆山虽退居，其气力尚健，惓惓为先生通榜，卒不倦，则亦古人之遗也"。⑤ 姜宸英晚年回忆道："昆山徐司寇健庵，吾故交也。能进退天下士，平生故人并退就弟子之列，独吾与为兄弟称。"⑥ 对徐乾学之于自己的礼遇

---

① 姜宸英：《湛园札记自题》，《湛园藏稿》卷三，《清代诗人别集丛刊·姜宸英集（下）》，人民文学出版社2018年版，第768页。
② 姜宸英：《湛园札记自题》，《湛园藏稿》卷三，《清代诗人别集丛刊·姜宸英集（下）》，人民文学出版社2018年版，第768—769页。
③ 参看尚小明《徐乾学幕府研究》，《史学月刊》1998年第3期。
④ 全祖望：《鲒埼亭文集选注》，黄云眉选注，齐鲁书社1982年版，第173页。
⑤ 全祖望：《鲒埼亭文集选注》，黄云眉选注，齐鲁书社1982年版，第173页。
⑥ 方苞：《方苞集》（下），刘季高校点，上海古籍出版社1983年版，第706页。

颇多感念。因此，姜宸英对徐乾学的感激之情更是始终如一，即使在徐乾学失势之后，感情亦不少衰。全祖望《墓表》有"始终不负昆山"之语，可谓实录。

二 纳兰性德

纳兰性德（1654—1685），叶赫纳喇氏，原名成德，后避东宫太子保成嫌名，改名性德，康熙十五年（1676）复称成德①，字容若，号楞伽山人。满洲正黄旗人。其父明珠，曾任兵部尚书、吏部尚书等职，位高职显，权倾一时。康熙十一年（1672），应顺天乡试，中举人。次年，参加会试，中式，为贡士，因忽患寒疾而未能参加殿试。康熙十五年（1676），廷对"敷事析理谙熟，出老宿上；结字端劲，合古法。诸公嗟叹，天子用嘉"②，中二甲第七名进士。康熙十六年（1677），任乾清门三等侍卫，后晋升为二等侍卫、一等侍卫。康熙二十四年（1685）五月，得寒疾，七日后逝世，年仅三十二岁③。纳兰性德是清代杰出词人，与朱彝尊、陈维崧并称"清词三大家"。纳兰词不仅在清代文坛享有声誉，在整个中国古代文学史上亦占有重要一席。著有《通志堂集》二十卷。

纳兰性德有诗云："岹峣最高山，山气蒸为云。物本相感生，相感乃相亲。"④物因相感而生，因相感而亲，朋友间亦应如此，只有彼此同声相应、同气相求，才能相亲相爱，所以纳兰非常重视友情，把朋友当作极其亲近之人。其挚友顾贞观说他"于道谊也甚真，特以风雅为性命，朋友为肺腑"⑤。其所交之人，皆为一时俊异，"若

---

① 据赵秀亭、冯统一《纳兰性德行年录》：（康熙十四年）"十二月十三，皇子保成立为皇太子。成德避太子嫌名，改名性德。"（康熙十五年）"年初，皇太子保成更名胤礽。《进士题名录》性德榜名已作'成德'，知'成'字不必再避。嗣后容若手书、印章及友朋书文俱称成德，不再称性德。"《承德民族师专学报》2000年第4期。

② 徐乾学：《通议大夫一等侍卫进士纳喇君神道碑文》，《憺园文集》卷三十一，《清代诗文集汇编》第124册，第648页。

③ 关于纳兰性德享年，可参看朱则杰《清诗考证》，人民文学出版社2012年版，第39—40页。

④ 纳兰性德：《又赠马云翎》，《通志堂集》卷三，《清代诗文集汇编》第194册，第429页。

⑤ 顾贞观：《祭容若文》，《通志堂集》卷十九，《清代诗文集汇编》第194册，第613页。

无锡严绳孙、顾贞观、秦松龄，宜兴陈维崧，慈溪姜宸英，尤所契厚"①。

姜宸英《通议大夫一等侍卫进士纳腊君墓表》云："君年十八九，联举礼部，当康熙之癸丑岁。未几也，予与相见于其座主东海阁学公邸。"②《祭容若侍中文》云："我始见兄，岁在癸丑。"③ 癸丑年，即康熙十二年（1673），且据赵秀亭、冯统一考证，二人相识是在该年的初夏。④ "东海阁学"即徐乾学，曾任康熙十一年（1672）顺天乡试副考官，恰逢纳兰性德此年应考，并中举，所以徐乾学成为纳兰性德的"座主"，有师生之谊。康熙十二年（1673），纳兰因寒疾错过殿试，不久，便定期向徐乾学问学："自癸丑五月始，逢三、六、九日，黎明即骑马过余邸舍，讲论书史，日暮乃去。"⑤ 纳兰向徐乾学致书说："承示宋元诸家经解，俱时师所未见，某当晓夜穷研，以副明训。其余诸书，尚望次第以授，俾得卒业焉。"⑥ 可见纳兰性德学习汉文化的热情与刻苦向学的态度。

姜宸英行踪不定，纳兰性德亦时常伴驾出巡。当同在京师时，二人则邀约友人，雅集宴饮，诗文唱和。可考者如下：

康熙十八年（1679）暮春，姜宸英与朱彝尊、严绳孙、陈维崧、秦松龄、纳兰性德郊游，有《浣溪纱》联句。朱彝尊《江湖载酒集》有《浣溪纱·郊游联句》："山郭寻春春已阑（宜兴陈维崧其年），东风吹面不成寒（无锡秦松龄留仙）。青村几曲到西山（无锡严绳孙荪友）。并马未须愁路远（慈溪姜宸英西溟），看花且莫放杯闲（彝尊）。人生别

---

① 徐乾学：《通议大夫一等侍卫进士纳兰君墓志铭》，《憺园文集》卷二十七，《清代诗文集汇编》第124册，第603页。
② 姜宸英：《通议大夫一等侍卫进士纳腊君墓表》，《湛园藏稿》卷三，《清代诗人别集丛刊·姜宸英集（下）》，人民文学出版社2018年版，第788页。
③ 姜宸英：《祭容若侍中文》，《湛园藏稿》卷四，《清代诗人别集丛刊·姜宸英集（下）》，人民文学出版社2018年版，第810页。
④ 其理由是："徐乾学九月回南，成德见姜当在初夏。秋，姜氏随徐乾学南还。"可从。赵秀亭、冯统一：《纳兰性德行年录》，《承德民族师专学报》2000年第4期。
⑤ 徐乾学：《通志堂集序》，《通志堂集》卷首，《清代诗文集汇编》第194册，第405页。
⑥ 纳兰性德：《上座主徐健庵先生书》，《通志堂集》卷十三，《清代诗文集汇编》第194册，第535页。

易会常难（长白成德容若）。"

康熙十八年（1679）夏，姜宸英与朱彝尊、严绳孙、陈维崧、秦松龄、汪楫、张纯修在纳兰性德渌水亭观荷饮酒。据张任政《纳兰性德年谱》"康熙十八年"条记载："夏日集朱锡鬯、陈其年、严荪友、秦留仙、姜西溟、张见阳渌水亭观荷，锡鬯、其年各赋《台城路》词。荪友、西溟各赋五言律诗四首。"① 姜宸英诗已佚。

康熙二十一年（1682）元宵节，姜宸英与朱彝尊、严绳孙、陈维崧、吴兆骞、顾贞观、曹寅同集纳兰性德花间草堂，饮酒赋词。姜宸英回忆道："记壬戌灯夕，与阳羡陈其年、梁溪严荪友、顾华峰、嘉禾朱锡鬯、松陵吴汉槎数君同饮花间草堂。中席主人指纱灯图绘古迹，请各赋《临江仙》一阕。"② 同年春天，纳兰性德邀游。姜宸英有诗云："散漫杨花雪满堤，停船只在画廊西。东风底事催归急，不管狂夫醉似泥。"③ 记述了当时游玩之情景。

康熙二十四年（1685）五月二十二日，在纳兰性德去世前八天，姜宸英同梁佩兰、顾贞观、吴雯集纳兰性德斋，饮酒，各赋《夜合花》一诗。姜宸英有文曰："病之前日，信促予往。商略文选，感怀畴曩。梁吴二子，此日实来。夜合之诗，分咏同裁。诗墨未干，花犹烂开。七日之间，玉折兰摧。"④

此外，姜宸英与徐乾学、严绳孙、纳兰性德曾同游慈仁寺。严绳孙有诗《慈仁寺毗卢阁同健庵、西溟、容若作》一首。陈雪军考此诗作期为康熙十四年己卯（1675）姜宸英归家之前⑤。姜宸英《梦梨》诗小注云："己卯夏初，归，而吾母为予言……"可知姜宸英到家时间是本年夏初，那么四人出游慈仁寺应在夏初之前。考严

---

① 转引自周绚隆《陈维崧年谱》（下），人民出版社2012年版，第601页。
② 姜宸英：《题蒋君长短句》，《湛园未定稿》卷五，《清代诗人别集丛刊·姜宸英集（上）》，人民文学出版社2018年版，第536页。
③ 姜宸英：《容若邀游城北庄，移舟晚酌》，《湛园诗稿》卷上，《清代诗人别集丛刊·姜宸英集（上）》，人民文学出版社2018年版，第265页。
④ 姜宸英：《祭容若侍中文》，《湛园藏稿》卷四，《清代诗人别集丛刊·姜宸英集（下）》，人民文学出版社2018年版，第811页。
⑤ 陈雪军：《姜宸英年谱》，浙江大学出版社2011年版，第67页。

绳孙诗有句云"如何清秋日，登此百尺楼""燕昭气已尽，寥落黄金秋"，明显是在秋季，与陈雪军系年矛盾。要想准确考证此次出游时间，尚待新资料的发现。

当然，姜宸英与纳兰性德宴饮雅集、诗文唱和应该不止上述六次。姜宸英回忆道："往年，容若招予住龙华僧舍，日与荪友、梁汾诸子集花间草堂，剧论文史，摩挲书画，于时禹子尚基亦间来同此风味也。自后改葺通志堂，数人者复晨夕相对。"[①] 可见他们诗酒风流，相聚非常频繁。

姜宸英和纳兰性德离别重逢之际，正是二人诗词酬唱之时。康熙十八年（1679）秋，姜母孙孺人去世，姜宸英南归，纳兰性德接连作《金缕曲·姜西溟言别，赋此赠之》《金缕曲·慰西溟》《潇湘雨·送西溟归慈溪》三首长调赠之。康熙二十一年（1682）八月，纳兰性德赴梭龙侦查，姜宸英作《宿燕交，送容若奉使西域》诗送之。康熙二十三年（1684）十二月十二日，纳兰性德生日，姜宸英作《容若从驾还，值其三十初度，席上书赠六首》。二人即使身处异地，仍有音书往还。康熙二十年（1681），纳兰性德以诗作柬，写有《柬西溟》一诗。康熙十八年（1679），姜宸英南归，作《与成容若》一信。

姜宸英还将纳兰性德的风雅广为宣传。翰林院编修查嗣韩曾为纳兰手简遗札作跋云："向从朱供奉竹垞、姜征君西溟辈得悉容若风雅，以未经把接为恨。"[②] 查嗣韩与纳兰并未谋面，是从朱彝尊、姜宸英处得闻纳兰之风雅的。

梳理姜宸英与纳兰性德之交往，就年龄言，相差二十七岁；就地位言，一个贵胄公子，一个落拓布衣；就个性言，差异亦复不小。两个差异如此悬殊之人能维系一生的情谊，应该有更为深层次的原因。

---

① 姜宸英：《跋同集书后》，《湛园藏稿》卷三，《清代诗人别集丛刊·姜宸英集（下）》，人民文学出版社 2018 年版，第 771 页。
② 查嗣韩：《纳兰性德致张纯修二十九简题跋》，《饮水词笺校》附录二，赵秀亭、冯统一笺校，辽宁教育出版社 2001 年版，第 459 页。

一是怀才不遇、有志难伸的无奈心态是二人相交的前提。姜宸英屡试不第，南北漂泊，其怀才不遇、有志难伸之心态自不待言。而纳兰性德生在钟鸣鼎食之家，身任康熙御前一等侍卫，又何以言此呢？原来纳兰性德志不在此。纳兰饱读诗书，深受汉文化影响，关心政事民情："于往古治乱，政治沿革兴坏，民情苦乐，吏治清浊，人才风俗盛衰消长之际，能指数其所以然。"①其词云："竟须将、银河亲挽，普天一洗。"②"我亦忧时人，志欲吞鲸鲵。"③从中可以清晰地看到一个年轻人渴望建功立业的远大抱负和积极向上的人生追求。但是在中进士后一年多的时间里，纳兰一直未等到被授予任何官职，最后仍依"勋戚之贤""特擢宿卫，给事禁中"。康熙十六年（1679）冬，纳兰始任乾清门三等侍卫。这种伴随皇帝左右、威武荣耀的职位，对于纳兰来说，却充满用非其志的悲哀："我今落拓何所止，一事无成已如此。平生纵有英雄血，无由一溅荆江水。"④而且，"伴君如伴虎"，纳兰内心不时有"临履之忧"⑤。挚友严绳孙体察到了他内心的隐痛："无事则平旦而入，日晡未退，以为常。且观其意，惴惴有临履之忧，视凡为近臣者有甚焉。"⑥纳兰《太常引·自题小像》亦道出了自己的现实境遇："西风乍起峭寒生，惊雁避移营，千里暮云平。"⑦其中，在"西风""峭寒"的萧索凄凉的环境中，"惊雁"意象就是纳兰惴惴不安内心的真实写照。身为侍卫，与其理想的实现、才华的发挥均不相符，所以其内心的

---

① 韩菼：《进士一等侍卫纳兰君神道碑》，《有怀堂文稿》卷十四，《清代诗文集汇编》第147册，第194页。
② 纳兰性德：《金缕曲》，《饮水词笺校》卷五，赵秀亭、冯统一笺校，辽宁教育出版社2001年版，第422页。
③ 纳兰性德：《长安行赠叶讱庵庶子》，《通志堂集》卷三，《清代诗文集汇编》第194册，第430页。
④ 纳兰性德：《送荪友》，《通志堂集》卷三，《清代诗文集汇编》第194册，第430页。
⑤ 对纳兰性德的"临履之忧"，黄天骥有深入的分析，详见其《纳兰性德和他的词》，广东人民出版社1983年版，第138—173页。
⑥ 严绳孙：《成容若遗稿序》，《通志堂集》卷首，《清代诗文集汇编》第194册，第406页。
⑦ 纳兰性德：《太常引·自题小像》，《饮水词笺校》卷二，赵秀亭、冯统一笺校，辽宁教育出版社2001年版，第184页。

烦恼与痛苦便永无休止。同时,纳兰身染寒疾也影响了他的心态。李雷《纳兰性德与寒疾》一文有所总结:"可以说,是寒疾的影响促进了纳兰忧郁气质的形成,而又是人生的愁苦加重了寒疾对他体质的摧残,这种恶性循环大大影响了纳兰的气质、性格、命运以及文学创作。"① 纳兰性德用非其志的境遇、难以治愈的寒疾,对他寂寞悲情的忧郁心态的形成至关重要。黄天骥认为:"他觉得自己的生涯是寂寞的,只有在和挚友一起饮酒的时候,才感到心情畅快。"② 故而他非常愿意与姜宸英等人交往,饮酒赋诗,互诉衷肠,使彼此的心灵得到慰藉。

二是相互欣赏、彼此理解的心灵相通是二人相交的基础。首先,二人互相欣赏。纳兰性德十八岁中举,汉文化造诣已经很深;其倾心填词,对词艺的精研更胜过其他文体。纳兰性德去世四年后,姜宸英作《题蒋君长短句》,深情回忆:

> 记壬戌灯夕,与阳羡陈其年、梁溪严荪友、顾华峰、嘉禾朱锡鬯、松陵吴汉槎数君同饮花间草堂。中席主人指纱灯图绘古迹,请各赋《临江仙》一阕。予与汉槎赋裁半,主人摘某字于声未谐,某句调未合。余谓汉槎曰:"此事终非吾胜场,盍姑听客之所为乎?"汉槎亦笑起而阁笔。然数君之于词亦有不同:梁溪圆美清淡,以北宋为宗;陈则颓唐于稼轩;朱则煎洗于白石,譬之《韶》、《夏》异奏,同归悦耳。一时词学之盛,度越前古矣。③

此"主人"即是纳兰性德。纳兰与江南文士雅集填词,竟能从容指点姜宸英与吴兆骞之词某字某句音律未偕,足见他之于词确乎"胜场",不然,绝不会令姜、吴二人叹服搁笔。此外,姜宸英对纳兰词

---

① 李雷:《纳兰性德与寒疾》,《文学遗产》2002 年第 6 期。
② 黄天骥:《纳兰性德和他的词》,广东人民出版社 1983 年版,第 83 页。
③ 姜宸英:《题蒋君长短句》,《湛园未定稿》卷五,《清代诗人别集丛刊·姜宸英集(上)》,人民文学出版社 2018 年版,第 536 页。

颇多赞赏之言："多事才人新乐府，内家争播管弦声。"①"新词烂漫谁收得？更与辛勤渡海来。"② 其对纳兰词之渊源与风格亦有比较深入的理解："其于词，小令取唐五代，宗晏氏父子；长调则推周、秦及稼轩诸家。"③"名家晏小山。"④ 可谓的评。纳兰性德对姜宸英的古文成就亦叹赏备至。纳兰幼时深喜古文辞，曾坦言："仆幼习科举业，即时时窃喜古文词，然不敢令师友见也。"⑤ 虽最终选择词作为专攻对象，但并未忘怀古文辞。姜宸英记述道："今年五月辛巳，君将从驾出关，连促予入城。中夜酒酣，谓予曰：'吾行从子究竟班、马事矣，子谓我何如？'予笑曰：'顷闻君论词之法，将无优为之耶？'是时，窃视君意锐甚……于是复挈予手曰：'吾倘蒙恩量移一官，可并力斯事，与公等角一日之长矣。'意郑重若不忍别者。"⑥ 纳兰性德已决意向姜宸英学习古文，可见姜宸英古文成就在纳兰性德心中的地位。

其次，二人互相理解。纳兰去世后，姜宸英在祭文中写道："数君知我，其端匪一。我常箕踞，对客欠伸。君不予傲，知我任真。我时嫚骂，无问强弱。君不予狂，知予嫉恶。激昂论事，眼瞪舌搞。君为抵掌，助之叫号。有时对酒，雪涕悲歌。谓予失志，孤愤则那。"⑦ 此数句，很容易让人想到《史记·管晏列传》中的几句话："吾始困时，尝与鲍叔贾，分财利多自与，鲍叔不以我为贪，知我贫也。吾尝为鲍叔谋事而更穷困，鲍叔不以我为愚，知时有利不利也。

---

① 姜宸英：《容若从驾还，值其三十初度，席上书赠六首》（其六），《苇间诗集》卷三，《清代诗人别集丛刊·姜宸英集（上）》，人民文学出版社2018年版，第119页。
② 姜宸英：《题容若〈出塞图〉二首》（其二），《苇间诗集》卷三，《清代诗人别集丛刊·姜宸英集（上）》，人民文学出版社2018年版，第122页。
③ 姜宸英：《通议大夫一等侍卫进士纳腊君墓表》，《湛园藏稿》卷三，《清代诗人别集丛刊·姜宸英集（下）》，人民文学出版社2018年版，第789页。
④ 姜宸英：《哭亡友容若侍卫四首》（其三），《苇间诗集》卷三，《清代诗人别集丛刊·姜宸英集（上）》，人民文学出版社2018年版，第122页。
⑤ 纳兰成德：《与韩元少书》，《通志堂集》卷三，《清代诗文集汇编》第194册，第536页。
⑥ 姜宸英：《通议大夫一等侍卫进士纳腊君墓表》，《湛园藏稿》卷三，《清代诗人别集丛刊·姜宸英集（下）》，人民文学出版社2018年版，第789页。
⑦ 姜宸英：《祭容若侍中文》，《湛园藏稿》卷四，《清代诗人别集丛刊·姜宸英集（下）》，人民文学出版社2018年版，第811页。

吾尝三仕三见逐于君，鲍叔不以我为不肖，知我不遭时也。吾尝三战三走，鲍叔不以我为怯，知我有老母也。公子纠败，召忽死之，吾幽囚受辱，鲍叔不以我为无耻，知我不羞小节而耻功名不显于天下也。生我者父母，知我者鲍子也。"① 纳兰可谓姜宸英的知音！姜宸英曾云："虽以予之狂，终日叫号慢侮于其侧，而不予怪。盖知予之失志不偶，而嫉时愤俗特甚也。"② 姜宸英亦深深理解纳兰性德。康熙二十四年（1685）五月二十三日，纳兰支撑着病体召集梁佩兰、顾贞观、姜宸英、吴天章、朱彝尊等人，在寓所举行了他生前最后一次宴会。其《夜合花》尾联云："对此能销忿，旋移迎小槛。"③ 想借着阶前繁茂美丽的夜合花消除自己内心的愤懑。姜宸英《夜合花》尾联对此有所回应："良会欢今日，无烦蠲忿为。"④ 其对纳兰心中的"忿"是有所理解的。

总之，怀才不遇、有志难伸的无奈心态和相互欣赏、彼此理解的心灵相通，是二人能够保持长达十三年深情厚谊的主要原因。

姜宸英与纳兰性德相识相知十三年，对彼此的生活、心态、创作等方面均产生了积极的影响。

纳兰性德出身豪门，地位显赫，经常给予友人多方面的关心和帮助。如他写信给严绳孙说："留仙（秦松龄）事今已大妥，不必为念，特此附闻。"⑤ "伯老（顾贞观）身后事已嘱料理，想不有误"⑥。对姜宸英，亦复如是。首先，给予物质上的帮助。姜宸英说："旋复合并，于午未间。或蹶而穷，百忧萃止。是时归君，馆我萧寺。"⑦

---

① 司马迁：《管晏列传》，《史记》（下），中华书局2005年版，第1695页。
② 姜宸英：《通议大夫一等侍卫进士纳腊君墓表》，《湛园藏稿》卷三，《清代诗人别集丛刊·姜宸英集（下）》，人民文学出版社2018年版，第789页。
③ 纳兰性德：《夜合花》，《通志堂集》卷四，《清代诗文集汇编》第194册，第433页。
④ 姜宸英：《夜合花》，《湛园诗稿》卷一，《清代诗人别集丛刊·姜宸英集（上）》，人民文学出版社2018年版，第281页。
⑤ 纳兰性德：《致严绳孙五简》（第三简），《饮水词笺校》附录二，赵秀亭、冯统一笺校，辽宁教育出版社2001年版，第463页。
⑥ 纳兰性德：《致严绳孙五简》（第四简），《饮水词笺校》附录二，赵秀亭、冯统一笺校，辽宁教育出版社2001年版，第464页。
⑦ 姜宸英：《祭容若侍中文》，《湛园藏稿》卷四，《清代诗人别集丛刊·姜宸英集（下）》，人民文学出版社2018年版，第810页。

"于午未间"指康熙十七年戊午（1678）和康熙十八年己未（1679）之间，确切地说应是康熙十七年夏到康熙十八年秋之间。因为康熙十七年初夏，漂泊江南的姜宸英才北上入都①。十八年秋，姜母孙孺人去世，姜宸英丁忧南归。这期间，姜宸英又错失博学鸿词科考试。② 这段时间是姜宸英人生最为艰难的阶段，真可谓"我蹶而穷，百忧萃止"。这时，纳兰向姜宸英伸出援助之手，"馆我萧寺"，给姜宸英提供住处，解决了生活之忧。在姜宸英奔母丧南归之时，纳兰又给予丰厚财物，帮助办理丧事："继予忧归，涕泣洏洏。所以腆赙，怜予不子。"③ 这是姜宸英明确提到的两次，但是可以想见，纳兰对姜宸英物质上的帮助应该还有很多。

其次，给予仕途上的谋划。纳兰有诗云："忽睹新岁华，履端布阳和。不知题柱客，谁和郢中歌。"④ "题柱客"，意为矢志求取功名之士，典出《华阳国志》卷三《蜀志》。"郢中歌"，指高雅的歌曲。在这里，纳兰自问："新的一年即将到来，不知谁能赏识矢志求取功名之士的姜宸英，使他顺利走上仕途、实现远大志向呢？"其对姜宸英仕途之关切溢于言表。姜宸英晚年回忆道："吾始至京师，明氏之子成德延至其家，甚忠敬。一日进曰：'吾父信我，不若信吾家某人。先生一与为礼，所欲无不得者。'吾怒而斥曰：'始吾以为佳公子，今得子矣！'即日卷书装，遂与绝。"⑤ 当然二人最终没有断交，但由此可觇见纳兰为姜宸英谋划仕途之苦心孤诣。康熙十八年（1679）秋，姜宸英归奔母丧，在途中给纳兰性德写信："昨进辞太

---

① 姜宸英此次入京的时间是康熙十七年（1678）初夏，见周绚隆《陈维崧年谱》（下），人民出版社2012年版，第532页，而赵秀亭、冯统一《纳兰性德行年录》则云："岁暮，姜宸英入京，性德使居千佛寺。"（《承德民族师专学报》2000年第4期）所言有误。

② 具体原因参看韩菼《湛园未定稿序》，《清代诗人别集丛刊·姜宸英集（上）》，人民文学出版社2018年版，第373页。

③ 姜宸英：《祭容若侍中文》，《湛园藏稿》卷四，《清代诗人别集丛刊·姜宸英集（下）》，人民文学出版社2018年版，第810—811页。

④ 纳兰性德：《早春雪后同姜西溟作》，《通志堂集》卷三，《清代诗文集汇编》第194册，第428页。

⑤ 方苞：《记姜西溟遗言》，《方苞集》（下），刘季高校点，上海古籍出版社1983年版，第705—706页。

傅公，接见之次，情辞悯恻，若深怜其以贫贱而失养之可悲者。至于使者辱临，赒恤备至。窃念公以上相之尊，燮理庙堂，而曲体下情，至不遗于一介之贱士。"① 可见，纳兰之父明珠在姜宸英南归之前接见了他，并派人给姜宸英送去不少财物。可以想见，时为武英殿大学士的明珠热情接见一介布衣姜宸英，应该有纳兰在其中努力斡旋的因素。

复次，给予感情上的安慰。纳兰深切同情姜宸英坎坷不幸的遭遇，经常给予诸多慰勉，留下了不少情辞兼美的诗词，较有代表性的是《金缕曲·慰西溟》：

> 何事添凄咽。但由他、天公簸弄，莫教磨涅。失意每多如意少，终古几人称屈？须知道、福因才折。独卧藜床看北斗，背高城、玉笛吹成血。听谯鼓，二更彻。　　丈夫未肯因人热。且乘闲、五湖料理，扁舟一叶。泪似秋霖挥不尽，洒向野田黄蝶。须不羡、承明班列。马迹车尘忙未了，任西风、吹冷长安月。又萧寺，花如雪。②

此词紧紧围绕一个"慰"字反复敷写，有对姜宸英孤独寂寞的理解，有对姜宸英避世隐居的建议，有劝慰姜宸英绝意仕途的现身说法。纵横开阖，沉郁悲怆，充满了震撼人心的艺术魅力。当姜宸英因母丧而绝意归里时，纳兰劝慰道："曰归因甚添愁绪。料强似、冷烟寒月，栖迟梵宇。一事伤心君落魄，两鬓飘萧未遇。有解忆、长安儿女。裘敝入门空太息，信古来、才命真相负。身世恨、共谁语。"③一方面痛惜姜宸英之"落魄""未遇"，一方面又劝慰他家中"有解

---

① 姜宸英：《与成容若》，《湛园藏稿》卷三，《清代诗人别集丛刊·姜宸英集（下）》，人民文学出版社2018年版，第777页。
② 纳兰性德：《金缕曲·慰西溟》，《饮水词笺校》卷二，赵秀亭、冯统一笺校，辽宁教育出版社2001年版，第141页。
③ 纳兰性德：《金缕曲·姜西溟言别，赋此赠之》，《饮水词笺校》卷二，赵秀亭、冯统一笺校，辽宁教育出版社2001年版，第127页。

忆"之儿女,可享天伦之乐,这总比栖居冷落凄清的萧寺要好。"裘敝入门空太息,信古来、才命真相负"数句,更是以乐观旷达的人生态度安慰姜宸英。所以,纳兰去世后,姜宸英有诗道:"平生知己意,惟有泪悬河。"① 充满了知音逝去的悲痛。

姜宸英对纳兰也有很深的影响。当二人相识时,纳兰还是一个十八九岁的年轻人,"是时,君自分齿少,不愿仕,退而学经读史,旁治诗歌古文词"②。纳兰曾向姜宸英学习,据全祖望记载:"顾枋臣(即明珠)有长子(即纳兰),多才,求学于先生,枋臣以此颇欲援先生登朝。"③ 在纳兰去世前夕,还对姜宸英说:"吾行从子究竟班马、事矣,子谓我何如?"④ 可见其向姜宸英学习古文的心愿。在评价纳兰词时,姜宸英认为其长调的章法转换顿挫,与古文章法有异曲同工之处:"长调则推周、秦及稼轩诸家,以为其章法转换、顿挫、离合之妙,正与文家散行体何异?"⑤ 我们可以推知姜宸英古文的创作对纳兰词的创作具有一定影响。同时,与姜宸英等人的交往,也给纳兰寂寞的心境涂抹了几许亮色。正如姜宸英所言:"承恩惟宿卫,得意在花间。"⑥ 在花间草堂、渌水亭等地和挚友们读书宴集、饮酒唱和时,纳兰是"得意"的,心情最为舒畅。

综上所述,姜宸英与纳兰性德亦师亦友,实属忘年之交。纳兰给予了姜宸英很大的帮助及深切的关怀,而姜宸英对纳兰亦有较为重要的影响。当考察姜宸英追逐仕宦的历程及长期不遇所形成的复

---

① 姜宸英:《哭亡友容若侍卫四首》(其一),《苇间诗集》卷三,《清代诗人别集丛刊·姜宸英集(上)》,人民文学出版社2018年版,第122页。
② 姜宸英:《通议大夫一等侍卫进士纳腊君墓表》,《湛园藏稿》卷三,《清代诗人别集丛刊·姜宸英集(下)》,人民文学出版社2018年版,788页。
③ 全祖望:《翰林院编修湛园姜先生墓表》,《鲒埼亭文集选注》,黄云眉选注,齐鲁书社1982年版,第173页。
④ 姜宸英:《通议大夫一等侍卫进士纳腊君墓表》,《湛园藏稿》卷三,《清代诗人别集丛刊·姜宸英集(下)》,人民文学出版社2018年版,第789页。
⑤ 姜宸英:《通议大夫一等侍卫进士纳腊君墓表》,《湛园藏稿》卷三,《清代诗人别集丛刊·姜宸英集(下)》,人民文学出版社2018年版,第789页。
⑥ 姜宸英:《哭亡友容若侍卫四首》(其三),《苇间诗集》卷三,《清代诗人别集丛刊·姜宸英集(上)》,人民文学出版社2018年版,第122页。

杂心态时，我们不能不探究其与纳兰性德之交游及所带来的影响。

本章小结

  姜宸英中进士时已届七十高龄，之前一直偃蹇不遇，久居林下。在数十年的南北奔波中，他有着广泛的交游。其所交之人，或为文苑英杰，或为诗坛宗匠，或为政坛贤达，当然也有一些无名之士。其交往内容，既有宴饮雅集、诗文唱和、切磋技艺等常见内容，又有渴望汲引等政治蕴含。姜宸英性情狷介孤傲，"盖能不涉标榜之习，以求一时之名者"[①]，即便如此，其交游仍为其文学、仕途带来了很大的影响。本章通过具体考述姜宸英与当时文苑、诗坛等几位有代表性人物的交往，试图还原姜宸英一生中典型的交游状况、生活片段，探究社会交往对姜宸英为人、为文、为诗等方面不同层面与不同程度的影响。

[①] 纪昀：《四库全书总目提要》（四），河北人民出版社2000年版，第4540页。

第三章 姜宸英文学思想研究

研究一位作家的文学思想对深入理解其作品具有重要意义，诚如周勋初所言："一个作家，不论创作什么样子的作品，都有某种文学思想作为指导。他们通过创作反映了所属阶层的情趣、要求和宗旨。"[①] 对于如何研究一位作家的文学思想，王运熙主张："研究古代文论，要尽可能全面地了解有关的东西，不但要了解所研究的某个文论家的全部言论，注意把他的理论原则和具体批评结合起来考察，还应该联系同时代的文论和有关创作进行考察。"[②] 该主张有三个要点：一是要观照研究对象的全部言论，避免以偏概全；二是既要考察研究对象的理论主张，又要考察其对具体作家作品的批评原则；三是要联系同时代的文论和创作。事实证明，这三点是至关重要的，此外，还要注意从纵向上考察其对前代的继承与对后世的影响。有鉴于此，本章集中研究姜宸英的文学思想，并以上述四点为视角，力求全面论定其文学思想的内涵及准确把握其在清初文论史上的定位及意义。

第一节 诗学思想诠说

姜宸英是清初著名文人，尤以古文创作名世，遂使其诗名为文名所掩。事实上，姜宸英的诗歌创作也颇负盛名，与其关系颇为密

---

① 周勋初：《中国文学批评小史》，复旦大学出版社2007年版，第1页。
② 王运熙：《谈谈中国古代文论的研究方法》，《复旦学报》（社会科学版）1984年第5期。

切的师长王猷定即云："姜子能诗，予初不知。"① 但当时请其为诗集作序的人大有人在。检视其诗文集，相关序文不下六十篇。在这些人中，既有王士禛这样的诗坛泰斗，又有陈维崧、朱彝尊、王又旦、潘耒等国朝名家，其在当时诗坛的地位可见一斑。姜宸英论诗的宗旨如何，他的诗学思想包含哪些内容，迄今还没有全面清晰的讨论，本节即以此为中心，进行初步探讨。

一 诗之本：提倡"性情之正"

姜宸英针对当时诗坛现状，提出了不少较为鲜明的诗歌主张，其中重要的一点就是从创作主体的角度大力提倡"性情之正"的诗歌观念。

"性情"一词本是哲学概念，自汉代《诗大序》问世，始进入诗学领域。由于人们对"性"与"情"的不同理解，诗学领域中的"吟咏性情"遂成为一个歧义纷呈的命题。汉代，"性情"主要指整个社会的情志，而非诗人一己之情，"吟咏性情"表达的是一种强烈的社会功利意识和政治干预意识，同时具有很强的教化意识。到了六朝时期，"性情"则衍化为个体情感的抒发。② 晚明时期，"性情"指的是一种出自人类本性的真实情感，"吟咏性情"具有一种强烈的人文主义色彩和个性解放的特点。③ 清初，"性情"这一概念，人人言说，但又言人人殊："诗以道性情，无人不知，且无人不言之矣，然人人知之而性情之旨晦，人人言之而性情之真愈漓。"④ 姜宸英亦言"性情"，他在《健松斋诗序》里旗帜鲜明地提出："夫文章者，性情之枝叶也；性情者，文章之根本也。"⑤ 把"性情"视作文章的根本。这是论文之语，同样适用于论诗。

---

① 王猷定：《姜西铭诗序》，《四照堂文集》卷二，《清代诗文集汇编》第 12 册，第 14 页。
② 参看查洪德《元代诗学性情论》，《文学评论》2007 年第 2 期。
③ 参看孙蓉蓉《论古代文论中情感论的流变》，《文艺理论研究》1992 年第 1 期。
④ 师范：《触怀吟序》，《滇文丛录》卷二九，转引自蒋寅《清代诗学史》（第一卷），中国社会科学出版社 2012 年版，第 104 页。
⑤ 姜宸英：《健松斋诗序》，《湛园未定稿》卷二，《清代诗人别集丛刊·姜宸英集（上）》，人民文学出版社 2018 年版，第 446 页。

姜宸英在其《遂初堂诗集序》中较为全面地阐述了他关于"性情之正"的见解：

> 推此以观古人之诗，陶渊明、左太冲、张孟阳、韦苏州、白乐天，其人品皆高洁，薄于世味，故其诗亦闲澹真率，称其生平。至如潘岳之干没，沈约之诡谲，唐沈、宋之躁竞，虽其才高辞丽，令人读之索然无余思者，不得澹泊故也。不澹泊，则志浮动；志浮动，则本不立。彼既惟利欲之是求，而能复返于性情之正哉？夫惟澹泊自将者，为能得其性情之正，故其翰墨驰骋，无适而不可，历观诗人，鲜不以此为重。①

姜宸英首先从正反两方面论述了"性情之正"：东晋的陶渊明，西晋的左思、张载，唐代的韦应物、白居易等人，"人品皆高洁，薄于世味"，可谓"性情之正"；而像"潘岳之干没，沈约之诡谲，唐沈、宋之躁竞"等都非"性情之正"，原因是"不得澹泊"。可见，要得"性情之正"，就应先做到淡泊利欲，泯灭欲望。元代理学宗师吴澄曾有过"性其情"和"情其性"的说法。前者意为使个体的情归于天性之正，后者意为人性受情感的扰乱而失其正。② 显然，姜宸英的"性情观"是以性约情，做到淡泊利欲，泯灭欲望就能得"性情之正"。只有得"性情之正"，其写诗作文，才能"无适而不可"。

值得注意的是，姜宸英在此用的是"性情之正"，而不是"性情之真"。众所周知，"真诗"是清初诗坛最醒目的话题之一。③ 如何创作出"真诗"？尤侗有言："诗无古今，惟其真尔。有真性情然后有真格律，有真格律然后有真风调。勿问其似何代之诗也，自成其本朝之诗而已；勿问其似何人之诗也，自成其本人之诗而已。"④

---

① 姜宸英：《遂初堂诗集序》，《姜西溟先生文钞》卷一，《清代诗人别集丛刊·姜宸英集（下）》，人民文学出版社2018年版，第639页。
② 参看查洪德《元代诗学性情论》，《文学评论》2007年第2期。
③ 参看蒋寅《清代诗学史》（第一卷），中国社会科学出版社2012年版，第117—119页。
④ 尤侗：《吴虞升诗序》，《西堂杂俎二集》卷三，《清代诗文集汇编》第65册，第127页。

第三章　姜宸英文学思想研究　101

在尤侗看来，要想创作出具有时代特色和个人特色的"真诗"，必须"有真性情"，可见，"有真性情"是创作"真诗"的根本。但是，表现出"真性情"的诗歌未必就一定是好诗。明代赵宧光曾说过："情真景真，误杀天下后世。不典不雅，鄙俚叠出，何尝不真？于诗远矣。"① 也就是说"真性情"有两面性，或典雅，或鄙俚。姜宸英也说："望尘投拜，终日乞怜，虽日对清泉白石而吟，求其无俗，不可得已。"② 正是因为其人"真性情"俗，所以为诗亦俚俗。他对此深恶痛绝："诗有志有声。数十年以前，学者竞为浮响，浮响者志失；今时竞为鄙俚，鄙俚者声亡。二者均病，而鄙俚之病于今为甚。"③ 要想消解"真性情"的弊端，必须要有一个伦理学上的规定，所以姜宸英提出"性情之正"，用"正"来作为"真性情"的价值依据，这样也就在诗歌与儒家诗教之间建立起了密切联系。这"与顾炎武针对士大夫群体气节和道德的普遍沦丧，以'知耻'为'真诗'的道德底线"④ 可以说是殊途同归，也与黄宗羲提出的"万古之性情"有异曲同工之处。⑤

姜宸英认为做到"性情之正"，除了创作主体要淡泊利欲外，还有重要一点，就是要保持自我独立的人格与操守，不因时俗而移易。他说："余每论诗，取其不为时所移易者而已。"⑥ 他高度称赞当时无锡诗坛："独锡山之风气，颇能不诡于一时之好尚，故其诗之可传

---

① 许学夷著，杜维沫校点：《诗源辩体》卷三二，人民文学出版社1987年版，第309页。
② 姜宸英：《蒙木诗集序》，《湛园藏稿》卷一，《清代诗人别集丛刊·姜宸英集（下）》，人民文学出版社2018年版，第738页。
③ 姜宸英：《汪中允秦行诗略序》，《湛园藏稿》卷一，《清代诗人别集丛刊·姜宸英集（下）》，人民文学出版社2018年版，第732页。
④ 蒋寅：《清代诗学史》（第一卷），中国社会科学出版社2012年版，第124页。关于此点的具体论述，请参看该书366—368页。
⑤ 黄宗羲《马雪航诗序》："夫吴歈越唱，怨女逐臣，触景感物，言乎其所不得不言，此一时之性情也。孔子删之，以合乎兴、观、群、怨、思无邪之旨，此万古之性情也。吾人诵法孔子，苟其言诗，亦必当以孔子情性为性情。"（《南雷文定》四集卷一《清代诗文集汇编》第33册，第282页）此"一时之性情"就是"一己之私情"，具有两面性；"万古之性情"就是将超越个人私情，具有更普遍的意义，与"性情之正"意蕴相同。
⑥ 姜宸英：《史蕉饮芜城诗集序》，《姜西溟先生文钞》卷一，《清代诗人别集丛刊·姜宸英集（下）》，人民文学出版社2018年版，第638页。

者常众，亦由其人之性情，能不为浮薄之所陷溺而然也。"① 要想不受时俗移易，就需要诗人养成儒家所要求的君子人格。所以姜宸英特别推崇具有"君子"人格的诗人，如赞誉严绳孙"有国士之风"②，叹赏高士奇"有古有道君子之风"③，等等。因此，姜宸英奉行"诗如其人"的理念，并作为评价他人诗作的重要依据。如前文所引的"陶渊明、左太冲、张孟阳、韦苏州、白乐天，其人品皆高洁，薄于世味，故其诗亦闲澹真率，称其生平"④，即是典型。此外还有：

  苏友为人萧散冲挹，意气浩然，有国士之风，宜其必能为诗，而为诗则自不陷于浮薄者。⑤
  周子恂恂礼法自持，言笑不苟。其为诗舂容和雅，有黼绣之章、金石之声。盖几于有道者之言，如其人者也。⑥
  君守道静默，贫而益乐其志。予所见天下士，鲜有如君之贤者。君之诗若文，如其人者也。⑦
  先生为人，散朗孤岸，脱略形迹，故其诗飘洒绝俗亦如之。⑧

这里强调的是人品和诗品的密切关系，也就是创作主体的人格、操

---

① 姜宸英：《严苏友诗序》，《湛园未定稿》卷二，《清代诗人别集丛刊·姜宸英集（上）》，人民文学出版社2018年版，第441页。
② 姜宸英：《严苏友诗序》，《湛园未定稿》卷二，《清代诗人别集丛刊·姜宸英集（上）》，人民文学出版社2018年版，第442页。
③ 姜宸英：《高舍人蔬香集序》，《湛园未定稿》卷二，《清代诗人别集丛刊·姜宸英集（上）》，人民文学出版社2018年版，第448页。
④ 姜宸英：《遂初堂诗集序》，《姜西溟先生文钞》卷一，《清代诗人别集丛刊·姜宸英集（上）》，人民文学出版社2018年版，第639页。
⑤ 姜宸英：《严苏友诗序》，《湛园未定稿》卷二，《清代诗人别集丛刊·姜宸英集（上）》，人民文学出版社2018年版，第442页。
⑥ 姜宸英：《周子诗序》，《湛园未定稿》卷二，《清代诗人别集丛刊·姜宸英集（上）》，人民文学出版社2018年版，第458页。
⑦ 姜宸英：《崔不雕樱桃轩集序》，《湛园未定稿》卷二，《清代诗人别集丛刊·姜宸英集（上）》，人民文学出版社2018年版，第438页。
⑧ 姜宸英：《史蕉饮芜城诗序》，《姜西溟先生文钞》卷一，《清代诗人别集丛刊·姜宸英集（下）》，人民文学出版社2018年版，第638页。

守、思想等道德因素对诗歌品格的影响。在姜宸英看来，诗人的人品与诗品应是统一的，由其人品想见其为诗，由其诗想见其人品，人诗合一。这和钱谦益所说的"诗其人"主张类似。钱谦益说："诗其人，则其人之性情诗也，形状诗也，衣冠笑语无一而非诗也。"[1] 也就是说，由其诗可见其人之音容笑貌，性情举止。不同的是，钱谦益强调"其人之性情诗也"，而姜宸英强调的是"其人性情之正诗也"，更注重道德因素对诗歌创作的影响。

  姜宸英立足于诗"以性情为本"而反对诗坛的宗唐宗宋之争。当代学者束忱有言："纵观有清一代诗歌发展全程，'宗唐''宗宋'常常是诗坛论争的焦点""对该问题作出的不同解答毫无例外都可视为其总体诗学认识的基石"。[2] 姜宸英云："弟一生读诗，触目即吟；一生作诗，意到即发。不论宗派，不名家数。"[3] 由此数语可见，姜宸英作诗绝不标榜宗唐、宗宋，只是"意到即发"，自然地抒发自我的真实情感。他还说过："愚自分道之兴废有命，故尝息意无营于世，其触物感发，不能自禁，而时激为酸楚悲凉之调，以写其不得已之衷。"[4] 这些都表明，姜宸英作诗，注重对自我心灵的抒发，注意描写真实的自我，不再以宗唐、宗宋为标榜。严迪昌说："宗唐宗宋其实仅仅是诗史上的一种表象，实质的分野恰恰在是否能真正地抒一己之情；怎样能自在地载一己之情？这就从底蕴上关涉到诗的真伪的问题，有无'我'的问题了。"[5] 姜宸英虽然没有如此明确的表述，但其见解则与此并无二致。姜宸英赞赏过学唐诗者："故君之诗为绝句者至五十首，殆浸淫乎供奉、龙标而掇其胜者也。"[6] "五七言

---

[1] 钱谦益：《邵幼青诗草序》，《有学集》卷三十二，《清代诗文集汇编》第1册，第501页。
[2] 束忱：《朱彝尊"扬唐抑宋"说》，《文学遗产》1995年第2期。
[3] 姜宸英：《复程穆倩》，《湛园藏稿》卷三，《清代诗人别集丛刊·姜宸英集（下）》，人民文学出版社2018年版，第776页。
[4] 姜宸英：《投所知诗启》，《湛园未定稿》卷四，《清代诗人别集丛刊·姜宸英集（上）》，人民文学出版社2018年版，第526页。
[5] 严迪昌：《清诗史》（上），人民文学出版社2011年版，第444页。
[6] 姜宸英：《广陵唱和诗序》，《湛园未定稿》卷二，《清代诗人别集丛刊·姜宸英集（上）》，人民文学出版社2018年版，第434页。

近体时出入于温、李之调，蔚茂而婉丽，卓然能自成家者也。"① 他对学宋者也不反对："今世称诗家，上者规模韩、苏，次则挦撦杨、陆，高才横厉，固无所不可。"② 但他反对拙劣的学宋者："及拙者为之，弊端百出，险辞单韵，动即千言；街坊谰语，尽充比兴，不复知作者有源流派别，徒相与为聒噪而已。"③ 可见，姜宸英在宗唐、宗宋这个问题上，比同时代的很多人更超脱、更达观。

二 诗之用：推扬"诗可以怨"

明末清初，在经世致用的时代精神下，学界重新确立了儒家经典的权威地位，儒家诗学的教化精神开始复兴。陈子龙强调诗歌的"美刺"作用，钱谦益等人重新提倡儒家诗学的政教传统。他们都主张诗歌为政治或为道德服务，这样，便使失落已久的政教精神传统得以复兴。④ 姜宸英的经世精神也体现在其诗学思想之中，就是强调诗歌的社会功用。他重拾儒家"兴、观、群、怨"的诗学话语，结合清初具体的诗学语境，进行了相应的阐说和发挥。

姜宸英非常重视"诗可以怨"。怨，孔安国曰："怨刺上政。"（何晏《论语集解》）是说《诗》可以表达怨情，尤其可以表达对社会不合理现象的不满和批判。姜宸英诗歌，值得重视的有两大主题："自叹与刺时"。"自叹"，是指怀才不遇的悲叹；"刺时"，尤重于人情世态的讽刺。⑤ 这两大诗歌主题，都可视为姜宸英对"诗可以怨"理念的践行。这一点，他曾在《投所知诗启》有所明示：

> 或谓某诗多失志悲愁之作，方今明良在上，五辰时叙，百

---

① 姜宸英：《严荪友诗序》，《湛园未定稿》卷二，《清代诗人别集丛刊·姜宸英集（上）》，人民文学出版社2018年版，第442页。
② 姜宸英：《史蕉饮芜城诗集序》，《姜西溟先生文钞》卷一，《清代诗人别集丛刊·姜宸英集（下）》，人民文学出版社2018年版，第638页。
③ 姜宸英：《史蕉饮芜城诗集序》，《姜西溟先生文钞》卷一，《清代诗人别集丛刊·姜宸英集（下）》，人民文学出版社2018年版，第638页。
④ 详见张健《清代诗学研究》，北京大学出版社1999年版，第8—24页。
⑤ 详见张仲谋《清代文化与浙派诗》，东方出版社1997年版，第206—211页。

工协和，不宜以此渎当路之听，且重见尤矣。某应之曰："君以哀怨之诗，谓必出于衰乱之际，而盛世无闻耶？昔之圣人，虽道溥泽隆，而不能必民之皆德己。博施济众，尧舜以为难能。班固《食货志》载：'冬时，民入居室，男女有不得其所者，乃相与咏歌，自言其伤。'言三代圣王使民夜作，而燎火相共，男女皆得以其间申其郁积，而比兴之事兴矣。今所传变风变雅者，恐不尽周衰以后诗也。韩愈谓'物不得其平则鸣'，又曰'皋陶鸣虞，伊尹鸣商，周公鸣周'。或疑此数臣者，处盛朝，事圣君，何不平之有？而不愉而怨，失事实矣。不知伊尹当悔过之前，周公居流言之后，何得无怨耶？特其怨之事有大小，其用心公私不同耳。今谓盛世之必无怨者，是失人生忧乐之正者也。"

然或以某之诗为自伤卑贱而有所愤讦不平，是又未是也。愚自分道之兴废有命，故尝息意无营于世，其触物感发，不能自禁，而时激为酸楚悲凉之调，以写其不得已之衷，此亦诗人之常事，而其志或更有存者。昔者伯夷伤黄农、虞夏之不作，悲道之衰，将饿死，采薇自食，作为诗歌，义不忍与盗跖同富贵，其志正矣。然非孔子，孰知其非怨耶？又孰知其非如匹夫匹妇之自言其伤而有忧天下之志也？故有忧天下之志，而不与匹夫匹妇同其失所之叹者，此伊尹、周公、伯夷之所同也。太史公曰："伯夷、颜子虽贤，得孔子而名益彰。"然则士非有知己者，则虽有伊尹、周公、伯夷忧天下之志，其不同于匹夫匹妇之怨者幸矣。[1]

据此文可知，当时抒写哀怨之作已为人所不喜。对于时人的问难，姜宸英作了两点回答：一是有人认为其诗"多失志悲愁之作"，与盛世不符。姜宸英引经据典，表明盛世亦有"哀怨之诗"，并进一步

---

[1] 姜宸英：《投所知诗启》，《湛园未定稿》卷四，《清代诗人别集丛刊·姜宸英集（上）》，人民文学出版社2018年版，第525—526页。

说:"今谓盛世之必无怨者,是失人生忧乐之正者也。"也就是说盛世也可以有哀怨之性情。二是有人认为姜宸英诗歌"自伤卑贱而有所愤忤不平"。他反驳道:"其触物感发,不能自禁,而时激为酸楚悲凉之调,以写其不得已之衷,此亦诗人之常事,而其志或更有存者。"也就是说姜宸英希望能在诗中自然地抒发个人悲苦的真情实感,这种真实情感不同于"匹夫匹妇之自言其伤"的一己之情感,而是"忧天下之志"的万古之情感。这种情感有助于统治者"考见得失",从而励精图治,振兴国家。

此外,姜宸英也谈到过"兴""观"和"群"。兴,孔安国曰:"引譬连类。"(何晏《论语集解》)朱熹曰:"感发志意。"(《诗集传》)"兴"就是用诗中所言之事与实际生活之事相联系比照,从而兴发感动,影响读者的心灵与意志。姜宸英为清初阳羡词派重要成员之一的徐喈凤诗集作序时说:"夫徐先生,其可谓深于诗也已。""甚矣!先生之无可息于事君事亲也。此予之所谓深于诗者也。""今先生虽笃于所事,及其发而为诗也,忠爱而不激,忧思而不迫,纡徐演漾,按节而赴之,合于大雅之音,使读之者捐其憭心,宣其郁滞,莫不洒然有所得,以兴起于忠孝焉。"[1] 这是从"诗可以兴"的角度对徐喈凤诗歌的功能做出的深入阐述。

观,郑玄曰:"观风俗之盛衰。"(何晏《论语集解》)朱熹曰:"考见得失。"(《诗集传》)诗歌反映社会现实生活,因此通过诗歌可以帮助统治者认识风俗的盛衰和考察政治的得失。姜宸英为王又旦《过岭诗集》作序,其中有言:"是集所录,虽仅百余篇,其蔼乎忠孝之情,何其不殊于风人之旨也?天子诚得而讽咏之,则蛮荒万里之外,民风土俗,政治得失,可以一开卷而瞭然于心目之间,其为益,岂不大哉?"[2] 可见,统治者可以从《过岭诗集》中窥见其"政治得失"。

---

[1] 姜宸英:《愿息斋诗序》,《湛园未定稿》卷二,《清代诗人别集丛刊·姜宸英集(上)》,人民文学出版社2018年版,第453页。

[2] 姜宸英:《过岭诗集序》,《湛园未定稿》卷二,《清代诗人别集丛刊·姜宸英集(上)》,人民文学出版社2018年版,第443页。

群，孔安国曰："群居相切磋。"（何晏《论语集解》）朱熹曰："和而不流。"（《诗集传》）意思是说《诗》能帮助人们互相切磋砥砺，提高修养，促进社会的团结与和谐。姜宸英《陈君诗序》有言："文章之道，古人虽谓有得于山川之助者，而朋友往来意气之所感激，其入人也更深。""本之于意气之盛，而发之为和平之音，殆近于孔子之所谓'可以群'者也。"① 显然这是从"诗可以群"的角度做出的评价。

姜宸英论诗注重"兴、观、群、怨"，尤其是"怨"的社会功能，是因为他看到了诗歌与世道人心、国家兴盛的密切关系。他曾批评当时诗坛：

> 目涉浅薄，率已自是，无论市儿村姬骂街谇室俚鄙之说，皆强取而韵之，谓之为诗。此学究之陋，借宋人以自诡者也。揆于古言志之义，可谓徒有其言而已，不知何取于诗。然且一唱百和，叫嚣满耳，其弊将使人束书不观，风雅道丧，此中允之所忧也。②

姜宸英痛心诗坛形成的以"市儿村姬骂街谇室俚鄙之说"入诗之风，认为这将导致空疏不学、"风雅道丧"。如此一来，社会人心必然江河日下。正是在这个意义上，姜宸英称赞王揆和王士禛的唱和诗集《广陵唱和诗》："此其太平之征乎？盖自是广陵之风雅复振矣。"③ 认为二人的唱和诗歌重新振兴了"广陵之风雅"。由此可见，姜宸英在清初的语境中重提"兴、观、群、怨"的儒家诗学功能观，在根本上还是为了改变道德沦丧的文化格局，重整伦理纲常以恢复"风雅之

---

① 姜宸英：《陈君诗序》，《湛园未定稿》卷二，《清代诗人别集丛刊·姜宸英集（上）》，人民文学出版社2018年版，第429页。
② 姜宸英：《汪中允秦行诗略序》，《湛园藏稿》卷一，《清代诗人别集丛刊·姜宸英集（下）》，人民文学出版社2018年版，第731—732页。
③ 姜宸英：《广陵唱和诗序》，《湛园未定稿》卷四，《清代诗人别集丛刊·姜宸英集（上）》，人民文学出版社2018年版，第434页。

道"。

综上所述,姜宸英论诗注重根本——"性情之正",崇尚社会功用——"诗可以怨",并把诗学问题与作家人品、世道人心、国家兴衰联系起来,而很少去探讨诗歌的具体作法和表达技巧。虽然这些主张在理论上并无较多创见,但在当时清初诗学的语境之下,对于批判诗坛流弊、推进诗坛新风等方面都具有重要的现实意义。

三 诗学思想的时代价值

蒋寅说:"据我对清代诗学的考察,清人的任何理论主张都与诗坛风会、与流行的诗风密切相关,或者说理论的矛头始终都指向一定的创作实践,一个理论口号的背后必有相应的创作背景在。"① 姜宸英的诗歌主张也一定会指向相应的创作实践,具有相应的创作背景。在姜宸英看来,当时诗坛具有如下流弊。

首先是摹拟之风。姜宸英对摹拟风气的批判主要是从创作角度出发的,他认为:"廓落其体,规取浮响慢句,以为气象,而托之盛唐,此正、嘉来称诗者之过也。"② "正、嘉",指明正德(1506—1521)、嘉靖(1521—1566)年间,当时正是前后七子活跃于文坛之时。以李梦阳为代表的前七子高举"文必秦、汉,诗必盛唐"③的复古主张,发起了一场旗帜鲜明的文学复古运动。后七子继而承之:"文自西京、诗自天宝而下,俱无足观,于本朝独推李梦阳。"④ 应该说前后七子对当时文坛确有振衰起敝之功,但也出现了相应的流弊,使不少人陷入了摹拟的泥淖而难以自拔。姜宸英此处所批判的正是正德、嘉靖以来文坛弥漫的摹拟之弊。"廓落其体,规取浮响慢句"正是复古派过多重视古人诗文法度、格调的突出表现,这样

---

① 蒋寅:《王渔洋与清初宋诗风之消长》,《王渔洋与康熙诗坛》,凤凰出版社2013年版,第23页。
② 姜宸英:《唐贤三昧集序》,《湛园未定稿》卷二,《清代诗人别集丛刊·姜宸英集(上)》,人民文学出版社2018年版,第419页。
③ 张廷玉等:《李梦阳传》,《明史》卷二百八十六,中华书局1974年版,第7348页。
④ 张廷玉等:《李攀龙传》,《明史》卷二百八十七,中华书局1974年版,第7378页。

就在不同程度上束缚了作家创作的手脚，不利于作家自由地抒发情感，充分地表达志意。当时亦有摹拟汉魏诗歌者，姜宸英也表明了同样的批判态度："余恶夫今之为诗者剽掇其景响形似，尘土猥杂，而号之为'《选》体'，故于今之为'《选》诗'者无取焉。"① 总之，姜宸英对当时盛行于诗坛的摹拟作风，无论是摹拟盛唐还是摹拟汉魏，都表达了明确的批判之意。

其次是应酬习气。姜宸英说："诗之必本于志，今学诗者皆知言之矣，顾其势有不尽然者。贫士终日呫毫，为人客作，何与己性情事？而承明侍从之臣，珥笔左右，铺陈德美，莫不铿鎗其辞，黼绣其章，以言乎应制，则工矣，然此昔人所谓金华殿语，无关至极者也。"② 在这里，他犀利地指出了当时诗坛应酬习气的两种表现：第一种是"贫士终日呫毫，为人客作"，这是幕下客或捉刀人所为，所作诗歌往往千人一面，流于俗套，无法表现出作者本人的真性情；第二种是侍从之臣"应制"，这样的诗虽然艺术上音韵铿锵、辞藻华美，但却没有厚重深刻的内容。无论是"为人客作"还是"应制"，都不是从作者本人的真实性情出发，而是类似于刘勰所谓的"为文而造情"③。明代以来，文坛之所以出现应酬习气，是因为"明代城市经济的繁荣和教育的发达，造成知识阶层的进一步分化，诗歌也在较前代更为复杂的社会阶层之间充当了交际工具"④。所以，诗歌的交际功能越来越强，大量的诗歌创作也就越来越沦为应酬的工具。

最后是鄙俚之病。明代中后期以来，前后七子拟古主义诗文盛

---

① 姜宸英：《选诗类钞序》，《湛园未定稿》卷二，《清代诗人别集丛刊·姜宸英集（上）》，人民文学出版社 2018 年版，第 431 页。
② 姜宸英：《李司空诗序》，《姜西溟先生文钞》卷一，《清代诗人别集丛刊·姜宸英集（下）》，人民文学出版社 2018 年版，第 640 页。《世说新语·言语》："刘尹与桓宣武共听讲《礼记》。桓云：'时有入心处，便觉咫尺玄门。'刘曰：'此未关至极，自是金华殿之语。'"（杨勇《世说新语校笺》修订本第一册，中华书局 2006 年版，第 108 页）"金华殿之语"是指没有发自内心的无关痛痒的空洞之语。
③ 周振甫：《文心雕龙今译》，中华书局 2013 年版，第 289 页。
④ 蒋寅：《清代诗学史》（第一卷），中国社会科学出版社 2012 年版，第 85 页。

行，其末流剿袭剽窃，庸俗虚伪，引起了当时很多士人的反感，比较有代表性的是以袁宏道三兄弟为代表的公安派。公安派力主"独抒性灵，不拘格套"①，要求文学作品要抒发个人的真实情感，不能摹拟剿袭，也不能无病呻吟。但因过分追求表达个体情感，有些作家的写作态度还较为随意，就又出现了浅率俚俗之弊。姜宸英说："诗有志有声。数十年以前，学者竞为浮响，浮响者志失；今时竞为鄙俚，鄙俚者声亡。二者均病，而鄙俚之病于今为甚。"② 指出弥漫诗坛的浅率俚俗之风有变本加厉之势。他又说："昔夫子删《诗》，不斥郑、卫，而《三百篇》中有淫辞无俚辞。俚之病，主于无所不尽，既无蕴藉停蓄之意于中，则其于言也，求其依永而和声，必不得矣。夫郑声之宜放，以其淫也，然其声故在也。诗至于无所不尽而俚，将并其声而亡之，而风雅委地矣。故朱元晦谓今人之诗，如'村里杂剧'，诚恶其俚也。"③ 在这里，姜宸英进一步指出，如果俚俗之病发展到极点，就将导致无诗，进而影响整个社会的世道人心，最终"风雅委地"。姜宸英深知诗学与社会风气、国家兴衰之关系，表现出其对社会、对国家深切的忧患感和使命感。

姜宸英主要从上述三个方面揭示了当时诗坛的流弊，并进行了较为深入的批判，体现出了较为重要的时代价值。其实这些观点在清初并不是姜宸英的独得之见，而是当时不少人的共识。如徐乾学批判摹拟之风："近代之士，逐伪而衒真，肖貌而遗情，是故摹仿蹈袭，格之卑；应酬牵率，体之靡；傅会缘饰，境之离；错杂纷糅，辞之枝。其所以为诗者先亡，则其诗之存也几何矣！"④ 认为摹拟将导致诗亡。施闰章鄙视当时的应酬之风："今人轻用其诗，赠送不

---

① 袁宏道：《序小修诗》（节录），郭绍虞《中国历代文论选》（3），上海古籍出版社 2005 年版，第 211 页。
② 姜宸英：《汪中允秦行诗略序》，《湛园藏稿》卷一，《清代诗人别集丛刊·姜宸英集（下）》，人民文学出版社 2018 年版，第 732 页。
③ 姜宸英：《唐贤三昧集序》，《湛园未定稿》卷二，《清代诗人别集丛刊·姜宸英集（上）》，人民文学出版社 2018 年版，第 419 页。
④ 徐乾学：《七颂斋诗集序》，《憺园集》卷三十，《清代诗文集汇编》第 124 册，第 509 页。

情，仅同于充馈遗筐筥之具而已，岂不鄙哉？"① 同时，姜宸英所揭橥的应酬之风的两种表现与王夫之所言的"诗佣"和朱彝尊所言的"臣下应制"如出一辙："诗佣者，衰腐广文，应上官之征索；望门幕客，受主人之雇托也。"② "后世君臣燕游，辄命赋诗记事，于心本无所欲言，但迫于制诏为之，故其辞多近于强勉。"③

综上所述，姜宸英对明中期以来诗坛诸如摹拟之风、应酬习气、鄙俚之病等流弊的揭示和批判，与当时诗坛很多有识之士的观点相一致，可谓探骊得珠，从而使其诗学思想具有鲜明的时代性格和较为重要的理论价值。

第二节　古文理论探赜

姜宸英以古文创作名世，并不以古文理论名世，但这并不意味着其古文理论就平庸浅薄，无足称道。祝尚书在论述欧阳修时有一个很好的说法："我不是说有成就的文学家，其文艺思想就一定特别先进；但似乎可以肯定：要领导一个进步的文学运动朝着胜利前进，如果没有闪烁光辉的文学思想作指导，那是不可思议的。"④ 姜宸英的文学史地位虽不像欧阳修那样显赫，但作为一位卓有成就的古文家，其古文理论也一定有其可圈可点之处。本节即对姜宸英的古文理论及其价值进行初步探索。

一　主张"以道为本，文道一体"

自唐代韩愈、柳宗元等人明确提出"文以明道"说以后，"文"与"道"的关系就成为后世古文创作者要优先考虑的理论问题。无论是宋代古文家，还是明代"唐宋派"，莫不如此。那么，姜宸英在

---

① 施闰章：《蠖斋诗话》，丁福保辑《清诗话》上册，上海古籍出版社2015年版，第403页。
② 戴鸿森：《薑斋诗话笺注》卷二，上海古籍出版社2012年版，第151—152页。
③ 朱彝尊：《陈叟诗集序》，《曝书亭集》卷三十八，《清代诗文集汇编》第116册，第321页。
④ 祝尚书：《重论欧阳修的文道观》，《四川大学学报》（哲学社会科学版）1999年第6期。

"文""道"关系上有何见解呢？其在《尊闻集序》①中做了较为细致的论述：

> 《韩退之集序》："文者，贯道之器。"先儒驳其本末倒置，是已。然所以谓文为末者，文不与道俱故也。善乎濂溪之言曰："文所以载道也。"文非道，何以载道？轮辕饰而不为虚车者，以其所载者道也，其载之者亦道也，文特其形而下者耳。岂得谓道自道、文自文乎？然车不载物，始谓之虚车；任有物焉充之，斯不虚矣。文不载道，而诡谲诞漫、淫艳剽窃之词胜，虽有载焉，岂得不谓之虚言哉？既为之虚言，夫其离道愈远也，而鄙之为末，宜矣。②

为了更好地解析此序，下面先梳理此序所涉及的"文""道"关系的相关背景。第一是唐代李汉的"文以贯道"说。其《昌黎先生集序》云："文者，贯道之器也，不深于斯道，有至焉者，不也？《易》繇爻象，《春秋》书事，《诗》咏歌，《书》《礼》剔其伪，皆深矣乎……司马氏已来，规范荡悉，谓《易》已下，为古文剽掠潜窃谓工耳，文与道蓁塞，固然莫知也。"③"文以贯道"说反映了韩愈的文学思想，但实际上与韩、柳的"文以明道"说并无二致，故后世响应者甚为寥寥，"在元明清三代典籍中，'文以贯道'已基本不见"。④ 第二是北宋周敦颐"文以载道"说。其《通书·文辞》

---

① 关于此文的写作时间，李正民认为："从内容上看，当为康熙四十一年（1702），与金德嘉序写于同时。"证据是："'金序曰：'辑《午亭集》凡八十卷。'姜序曰：'今尚书泽州说岩陈公……集始出，合诗文经解杂著共得八十卷。'按：康熙四十一年，陈廷敬为吏部尚书。"[李正民《陈廷敬诗文集序跋研究》，《山西大学学报》（哲学社会科学版）2009年第6期] 从结论上说，此说实误。姜宸英不可能于康熙四十一年（1702）写作此序，因为姜氏早已于三年前（康熙三十九年，1700）去世。

② 姜宸英：《尊闻集序》，《湛园未定稿》卷四，《清代诗人别集丛刊·姜宸英集（上）》，人民文学出版社2018年版，第423页。

③ 李汉：《昌黎先生集序》，郭绍虞《中国历代文论选》，上海古籍出版社2001年版，第121页。

④ 查洪德：《文道合一：一个伪命题》，《中华读书报》2012年6月27日第15版。

云:"文所以载道也,轮辕饰而人弗庸,徒饰也。况虚车乎?文辞,艺也;道德,实也。笃其实而艺者书之;美则爱,爱则传焉,贤者得以学而至之,是为教……不知务道德而第以文辞为能者,艺焉而已。"① 他把"文"当作"道"的载运工具,明显是重"道";但此段中并未完全轻视"文":"美则爱,爱则传焉。"他在《通书·陋》中又说:"圣人之道,入乎耳,存乎心,蕴之为德行,行之为事业。彼以文辞而已矣,陋矣!"则表现出了明显的重"道"轻"文"倾向。理学家所说的"道",与古文家不同,他们的"道"杂有儒家心性义理之学的内容。周敦颐之后,程颢、程颐甚至认为"作文害道"②,完全把"文"和"道"对立起来。第三是欧阳修"文与道俱"③说。苏轼《祭欧阳文忠公夫人文》:"契阔艰难,见公汝阴。多士方譁,而我独南。公曰子来,实获我心。我所谓文,必与道俱。见利而迁,则非我徒。又拜稽首,有死无易。"④ 由"我所谓文,必与道俱"可见,欧阳修是从"文"的角度提出问题,主张重"道"以充文。学"道"是为了充实"文"的内涵,其终极目的还在于"文",则重"道"亦即重"文"。

此序开篇引用李汉"文以贯道"说,并云:"先儒驳其本末倒置,是已。"此"先儒",指南宋理学家朱熹。朱熹曾批驳过李汉的这个主张:"这文皆是从道中流出,岂有反能贯道之理?文是文,道是道,文只是吃饭时下饭耳。若以文贯道,却是把本为末,以末为本,可乎?"⑤ 朱氏认为道为本,文为末,文是道的自然流露,李汉

---

① 周敦颐:《通书·文辞》,郭绍虞《中国历代文论选》(2),上海古籍出版社2001年版,第283页。
② 程颐《语录》(选录):"问:作文害道否?曰:害也。凡为文不专意则不工,若专意则志局于此,又安能与天地同其大也。"郭绍虞《中国历代文论选》(2),上海古籍出版社2001年版,第284页。
③ 关于"文""道"关系,欧阳修还有一个观点:"道胜文至"。详见祝尚书《重论欧阳修的文道观》,《四川大学学报》(哲学社会科学版)1999年第6期。因此观点与下文论述无关,故略而不述。
④ 苏轼:《祭欧阳文忠公夫人文》,《苏轼文集》卷六十三,中华书局1986年版,第1956页。
⑤ 转引自查洪德《文道合一:一个伪命题》,《中华读书报》2012年6月27日第15版。

所言是"本末倒置"。其实，朱熹此处所说的"道"，指的是万事万物的本源，宇宙万物都是从"道"派生出来的，作为宇宙万物之一的"文"也不例外。① 这明显带有哲学本体论的意味，而李汉的"道"则属于文章内容范畴。朱氏把理学范畴的"道"与文学范畴的"道"混为一谈。受时代所限，姜宸英没有看出此点，并对此批驳表示赞同。准确地说，姜宸英同意的是朱熹"道为本"说，而不是"文为末"说。因为姜宸英继而指出："然所以谓文为末者，文不与道俱故也。"也就是说"文"要与"道"俱，这样"道"与"文"就不存在本末之说。然后，姜氏引用周敦颐"文以载道"说，正式提出："文非道，何以载道？文特其形而下者耳，岂得谓道自道、文自文乎？"这样就把"文"提升到"道"的高度，这明显是主张文道一体。诚如李金松所分析的那样："即'载道'之文也是'道'，把属于'形而下'、处于形式层面的文提升到形而上的、'道'的本体高度，这显然是在倡导文、道合一的古文主张。"②

应该说，古人使用概念不十分严密，此序所用的"道"即是如此，时而指理学范畴上的具有本体意义的"道"，时而指文学范畴上的思想内容的"道"。但姜宸英"文道观"的主张还是比较明确的，那就是以道为本，文道一体。这样的表述"并不矛盾，而且正是文道关系的完整表述，缺一不可"③。日本青木正儿在探讨姜宸英文学思想时，非常重视此段话，他评述道："在逻辑上虽有稍显牵强之处，要之，他一面肯定道为本、文为末之说，同时却解释道与文为一体，似欲摆脱文的从属地位而使之与道相为表里，以提高文的水平。"④ 此评述基本正确，但说姜宸英"肯定……文为末"之说，则有失偏颇。张修龄修正了青木正儿的说法，指出："只是姜宸英既强

---

① 参看莫砺锋对朱熹"文道观"的相关论述。《朱熹文学研究》，南京大学出版社2000年版，第112—113页。
② 李金松：《论清初文坛对明文的反思》，《文学评论丛刊》第13卷第2期。
③ 莫砺锋：《朱熹文学研究》，南京大学出版社2000年版，第114页。按：莫文论述的是朱熹的文道观，但姜宸英与朱氏的文道观在理论上是一致的，所以莫文此处的论述也适用于姜宸英。
④ ［日］青木正儿：《清代文学评论史》，杨铁婴译，中国社会科学出版社1988年版，第86页。

调以道为本，又主张文道一体，互为表里，应该说这是其理论的圆通包容处"①。此说更加准确。至于有论者认为"姜宸英在这里比较倾向于'文以贯道'的说法"②，则有失偏颇。

二 重视"自得"

姜宸英曾总结清初古文不甚兴盛的原因："此其所以为之者众而卒不能至者，不求其法与虽究其法而不能自得之于己，故皆归于无所成而终也。"③ 其中很重要的一点就是创作主体"不能自得之于己"，可见姜宸英论文特别重视"自得"。查洪德曾对此概念进行过语源学的考察并得出结论："论学之'自得'，有不依师传，不缘传注，以心会心，独得于心之意。与此相关，论诗之自得，也贵独创。模拟与蹈袭，皆非自得，或者反过来说，倡导'自得'，就是反蹈袭、反模拟。"④ 可见，所谓"自得"就是自心独得，就是要有自己独立的见解和真切的感受。真正做到"自得"，自然会消除文坛空疏浅薄、蹈袭剽窃的流弊。

姜宸英所创作的古文，绝大多数是自得之作。清末李慈铭曾对姜宸英古文点评道："湛园文章简洁纡余，多粹然有得之语，此集皆其未第时所作。穷老不遇，他人皆为搤擘，而湛园和平自处，绝不为怒骂嬉笑之辞，其加于人固数等矣……每读其集，辄为之悲惋不置也。湛园学养深醇，故集中论古，皆具特识。其《楚子玉论》《荀氏八龙论》等作，尤有裨于世教。《萧望之论》，亦为杰作……又《黄老论》《书史记儒林传》《读孔子世家》诸篇，皆正议卓然，足以推明史意。其《书史记卫霍传后》云，论者多左霍而右卫，熟观太史公传，所谓两人点穴处，则左卫也，其于霍多微辞。传叙卫战功，摹写惟恐不尽，至骠骑战功三次，皆于天子诏辞见之，此良史

---

① 张修龄：《清初散文论稿》，复旦大学出版社2010年版，第220页。
② 熊曲：《姜宸英文学思想初探》，《船山学刊》2010年第1期。
③ 姜宸英：《健松斋诗序》，《湛园未定稿》卷四，《清代诗人别集丛刊·姜宸英集（上）》，人民文学出版社2018年版，第445页。
④ 查洪德：《论自得》，《文史哲》2013年第5期。

言外褒贬法也，其言诚当。"① 这里所说的"粹然有得""皆具特识""正议卓然"等正是姜宸英为文"自得"的突出表现。

姜宸英在评点唐宋古文时，亦常常着眼于作者是否"自得"。其《欧阳修〈春秋或问〉尾评》："信经不信传，此是欧公绝顶见识。然此时尚未知有所谓胡氏传也。余观王文成辟胡氏春王正月之非，叹其识解不下欧公快绝。"②《曾巩〈寄欧阳内翰书〉首评》："此书纡徐百折，而感慨呜咽之气、博大幽深之识溢之言外，较之苏长公谢张公为其父墓志铭特胜。"③《曾巩〈王子直文集序〉首评》："意见好。"眉批："此见，子固以前无人说得。"④《曾巩〈书魏郑公传〉尾评》："余特取空峒所为庙碑读之，绝无见解，可以发明忠肃不朽之烈，忠义之心，而其文亦漶漫不可收拾。"⑤《苏洵〈管仲〉尾评》："苏氏父子议论不脱纵横气习，而又喜以成败论人，故文虽雄快绝而不足以满人之意，独此论识见正大，穷得体要。"⑥ 等等，可见其对"自得"的重视。

但是，"自得"亦有两面性。魏禧说："文章不朽，全在道理上说得正，见得大，方是世间不可少之文。"⑦ 真正的"自得"就是魏氏所言的"说得正""见得大"的道理。如果刻意追求"自得"，就有可能形成"一孔之见"或"一隅之见"。那么如何获得真正的"自得"呢？姜宸英有言："昔元黄文献公之论文曰：'作文之法，以群经为本根，迁、固二史为波澜。本根不繁，则无以造道之原；波澜不广，则无以尽事之变。'此言约而能要，宋文宪公屡称之以励学者。"⑧ 他还说过："始自念得失有命，少壮不可复得，将竭吾之

---

① 李慈铭：《越缦堂读书记·集部·别集类》，上海书店出版社 2000 年版，第 996—997 页。
② 姜宸英：《姜西溟手钞欧曾老苏三家文》，稿本，上海图书馆藏。
③ 姜宸英：《姜西溟手钞欧曾老苏三家文》，稿本，上海图书馆藏。
④ 姜宸英：《姜西溟手钞欧曾老苏三家文》，稿本，上海图书馆藏。
⑤ 姜宸英：《姜西溟手钞欧曾老苏三家文》，稿本，上海图书馆藏。
⑥ 姜宸英：《姜西溟手钞欧曾老苏三家文》，稿本，上海图书馆藏。
⑦ 魏禧：《魏叔子文集》，中华书局 2003 年版，胡守仁、姚品文、王能宪校点，第 1096 页。
⑧ 姜宸英：《董文友新刻文集序》，《西溟文钞》卷一，《清代诗人别集丛刊·姜宸英集（下）》，人民文学出版社 2018 年版，第 651 页。

年岁，以深探于六经之旨、二史之法，然后放而之于百家。"① 在这里，姜氏认为六经是文章的根本，是道的原初载体，强调读经之于文章的重要。他评价别人的文章，也常常从此着眼。如评价陈廷敬文说："公之为文也，其初涵泳于六经、四子之书，排二氏之虚妄，斥儒家之异论。"② 其《曾巩〈宜黄县学记〉》评点："子固论学之制与其所以成就人才处，非深于经术者不能，韩、欧、三苏所不及处。"其实，姜宸英在这里提出一个重要主张："根柢六经。"自刘勰提倡"文能宗经"③以来，历朝历代，如此主张者甚多。至清初，汪琬《三衢文会记》有云："先儒云，经非文无以发明其旨趣，而文不本于六经，又不足为文。"④ 纵观中国古代文学批评史，"文本于经"是古文创作的基本观念之一，在古代被视为理所当然的常识。诚如论者所言："'常识'虽然不像专家专著那样以理论本身的创新性、深刻性取胜，但常识在影响上所具有的普泛性与持久性却往往是理论所不及的，这正是常识的研究价值所在。"⑤ 难得的是，姜宸英在为文上践行"根柢六经"。

那么为什么要"根柢六经"呢？对此，姜宸英亦有思考：

> 君子之立言也，内必有其实之可循，外必有其事之可据。内无其实也，外无其事也，然而其言传焉，则君子勿贵也。况乎其言之断断勿传也，亦终归于无有而已矣。所谓实之有可循者，其理足乎已，故其词溢乎外，若宋儒先之说、关闽濂洛之书，尚矣。所谓事之有可据者，其见利害明，故其决成败审，若赵营平之议兵事，贾长沙、陆敬舆之言治道也是已。⑥

---

① 姜宸英：《董文友新刻文集序》，《西溟文钞》卷一，《清代诗人别集丛刊·姜宸英集（下）》，人民文学出版社 2018 年版，第 651 页。
② 姜宸英：《尊闻集序》．《湛园未定稿》卷四，《清代诗人别集丛刊·姜宸英集（上）》，人民文学出版社 2018 年版，第 424 页。
③ 周振甫：《文心雕龙今译》，中华书局 2013 年版，第 31 页。
④ 汪琬著，李圣华笺校：《汪琬全集笺校》，人民文学出版社 2010 年版，第 695 页。
⑤ 吴承学、陈赟：《对"文本于经"的文体学考察》，《学术研究》2006 年第 1 期。
⑥ 姜宸英：《万青阁全集序》，《西溟文钞》卷一，《清代诗人别集丛刊·姜宸英集（下）》，人民文学出版社 2018 年版，第 649 页。

在姜氏看来，古文内容包括两个方面：内之"实"与外之"事"。"实"即儒家的"理"，"其理足乎己"。"实"从哪里来？从儒家的六经以及"濂洛关闽之书"中来。所以，创作古文必须研读六经等儒家经典，这样才能逐渐地"积理"。这一点是清初古文家的共识。如魏禧《八大家文钞选序》即云："文章之根柢，在于学道而积理。"① 其《宗子发文集序》亦云："文章之能事，在于积理。"② 只有积理，作家的思想境界才能逐渐接近或达到古人的高度。魏禧赞扬汪琬、施闰章的文章："二家独划除一切浮腐之言，而左规右矩，与古人不失尺寸，此其所以难能也。"③ 汪琬说："不精求道之大原，而区区守其一得之文，自以为察之皆醇，而养之未熟。"④ 这样才能写出非见之六经，却完全合乎六经的好文章。

由上可见，要想"为文自得"，必须"根柢六经"。"为文自得"与"根柢六经"缺一不可。如果只是"根柢六经"，就会没有自己独立的见解和鲜明的感受；如果只求"为文自得"，容易陷入一孔之见或一隅之见。正是在这个意义上，姜宸英主张要"至于古人"，然后"为古人之文"，强调创作主体的道德修养对文学创作的决定作用。他明确地说："特以为今之人无志于古人者，能志于古人者必其能为古人之文者也。"⑤ 他对方象瑛说："于是知方子非独能为古人之文者也，其自得之于己，以发为文者特其余耳。迹其用心之勤且厚，虽与古之道，亦何以异耶？夫文章者，性情之枝叶也；性情者，文章之根本也。今方子既沃其根本，而茂其枝叶矣，则雍滋培灌之，以著成一家之言，吾直以行古人之道者，非方子奚属也？故方子亦

---

① 魏禧：《魏叔子文集》，中华书局2003年版，胡守仁、姚品文、王能宪校点，第413页。
② 魏禧：《魏叔子文集》，胡守仁、姚品文、王能宪校点，中华书局2003年版，第411页。
③ 魏禧：《愚山堂诗文合叙》，《魏叔子文集》，胡守仁、姚品文、王能宪校点，中华书局2003年版，第448页。
④ 汪琬：《与曹木欣先生书二》，汪琬著，李圣华笺校《汪琬全集笺校》，人民文学出版社2010年版，第466页。
⑤ 姜宸英：《友说赠计子甫草》，《湛园未定稿》卷五，《清代诗人别集丛刊·姜宸英集（上）》，人民文学出版社2018年版，第553—554页。

自重其所以言者而可也。"① 在这里，姜宸英仍然强调的是创作主体道德修养的重要作用。

三 标举"法度"

上面讨论的"为文自得"和"根柢六经"属于古文的思想内容方面，接下来论述的"法"则指文章的法度和行文技巧，包括文章的篇法、句法、字法、韵味、气势、风格等。

姜宸英论文不但重视"自得"，也非常重视有"法"。他说："古文之不作，于时久矣。二十年来，人稍知讲求此事。其高者或诡而自轶于绳尺之外，而卑者局趋于唐宋人之后尘，以为近所称为名家者如是而已。"② 这里的"其高者"就是不讲求文章法度，所以才会"自轶于绳尺之外"。姜宸英钦佩古文大家归有光："当明之有天下二百七十余年，作者林立，唯太仆之文为能独溯太史公以来，得其风神而合之唐宋诸家体格，粹然一出于正，可谓豪杰之士矣。"③ "唐宋诸家体格"，就是唐宋诸家古文创作的法度。

姜宸英对于"法"，在文章中并没有进行系统的阐述，我们无由探求其具体的见解，但现在存有一部《姜西溟手钞欧曾老苏三家文》的评点本，借此可觇见其关于"法"的某些主张。这部评点本，现藏于上海图书馆古籍部，手稿本，共四册，格口边鱼尾，朱墨双色写成。据题跋者沈堡④书前序云："友人钱黄初入市，于废书肆中得其八家文钞本，仅存欧曾老苏文，购归箧中。"惜乎其他五家文钞本已佚。此书共钞欧阳修古文33篇，曾巩古文17篇，苏洵古文22篇。姜宸英几乎对所选的每篇文章都进行了细致的评点，既有圈点、眉批，又有夹批、总评。从"法"的视角观照，这些评点包含了文

---

① 姜宸英：《健松斋诗序》，《湛园未定稿》卷四，《清代诗人别集丛刊·姜宸英集（上）》，人民文学出版社 2018 年版，第 446 页。
② 姜宸英：《健松斋诗序》，《湛园未定稿》卷四，《清代诗人别集丛刊·姜宸英集（上）》，人民文学出版社 2018 年版，第 445 页。
③ 姜宸英：《归太仆未刻稿题辞》，《湛园未定稿》卷五，《清代诗人别集丛刊·姜宸英集（上）》，人民文学出版社 2018 年版，第 534 页。
④ 沈堡，字可山，萧山诸生，著《渔庄诗草》。阮元《两浙輶轩录》卷十六，清嘉庆刻本。

章的布局、用笔、句法、字法、韵味、风采,等等,在很大程度上反映了他对唐宋古文"法"的体认。

从篇法来看,姜宸英重视行文之"曲":"此数条陈委曲娓娓,可听。"①"此等文,笔笔转换,如长年挨柁,神力百倍,殆得史公之神者,而读者不知也。"②"纡折其径路,从容其步武,徐徐引入本意,真有无限波澜,无限风韵,老苏《上欧阳内翰书》足相仿佛。"③"文意凡四转,援证古事,一抑一扬,宛转尽情,真令读者百回不厌。"④ 这里的"委曲""笔笔转换""波澜"等都是强调为文要讲求结构布局的宛转、曲折。虽然此处讲的是文章的篇章结构,但"神力百倍""无限风韵""宛转尽情"等数语,已经涉及了文章的气势和韵味。

在韵味方面,姜宸英标举"神"字。神,指文章的风采神韵,是艺术作品所表现出来的美感力量,只能体验,难以言传。如他说:"章法紧严中风神缭绕,是南丰集中极有力量文字。"⑤ "此书凡三段……而情事婉曲周折,何等意态,何等风神!"⑥ "读苏氏文,人徒知其快处,不知其断续相生处。如此文是多少曲折,多少顿挫,气急取之,则神情失之远矣。一字一思,可也。"⑦《欧阳修〈原弊论〉》:"欧公论事之文,舂容间,雅而明白舒畅,其神韵时出笔墨之外,乃文家之景星庆云也。苏氏雄快过之,读尽殊少余味,乃知

---

① 姜宸英:《欧阳修〈论台谏官言事未蒙听允书〉评点》,《姜西溟手钞欧曾老苏三家文》,稿本,上海图书馆藏。
② 姜宸英:《欧阳修〈有美堂记〉评点》,《姜西溟手钞欧曾老苏三家文》,稿本,上海图书馆藏。
③ 姜宸英:《曾巩〈寄欧阳内翰书〉评点》,《姜西溟手钞欧曾老苏三家文》,稿本,上海图书馆藏。
④ 姜宸英:《曾巩〈送周屯田序〉评点》,《姜西溟手钞欧曾老苏三家文》,稿本,上海图书馆藏。
⑤ 姜宸英:《曾巩〈赠黎安二生序〉评点》,《姜西溟手钞欧曾老苏三家文》,稿本,上海图书馆藏。
⑥ 姜宸英:《苏洵〈上欧阳内翰书〉评点》,《姜西溟手钞欧曾老苏三家文》,稿本,上海图书馆藏。
⑦ 姜宸英:《苏洵〈乐论〉评点》,《姜西溟手钞欧曾老苏三家文》,稿本,上海图书馆藏。

固以度胜耳。"① 文章具有"神",就具有了韵味,不直白,不呆板,给人以无穷的审美体验。

姜宸英评点《欧曾老苏三家文》,擅长运用"推源溯流法"。所谓"推源溯流法"就是"批评家在考察一个时代的作家、作品时,将他们放在历史发展的前后联系,亦即文学传统中予以衡量、评价"②。如"突然而起,史公遗调"③,"每往辄转折,断续相生,得龙门诸论之遗法,结尤悠飏尽致,可谓曲尽文章之妙"④,"明允文直是千椎百炼,与欧阳永叔俱从史迁得来,苏得其气,欧得其法"⑤,"此篇文法遂顺脱卸之间,备极《史》《汉》之妙,小儒不知以一泻千里为眉山得意处,与不知其往收垂缩之法,宜乎家家以古文自命也"⑥。《欧阳修〈与郭秀才书〉》:"此文曲缛处似柳,峭刻处似王,而自有一种秀润之色,非欧公不能为也。"⑦ 姜宸英对欧阳修、曾巩、苏洵三家文进行评点,并一一寻其体源,最终归为《史记》《汉书》、柳宗元、王安石这样一个有秩序的序列,可见姜宸英为文法度之宗尚。

四 古文理论的现实品格

姜宸英所提出的"以道为本,文道一体",重视"自得",标举"法度"等较为鲜明的古文主张,在清代文论史和文学史上具有重要的意义。

首先,"以道为本,文道一体"说从理论上廓清了"文""道"关系的迷雾,对清文的健康发展具有指导意义。姜宸英曾指出:"今

---

① 姜宸英:《欧阳修〈原弊论〉评点》,《姜西溟手钞欧曾老苏三家文》,稿本,上海图书馆藏。
② 张伯伟:《中国古代文学批评方法研究》,中华书局2006年版,第104页。
③ 姜宸英:《欧阳修〈岘山亭记〉评点》,《姜西溟手钞欧曾老苏三家文》,稿本,上海图书馆藏。
④ 姜宸英:《曾巩〈说苑目录序〉评点》,《姜西溟手钞欧曾老苏三家文》,稿本,上海图书馆藏。
⑤ 姜宸英:《苏洵〈高帝〉评点》,《姜西溟手钞欧曾老苏三家文》,稿本,上海图书馆藏。
⑥ 姜宸英:《苏洵〈田制〉评点》,《姜西溟手钞欧曾老苏三家文》,稿本,上海图书馆藏。
⑦ 姜宸英:《欧阳修〈与郭秀才书〉评点》,《姜西溟手钞欧曾老苏三家文》,稿本,上海图书馆藏。

之为文者，大抵有二：其为诡谲诞漫、淫艳剽窃者，常薄儒先之说为无用，用之不足以成家，而见为迂腐，及视其所为，按之其中无有也；矫其弊者，奉一先生之言亦步亦趋，惟恐失之，而不知有超轶绝群者在。谓其中有物焉，则亦无有也"[1]。这是从"文"与"道"分离的视角审视当时文坛流弊：一是轻道重文，使文章空洞肤浅、言辞华艳，甚至摹拟剽窃；二是重道轻文，拘守前人，亦步亦趋，不敢变化与创新。前者批判的是公安派、竟陵派及其追随者们的师心自用，后者批判的是自前后七子以来复古派及其追随者们的株守古法。对这些文坛流弊的批判，也是当时文坛有识之士的共识。如批判摹仿蹈袭，顾炎武云："近代文章之病，全在摹仿，即使逼肖古人，已非极诣，况遗其神理而得其皮毛者乎！"[2] 再如批判内容陈腐，邵长蘅云："咀宋人之糟魄而以为玄醴，其病腐。"[3] 值得注意的是，姜宸英对文坛流弊的批判追溯到"文""道"关系的层面，显得更具高度和深度。在这点上，与黄宗羲如出一辙。黄宗羲说："文章美恶，视道合离。文以载道，犹为二之。"[4] 还说："第自宋以来，文与道文为二，故阳明之门人，不欲奉其师为文人，遂使此论不明，可谓太息也。" 黄氏批判的就是文坛"文道分离"的现状。姜宸英比黄宗羲更进一步，不但对当时文坛"文道分离"现状进行了批判，而且正确地界说了"文""道"关系，提出了"以道文本，文道一体"的理论主张，对清文的健康发展无疑具有指导意义。

其次，重视"自得"和标举法度，对推动清代古文向前发展有着较为突出的贡献。众所周知，自明代中后期以来，文坛上影响较大的古文流派有前后七子派、唐宋派、公安派和竟陵派。明弘治、正德年间（1488—1521），李梦阳、何景明等"前七子"发起了一

---

[1] 姜宸英：《尊闻集序》，《湛园未定稿》卷四，《清代诗人别集丛刊·姜宸英集（上）》，人民文学出版社2018年版，第423—424页。
[2] 顾炎武：《文人摹仿之病》，《日知录集释》卷十九，黄汝成集释，栾保群、吕宗力校点，上海古籍出版社2006年版，第1097页。
[3] 邵长蘅：《明十家文钞序》，《青门麓稿》卷七，《清代诗文集汇编》第145册，第211页。
[4] 黄宗羲：《李杲堂先生墓志铭》，《南雷文定》卷七，《清代诗文集汇编》第33册，第98页。

场以"诗必盛唐，文必秦汉"为旗帜的文学复古运动。后来李攀龙、王世贞等"后七子"将这一运动推向高潮。前后七子对明代文坛确有振衰起敝之功，但其对秦汉文章的刻意规摹而造成的佶屈聱牙甚至蹈袭剽窃的流弊，遭到唐宋派和公安派的强烈反对。嘉靖年间，以王慎中、唐顺之、茅坤、归有光为代表的唐宋派登上文坛。该派针对前七子古文的弊病，提倡宗法唐宋，在当时文坛颇有影响。明代后期，以袁宏道等三兄弟为首的公安派又给前后七子派以强有力的抨击。公安派力主"独抒性灵，不拘格套"①，注重有感而发，直写胸臆，但因过分追求表达个体情感，写作态度较为随意，又产生了浅率俚俗之弊。后起的竟陵派更是走入了"幽情单绪""孤行静寄"的歧路。进入清初，虽然经世致用、关注现实逐渐成为这个时期文学思潮的主流，但是前后七子以来的文坛流弊依然不绝如缕。姜宸英分析了当时文坛古文不振的原因："古文之不作，于时久矣。二十年来，人稍知讲求此事。其高者或诡而自轶于绳尺之外，而卑者局趋于唐宋人之后尘，以为近所称为名家者如是而已。此其所以为之者众而卒不能至者，不求其法与虽究其法而不能自得之于己，故皆归于无所成而终也。"② 一言以蔽之，就在于不求法度和不能"自得"。前者涉及文章写法，后者涉及文章内容，二者缺一不可。这两点也的确是当时文坛表现非常突出的流弊。刘师培说："顺、康之交，易堂诸子，竞为古文""大抵驰骋其词，以空辩相矜，而言不轨则。"③ 指出"易堂诸子"为文不重法度的不足。潘耒《朴学斋稿序》有云："五十年来，家诵欧、曾，人说归、王，文体寖趋于正；然而空疏浅薄之弊百出。惟求波澜意度，仿佛古人，而按其中，枵然无有，是可以为古文乎？"④ 当时创作"空疏浅薄之弊百出"，主

---

① 袁宏道：《序小修诗》（节录），郭绍虞《中国历代文论选》（3），上海古籍出版社2005年版，第211页。
② 姜宸英：《健松斋诗序》，《湛园未定稿》卷四，《清代诗人别集丛刊·姜宸英集（上）》，人民文学出版社2018年版，第445页。
③ 刘师培：《论近世文学之变迁》，郭绍虞《中国历代文论选》（4），上海古籍出版社2005年版，第427页。
④ 潘耒：《遂初堂文集》卷之八，《清代诗文集汇编》第170册，第367页。

要原因就是为文不能"自得"。姜宸英指出文坛流弊并明确提出补救办法，有助于拓宽清初士人的理论视野，再加上姜宸英本人成功的创作实践，可以说姜宸英真正地对清初古文做出了实实在在的贡献。李祖陶即云，朱彝尊、姜宸英与当时汪琬、施闰章、邵长蘅等人"修饬边幅，选言择貌"，创作之盛"彬彬乎如唐之元和、宋之庆历"①。姜宸英无疑是其中的佼佼者。

综上所述，姜宸英虽然没有写作古代文话之类的文章学著作，但他的古文思想和观念还是较为完整和缜密。在"文""道"关系上，姜宸英主张"以道为本，文道一体"，既重"道"，又重"文"，也就是既重视文章内容，又重视文章写法。重视文章内容，就需要以六经为根本，讲求"自得"；重视文章写法，就需要向古人学习，讲求法度。这些较为鲜明的古文理论，在清代文论史和文学史上具有重要的价值，对推动清代古文健康发展亦功不可没。

第三节　其他相关问题考释

姜宸英在诗学思想、古文理论两方面都有着较为深邃的见解，但这并不是其文学思想的全部，他对通变、文体、时文等亦有一定的思考。本节即对其通变观、文体观、时文观逐一予以考释。

一　通变观："变必复古，而所变之古非即古也"

"通变"一词源自《周易·系辞上》："极数知来之谓占，通变之谓事。"王弼注曰："物穷则变，变而通之，事之所由生也。"②"通变"的意思就是通晓事物的变化。最早把"通变"观念运用到文学研究的是刘勰，其《文心雕龙·通变》一文对"通变"的内涵、发展、方法和要求等有着专门的阐发，他又在《文心雕龙·知

---

① 李祖陶：《湛园未定稿文录引》，《国朝文录》，《续修四库全书》第 1670 册，第 31 页。
② 王弼：《周易注校释》，楼宇烈校释，中华书局 2014 年版，第 237 页。

音》中把"观通变"[①] 列为文学批评方法的"六观"之一，从此"通变"就成为中国古代文学批评的重要范畴之一。

关于刘勰"通变"的意旨，学界说法不一。有的学者根据齐梁时期文学创作求新求异、文风绮靡的现象，认为"通变"意在"复古"；有的学者根据"通变"一词来源于《周易·系辞上》，从而认为其强调"革新"[②]。亦有王运熙、杨明折中这两种说法，认为："通变原意是指事物有所变化而流通不滞，刘勰运用到文学上，是指文章应当变化创新，向前发展。但在变化创新时，必须考虑继承过去的传统，有所因而有所革，把继承和革新结合起来。"[③] 此观点更为全面辩证。一言以蔽之，"通变"就是在继承传统的同时注重革新。

另有吴宏一指出："复古与革新有一个交会点，就是同样对当下不满意，同样想要改变现状。"[④] 因此，姜宸英之所以提倡"通变"，也是因为对当时文坛现状不满。姜宸英主要的不满就是当时文坛摹仿剿袭的风气。他说："今或者欲徇唐人之诗以为即晋、宋也，汉、魏也，岂学古者之通论哉？"[⑤] 这是对当时学古者所持观念的批评。他还说："余恶夫今之为诗者剽掇其景响形似，尘土猥杂，而号之为'《选》体'，故于今之为'《选》诗'者无取焉。然而有唐三百年之人之诗，其不本于《选》者盖寡矣。唐人虽发源于《选》，及其既成名家，则较然自为唐人之诗，此学《选》者之所以可贵也。"[⑥] 这是对当时学古者创作实践上的批评。对于如何消除摹仿剿袭之风的问题，姜宸英认为：

[①] 周振甫：《文心雕龙今译》，中华书局2013年版，第438页。
[②] 详见孙蓉蓉《刘勰的文学"通变"思想新论》，《南京师大学报》（社会科学版）2008年第4期。
[③] 王运熙、杨明：《魏晋南北朝文学批评史》，上海古籍出版社1989年版，第459页。
[④] 吴宏一：《谈中国诗歌史上的"以复古为革新"——以陈子昂为讨论重心》，《北京大学学报》（哲学社会科学版）2007年第3期。
[⑤] 姜宸英：《五七言诗选序》，《湛园未定稿》卷二，《清代诗人别集丛刊·姜宸英集（上）》，人民文学出版社2018年版，第417—418页。
[⑥] 姜宸英：《选诗类钞序》，《湛园未定稿》卷二，《清代诗人别集丛刊·姜宸英集（上）》，人民文学出版社2018年版，第431页。

> 夫敝极而变，变而复于古，诚不难矣。然变必复古，而所变之古非即古也。战国之文不可以为六经，贞元之文不可以为《史》、《汉》，明矣……故文敝则必变，变而后复于古，而古法之微犹有默运于所变之中者。君子既防其渐，又忧其变也。①

首先，"变必复古，而所变之古非即古也"。姜宸英此论强调的是复古的同时要革新，如果"所变之古"即是"古"，就会沦落到摹仿剿袭的境地。王心湛认为此论是姜宸英的"特识"②。从消除复古中的模拟倾向角度看，确实如此。在这样"通变观"的指导下，姜宸英考察了历代文学的流变。一是文章的流变。他认为从先秦至唐宋，文章有两变："六经深厚，至于左氏内外传而流为衰世之文。战国继之短长之策，孟、荀、庄、韩之书，奇横恣肆杂出，而左氏之委靡繁絮之习泯焉无余矣，此一变也。自是先秦、两汉文益奇伟，至两汉之衰，体势日趋于弱，下逮魏、晋、六朝，而文章之敝极焉。唐兴，诸贤病之，而未能革也。殆贞元大儒出，始倡为古文，易排而散，去靡而朴，力芟六代浮华之习，此又一变也。"③ 二是诗歌的流变。他认为诗歌亦有"两变"："自春秋以讫战国，《国风》之不作者百余年。屈、宋之徒，继以骚赋，荀况和之，风雅稍兴，此亦诗之一变也。汉初，苏李赠答、《古诗十九首》，以五言接《三百篇》之遗。建安七子更倡迭和，号为极盛，余波及于晋、宋，颓靡于齐、梁、陈、隋，淫艳佻巧之辞剧，而诗之敝极焉。唐承其后，神龙、开、宝之间，作者垒起，大雅复陈，此又诗之一变也。"④ 这里的"变"，其实就是革新。姜宸英文章、诗歌"两变"说，符合古代文学史实际，具有很强的说服力。

---

① 姜宸英：《五七言诗选序》，《湛园未定稿》卷二，《清代诗人别集丛刊·姜宸英集（上）》，人民文学出版社 2018 年版，第 417—418 页。
② 姜宸英：《姜西溟文钞》一卷，王心湛批点，稿本，上海图书馆藏。
③ 姜宸英：《五七言诗选序》，《湛园未定稿》卷二，《清代诗人别集丛刊·姜宸英集（上）》，人民文学出版社 2018 年版，第 417 页。
④ 姜宸英：《五七言诗选序》，《湛园未定稿》卷二，《清代诗人别集丛刊·姜宸英集（上）》，人民文学出版社 2018 年版，第 417 页。

其次,"文敝则必变,变而后复于古,而古法之微犹有默运于所变之中者"①。即姜宸英强调复古的同时要革新,这个"革新",不是推倒重来的革新,而是在继承古法基础上的革新。此论强调的是继承,即继承"古法之微"。把此论和"变必复古,而所变之古非即古也"结合起来看,既要求革新,又强调继承,把革新和继承统一起来,思维非常辩证,论述很是全面。正是在这个意义上,他肯定了王士禛《五七言古诗选》的做法:"不废夫齐、梁、陈、隋之作者。于唐仅得五人,曰陈子昂、张九龄、李白、韦应物、柳宗元。"② 原因是:"盖以齐、梁、陈、隋之诗,虽远于古,尚不失为古诗之余派;唐贤风气,自为畛域,成其为唐人之诗而已。而五人者,其力足以存古诗于唐诗之中,则以其类合之,明其变而不失于古云尔。"③ 这正是从继承的角度论述王士禛选"齐、梁、陈、隋之作者"的原因。

二 文体观:"文之所不能尽者,于是乎有诗"

在中国古代文体学中,存在着两种对立倾向:尊体和破体。吴承学解释道:"前者坚持文各有体的传统,主张辨明和严守各种文体体制,反对以文为诗、以诗为词等创作手法;后者则大胆地打破各种文体的界限,使各种文体互相融合。"④ 姜宸英虽然不是文体学家,但对某些文体尤其是诗与文这两种文体还是有其自己的见解与态度。

姜宸英提出:"盖《诗》之为风、雅、颂,皆有定体,不可紊乱。"⑤ 认为《诗经》的风、雅、颂各自有体,不能互相跨越和渗

---

① 姜宸英:《五七言诗选序》,《湛园未定稿》卷二,《清代诗人别集丛刊·姜宸英集(上)》,人民文学出版社2018年版,第417—418页。
② 姜宸英:《五七言诗选序》,《湛园未定稿》卷二,《清代诗人别集丛刊·姜宸英集(上)》,人民文学出版社2018年版,第418页。
③ 姜宸英:《五七言诗选序》,《湛园未定稿》卷二,《清代诗人别集丛刊·姜宸英集(上)》,人民文学出版社2018年版,第418页。
④ 吴承学:《辨体与破体》,《中国古代文体学研究》,人民出版社2011年版,第113页。
⑤ 姜宸英:《王给谏诗序》,《湛园未定稿》卷二,《清代诗人别集丛刊·姜宸英集(上)》,人民文学出版社2018年版,第438页。

透。对于诗与文这两种文体的区别，姜宸英更是进行了细致的辨析：

> 夫人之有怀也，言之所不能尽，则见之于文辞，书之于册而已。见之于文辞，书之于册，而犹有所不能尽者，于是乎有诗以道其不能尽之情。①

文表达的内容和诗表达的内容不同，这是从诗、文两种文体承载的内容方面做出的明确界定，正如姜宸英所提到的"文以载道""诗以言志"，一个侧重思想，一个侧重感情，两种文体各自有着独特的审美特性和表现手法，不能打破。正是在这个意义上，他反对"以文为诗"等"破体"的做法：

> 李子苍存，用茂才贡入京师，自惟所挟者重，不能骪骳随俗高下，以故累试不偶。其郁悒无聊，激而为放宕无涯涘之语，长篇浩歌，往往有供奉遗风。余每叹其才而惜其遇。虽然，使苍存之敛其才气，积为湛深之思，将不能以文为诗，复古之制也哉？②

对于李白诗风，姜宸英认为是"破体"的："李太白《远别离》、《蜀道难》，则诗而文矣。"③ 所以，其评价李苍存诗歌"其郁悒无聊，激而为放宕无涯涘之语，长篇浩歌，往往有供奉遗风"，即说明李苍存之诗是"破体"的。而此文最后说："虽然，使苍存之敛其才气，积为湛深之思，将不能以文为诗，复古之制也哉？"明显是对李苍存"以文为诗"这种"破体"的做法深表遗憾。

---

① 姜宸英：《野香亭诗集序》，《湛园藏稿》卷一，《清代诗人别集丛刊·姜宸英集（下）》，人民文学出版社2018年版，第742页。
② 姜宸英：《李苍存诗序》，《湛园未定稿》卷二，《清代诗人别集丛刊·姜宸英集（上）》，人民文学出版社2018年版，第461页。
③ 姜宸英：《李苍存诗序》，《湛园未定稿》卷二，《清代诗人别集丛刊·姜宸英集（上）》，人民文学出版社2018年版，第461页。

三 时文观:"以古文为时文"

"以古文为时文",就是把古文的技法、风格运用到八股文的写作中去。作为一种理论主张和创作实践,它在明清时文领域颇为盛行。关于此点,学界研究得比较深入。① 现在的问题是:姜宸英对这一主张的态度如何?如果赞同的话,在时文创作中,他又是如何实践的呢?

众所周知,姜宸英以突出的古文成就为时人和后人所欣赏、折服,从而在清初文学史上留下了自己的印记。其痴迷古文,很早就有所表现。姜宸英回忆与冯宗仪交往时说:"始用诗词相倡酬,已应诸生举,去为时文,俱不意得,则学为古文。每晨坐谈论,至忘寝食,巷中儿争笑以为痴。"② 二人对时文写作很是排斥,而对古文则表现出了浓厚的兴趣甚至沉迷。晚年时,姜宸英非常后悔几十年来的科举之途,他对方苞自陈心曲:"惟子知此。吾自度尚有不止于是者,以溺于科举之学,东西奔迫,不能尽其才,今悔而无及也。"③他认为沉溺于科举之学,很大程度上就是研习和写作时文,耽误了其古文创作,影响了其古文成就。

姜宸英年轻时,家道中落,家境甚是贫寒,"不得已而游"④,走上了坐馆、游幕、科举之路。他一方面砥砺时文,另一方面又迫于生计,数十年来不断地参加科举考试,不断地研习、打磨时文,使其时文创作亦取得了很高成就。姜宸英时文成名较早,二十九岁

---

① 邝健行:《明代唐宋派古文四大家"以古文为时文"说》,《科举考试文体论稿:律赋与八股文》,台湾书店1999年版;吴承学、李光摩:《八股四题》,《文学评论》2004年第2期,又见吴承学《中国古代文体学研究》下编第七章,人民出版社2011年版;刘尊举:《"以古文为时文"的创作形态及文学史意义》,《文学评论》2012年第6期;师雅惠:《以古文为时文:桐城派早期作家的时文改良》,《安徽大学学报》(哲学社会科学版)2014年第6期,等等。
② 姜宸英:《文学冯君墓志》,《湛园未定稿》卷六,《清代诗人别集丛刊·姜宸英集(上)》,人民文学出版社2018年版,第602—603页。
③ 方苞:《记姜西溟遗言》,《方苞集》(下),刘季高校点,上海古籍出版社1983年版,第706页。
④ 董以宁:《赠姜西铭为两尊人寿序》,《正谊堂文集·序》,《清代诗文集汇编》第112册,第318页。

时，镇海谢谔昌即向其学习时文："丙申、丁酉间从余为制义。"①丙申、丁酉分别是顺治十三年（1656）、十四年（1657）。后来，其时文成就越来越高，深受陈廷敬叹服："窃垂老不自量，间随俗为时文，尤为公所赏识。尝置某文怀袖间，逢人必出与共读，回环雠诵。"② 可见其时文的影响力。

在数十年研习、写作时文的历程中，姜宸英形成了较为明确的时文观，其《张子制义序》一文对此有着较为集中的阐述：

> 夫八股之道微矣，学者视为功令而趋之。其体则敷衍经文，词不己出也；株守《集注》，义无旁杂也。其习之相沿，则有上承下逗、前虚后实、单行复序、截章换字之法。候气衡纩，传神优孟，似排而非俪体，比论而无章法。学者童而习之，村师腐生，一见便解。万一功令复新，举今之所谓八股者而废之，则虽曰陈王、唐、瞿、薛之文于前，谁复能辨其畦径、识其旨趣者乎？余故曰，时文者，速朽之物也。至近世，金正希、杨伯祥、吴梅村、陈大士、卧子、黄蕴生诸公者出，始博取先秦、两汉、唐、宋人以来之文，大发之于帖括，经史子集纵其驱策，横竖钩贯无所不可，而机杼自出，一空前作者。此犹杜少陵之于诗，韩昌黎之于古文，颜鲁公、吴道子之于书画，古法虽从此一变，而天工人巧则已极矣。故此数公者，虽其文不名为制义，亦可自作一书以行，而能使读者了然自得于文字之外。③

姜宸英对当时时文的弊病及拯治之法，明确地表达了自己的看法。一是创作主体功利性强："学者视为功令而趋之。"时文完全成了人

---

① 姜宸英：《太学生谢君墓志铭》，《湛园未定稿》卷六，《清代诗人别集丛刊·姜宸英集（上）》，人民文学出版社2018年版，第604页。
② 姜宸英：《冢宰陈公五十寿序》，《湛园未定稿》卷三，《清代诗人别集丛刊·姜宸英集（上）》，人民文学出版社2018年版，第484页。
③ 姜宸英：《张子制义序》，《湛园未定稿》卷二，《清代诗人别集丛刊·姜宸英集（上）》，人民文学出版社2018年版，第432页。

们追名逐利的垫脚石和敲门砖。二是内容缺乏真知灼见："敷衍经文，词不己出也；株守《集注》，义不旁杂也。"这样写出的时文，必然会缺乏作者独立的见解和真实的感受，空疏浮泛，千人一面。三是写作技法单一："则有上承下逗、前虚后实、单行复序、截章换字之法。候气衡纩，传神优孟，似排而非俪体，比论而无章法。"如此便导致时文在艺术上大量出现雷同因袭的现象。所以姜宸英一针见血地指出："时文者，速朽之物也。"对当时时文创作表现出了深深的厌恶之情和强烈的批判之意。如何拯治时文弊病，姜宸英同意"近世"人的作法："至近世，金正希、杨伯祥、吴梅村、陈大士、卧子、黄蕴生诸公者出，始博取先秦、两汉、唐、宋人以来之文，大发之于帖括，经史子集纵其驱策，横竖钩贯无所不可，而机杼自出，一空前作者。"金正希，即金声（1589—1645）；杨伯祥，即杨廷麟（？—1646）；吴梅村，即吴伟业（1609—1672）；陈大士，即陈际泰（1567—1641）；陈卧子，即陈子龙（1608—1647）；黄蕴生，即黄淳耀（1605—1645）。此六人"博取先秦、两汉、唐、宋人以来之文，大发之于帖括"，实际上就是对"以古文为时文"理念的落实和践行。他们所创作的时文"机杼自出，一空前作者"，开创了时文写作的新境界和新局面。姜宸英还肯定了上述诸人在时文界的地位："此犹杜少陵之于诗，韩昌黎之于古文，颜鲁公、吴道子之于书画，古法虽从此一变，而天工人巧则已极矣。"将他们比作诗中的杜甫、文中的韩愈、书中的颜真卿、画中的吴道子，评价可谓极高。

八股文发展到明末，逐渐形成八股流派，以艾南英为代表的江西派和以陈子龙为代表的云间派分庭抗礼。二人都是"以古文为时文"的提倡者[①]，但为文取法则不同：艾南英取法唐宋，上窥秦汉；陈子龙取法魏晋六朝，尤其注重对《文选》的学习。二人所代表的流派，针锋相对，旗鼓相当，对后世时文的发展、骈文的中兴都起

---

① 如艾南英明确提出："制举业之道与古文常相表里。故学者之患，患不能以古文为时文。"见其《金正希稿序》，《明文海》卷三一二。

到了巨大作用。① 在当时的时文流派中，姜宸英更接近艾南英，创作时文多取法秦汉、唐宋。这一点，可从时人的评价中明显看出。

姜宸英有一篇时文，名为《设为庠序学校以教之 射也》，方苞评点此文："易繁重题，疏疏淡淡，首尾气脉一笔，所成于古人，有欧阳氏之逸。"② 认为此文风格深受欧阳修的影响。姜宸英《真意堂论》一编，是其"应世之文"。计东评价道："今观姜子之论，其为举业，一如其为古文，皆以沉锐之力、精悍之思出之，与韩之古文何以异？"③ 在计东看来，其时文是以六经为根柢，精研覃思之后写出来的，与韩愈的古文创作并无二致。何焯曾明确指出姜宸英的时文风格："姜丈之文清而温。然所清温者，自纵横博辨，极其所至，洗炼以归于粹，其风格高矣，光焰长矣。"④ 由此句中的"纵横博辨"可以看出，姜宸英的时文明显受到《战国策》文风的影响。

综上所述，关于时文，姜宸英同意"以古文为时文"这一理论主张，并在自己的创作实践中身体力行。从取法角度看，他更接近艾南英。有论者云："归有光这一统系的制艺，经过明末清初艾南英、钱谦益、吕留良以及方苞等人的不断彰显，逐渐成为明清八股文中的大宗。"⑤ 那么，在"不断彰显"的作家谱系中，应该补上姜宸英的名字，这更符合当时时文发展和演变的客观实际。

本章小结

本章重点梳理与探析了姜宸英文学思想的内涵与价值。在诗学思想领域，他重拾儒家"性情之正""兴""观""群""怨"等诗学话语，结合清初诗坛实际，进行了相应的阐说和发挥。在古文理

---

① 参见吴承学、李光摩《八股四题》，《中国古代文体学研究》，人民出版社 2011 年版，第 366—368 页。
② 方苞：《钦定四书文·本朝四书文》卷十一，《文渊阁四库全书》本。
③ 计东：《姜西溟真意堂论序》，《改亭集》卷四，《清代诗文集汇编》第 97 册，第 130 页。
④ 何焯：《姜西溟四书文序》，《何义门先生集》卷一，《清代诗文集汇编》第 207 册，第 148 页。
⑤ 吴承学、李光摩：《八股四题》，《中国古代文体学研究》，人民出版社 2011 年版，第 367 页。

论方面，姜宸英主张"以道为本，文道一体"，追求"自得"，提倡"以六经为根柢"，注重法度。此外，姜宸英对通变、文体、时文等亦有较为深入的思考。虽然这些思考与观点并非全是新论，但在当时清初文坛的大背景下，这些主张对于批判文坛流弊、推进文坛新风等方面都具有重要的现实意义，同时也有助于进一步探究姜宸英诗文创作的风貌、特色及形成的原因。

第四章　姜宸英的古文创作与其人格面向的多维阐释

承续先秦、汉魏、唐宋、元明等历代散文，作为中国古典散文最后一期的清代散文，"以其特有的历史与时代条件，展现了中国古典文章学进入总结期的风采"①，而清初散文则是其中关键的一环。清初文坛，涌现出了很多著名的散文家，如侯方域、魏禧、汪琬、姜宸英、计东、董以宁、邵长蘅等，可谓大家云集，争奇斗艳，然而诚如郭预衡所说："（清初）各家各派，主张不同，文风不同，各行其是，没有正宗。"②"文章不成一统，这正是清初之文的时代特征。"③ 在这"众声喧哗"的时代，姜宸英的散文，尤其是古文创作，有何面貌？成就如何？本章即以姜宸英的古文创作与其人格面向的多维阐释为主要内容，对姜宸英古文创作的渊源、风貌、主题、特色及其在清初古文史上的地位与作用试做探索。

第一节　姜宸英古文创作的渊源与风格

据《清代诗人别集丛刊·姜宸英集》统计，《湛园未定稿》六卷181篇、《姜西溟先生文钞》四卷除去与《湛园未定稿》重复者共39篇④、《真意堂佚稿》一卷9篇、《湛园藏稿》四卷85篇、《湛

---

① 蒋寅主编：《中国古代文学通论·清代卷》，辽宁人民出版社2005年版，第42页。
② 郭预衡：《中国散文史》（下册），上海古籍出版社1999年版，第337页。
③ 郭预衡：《中国散文史》（下册），上海古籍出版社1999年版，第340页。
④ 《姜西溟先生文钞》卷四之《江南粮储参议道前户部侍郎栎园周公墓志铭》虽与《湛园未定稿》卷六之《江南布政使司参议前户部右侍郎栎园周公墓志铭》文字差异不小，但原为1篇，则无可置疑，故此处按1篇计。

第四章 姜宸英的古文创作与其人格面向的多维阐释

园题跋》一卷61篇、《探花姜西溟先生增定全稿》收6篇制艺,此外,尚辑得佚文89篇,共计470篇。这就是目前所见的姜宸英的全部古文作品。这些古文作品,体裁上涵盖了拟论、论、说、议、辨、序、记、题跋、书后、书启、传、行状、墓表、墓志铭、杂文、神道碑、祭文等,可谓各体兼备,丰富多样。在这些作品中,还有很多深受后人赞誉的名篇,如论体文中的《明史刑法志总论拟稿》《江防总论拟稿》《海防总论拟稿》《日本贡市入寇始末拟稿》、序文中的《奇零草序》,等等。

一 古文创作渊源初探

姜宸英曾自陈写作之道:"昔元黄文献公之论文曰:'作文之法,以群经为本根,迁、固二史为波澜。本根不繁,则无以造道之原;波澜不广,则无以尽事之变。'此言约而能要,宋文宪公屡称之以励学者。"[①] 黄文献公,即元代浙东著名文人黄溍(1277—1357)。此句引黄溍论文之语道出了姜宸英对"六经"和《史记》《汉书》的重视,同时他在创作中也身体力行,努力实践。他说:"始自念得失有命,少壮不可复得,将竭吾之年岁,以深探于六经之旨、二史之法,然后放而之于百家,使其发于文章而道之粗有闻焉,其可也。"[②] 姜宸英评点《欧曾老苏三家文》时,对三家文创作的艺术特色经常追溯到《史记》和《汉书》。如:"突然而起,史公遗调。"[③] "每往辄转折,断续相生,得龙门诸论之遗法。"[④] "明允文直是千锤百炼,与欧阳永叔俱从史迁得来。"[⑤] "此篇文法遂顺脱卸之间,备

---

① 姜宸英:《董文友新刻文集序》,《姜西溟先生文钞》卷一,《清代诗人别集丛刊·姜宸英集(下)》,人民文学出版社2018年版,第651页。
② 姜宸英:《董文友新刻文集序》,《姜西溟先生文钞》卷一,《清代诗人别集丛刊·姜宸英集(下)》,人民文学出版社2018年版,第651页。
③ 姜宸英:《欧阳修〈岘山亭记〉评点》,《姜西溟手钞欧曾老苏三家文》,稿本,上海图书馆藏。
④ 姜宸英:《曾巩〈说苑目录序〉评点》,《姜西溟手钞欧曾老苏三家文》,稿本,上海图书馆藏。
⑤ 姜宸英:《苏洵〈高帝〉评点》,《姜西溟手钞欧曾老苏三家文》,稿本,上海图书馆藏。

极《史》《汉》之妙。"① 姜宸英对欧阳修、曾巩、苏洵三家文进行评点，一一寻其体源，最终归为《史记》《汉书》，可见其为文之根本。

除了"六经"、《史记》、《汉书》外，姜宸英还推崇唐宋八大家文和归有光文。现存有《姜西溟手钞欧曾老苏三家文》的评点本，据题跋者沈堡书前序云："友人钱黄初入市，于废书肆中得其八家文钞本，仅存欧曾老苏文，购归箧中。"② 姜宸英几乎对所选的33篇欧阳修文、17篇曾巩文、22篇苏洵文都进行了细致的评点，由此可见其对唐宋八家文的高度重视以及所下功夫之深。姜宸英也钦佩明代归有光的古文创作，他评价说："唯太仆之文为能独溯太史公以来，得其风神而合之唐宋诸家体格，粹然一出于正，可谓豪杰之士矣。"③ 认为归有光继承了《史记》、唐宋诸家古文的优良传统。

姜宸英对《战国策》亦是青睐有加，他说："六经深厚，至于左氏内外传而流为衰世之文。战国继以短长之策，孟、荀、韩、庄之书，奇横恣肆杂出，而左氏之委靡繁絮之习泯焉无余矣。"④ 在这里，姜宸英推《战国策》而鄙《左传》，认为《战国策》与先秦诸子之书的风格一样，均是"奇横恣肆杂出"。对于此见解，诗坛泰斗王士禛深表赞同："其论文，自唐虞三代以来，盛于《六经》，衰于《左氏》，而再盛于《战国》。盖以《左氏》多迂阔，不似《国策》之纵横。持论太高，故世多河汉其言。"⑤ 而时人王应奎便大惑不解："今日慈溪姜西溟宸英为古文学大苏，以纵横恣肆为主，遂以《左氏内外传》为衰世之文，而病其委靡繁絮。夫左氏之文直继六经，而西溟以一人之好恶谬为訾諆……同时如阮亭先生，固所称文

---

① 姜宸英：《苏洵〈田制〉评点》，《姜西溟手钞欧曾老苏三家文》，稿本，上海图书馆藏。
② 姜宸英：《姜西溟手钞欧曾老苏三家文》，稿本，上海图书馆藏。
③ 姜宸英：《归太仆未刻稿题辞》，《湛园未定稿》卷五，《清代诗人别集丛刊·姜宸英集（上）》，人民文学出版社2018年版，第534页。
④ 姜宸英：《五七言诗选序》，《湛园未定稿》卷二，《清代诗人别集丛刊·姜宸英集（上）》，人民文学出版社2018年版，第417页。
⑤ 王士禛：《分甘馀话》，张世林校点，中华书局1989年版，第86页。

第四章　姜宸英的古文创作与其人格面向的多维阐释

章宗主也，乃不加是正而反称许之，何欤？"① 姜宸英此主张在当时虽有争议，但不可否认的是，《战国策》纵横恣肆的文风对姜宸英的古文创作则影响甚巨。

在姜宸英古文创作的初始阶段，同乡冯宗仪和前辈王猷定的作用亦不可忽视。姜宸英与二人交往密切，与冯宗仪多有切磋，古文观念亦多有相近之处；古文创作曾深受王猷定指导。②

综上所述，姜宸英的古文创作以六经为本根，远受《史记》《汉书》《战国策》、唐宋八大家、明代归有光之深刻影响，近与冯宗仪切磋，又得王猷定指导。也由此可见，姜宸英是清初学唐宋八家一派的著名古文家③。正是在这个意义上，姜宸英的好友唐孙华才评价其"文澜浩汗本韩欧"④"孙弘稍恨登朝晚，永叔方期变俗新。"⑤

二　古文风格"醇、肆之间"考辨

在姜宸英的研究史上，魏禧是第一位对其古文成就做出全面评价的学人："禧尝好侯君（即侯方域）、姜君（即姜宸英）及某公（即汪琬）文，今又得足下（指计东）……韩子曰：'及其醇也，然后肆焉。'侯肆而不醇，某公醇而不肆，姜醇、肆之间。惜其笔性稍驯，人易近而好意太多，不能舍割。然数君子者，皆今天下能文之人，故其失可指而论。"⑥ 此数语较为全面深入地指出了姜宸英古文创作的得与失，尤其是揭示了其古文风格，即"醇、肆之间"。"醇"指的是文章内容合乎儒家圣贤之道，"肆"指的是文章表达的奇横恣肆。此评价得到全祖望的高度认可，认为"盖实录也"⑦。

---

① 王应奎：《柳南随笔　续笔》，以柔校点，上海古籍出版社2012年版，第49页。
② 详见本书第二章第一节相关部分。
③ ［日］青木正儿《清代文学评论史》（中国社会科学出版社1988年版）即把姜宸英置于第四章"清初唐宋八家文的流行"加以论述（见该书第85—86页）。
④ 唐孙华：《喜姜西溟及第》，《东江诗钞》卷四，《清代诗文集汇编》第136册，第532页。
⑤ 唐孙华：《哭姜编修西溟》，《东江诗钞》卷五，《清代诗文集汇编》第136册，第544页。
⑥ 魏禧：《答计子甫草》，《魏叔子文集》（卷五），胡守仁、姚品文、王能宪校点，中华书局2003年版，第247页。
⑦ 全祖望：《翰林院编修湛园姜先生墓表》，《鲒埼亭文集选注》，黄云眉选注，齐鲁书社1982年版，第173页。

《四库全书总目提要·湛园集提要》对姜宸英古文风格的揭示，与魏禧所论如出一辙："其文闳肆雅健，往往有北宋人意。"①"闳肆"即是"肆"，"雅健"即是"醇"。从此，"闳肆雅健"便成为姜宸英古文风格的定评。其《明史刑法志总论拟稿》《江防总论拟稿》《海防总论拟稿》《日本贡市入寇始末拟稿》等鸿文，均气势雄壮、笔意恣肆、说理畅达、议论详尽，可谓姜宸英古文"闳肆雅健"风格的典范之作。

用"闳肆雅健"来概括姜宸英的古文风格，无疑有其合理之处，但作为一位卓有成就的古文大家，其文风往往具有多样性、多元化的特点，姜宸英亦不例外，如何焯（1661—1722）便指出其文风的另一面向："姜丈之文清而温。然所清温者，自纵横博辩，极其所至，洗练以归与粹，其风格高矣，光焰长矣。"②这句话论述的对象是姜宸英的四书文，即八股文，指出其八股文的风格是"温而清"，就是清粹温润，更为难得的是何焯承认姜宸英八股文具有"纵横博辩"之风，而清粹温润则是"极其所至，洗练以归与粹"，属于更高层次。综观姜宸英全部的散文创作，"温而清"不只是其八股文创作的特点，也是其一大部分古文创作的风格。

如记体文《小有堂记》：

> 有林蔚然，从数百武外望之，隐出于连甍比宇之间，是为叶君九来半茧之园。先是，君曾大父孝廉公经始于邑东南陬，父工部公稍葺而大之，则园之修广几六十亩。工部晚年析园以为三，以与君之兄弟，而君得其东偏之半，于是小有之堂横踞两山间，反处园之中焉。自君之居此，益务修治，凡一椽一石，皆身自经理位置，莫不有意，嘉卉林立，清泉绕除。客之来是邑者，君未尝不设主人。既与之游而饮酒赋诗，则未尝不维絷

---

① 纪昀：《四库全书总目提要·湛园集提要》（四），河北人民出版社2000年版，第4540页。
② 何焯：《姜西溟四书文序》，《何义门先生集》卷一，《清代诗文集汇编》第207册，第148页。

第四章　姜宸英的古文创作与其人格面向的多维阐释

信宿而后去。盖园之至君四世矣。其同时之废为榛莽，或易名他氏者多矣，而是园者，至今无坏益新，则以君之能无忘先人之业以然也。

或谓君以彼其才，宜早自表暴，取世光宠，顾退而自安于丘壑，诚非所宜。予谓今之汲汲自励为当世资者，非必其天性皆汩没于富贵利欲者也，盖亦有求为买山而隐而不得者，而隐忍以就之。苏秦曰："使吾有二顷田，安得佩六国相印乎？"由今观之，六国相印之与二顷田，所得孰多？况又有求而未必得者耶？叶君之贤，其知之审矣。且古之君子，虽其功成名立，巍然系天下之望，犹常以区区者，与夫山人逸士争其所嗜好于一泉石之间，此其寄托者甚深，未可以常情测也。①

此文以清新自然的笔调书写小有堂的外观、由来、主人的情志，如临其境，亲切生动。在写法上，融写景、叙事、抒情、议论于一炉，恰到好处地表现出此文的主题，很能代表姜宸英古文"清粹温润"的风格。

此外，姜宸英的《惠山秦园记》《云起楼记》《萼圃记》等记体文，以及上百篇题跋文，均具有此种风格。

其实，姜宸英古文"清粹温润"的风格最能体现其古文"雅正"的风貌。方苞说："西溟之治古文也，其名不若同时数子之盛，而气体之雅正实过之。"② 方东树云："国朝论古文正学者，望溪方氏、海峰刘氏、惜抱姚氏、戴潜虚四人外，于国初则取慈溪姜湛园，以为雅驯胜侯、汪、魏。"③ 可见，姜宸英古文"清粹温润"的风格对清代桐城派古文创作和理论主张亦有着一定的影响。

综上所述，姜宸英的古文风格主要有两种：一是"闳肆雅健"，二是"清粹温润"。

---

① 姜宸英：《湛园未定稿》卷四，《清代诗人别集丛刊·姜宸英集（上）》，人民文学出版社2018年版，第511—512页。
② 方苞：《方苞集》（下），刘季高校点，上海古籍出版社1983年版，第706页。
③ 方宗诚：《记张皋文茗柯文后》，《中国近代文论选》，人民文学出版社1959年版，第48页。

第二节　经世精神与姜宸英的论体文创作

中国古代的论体文（或称议论文、论辩文）作为一种文类，"可以包括论、说、辨（辩）、原、解、释、驳（驳议）、考、评、问、对等文体"①，而论体文是其中之一。刘勰有云："论也者，弥纶群言，而研精一理。"② 较早地指出了论体文主于说理的文体特征。萧统《文选》把论体文分为"设论、史论、论"三种。明代徐师曾又进一步细化，"列为八品，一曰理论，二曰政论，三曰经论，四曰史论（有评议、述赞二体），五曰文论，六曰讽论，七曰寓论，八曰设论"③。这些分类，尽管不是完全合理④，但亦有助于我们对古代论体文文体范畴的深入理解。

检视《清代诗人别集丛刊·姜宸英集》，论体文共二十篇⑤，包括"拟论"4篇，"论"16篇。虽然数量不够宏富，但在后世却赢得了很高的赞誉。全祖望说："先生之文，最知名者为《明史稿·刑法志》，极言明中叶厂卫之害，淋漓痛切，以为后王殷鉴。《一统志》中诸论序，亦经世之文也。"⑥ 晚清著名学者李慈铭说："湛园学养深醇，故集中论古，皆具特识。其《楚子玉论》《荀氏八龙论》等作，尤有裨于世教。《萧望之论》，亦为杰作。"⑦ 这些评论在不同

---

① 郭英德：《论明代论辨文的时代特征》，《北京师范大学学报》（社会科学版）2010年第3期。
② 周振甫：《文心雕龙今译》，中华书局2013年版，第167页。
③ 徐师曾：《文体明辨序说》，罗根泽校点，人民文学出版社1998年版，第131页。
④ 如"设论"等就不该归入论体文中。徐师曾对萧统的分类评述道："唯设论……而乃取《答客难》《答宾戏》《解嘲》三首以实之。夫文有答有解，已各自为一体，统不明言其体，而概谓之论，岂不误哉？"（徐师曾：《文体明辨序说》，罗根泽校点，人民文学出版社1998年版，第131页）吴承学、刘湘兰则指出徐师曾分类的不足："这八品中，史论收录了部分史书卷末的评赞，当归入'史评'；设论是对问体的异名，其收录的《非有先生论》与《四子讲德论》虽以'论'为名，但二者的文体结构为典型的对问体结构，因此设论不应纳入论体。"（吴承学、刘湘兰：《中国古代文体史话·论说类文体》，《古典文学知识》2008年第6期）
⑤ 《湛园未定稿》卷一"论"12篇，"拟论"4篇；《湛园未定稿》卷五"论"1篇；《姜西溟先生文钞》卷三"论"2篇；《湛园藏稿》卷一"论"1篇。
⑥ 全祖望：《鲒埼亭文集选注》，黄云眉选注，齐鲁书社1982年版，第173页。
⑦ 李慈铭：《越缦堂读书记·集部·别集类》，上海书店出版社2000年版，第996—997页。

层面上高度肯定了姜宸英论体文见解深刻、颇富现实意义的特点。本文拟从姜宸英一贯秉持的"经世精神"出发,探讨其论体文创作的思想意蕴和艺术特征。

一 实学思潮与经世精神

明清之际,整个学界兴起了以"经世致用"为主要特征的实学思潮,表现为在批判明末"束书不观,游谈无根"空疏学风的基础上,"大力提倡经世致用、实事求是之学,把学术研究的范围从儒家经典扩大到了自然、社会和思想文化领域,天文、地理、河槽、山岳、风俗、兵革、田赋、典礼、制度等,皆在探究问学之列"①。流风所及,很多士人都秉持经世精神,为学为文均力求有益于社会和国家。诚如赵园所说,在这一阶段,"它(指经世)已经是士大夫共有的价值取向,不分儒者,还是文人。"② 姜宸英亦是如此。

姜宸英还深深服膺儒家思想学说,认为"儒者之学,内足以治其身心,外足以开物成务,以致乎天下国家之用"③。他对儒家修身、事功的理解与《礼记·大学》的"八条目"如出一辙。他还说:"至吾孔子之教,五经六艺之文,灿如日星之垂列、江河之流衍,蔽之而愈明,淆之而愈清,一举正之,斯昭昭然白黑分而邪正别矣。"④ 更是对儒家学说做出了极高的评价。"经世精神"是儒家学说最重要的特征之一,南宋陆九渊曾说:"儒者虽至于无声、无臭、无方、无体,皆主于经世;释氏虽尽未来际普度之,皆主于出世。"⑤ 姜宸英终生奉行儒家思想学说,自然深受"经世精神"的影响。

---

① 王杰:《论明清之际的经世实学思潮》,《文史哲》2001 年第 4 期。
② 赵园:《经世与救世——关于明清之际士大夫的一种姿态的考察》,《社会科学论坛》2005 年第 6 期。
③ 姜宸英:《黄老论》,《湛园未定稿》卷一《清代诗人别集丛刊·姜宸英集(上)》,人民文学出版社 2018 年版,第 387 页。
④ 姜宸英:《二氏论》,《湛园未定稿》卷一《清代诗人别集丛刊·姜宸英集(上)》,人民文学出版社 2018 年版,第 394 页。
⑤ 陆九渊:《与王顺伯》,《陆九渊集》,钟哲点校,中华书局 1980 年版,第 17 页。

姜宸英的经世精神还可从他一生对于科举功名不懈追求的角度加以说明。他的科举之途异常坎坷：二十岁已成诸生①，然七十始中进士。曾有记载云："（姜宸英）生平不食豕，兼恶人食豕。一日予戏语之曰：'假有人注乡贡进士榜，蒸豕一样，曰食之，则以淡墨书子名，子其食之乎？'西溟笑曰：'非马肝也。'"② 他能够承受这种屡试不中、不中屡试的漫长煎熬，就是想要通过科举考试来实现经世的梦想。晚年，姜宸英对方苞说："吾老矣！会见不可期。吾自少常恐为《文苑传》中人，而蹉跎至今。"③ 可见，姜宸英的志向并不是成为一位著名的文学家，而是想做一个能够经世的有为人才。

清初陆世仪有言："不能致君，亦当泽民，盖水火之中，望救心切耳。"④ 他是遗民，不愿入仕清朝，故不能"致君"；但他很快将奉献对象转移到百姓身上，致力于下层社会建设工作，这就是"泽民"，这种做法被王汎森称为"下层经世运动"⑤。在漫长的人生历程中，姜宸英既没有机会"致君"，也没有能够"泽民"。他的"经世"，更多地是通过文学来达成的，也就是说，其文学创作与文学思想深受经世精神的影响。

姜宸英的"经世精神"对其古文体裁的选择和主题的设定具有重要影响。翻检《清代诗人别集丛刊·姜宸英集》，可见姜宸英的古文体裁颇为丰富⑥。在这众多的文体中，论体文、传记文等实用类文体很多，山水游记等基本没有，尤其是《明史刑法志总论拟稿》《江防总论拟稿》《海防总论拟稿》《日本贡市入寇始末拟稿》等长篇议论文，具有强烈的现实针对性，确实能做到像万斯同所提倡的

---

① 姜宸英："初，余与君交时才弱冠，居相邻也。始用诗词相倡酬，已应诸生举……"见《文学冯君墓志铭》，《湛园未定稿》卷六，《清代诗人别集丛刊·姜宸英集（上）》，人民文学出版社 2018 年版，第 602 页。
② 朱彝尊：《书姜编修手书帖子后》，《曝书亭集》卷五十三，《文渊阁四库全书》本。
③ 方苞：《记姜西溟遗言》，《方苞集》（下），刘季高校点，上海古籍出版社 1983 年版，第 706 页。
④ 陆世仪：《答徐次桓论学书》，《论学酬答》卷三，《陆子遗书》，清光绪二十五年刊本。
⑤ 王汎森：《清初的下层经世思想》，《晚明清初思想十论》，复旦大学出版社 2004 年版，第 332—368 页。
⑥ 参见本章第一节相关论述。

"使今日坐而言者,他日可以作而行耳"①。在主题上,则常常流露出强烈的批判性。如他曾揭露八股文的弊害:"自科举制兴,而古文之道衰,其患莫甚于今之所谓八股者,驱天下之聪明才智,以从事于无用之章句,终身濡没而不得出。"② 这种对八股流毒的深刻批判,在当时社会确实具有振聋发聩的现实意义。

姜宸英的"经世精神"也渗透到其古文理论中。他在谈到浙东地区古学凋敝、文统不延的局面时,曾痛心地指出:

> 吾邑前代不论,自明兴,家以古学相尚,如乌春草斯道、陈光世敬宗、杨名父子器诸公,以诗文名世者递有师承。自后子弟沿习为制举义,举前辈垂世之文,庋阁不观,而反笑学古者以为拙于逢世,风颓波靡,不可收拾。予窃叹以为吾乡风俗之敝,将未有艾也。③

字里行间,让人明显感觉到姜宸英想通过古文重续文脉、变风易俗的意图。姜宸英还大力批判当时古文创作的弊端:"今之为文者,大抵有二:其为诡谲诞漫、淫艳剽窃者,常薄儒先之说为无用,用之不足以成家,而见为迂腐,及视其所为,按之其中无有也;矫其弊者,奉一先生之言亦步亦趋,惟恐失之,而不知有超轶绝群者在。谓其中有物焉,则亦无有也。"④ 前者批判的是公安派、竟陵派及其追随者们的师心自用,后者批判的是自明代前后七子以来复古派及其追随者们的株守古法。姜宸英较为全面地洞悉了当时文坛的流弊及造成流弊的原因,并做出了相应的批判,从而使他的理论主张具有鲜明的现实针对性。

---

① 万斯同:《与从子贞一书》,《石园文集》卷七,《清代诗文集汇编》第161册,第528页。
② 姜宸英:《文学邵君墓志铭》,《湛园未定稿》卷六,《清代诗人别集丛刊·姜宸英集(上)》,人民文学出版社2018年版,第593页。
③ 姜宸英:《韩子集序》,《湛园未定稿》卷二,《清代诗人别集丛刊·姜宸英集(上)》,人民文学出版社2018年版,第459页。
④ 姜宸英:《尊闻集序》,《湛园未定稿》卷四,《清代诗人别集丛刊·姜宸英集(上)》,人民文学出版社2018年版,第423—424页。

在姜宸英的诗歌中，我们很容易捕捉因经世精神所带来的深刻影响。作于少年时的《杂篇》有云："凤皇变鸥鹩，集在岐山阳。只闻鸥鹩鸣，不知凤皇祥。一乌将其雏，思欲上太阳。两仪□其度，天下□容光。"① 诗中这只想要振翅高飞、意态非凡的凤凰可视为姜宸英宽广胸襟、高远志向的真切写照。顺治七年（1650），年仅二十三岁的姜宸英作《赠周唯一先生》诗一首，中有"闭门造车轮，意欲驰天地""长城且弗闻，短剑欲有试"② 等句，可见其远大的抱负、积极参与现实的精神。此后，在很多诗中，我们不难窥测到其经世精神的明显迹象："同学十年忧国恨，临歧一哭梦中闻。"③ "我老江湖书史在，天哀志气友朋知。君门献策平生事，未遭长杨入赋辞。"④ "日日江头看出师，黄尘又见羽书驰。难将百万熊罴力，博得东山一局棋。"⑤ 姜宸英诗集中，还有一些反映民生疾苦之作。如康熙三十四年（1695）四月六日，山西平阳发生地震，姜宸英作《哀平阳》一诗："平阳四县惨独遭，簸掀平地如波涛。十人糜烂一人活，手足断折肢撑交。须臾火起遍燖热，活者爬沙少得出。"⑥ 这六句写出身遭地震的灾民的惨状，寄予了姜宸英深切的同情。"圣人忧为百辟先，下诏殷勤思直言。何为至今少建白，大小塞默同寒蝉。"⑦ 此四句是痛斥朝臣的冷漠态度。在同情和痛斥之间，凸显出姜宸英一颗殷切的经世之心。

---

① 姜宸英：《苇间诗集》卷一，《清代诗人别集丛刊·姜宸英集（上）》，人民文学出版社2018年版，第6页。
② 姜宸英：《苇间诗集》卷一，《清代诗人别集丛刊·姜宸英集（上）》，人民文学出版社2018年版，第11页。
③ 姜宸英：《哭钱子虎左二首》（其二），《苇间诗集》卷一，《清代诗人别集丛刊·姜宸英集（上）》，人民文学出版社2018年版，第27页。
④ 姜宸英：《送陈紫驭计偕二首》（其二），《苇间诗集》卷二，《清代诗人别集丛刊·姜宸英集（上）》，人民文学出版社2018年版，第67页。
⑤ 姜宸英：《感事》，《苇间诗集》卷二，《清代诗人别集丛刊·姜宸英集（上）》，人民文学出版社2018年版，第93页。
⑥ 姜宸英：《哀平阳》，《苇间诗集》卷四，《清代诗人别集丛刊·姜宸英集（上）》，人民文学出版社2018年版，第186页。
⑦ 姜宸英：《哀平阳》，《苇间诗集》卷四，《清代诗人别集丛刊·姜宸英集（上）》，人民文学出版社2018年版，第186页。

姜宸英的诗歌作品，有时候似乎游离了其一贯秉持的经世精神，彰显出一种较为强烈的归隐情怀。如作于青年时期的诗句："余亦山中人，安坐空晨旦。从兹力耕去，拨云青溪畔。"① "日月荡空濛，万物各自遂。长啸归吾庐，一了涅槃义。"② 作于晚年的七绝："自分天高不可攀，白衣今日始言还。与君共作归山计，但说无钱可买山。"③ 如何理解这一现象呢？我们知道，在漫长的人生之路中，姜宸英的内心世界并不始终波澜不惊，矛盾、沮丧、失落、痛苦之情会经常袭来，在某个特殊时段占据了他的内心，催生出他关于人生其他维度的思考。选择有别于经世的其他方式，即是姜宸英排解生命中那些难以承受的困惑和苦闷的途径之一。正如杜桂萍解读杨潮观那样："在杨潮观的精神世界中，儒家思想一直是其处身行事的精神根基，释道思想是其建构内在精神世界的思想资源。"④ 姜宸英精神世界的构成及层次，亦可作如是观。

二 经世精神与论体文主题建构

姜宸英心怀"经世精神"，使他一直保持着对国家社会现实的深切关注。纵观他的论体文，或深切批判明代刑法制度，或热切关注当时江防、海防，或深刻总结历史兴亡教训，或深入思考人才的使用，在在彰显着其一贯强烈的"经世精神"。

其一，深切批判明代刑法制度。这一主题集中体现在其《明史刑法志总论拟稿》一文中。文章从"自汉承秦弊，历代刑典，更革不一"发端，论述了隋、唐、五代、宋、金、元等历代刑法的变迁，点明了其得失，线索明晰，评价中肯。接下来，对明代刑法制度做出了细致的论述，尤其注重揭露厂卫、廷杖、诏狱的弊端。如论述

---

① 姜宸英：《山中即事》，《苇间诗集》卷一，《清代诗人别集丛刊·姜宸英集（上）》，人民文学出版社2018年版，第13页。
② 姜宸英：《赠周唯一先生》，《苇间诗集》卷一，《清代诗人别集丛刊·姜宸英集（上）》，人民文学出版社2018年版，第11页。
③ 姜宸英：《次竹垞送徐敬可韵》，《湛园诗稿》卷二，《清代诗人别集丛刊·姜宸英集（上）》，人民文学出版社2018年版，第308页。
④ 杜桂萍：《论循吏心态与杨潮观的杂剧创作》，《学术交流》2008年第11期。

厂卫之弊："奸吏舞法，妄立人罪，或希上官意指，或伺人主喜怒，随意比附，锻炼周内。"① 廷杖之弊："士大夫朝簪绂而暮累囚者有之。他或建言触违，立时予杖，司寇不具爰书，廷评不暇谳驳，御史台不及弹奏，榜掠所加，血肉糜烂。"② 诏狱之弊："诏狱之设，为祸尤巨，行之二百余年，虽有哲后，曾莫知变，驯至亡国。"③ 此文不但揭露了明代刑法制度的弊端，而且还能够挖掘其根源。一是由"人不知律"引起："大约律法之渐失者，其弊始于人不知律。人不知律，遂以律之不足以尽情伪之变也。于是因律起例，因例生例，例滋而弊愈无穷。"④ 此处所论，抓住了"律"的根本，正如王心湛所评："篇首'因律起例'数语，可谓得律之精矣。"⑤ 二是君主独断枉法："祖宗三尺法，非天子自坏之乎？盖法者，所以制刑之轻重者也。人者，所以用法者也。而君人者，尤所以用之，以共守祖宗之法者也。然而法果可以独任哉？"⑥ 全文以史为据，旁征博引，将明代律法的弊端深刻地揭露出来。诚如段润秀所说："姜宸英对明代刑法制度非常熟悉，他根据明代刑法制度的特点，不受前史体例的限制，特别创立廷杖、厂卫、诏狱三目。姜宸英认为明代设立诏狱是明代灭亡的必然，即从刑法制度弊端的层面来认识明代灭亡的根本原因，见解颇为深刻。"⑦ "姜宸英从刑法制度的层面来探讨明代灭亡的深层原因，具有很强的说服力。"⑧ 正因如此，姜宸英此文在当时就

---

① 姜宸英：《明史刑法志总论拟稿》，《湛园未定稿》卷一，《清代诗人别集丛刊·姜宸英集（上）》，人民文学出版社 2018 年版，第 396 页。
② 姜宸英：《明史刑法志总论拟稿》，《湛园未定稿》卷一，《清代诗人别集丛刊·姜宸英集（上）》，人民文学出版社 2018 年版，第 397 页。
③ 姜宸英：《明史刑法志总论拟稿》，《湛园未定稿》卷一，《清代诗人别集丛刊·姜宸英集（上）》，人民文学出版社 2018 年版，第 397 页。
④ 姜宸英：《明史刑法志总论拟稿》，《湛园未定稿》卷一，《清代诗人别集丛刊·姜宸英集（上）》，人民文学出版社 2018 年版，第 395 页。
⑤ 王心湛：《姜西溟文钞评语六十七则·明史刑法志总论拟稿》，《附录五 诗文杂评》，《清代诗人别集丛刊·姜宸英集（下）》，人民文学出版社 2018 年版，第 1229 页。
⑥ 姜宸英：《明史刑法志总论拟稿》，《湛园未定稿》卷一，《清代诗人别集丛刊·姜宸英集（上）》，人民文学出版社 2018 年版，第 396 页。
⑦ 段润秀：《官修〈明史〉的幕后功臣》，人民出版社 2011 年版，第 137 页。
⑧ 段润秀：《官修〈明史〉的幕后功臣》，人民出版社 2011 年版，第 138 页。

受到极高评价，与倪灿所撰《艺文志序》"并推杰作"。

其二，密切关注江防、海防。全祖望有云："《一统志》中诸论序，亦经世之文也。"① 这里所谓的"诸论序"，就是指《江防总论拟稿》《海防总论拟稿》《日本贡市入寇始末拟稿》三篇长文。在《江防总论拟稿》中，姜宸英指点江山，纵横古今，使读者强烈地感受到其卓尔不群的经世见识。文中说："夫长江固天下之至险也，而亦有国者之所恃以为守也。徒知其害而不知其利，因用之以取胜，岂谓善识时势者哉？"② 指明了长江的战略地位，提醒统治者要善识时事，趋利避害。然后姜宸英提出三种江防形势，即"南北之分势""创业之大势""一统之全势"，逐条细致论述，形势不同，所采用策略随之不同。《海防总论拟稿》则在前文基础上，论述海防的各个方面。此文开篇指出东南临海之地，时发动乱，对吴越之地构成严重威胁，可见统筹海防对国家长治久安的重要意义。文章主体部分历数明代统治者防范海寇的成败得失，无疑是为清初统治者提供借鉴。全文史论相依，精于论辩，尤其是文章结尾处提出"强弱因乎时也，盛衰本乎治也"③ 的论断，更是充分凸显出姜宸英对于国家强弱盛衰的深刻认识。李祖陶评价此文："老成练达，不同纸上空谈。"④ 指出此文所论具有很大的可行性。在《日本贡市入寇始末拟稿》中，姜宸英针对日本以进贡为假、以劫掠为真的险恶用心，向统治者提出建议："皇上又垂诫万世，无得受其贡献如今日，使倭之片帆不复西指，视中国如天上焉。而吾民日取其有而转输之，于以仰佐县官之急，充戍守之用，而私以自宽其民力于耕商之所不及，

---

① 全祖望：《鲒埼亭文集选注》，黄云眉选注，齐鲁书社1982年版，第173页。
② 姜宸英：《江防总论拟稿》，《湛园未定稿》卷一，《清代诗人别集丛刊·姜宸英集（上）》，人民文学出版社2018年版，第399页。
③ 姜宸英：《海防总论拟稿》，《湛园未定稿》卷一，《清代诗人别集丛刊·姜宸英集（上）》，人民文学出版社2018年版，第407页。
④ 李祖陶：《湛园未定稿评语二十六则·海防总论拟稿》，《附录五 诗文杂评》，《清代诗人别集丛刊·姜宸英集（下）》，人民文学出版社2018年版，第1213页。

是则上饶而下给之道,奠安万世之良策矣。"① 全文洋洋洒洒,说理畅达,气势雄壮。对于上述三篇长文,张舜徽评价道:"《湛园未定稿》卷一所载《江防总论》《海防总论》《日本贡市入寇始末》诸篇,于形势险要,建置利弊,与夫史实之本末变化,缕述详尽。皆非湛深学问,实有所得而兼擅史裁者,不能为也。"② 既准确地揭示了文章的经世价值,又高度赞扬了姜宸英的史学才识。

其三,深刻总结历史兴亡教训。这方面的代表作是两篇《春秋四大国论》。《春秋四大国论上》开篇即云:"春秋之大国四,内则齐、晋,外则秦、楚。齐、晋至春秋之末,俱相继亡,而秦、楚延世,又数百年,及楚亡而秦卒得天下,其故何欤?"③ 开门见山,表明此文探讨的是国家兴亡的原因。齐、晋何以很早灭亡?姜宸英历数齐国由盛转衰的历史,指出齐国因穷兵黩武、"夺天子之势"致使国家由兴盛转向衰败,最终灭亡,齐国亦是如此。楚国何以"延世"?文章一针见血地指出:"楚之延世之久长者,以其为中国后起也。"④ 接着即说道:"楚虽后起,而犹几不免于亡者,以其威太盛也。"⑤ 细味之可得很大启发。秦国虽然偏居一隅,土地狭小,却能韬光养晦,养精蓄锐,整顿纲纪,静以待时,从而在三大国衰弱之时出兵中原,一举统一天下。最后,姜宸英用周武王的成功和秦始皇的失败正反对比,深刻地提出要实行"散马放牛,櫜弓矢,包干戈,以示弗用"⑥,使百姓安居乐业,杜绝"穷兵黩武,以外市其强

---

① 姜宸英:《日本贡市入寇始末拟稿》,《湛园未定稿》卷一,《清代诗人别集丛刊·姜宸英集(上)》,人民文学出版社2018年版,第415页。
② 张舜徽:《清人文集别录》,华中师范大学出版社2010年版,第49页。
③ 姜宸英:《春秋四大国论上》,《湛园未定稿》卷一,《清代诗人别集丛刊·姜宸英集(上)》,人民文学出版社2018年版,第375页。
④ 姜宸英:《春秋四大国论上》,《湛园未定稿》卷一,《清代诗人别集丛刊·姜宸英集(上)》,人民文学出版社2018年版,第376页。
⑤ 姜宸英:《春秋四大国论上》,《湛园未定稿》卷一,《清代诗人别集丛刊·姜宸英集(上)》,人民文学出版社2018年版,第376页。
⑥ 姜宸英:《春秋四大国论上》,《湛园未定稿》卷一,《清代诗人别集丛刊·姜宸英集(上)》,人民文学出版社2018年版,第377页。

大之形"① 的政策。全文虽然通篇论史，但明显是以古谏今，通过春秋四大国兴盛衰败的深刻教训向清初统治者提出要推行仁政、休养生息的经世建议。《春秋四大国论下》又从微观的角度论述了齐、晋、秦、楚四大国灭亡的具体原因："晋之六卿，齐之田氏，此其受病之处也。国之有强臣，如身之有痞疾。齐、晋之君不知消弭，而听其块然于胸膈之间。"② 要消弭这种弊端，就要彻底解决"强臣"的问题。齐晋之君任"强臣"发展，没有运用有效的方法加以限制，最终导致国家灭亡；秦楚之君设置不同职位，逐层分权于不同官吏，使其相互牵制，从而未蹈齐晋之覆辙。该文最后，姜宸英总结道："自汉以还，封建废而天下未尝不治，秦废封建而以无道行之焉，此其所以得而复失之也。"③ 再次强调了要享国久远，最根本的还是统治者是否施行儒家的治国之道。清初著名文人潘耒提出历史研究的目的和宗旨应该是："凡为史者，将以明著一代兴亡治乱之故，垂训方来。"④ 所以总结历史兴亡的教训，对统治者治理国家相当重要。

其四，深入思考人才的使用等方面问题。众所周知，"人才为天下之本"，国家兴盛与否，在很大程度上取决于人才，姜宸英亦深明此理，所以对人才使用等各个方面问题进行了深入的思考。首先，思考人才对治理国家的重要意义。《楚子文论》开篇即说："大臣之患，不在于强直果遂，任怨生事，而在于儒懦迂缓，名为醖藉而其实持禄苟荣之人。"⑤ 此文结尾，姜宸英感慨："呜呼！自古人才之难得也，用一人而人得而挠之，则功不可以成……才臣之取败，其祸在一时，庸臣得志而潜溃其国家，其祸乃见于数世之后，汉匡衡、

---

① 姜宸英：《春秋四大国论上》，《湛园未定稿》卷一，《清代诗人别集丛刊·姜宸英集（上）》，人民文学出版社2018年版，第377页。
② 姜宸英：《春秋四大国论下》，《湛园未定稿》卷一，《清代诗人别集丛刊·姜宸英集（上）》，人民文学出版社2018年版，第377页。
③ 姜宸英：《春秋四大国论下》，《湛园未定稿》卷一，《清代诗人别集丛刊·姜宸英集（上）》，人民文学出版社2018年版，第379页。
④ 潘耒：《寇事编年序》，《遂初堂文集》卷六，《清代诗文集汇编》第170册，第306页。
⑤ 姜宸英：《楚子文论》，《湛园未定稿》卷一，《清代诗人别集丛刊·姜宸英集（上）》，人民文学出版社2018年版，第379页。

张禹、孔光之徒是已。大臣之用心,固不可以日前之成败论也。"①指出"庸臣得志",就会"潜溃其国家,其祸乃见于数世之后",所以大臣对国家兴盛衰败是何等重要!其次,思考经邦济世之才的人格、素养等问题。在《续范增论》一文中,姜宸英最后指出:"增之不得为人杰明矣。"② 就是因为范增帮助项羽称霸天下的失人心之举。从侧面可以看出,人才要能识大义,顺民心,这样才能帮助君主治理天下。《萧望之论》说:"予谓望之,守常而不知变,知嫉小人而不能容君子,社稷之臣不如是也。"③《梁将王景仁论》说:"吾独怪景仁者,亲戮其君之子,蒙耻而立于其朝,于是乎丧其羞恶之心尽矣,且彼亦未审于利害之熟也。"④ "吾悲夫世之功名之士,苟且禄位,自托于射钩斩袪之遇,而不知其卒无所成也。"⑤ 从这两篇文章中,我们都可以明确看出姜宸英对于人才人格、素养的要求。姜宸英如此深入思考人才问题,显然是其"经世精神"的激发,给治理天下者提供达成国家昌盛的一种路径。

总之,在姜宸英的论体文中,"经世精神"宛若一条红线,或显或隐,通贯其中,达成了对其论体文的主题建构,使其论体文具有鲜明的现实针对性。

三 经世精神与论体文特色生成

正是因为有强烈经世精神的灌注,使得姜宸英的论体文无论是在内容上还是在艺术上,都凸显出较为鲜明的特色。

论体文主于说理,那么对这个"理"有什么要求呢?刘勰《文

---

① 姜宸英:《楚子文论》,《湛园未定稿》卷一,《清代诗人别集丛刊·姜宸英集(上)》,人民文学出版社2018年版,第381页。
② 姜宸英:《续范增论》,《湛园未定稿》卷一,《清代诗人别集丛刊·姜宸英集(上)》,人民文学出版社2018年版,第384页。
③ 姜宸英:《萧望之论》,《湛园未定稿》卷一,《清代诗人别集丛刊·姜宸英集(上)》,人民文学出版社2018年版,第388页。
④ 姜宸英:《梁将王景仁论》,《湛园未定稿》卷一,《清代诗人别集丛刊·姜宸英集(上)》,人民文学出版社2018年版,第392页。
⑤ 姜宸英:《梁将王景仁论》,《湛园未定稿》卷一,《清代诗人别集丛刊·姜宸英集(上)》,人民文学出版社2018年版,第393页。

心雕龙·论说》提出："重师心独见,锋颖精密。"① "师心独见",即见解要独特,不人云亦云。毋庸置疑,论体文必须以"理"为本,强调要有真知灼见,言众人所未言,发前人所未发。姜宸英论体文的立意显然具有这样的特点。其《明史刑法志总论拟稿》《一统志》诸序等长篇戛戛独造,不同凡响,无疑具备此点,就是他的一些史论文也无不见微知著,别出心裁。这里只举其《续范增论》一文为例,以窥一斑而知全豹。《续范增论》一文,显然是针对苏轼的古文名篇《论项羽范增》而撰写的驳论之文。苏文结尾,卒章显志:"增年七十,合则留,不合即去,不以此明去就之分,而欲依羽以成功名,陋矣!虽然,增,高帝之所畏也;增不去,项羽不亡。亦人杰也哉!"②而姜文结尾:"范增者,所谓无谋之甚者也。考增事羽,终始无可称述,惟劝立楚后与日谋杀沛公而已,而其计皆不足以有成。增不去,羽亦必亡,增之不得为人杰明矣。"③两篇文章的立意可谓针锋相对,水火难容。初看感觉作者是故作惊人之语,细味却又发现作者言之的确凿凿。姜文开篇即以统治者要"顺人心"为立论根据,高屋建瓴,笼罩全篇。然后引用史实,数次强调范增不闻大义,拙于用计,导致项羽大失人心,最终落败,从而水到渠成,自然得出范增"不得为人杰"的结论。全文条理清晰,逻辑严密,结论出人意料,却又在情理之中,真可谓"深文老笔,千古不磨"④。在姜宸英的论体文中,常常能见到这样出人意表的真知灼见,如在《苏秦》中,作者一反常说,指出苏秦、张仪之间的倾轧只是政策与身份的不同。在《周亚夫论》中,作者认为周亚夫喜得剧孟之事,是诡诈之术。在《萧望之论》中,破除萧望之是"近古以来社稷之臣"的看法,"予谓望之,守常而不知变,知嫉小人而不

---

① 周振甫:《文心雕龙今译》,中华书局2013年版,第168页。
② 苏轼:《苏轼文集》,中华书局1986年版,第162页。
③ 姜宸英:《续范增论》,《湛园未定稿》卷一,《清代诗人别集丛刊·姜宸英集(上)》,人民文学出版社2018年版,第384页。
④ 王心湛:《姜西溟文钞评语六十七则·续范增论》评语,《附录五 诗文杂评》,《清代诗人别集丛刊·姜宸英集(下)》,人民文学出版社2018年版,第1228页。

能容君子，社稷之臣不如是也"①，等等，莫不如此，读后有醍醐灌顶之感。

姜宸英论文，对《战国策》评价颇高。他说："文章之流敝，以渐而致。六经深厚，至于左氏内外传而流为衰世之文。战国继之短长之策，孟、荀、庄、韩之书，奇横恣肆杂出，而左氏之委靡繁絮之习泯焉无余矣。"② 王士禛对此解释道："其论文，自唐虞三代以来，盛于《六经》，衰于《左氏》，而再盛于《战国》。盖以《左氏》多迂阔，不似《国策》之纵横。持论太高，故世多河汉其言。"③ 可见姜宸英很是推崇《战国策》那种"奇横恣肆"的纵横文风。章学诚评《战国策》文风时说："至战国而抵掌揣摩，腾说以取富贵，其辞敷张而扬厉，变其本而加恢奇焉，不可谓非行人辞命之极也。"④ 姜宸英的论体文也具有这种揣摩入情、敷张扬厉的雄辩之风。我们且以其《楚子文论》为例，加以说明。此文开篇并未直接论述子文，而是开门见山，亮出观点："大臣之患，不在于强直果遂，任怨生事，而在于儒懦迂缓，名为醖藉而其实持禄苟荣之人。"⑤ 接着以汉初申屠嘉、周亚夫和元、成之际的匡衡、张禹、孔光之徒做对比，正反论证，有力地证明了此观点。然后分析："盖持禄苟荣者，常选懦避事，其祸阴中于国家，而言者欲举之，则无过可指。任事之人，日夜揣摩利害，以身当其艰，能使一国之纪纲风俗翕然振动而不可散，然及其计左事败，而其罪常至于可杀。夫与其用一可杀之臣，罪归举者，则孰若姑取一切无所短长之人而进之？利可分功，而谤亦不及于己。历观自古国家之委靡溃败、浸淫而不

---

① 姜宸英：《萧望之论》，《湛园未定稿》卷一，《清代诗人别集丛刊·姜宸英集（上）》，人民文学出版社2018年版，第388页。
② 姜宸英：《五七言诗选序》，《湛园未定稿》卷二，《清代诗人别集丛刊·姜宸英集（上）》，人民文学出版社2018年版，第417页。
③ 王士禛：《分甘馀话》，张世林校点，中华书局1989年版，第86页。
④ 章学诚：《文史通义新编新注》，仓修良编注，浙江古籍出版社2005年版，第45页。
⑤ 姜宸英：《楚子文论》，《湛园未定稿》卷一，《清代诗人别集丛刊·姜宸英集（上）》，人民文学出版社2018年版，第379页。

悟者，有不以此也夫？"① 此处分析揣摩入情，可谓细腻，具有很强的说服力。这就为下文写子文选拔、任用子玉张目。接下来，写子文任用子玉为相国，蒍吕臣反对，互相映衬，以生波澜。然后姜宸英联系当时天下形势，子玉性格、才能，从多方面论证子文任用子玉的合理性。全文抑扬反复，有理有据，不容不信服，可见姜宸英具有类似纵横家的雄辩之才。其他如《楚子玉论》《苏秦》《周亚夫论》《萧望之论》《荀氏八龙论》等文，篇幅或长或短，但无不具有雄辩特色。

姜宸英论体文的结构特色大体表现为两点：一是长篇，注重思路清晰；二是短制，注重行文曲折。第一点可以《江防总论拟稿》为代表。文章从总体分为"南北之大势""创业之大势""一统之全势"，条分缕析，脉络分明。李祖陶评价道："三条骤括，而归重于一统之后之当预防。上下千年，供其抵掌；纵横万里，如在目前，此真经国大文。"② 而《明史刑法志总论拟稿》亦是如此，该文以时间为经，以历代刑法得失为纬，主次分明，详略得当。第二点可以《苏秦》为代表：

> 苏秦、张仪，皆天下之辨士也，然秦尝自谓才不如仪。是时，秦方说赵王相约从亲，以擅有关东之政，而使仪得用于六国，则其宠移矣。故召辱仪庭下，又阴资之，使西入秦，然后秦肘腋之患始去。当此之时，仪方感恩之不暇，又何暇顾堕其术中？则不得不反而为吾之用，故亦曰："吾不及苏君明矣。"以此知两君者，其平时皆以才相慕，又相轧也。
>
> 战国之士多奇变，而其术非从即横，故皆不可以并立于诸侯之国。庞涓之于孙子，心害其能，必欲计除之，故反为其所杀。如秦者，可谓工于用妒者也。然自仪入秦，而六国之患日

---

① 姜宸英：《楚子文论》，《湛园未定稿》卷一，《清代诗人别集丛刊·姜宸英集（上）》，人民文学出版社2018年版，第379—380页。
② 李祖陶：《湛园未定稿评语二十六则·江防总论拟稿》，《附录五 诗文杂评》，《清代诗人别集丛刊·姜宸英集（下）》，人民文学出版社2018年版，第1213页。

滋，终于破从解约，暴秦过恶，为天下笑。非仪负秦，直说士之常态也，则孰与久要以成其业哉？①

此文篇幅短小，仅仅 235 字，大体可分前后两段。第一段侧重叙事，以"以此知两君者，其平时皆以才相慕，又相轧也"一句结穴；第二段侧重议论，揭示此文主旨。细心寻绎，第一段就包含数处转折，看"然""是时""故""然后""当此之时"等连接词即明。第二段亦是如此。第一句交待战国士人"不可以并立于诸侯之国"的原因及现实。第二句举庞涓、孙膑的例子有力地证明第一句观点。然后一转："如秦者，可谓工于用妒者也。"此句绝妙，一是和前句对比，二是需联系第一段方能明白何谓"工于用妒"。下面用"然"字又一转，突出此文主旨。由上可见，此文多少曲折，多少波澜，真可谓曲径通幽，摇曳多姿。

从语言风格来看，姜宸英的论体文大多凝炼简劲、质朴无华。如上引《苏秦》即是如此。该文语言真正做到了凝炼质朴，篇无剩句、句无剩字，表意非常清楚。这种凝炼质朴的语言风格与曲折有致的章法相映衬，从而使这篇短小的文章呈现出一种雄辩的气象。除凝炼质朴外，姜宸英的论体文语言有时也富赡扬厉，援骈入散，气势磅礴。如《明史刑法志总论拟稿》：

> 由此奸吏舞法，妄立人罪，或希上官意指，或伺人主喜怒，随意比附，锻炼周内。即如天顺间，欲诬于谦、王文之迎立外藩，不得，则曰有其意而已，而于、王弃市矣。弘治间，以妖言坐斩刘概矣。嘉靖间，以诈传亲王令旨，杀杨继盛矣；以言大臣德政坐冯恩，以子骂父律坐海瑞矣。执法如此，欲天下之无冤死，得乎？②

---

① 姜宸英：《苏秦》，《湛园未定稿》卷一，《清代诗人别集丛刊·姜宸英集（上）》，人民文学出版社 2018 年版，第 386 页。
② 姜宸英：《明史刑法志总论拟稿》，《湛园未定稿》卷一，《清代诗人别集丛刊·姜宸英集（上）》，人民文学出版社 2018 年版，第 396 页。

《江防总论拟稿》：

> 自九江以下，两岸南北，涯涘无际，汊港纵横。故小则渔徒盐户出没藏奸，大则巨盗之扬帆鼓棹、挟风涛而负固者，不可谁何也。①

此两段文字多用排比和对句，讲究气势，如长江大河，滔滔不绝，能够有力地突出论点，这与《苏秦》等文章的语言特色迥异。

总之，姜宸英的论体文关注现实，见解独特，文风雄辩，是其一贯秉持的"经世精神"灌注于古文创作所结出的生动文本。正是因为在古文创作上取得的突出成就，姜宸英在当时即得令誉，吴伟业比之为"清初古文三大家"之一的侯方域②；魏禧把他与侯方域、汪琬、计东并列，指出"数君子者，皆今天下能文之人"③；王士禛称他为"本朝古文一作手"④。虽然吴、魏、王三人所叹赏的并不仅仅是其论体文，但毋庸置疑，论体文是姜宸英古文创作成就的突出代表。

第三节 狷介人格与姜宸英传记文创作

传记文，作为古文的一种体类，是有其源起与发展历程的。章学诚《文史通义·传记》有言："传记之书，其流已久，盖与六艺先后杂出。古人文无定体，经史亦无分科，《春秋》三家之传，各记所闻，依经起义，虽谓之记可也。经礼二戴之记，各传其说，附经而行，虽谓之传可也。其后支分派别，至于近代，始以录人物者区

---

① 姜宸英：《江防总论拟稿》，《湛园未定稿》卷一，《清代诗人别集丛刊·姜宸英集（上）》，人民文学出版社2018年版，第398页。
② 姜宸英：《过娄东投赠吴梅村先生》"心同壮悔知何及"句自注："先生尝拟某文于侯朝宗，侯有《壮悔堂集》。"顾有孝《骊珠集》卷七，清康熙刻本。
③ 魏禧：《魏叔子文集》（卷五），胡守仁、姚品文、王能宪校点，中华书局2003年版，第247页。
④ 王士禛：《分甘馀话》，张世林校点，中华书局1989年版，第86页。

为之传，叙事迹者区为之记。"① 可见，传记文历史悠久，至"近代"始有定名。其实，古代的列传、行状、事略、碑铭、墓志、墓碑、神道碑等文体，以今天的标准来看，都应该属于传记文的范围之内。

检视《清代诗人别集丛刊·姜宸英集》，姜宸英的传记文现存48篇。② 众所周知，传记文创作虽大力追求以客观真实地叙述人物生平事迹为主，但是在实际书写中，作者必然对传主一生众多行迹有意识地进行筛选，对传主的音容笑貌集中地进行刻画，因而不可避免地融入作者较多的理性思索与主观情思。本节拟从狷介人格的视角切入姜宸英传记文的研究。

一 狷介人格与坎坷遭际

"狷"的概念最早由孔子提出，孔子有言："不得中行而与之，必也狂狷乎！狂者进取，狷者有所不为也。"③ 在这里，"狂狷"是作为伦理学范畴出现的，后来其人格方面的美学面向才逐渐彰显。

何谓"狷者有所不为"？包咸云："狷者守节无为。"④ 孔颖达云："狷者守节无为，应进而退也。"⑤ 朱熹云："狷者，知未及而守有余。"⑥ 上述三人对"有所不为"的解释均有些费解，元代陈天祥《四书辨疑》进一步解释："有所不为者，能为而不为也。智未及者，不能为而不为也。夫狷者之为人，踽踽独行，凉凉无亲，世俗指为孤僻古执者是也。于可交之人，亦有所不交；可取之物，亦有所不取。易于退而难于进，贪于止而吝于行，此乃有所不为之谓也。若论其极，伯夷、叔齐即其人也。"⑦ 这就是说，狷者的特征是能为

---

① 章学诚：《文史通义新编新注》，仓修良编著，浙江古籍出版社2005年版，第280页。
② 《湛园未定稿》卷五"传"4篇，"家传"2篇；《湛园未定稿》卷六"墓志铭"9篇，"墓表"3篇，"墓碣"1篇，"行状"1篇，"碑阴"1篇，"诔"1篇；《姜西溟先生文钞》卷三"神道碑"2篇；《姜西溟先生文钞》卷四"墓志铭"4篇，"墓表"1篇；《真意堂佚稿》"传"2篇；《湛园藏稿》卷三"传"1篇，"神道碑"1篇；"墓表"3篇；《湛园藏稿》卷四"墓志铭"10篇；《诗文辑佚》"墓志铭"1篇，"墓表"1篇。
③ 李学勤主编：《十三经注疏·论语注疏》（标点本），北京大学出版社2005年版，第179页。
④ 李学勤主编：《十三经注疏·论语注疏》（标点本），北京大学出版社2005年版，第179页。
⑤ 李学勤主编：《十三经注疏·论语注疏》（标点本），北京大学出版社2005年版，第179页。
⑥ 朱熹：《四书章句集注》（上），金良年今译，上海古籍出版社2006年版，第190页。
⑦ 程树德：《论语集释》卷二十七引，中华书局1990年版，第932页。

第四章　姜宸英的古文创作与其人格面向的多维阐释

而有意不为，对可取之物采取退避放弃的态度，决不与世俗同流合污，从而保持孤僻耿直的独立人格。

以上述"狷"的标准来观照，姜宸英无疑是一位狷介之士，具有较为鲜明的狷介人格。他曾自我评价道："以余之戆愚，不谐于俗，虽久游于四方，熟尝人情变态，而志气硁然，愈不可易，故人无论贵贱，尝视以为难近，独君能昵就于予而不予怪，则其性之不移于风气可无疑也。"① "戆"即是刚直、愚直之意，而且"志气硁然，愈不可易"，可见姜宸英是能为而不为，尤其是自觉不为。其好友秦松龄亦云："负耿介之气，洁直自将，与世寡偶。"② 这几点明显也是其狷介人格风貌的表征。

周波曾指出："狂狷之士正是由于对其真实本性不加掩饰以致造成行为上趋于极端，成为不同于世俗的另类，而为社会现实所不容。"③ 姜宸英的坎坷遭际亦可印证此点。全祖望记述道："枋臣有长子，多才，求学于先生，枋臣以此颇欲援先生登朝。枋臣有幸仆曰安三，势倾京师，内外官僚多事之，如旧史之萼山先生者，欲先生一假借之而不得。枋臣之子乘间言于先生曰：'家君待先生厚，然而卒不得大有欸助，某以父子之间亦不能为力者何也？盖有人焉。愿先生少施颜色，则事可立谐。某亦知斯言非可以加之先生，然念先生老，宜降意焉。'先生投杯而起曰：'吾以汝为佳儿也，不料其无耻至此！'绝不与通。于是枋臣之子，百计请罪于先生，始终执礼，而安三知之恨甚，枋臣遂与尚书④同沮先生。"⑤ 可以想见，只

---

① 姜宸英：《严荪友诗序》，《湛园未定稿》卷二，《清代诗人别集丛刊·姜宸英集（上）》，人民文学出版社2018年版，第442页。
② 秦松龄：《湛园未定稿序》，《清代诗人别集丛刊·姜宸英集（上）》，人民文学出版社2018年版，第371页。
③ 周波：《论狂狷美》，《文学评论》2007年第2期。
④ 指翁叔元。方苞在《记姜西溟遗言》中记述道："常熟翁司寇宝林，亦吾故交也。每乞吾文，曰吾名不见子集中，是吾恨也。及翁以攻汤司空斌，骤迁据其位。吾发愤为文，谓：'古者辅教太子，有太傅、少傅之官。太傅审父子君臣之道以示之，少傅奉太子以观太傅之德行而审喻之。今詹事有正、贰，即古太傅、少傅之遗也。翁君之贰詹事，其正实睢州汤公。公治当官立朝，斩然有法度。吾知翁君必能审喻汤公之德行以导太子矣。'翁见之怃然，长跽而谢曰：'某知罪矣！然愿子勿出也。'吾越日刊而布之，翁用此相操尤急。此吾所以困至今也。"（方苞：《方苞集》，刘季高校点，上海古籍出版社1983年版，第706页。）
⑤ 全祖望：《鲒埼亭文集选注》，黄云眉选注，齐鲁书社1982年版，第173页。

要姜宸英对安三"少施颜色",自然很容易"登朝",从而有机会实现其一生夙愿,但狷介的姜宸英并未如此。此后,姜宸英多次参加科举考试,多次落榜。直到康熙三十二年(1693),年已六十六岁的姜宸英方中举人;康熙三十六年(1697),七十岁,才中进士。姜宸英之所以能中进士,是因为"适翁去位,长洲韩公菼荐于上,得上用"①。可见,狷介人格是导致姜宸英遭际坎坷的重要原因之一。

  反过来说,姜宸英的坎坷遭际亦成就其狷介人格。刘宝楠《论语正义》云:"狂狷虽未得中道,然其性情恒一,使人知其所失,易反之于中道,故愿与之也。"② 也就是说狂狷风貌背后的坚贞、守恒、始终如一的品格,令人叹赏。"姜子为人质直任性,或不合时宜,而于王公贵人亦率其自然,不为少变,此其所以可重也。"③ 即是此意。遭际越坎坷,也就越能彰显姜宸英坚贞、守恒、始终如一的品格,也就越能表现出姜宸英狷介人格的可贵。

二 狷介人格与传记文主题取向

  前面所引包咸、孔颖达、朱熹对"狷者有所不为"的阐释,虽有所不同,但均强调一个"守"字,即是说狷介之士能够坚守节操。在姜宸英的传记文中,特别注重挖掘传主的忠孝节义之事,进而持守之,这是其狷介人格的渗透及突出表现。

  首先,对父母之孝。如王象晋:"移疾里居。久之中忌者,以京察调外,补江西按察司知事,未赴,再迁礼部精膳司员外郎。闻路太夫人病,请急归。路,公继母也。时三原户部来公复名善医,来方筦临清仓,遂躬冒冰雪,驰四百里邀之来视。比至,病已亟,乃祷于岳祠,乞以身代母命。太夫人闻之,为之感恸欷歔至没。"④ 王

---

① 方苞:《记姜西溟遗言》,《方苞集》(下),刘季高校点,上海古籍出版社1983年版,第706页。
② 刘宝楠:《论语正义》卷十六,中华书局1954年版,第295页。
③ 钱澄之:《湛园未定稿序》,《清代诗人别集丛刊·姜宸英集(上)》,人民文学出版社2018年版,第372页。
④ 姜宸英:《新城王方伯传》,《湛园未定稿》卷五,《清代诗人别集丛刊·姜宸英集(上)》,人民文学出版社2018年版,第576页。

第四章　姜宸英的古文创作与其人格面向的多维阐释

象晋对待继母,"躬冒冰雪,驰四百里""乞以身代母命",真可谓孝矣。其他像董公:"公弱冠丧父,后母龚性惧急,凡事必长跪请命,间有所拂意不能即解者,走请诸亲故以解之。尝病痏危甚,号天愿代,为之再吪而旋愈,母大感动,于是邑人皆以孝称之。"① 李节母:"三嫠妇支持破屋,奉一老姑,甘旨服物得无缺。而丁太夫人拊孺人,特怜之,曰:'此吾李氏孝子也。' 及姑病侍汤药,丧葬如礼。两娣姒卒,字其孤如己出焉。"② 等等,都是笃守孝道的典型。

其次,对兄弟之悌。如谢泰宗:"其天性孝友,予少时馆其家,见其兄弟间日召客饮,饮即连昼夜不辍。或夜久听钟鸣,客皆散去,公复呼家人起,邀客还坐,酣饮久之,视庭中日复奄奄欲落矣。亦未尝数数课其子弟,顾其家无长幼无不谨敕力学者。"③ 从侧面可看出谢泰宗对其兄弟之悌。再如王又旦:"既贵二十余年,兄弟尚未析爨,明经君每言及,必涕雨下,则其生平友爱可知也。"④ 王又旦兄弟间和睦相处,可以想见。

再次,对节操之坚守。此点主要表现为明末士人对待明亡的态度。如:"御史忤执政归里,闻甲申三月变,扼腕曰:'吾父老矣,幸不为世所求,吾不可以无死。'乃与其妻于孺人、子士和同登楼缢死。于是公益绝人事,自号明农隐士,阖门谢宾客不为通,虽郡邑长吏屏车骑到门,匿不与见。制先令为《自祭文》,饰巾待尽而已。"⑤ 在这里,王象晋之子以身殉国,王象晋隐居不出,均表现出对节操之固守。如谢泰宗:"顺治三年,王师下东浙,督府张存仁疏荐浙才六人于朝,皆以疾辞,公即六人之一也。公即屏山中,益深

---

① 姜宸英:《董公传》,《湛园未定稿》卷五,《清代诗人别集丛刊·姜宸英集(上)》,人民文学出版社2018年版,第578—579页。

② 姜宸英:《李节母丘太孺人传》,《湛园未定稿》卷五,《清代诗人别集丛刊·姜宸英集(上)》,人民文学出版社2018年版,第580页。

③ 姜宸英:《谢工部传》,《湛园未定稿》卷五,《清代诗人别集丛刊·姜宸英集(上)》,人民文学出版社2018年版,第575页。

④ 姜宸英:《户科掌印给事中黄湄王公墓表》,《湛园未定稿》卷六,《清代诗人别集丛刊·姜宸英集(上)》,人民文学出版社2018年版,第609页。

⑤ 姜宸英:《新城王方伯传》,《湛园未定稿》卷五,《清代诗人别集丛刊·姜宸英集(上)》,人民文学出版社2018年版,第577页。

自晦匿，日著书赋诗自遣。"① 如李节母："年三十遭变，躃踊长号，数日水浆不入口。姑丁夫人勉慰之，以养姑抚孤大义，得无死。"② 如山阴何公："当丙戌五月，江上师溃，公弃官至剡之白峰，自恨不及从亡，则作诗投崖而绝，久之复苏，为土人守之不得死。随逃入万山中，披薜，从方外游，昼夜作苦，犹自谓去人境不远。复瓢笠往来缙云、义乌诸山，与樵翁、衲子侣，行歌独哭，憔悴枯槁，终至于一死而后已。"③ 等等，均是对节操坚守之典型。

漫长的林下生活，烙印于姜宸英诗文作品中的随时可以捕捉到的落落失意与感伤，而他在传记文中，这一类话语尤为常见，并且都是以对"才难用世""才未尽用"的惋惜和伤悼为特征出现的，如："惜乎！未及大用，遂以不起。"④ "人皆惜公之不用。"⑤ "终以归老，而不及于大用，此知公者无不扼腕太息。"⑥ "用世"似乎是姜宸英生命航程中的一个醒目的航标，引导着他追求的方向。纵然达成之途异常坎坷，也愈挫愈勇，至死不逾。他借传记文酒杯，浇自己心中块垒。因此，怀才不遇、才难用世贯穿于其所作的大部分传记文中。

姜宸英传记文中的传主或有才而难被世用，或有才而未能尽用，他用饱含深情的笔调叙写传主生平，赞美他们杰出的才华、高洁的品质，同时又寄予深切的同情和无限的惋惜之情。如《河津令李公墓表》述传主李源治县有方，宽徭轻刑，铲除奸吏豪强，深受百姓

---

① 姜宸英：《谢工部传》，《湛园未定稿》卷五，《清代诗人别集丛刊·姜宸英集（上）》，人民文学出版社2018年版，第575页。
② 姜宸英：《李节母丘太孺人传》，《湛园未定稿》卷五，《清代诗人别集丛刊·姜宸英集（上）》，人民文学出版社2018年版，第580页。
③ 姜宸英：《山阴仲渊何公合葬墓志铭》，《湛园未定稿》卷九，《清代诗人别集丛刊·姜宸英集（上）》，人民文学出版社2018年版，第595页。
④ 姜宸英：《通议大夫兵部右侍郎项公神道碑文》，《湛园藏稿》卷三，《清代诗人别集丛刊·姜宸英集（下）》，人民文学出版社2018年版，第785页。
⑤ 姜宸英：《先太常公传略》，《湛园未定稿》卷五，《清代诗人别集丛刊·姜宸英集（上）》，人民文学出版社2018年版，第586页。
⑥ 姜宸英：《中大夫布政使司参政秦公合葬墓志铭》，《湛园藏稿》卷四，《清代诗人别集丛刊·姜宸英集（下）》，人民文学出版社2018年版，第798页。

第四章　姜宸英的古文创作与其人格面向的多维阐释

爱戴。丢失城池后，借兵陕西总督孟公，一举平定了叛乱，"寇平，总制上公功状，吏议以功过相准"①，从此永不录用。传末肯定李源"出万死一生之力，收城杀贼"②，感叹有司为何"不以功覆过"，充满了对李公有才而难被世用的同情。《文学邵君墓志铭》（《湛园未定稿》卷六）、《通议大夫兵部右侍郎项公神道碑文》（《湛园藏稿》卷三）、《中大夫布政使司参政秦公合葬墓志铭》（《湛园藏稿》卷四）等亦记叙了传主怀才不遇、才不尽用或才遭扼杀的不幸遭遇。姜宸英的这些传记文无疑投射着自身的影子，具有鲜明的自喻性。

姜宸英在传记文中所最为关心者，乃是个人才华是否充分为世所用，至于民族情节，则已相当淡薄。传主身份，无论是清朝官员，还是明代大臣，甚至是常常为人唾弃的贰臣，在姜宸英看来，都无关紧要，重要的是要有所作为，才能为世所用。如周亮工，他虽仕于明清两朝，但"材器挥霍，善经济，喜议论，疾握龃拘文吏。当大疑难，剸断生杀，神气安闲，无不迎刃解者"③，具有非凡的才干。姜宸英肯定他再仕新朝，赞扬周亮工不是"独善其身以置生民之休戚理乱于不顾"④，而是兼济天下、澄清宇内的达人。但又十分同情他屡受挫折、不断被弹劾的坎坷遭遇，云："窃叹公之才，其坎坷历落而老且衰于此。"⑤再如徐越，姜宸英也是肯定传主徐越出仕两朝，赞扬其实现了一定的志向，但也有遗憾："公居台，首尾七十余疏，而家本淮上，目击淮黄冲突、居民昏垫、漕道通塞之故，其言

---

① 姜宸英：《河津令李公墓表》，《姜西溟先生文钞》卷四，《清代诗人别集丛刊·姜宸英集（下）》，人民文学出版社2018年版，第700页。

② 姜宸英：《河津令李公墓表》，《姜西溟先生文钞》卷四，《清代诗人别集丛刊·姜宸英集（下）》，人民文学出版社2018年版，第701页。

③ 姜宸英：《江南粮储参议道前户部侍郎栎园周公墓志铭》，《姜西溟先生文钞》卷四，《清代诗人别集丛刊·姜宸英集（下）》，人民文学出版社2018年版，第692页。

④ 姜宸英：《江南粮储参议道前户部侍郎栎园周公墓志铭》，《姜西溟先生文钞》卷四，《清代诗人别集丛刊·姜宸英集（下）》，人民文学出版社2018年版，第693页。

⑤ 姜宸英：《江南粮储参议道前户部侍郎栎园周公墓志铭》，《姜西溟先生文钞》卷四，《清代诗人别集丛刊·姜宸英集（下）》，人民文学出版社2018年版，第693页。

尤多。时有用不用，然识者莫不谓然，而以其不尽用为可惜。"① 姜宸英写明朝官吏的传记文也是多关注传主才能是否用世，如《谢工部传》云"大抵公之才不尽见于用"②；《先太常公传略》感叹"呜呼！使公之得行其志，其设施亦未可量也"③，等等。

　　姜宸英的狷介人格使其人生历程更加坎坷，对怀才不遇的感受也更深，对造成才华难被世用的原因也有更深入的思考。首先，姜宸英批判科举制度。在传记文中，他认为古代社会的科举制度是扼杀人才的罪魁祸首："自科举制兴，而古文之道衰，其患莫甚于今之所谓八股者，驱天下之聪明才智，以从事于无用之章句，终身濡没而不得出。"④ 在《明经吴君约庵合葬墓志铭》中，姜宸英用形象的手法叙述了一个老死科场的士子。吴约庵为宿学硕儒，砥行立名，但终身蓝衫席帽，赍恨入棺。科举殃及祖孙三代，祸害家人，妻子每次放榜时，心胆俱碎。姜宸英如果没有这种辛酸的经历，怎能会有如此切实的体会！更难得的是姜宸英看到科举制度的后面，主要是有司不公和官场黑暗扼杀了人才。在文末，姜宸英控诉道："彼为之有司者，果公与明？非耶，讵独无人心耶？"⑤ 充满了对有司不公的批判。

　　其次，官场的黑暗在传记文中亦时有揭露。如《先太常公传略》："吏部以掣签官人，兵部以封婚媚倭，大臣皆持禄养交。"⑥ 揭露了当时吏部、兵部的黑暗。在《河津令李公墓表》中，姜宸英如

---

① 姜宸英：《兵部督捕理事官前浙江道御史徐公神道碑》，《姜西溟先生文钞》卷三，《清代诗人别集丛刊·姜宸英集（下）》，人民文学出版社 2018 年版，第 688—689 页。
② 姜宸英：《谢工部传》，《湛园未定稿》卷五，《清代诗人别集丛刊·姜宸英集（上）》，人民文学出版社 2018 年版，第 575 页。
③ 姜宸英：《先太常公传略》，《湛园未定稿》卷五，《清代诗人别集丛刊·姜宸英集（上）》，人民文学出版社 2018 年版，第 588 页。
④ 姜宸英：《文学邵君墓志铭》，《湛园未定稿》卷六，《清代诗人别集丛刊·姜宸英集（上）》，人民文学出版社 2018 年版，第 593 页。
⑤ 姜宸英：《明经吴君约庵合葬墓志铭》，《姜西溟先生文钞》卷四，《清代诗人别集丛刊·姜宸英集（下）》，人民文学出版社 2018 年版，第 697 页。
⑥ 姜宸英：《先太常公传略》，《湛园未定稿》卷五，《清代诗人别集丛刊·姜宸英集（上）》，人民文学出版社 2018 年版，第 588 页。

此描述官场："自公罢官迄捐馆，垂四十年，其间仕宦风波之震撼，樯摧轴折，或身家之不保，后先接踵也。"① 在《新城王方伯传》中，姜宸英这样描述官场小人："其以京察降外也，时群小朋比攘臂，力翻辛亥之案，因坐公以浮躁。公在家闻之，怡然曰：'此辈自图报复耳，非朝廷意，于吾何损？'"② 姜宸英虽然居官时日不多，但是体会深刻，其本人即含冤而逝。姜宸英批判科举制度和揭露官场黑暗，直指有司不公，精神十分可嘉，是其狷介人格鲜明的体现。③

三 狷介人格与传记文审美特质

在艺术上，姜宸英的传记文取材颇具传奇色彩，善于用细节、琐事表现人物性情。这一切，均与姜宸英的狷介人格有着较为密切的关系。

首先，姜宸英的一些传记文，取材颇具传奇色彩。这一创作倾向，使姜宸英的传记文具有浓郁的"文人之文"特点，这无疑是晚明传记文传奇笔法风尚的回响。姜宸英记述张公的诚信："征君谓予曰：'雯处津门久，交其里人，里中称善人必先张君。君尝自言生平行事无一不可告天地者，里中人闻之皆曰然。尝以女心疾祷于神祠，拾筊神座下，得方，方药五种，取归试服之，疾良已。至今其家用其药施人，多得愈。'盖诚信之孚也如此。"④ 记述陈颐正的神机妙算："予邑往有廉使陈公颐正，善《易》学，旁及风角、遁甲之术，无不精诣。尝夜泊淮河，见宝光起水上，心知其有异，筮之，曰'是宜得宝鼎'。即令善泅者踪迹得其处，久之，以一鼎出，款识苍黝，公识曰'商周间物也'，遂携之归。其他虽家人米盐琐屑，一讯

---

① 姜宸英：《河津令李公墓表》，《姜西溟先生文钞》卷四，《清代诗人别集丛刊·姜宸英集（下）》，人民文学出版社2018年版，第701页。
② 姜宸英：《新城王方伯传》，《湛园未定稿》卷五，《清代诗人别集丛刊·姜宸英集（上）》，人民文学出版社2018年版，第577页。
③ 参见赵向南《清初十作家传记文研究》（苏州大学2002届硕士论文）第18—19页中的有关论述。
④ 姜宸英：《赠奉直大夫张公墓表》，《湛园未定稿》卷六，《清代诗人别集丛刊·姜宸英集（上）》，人民文学出版社2018年版，第612页。

如响。同邑夔州守杨公汝昇得其术，值奢酋煽乱，贼发即知之，掩捕无不得者。时相传以为神，至今其遗书犹有藏者。"① 以上传记文均富浓郁的传奇色彩，显示出姜宸英浓厚的好"奇"心理。

其次，通过看似寻常的生活细节，来集中地表现人物的性情。细节刻画在明清之际受到一些作家的重视，黄宗羲说："叙事须有风韵，不可担板。今人见此，遂以为小说家伎俩，不观《晋书》《南北史》列传，每写一二无关系之事，使其人之精神生动，此颊上三毫也！"② 所谓"颊上三毫"就是文章或图画的传神之处，也就是生动的细节描写。姜宸英在传记文创作中亦很重视细节描写。如写谢工部："予去年过之，公以久别予，置酒欢甚。未几，予意阑欲起，公挽留之不可，则对案默然，徙倚而后罢，虽予自今犹恨之。"③ "置酒欢甚""挽留""对案默然"等动作和神态，突出表现了谢工部此时内心世界的波澜起伏。再如写秦祖襄："方某与长公读书东山，公襆被就宿，良久，从者皆散去，夜起彷徨，与余促膝语平生事，意慷慨殊壮。余谓公：'幸春秋强，遂得无意于世乎？'公默然，因启户出视，天阴云蒙幂，雨声搣搣林樾间，还坐不乐，出示所知相邀致书数十纸，流涕谓余曰：'吾残生终不能作此等事，留我余福，以待子孙矣。'然公矢此志，未尝以闻于人，闻者亦不解也。顾谓余：'唯公足以语此。'"④ 此段叙事，有动作、有神态、有心理、有对话、有景物，全面立体地展现了秦祖襄的内心世界，读来如见其人，如闻其声。

在这里，有一个问题需要提及，即自清代以来，对姜宸英传记文的评价均不高。李祖陶认为姜宸英"论文喜《国策》，不喜《左

---

① 姜宸英：《董公传》，《湛园未定稿》卷五，《清代诗人别集丛刊·姜宸英集（上）》，人民文学出版社 2018 年版，第 578 页。
② 黄宗羲：《论文管见》，王水照编《历代文话》（第四册），复旦大学出版社 2007 年版，第 3201 页。
③ 姜宸英：《谢工部传》，《湛园未定稿》卷五，《清代诗人别集丛刊·姜宸英集（上）》，人民文学出版社 2018 年版，第 575 页。
④ 姜宸英：《故徽州知府前工部郎中复斋秦公诔》，《湛园未定稿》卷六，《清代诗人别集丛刊·姜宸英集（上）》，人民文学出版社 2018 年版，第 618—619 页。

传》，故其文善议论，不善叙事"①。这是从姜宸英的性情和师法的角度指出姜宸英"不善叙事"的特点。那么"不善叙事"的表现是什么呢？魏禧称誉姜宸英"醇、肆之间"后，补充道："惜其笔性稍驯，人易近而好意太多，不能割舍。"② 吴德旋也说："姜湛园则更漫衍。"③ 也就是说姜宸英的文章具有不擅剪裁的不足。虽然二人所评针对的是姜宸英全部文章，明显有以偏概全之处，但不可否认的是，其个别的传记文的确存在剪裁不足的弊病。如其《先太常公传略》，洋洋四千余言，若加以适当剪裁，自会更加洗练精粹，艺术成就也会更高。

综上所述，姜宸英的传记文注重挖掘传主的忠孝节义之事，侧重表现传主的怀才不遇、才未尽用，大力批判科举制度和揭露官场黑暗，这些均是其狷介人格鲜明的体现。当然，姜宸英有些传记文确有剪裁不足的弊病，但并不妨碍其传记文在思想和艺术上所取得的独特成就。

第四节　文人情怀与姜宸英的题跋文创作

题跋文，是中国古代较为习见的一种文体。对于其源起、类别，明代徐师曾《文体明辨序说》有云：

> 题跋者，简编之后语也。凡经传、子史、诗文、图书之类，前有序引，后有后序，可谓尽矣。其后览者，或因人之请求，或因感而有得，则复撰词以缀于末简，而总谓之题跋。至综其实则有四焉：一曰题，二曰跋，三曰书某，四曰读某……题、读始于唐，跋、书起于宋。曰题跋者，举类以该之也。④

---

① 李慈铭：《越缦堂读书记·集部·别集类》，上海书店出版社2000年版，第996页。
② 魏禧：《魏叔子文集》（卷五），胡守仁、姚品文、王能宪校点，中华书局2003年版，第247页。
③ 吴德旋：《初月楼古文绪论》，人民文学出版社1959年版，第29页。
④ 徐师曾：《文体明辨序说》，罗根泽校点，人民文学出版社1998年版，第136页。

此段文字，除了把题跋文概称为"简编之后语"略欠准确[①]外，其他均符合事实。题跋文发轫于唐，勃兴于宋，至明清则蔚为大观，千百年来，在古文苑囿中一直呈现出繁复多姿的光彩。

姜宸英即以题跋文见长，取得了较高成就。检视《清代诗人别集丛刊·姜宸英集》，题跋文竟有一百余篇。这些题跋的载体是经籍、文集、诗词、笔墨、图画，其中法帖和碑拓的数量尤多；其题材往往是史实考辨、评书论艺、记人怀旧、怡情遣兴、述怀寄慨等，内容丰富；在艺术上，体式灵活，长短不拘，清新隽永。这些题跋文创作较为全面地彰显出姜宸英独特的审美格调与艺术趣味。

一 遥情远旨与题跋特色

朱迎平曾把题跋文大致分为两类，"即以探讨学问为主的学术类题跋和以抒写性情为主的文学类题跋"[②]。对于文学类题跋，朱迎平还说："文学类题跋可看作是题跋文发展中衍生出的变体。这类题跋与其载体的联系较为松散，载体在文中往往只是一种触媒、一个引子，文章由此生发开去，其主旨也由探讨学术变为抒写作者性情。因此，文学类题跋实际上已演变为一种新的随笔小品文体。"[③] 这种观察非常适合姜宸英的题跋文创作，他在文学类题跋中常常寄寓浓厚的情感。可以说，姜宸英的文学类题跋几乎无一例外地全是情深意挚的抒情之作。

首先，抒发怀才不遇之感。如其在《归太仆未刻稿题辞》一文的后半部分，以议论兼抒情的笔调写道："惜其晚始得第，为当时盛名者所摧压，而其所为碑铭序赞之类，多不出鹿城数百里之间。外家戚党，田夫饷妇，并见叠出，以与夫名臣硕儒争名于翰墨之下，抑末矣。此归安茅氏所谓入富人之家，而所见唯陶埴菽粟者，岂其

---

① 因为题跋文的源头有二：一是题跋中的"跋"文，是由书画作品的"跋尾"发展而来；二是唐代古文家开创的一类标为"题后""书后""读某"的杂文。详见朱迎平《宋代题跋文的勃兴及其文化意蕴》，《文学遗产》2000年第4期。
② 朱迎平：《宋代题跋文的勃兴及其文化意蕴》，《文学遗产》2000年第4期。
③ 朱迎平：《宋代题跋文的勃兴及其文化意蕴》，《文学遗产》2000年第4期。

才之不逮乎？予之及此，盖以叹夫士之好古而不遇者也。"① 写出了归有光晚年的坎坷遭遇及对其古文创作的消极影响，尾句对性嗜好古而怀才不遇的慨然长叹则无疑融入了姜宸英自己的身世之感，读罢令人动容。

其次，表达对故人的深切思念。如其《题蒋君长短句》一文的前半部分："记壬戌灯夕，与阳羡陈其年，梁溪严荪友、顾华峰、嘉禾朱锡鬯、松陵吴汉槎数君同饮花间草堂。中席主人指纱灯图绘古迹，请各赋《临江仙》一阕。余与汉槎赋裁半，主人摘某字于声未谐，某句调未合。余谓汉槎曰：'此事终非吾胜场，盍姑听客之所为乎？'汉槎亦笑起而阁笔。然数君之于词亦有不同：梁溪圆美清淡，以北宋为宗；陈则颓唐于稼轩；朱则湔洗于白石，譬之《韶》、《夏》异奏，同归悦耳。一时词学之盛，度越前古矣。七八年来，数君者存殁殊路，南北方散处久矣。"② 以优雅省净的文字表达了对纳兰性德等人深切的怀念之情。类似这种怀念故人的，还有其《茧园文宴集跋》一文："此予虽悲老友之凋丧，而犹乐道其今昔之所见，附于斯集之后也。"③ 其《跋同集书后》亦有云："阅荪友、容若此书，不胜聚散存没之感。而予于容若之死，尤多慨心者，不独以区区朋游之好已也。此殆有难为不知者言者。"④ 等等。

最后，批判社会的不良习气。如其《题〈汪烈女传〉》开头："女子已字未行，奔夫之丧，而誓以死守，或身殉之者，归氏震川尝驳其非正，以为廉耻之道存焉耳。其立论最精。然女之未嫁，犹男子之未仕也。古若薛方、逢萌之于新莽，费贻、任永，冯信之于公孙述，谢翱、方凤诸人之于宋、元之际，皆未尝委质为吏，卒之死

---

① 姜宸英：《归太仆未刻稿题辞》，《湛园未定稿》卷五，《清代诗人别集丛刊·姜宸英集（上）》，人民文学出版社2018年版，第534页。
② 姜宸英：《题蒋君长短句》，《湛园未定稿》卷五，《清代诗人别集丛刊·姜宸英集（上）》，人民文学出版社2018年版，第536页。
③ 姜宸英：《茧园文宴集跋》，《湛园藏稿》卷三，《清代诗人别集丛刊·姜宸英集（下）》，人民文学出版社2018年版，第771页。
④ 姜宸英：《跋同集书后》，《湛园藏稿》卷三，《清代诗人别集丛刊·姜宸英集（下）》，人民文学出版社2018年版，第771页。

不屈。后人皆传之独行,未闻以为非也。而公卿大僚,俯首乞怜于异姓之廷者,百世而下,犹将指其名而唾之,其为人贤不肖,何如也?"① 姜宸英以汪烈女生发开去,引古证今,对清初贰臣"俯首乞怜"的恶劣行迹进行了辛辣的嘲讽。

在姜宸英一百余篇的题跋文中,像上述这样情真意切的文学类题跋文尚属有限,其大多数题跋文还是以探讨学问为主,内容不外乎史实讹误考辨、艺术渊源分析、文本审美鉴赏、学书体会揭橥、作品流传梳理等。这些题跋文中,很多并不匮乏文学价值,其本身的言辞之美及情感之浓,从深层次来说,和那些文学类题跋并无二致。晚清黄叔琳曾指出:"湛园姜太史博雅嗜古,以书法名当代,残碑遗碣,悉能溯其源流,品其甲乙……亦时有弦外之意、虚响之音。览者当自得之,不徒作烟云过眼观也。"② 这里所谓的"弦外之意""虚响之音",就是弥漫在题跋文中的强烈情感。

如其《跋黄州诗后》一文:

> 杨君觅令遗两笔,可作细楷。余疑其未佳,辄作大行草五六幅,余一支偶试为真书,良善。及取行草者,楷书之锋锐已脱矣,此是也。世不乏佳士,以意侮而失之者多矣,然余之所失者笔也,犹珍藏其一,其坏者亦拂拭而用之,可尽其余长。笔之于余,可无憾矣。彼人之见屈于不知,而终以颓废不振者,可胜道耶?况又有既知而故抑之者,彼其何能以无憾于心耶?余于此有感。③

此文由用笔而联想到用人,不啻为自身坎坷遭际的写照,"余于此有

---

① 姜宸英:《题〈汪烈女传〉》,《湛园藏稿》卷三,《清代诗人别集丛刊·姜宸英集(下)》,人民文学出版社2018年版,第767页。
② 黄叔琳:《湛园题跋跋》,《清代诗人别集丛刊·姜宸英集(下)》,人民文学出版社2018年版,第847页。
③ 姜宸英:《跋黄州诗后》,《湛园题跋》,《清代诗人别集丛刊·姜宸英集(下)》,人民文学出版社2018年版,第834—835页。

感",其愤激之情见于言外。如果说此文情感表达比较显豁,尚称不上"弦外之意""虚响之音",那么请再看以历史事实考订碑帖之讹误的《题洛神赋后》一文:

> 或传子建得甄后玉镂金带枕,感叹不已,还济洛水,忽若有见,遂为此赋。初名《感甄》,后因明帝见之,改名《洛神》。愚意不然。子桓兄弟猜忌,必无与枕之事,即与,而子建敢斥名赋之乎?果尔,则无以异于桑濮之淫辞。王逸少父子,晋代名流,决不轻书也。盖子建师法屈、宋,此直摹宋玉《神女赋》耳。逸少今所传有二本,子敬喜书《洛神》,多至数十本,亦爱其辞之工丽而有体也。余固戒为绮语者,因某之请,遂书此与之,聊亦自附于昔贤之风致云。①

关于《洛神赋》名称的由来及其主题,学界历来有两种说法:一是"感甄名赋"说,认为是曹植思念其嫂甄妃而作;二是认为此赋摹仿宋玉《洛神赋》,来表达曹植心中的感伤和理想。姜宸英同意后种说法。他根据曹植和曹丕争夺王位而不和的史实,论证曹丕不可能把甄后的玉枕给曹植用。接下来,他由曹植师法屈、宋,判断《洛神赋》是摹仿宋玉《神女赋》而作,可谓有理有据。事实证明,姜宸英的考证结论可称定谳。今人程二行用更加科学的方法、更加丰富的材料,考证结论为:"曹植于太和五年奉诏朝京,忆及黄初年间的朝京旧事,托言有感于宋玉说神女之事,遂作此赋。"② 姜宸英以其自身的怀才不遇,对曹植彼时所思所感深有会心,所以才能对其《洛神赋》的微旨体贴入微。由此,我们诵读此文,字里行间流露出的是对曹植不幸遭遇的理解与同情以及对自己遭遇的感伤和无奈。此文给读者的阅读效果与其说是精确的考证,倒不如说是体会作者

---

① 姜宸英:《题洛神赋后》,《湛园题跋》,《清代诗人别集丛刊·姜宸英集(下)》,人民文学出版社2018年版,第837页。
② 程二行:《〈洛神赋〉的写作年代与屈宋文学传统》,《中国楚辞学》(第六辑)。

深隐的情怀。可见，强烈的主观情感的投注，是姜宸英题跋文具有浓烈文人情怀的根本原因。

应该说，在题跋文中倾注主观情感，本是题跋文创作的优良传统，自宋代以来，代不乏人，如宋代的黄庭坚、苏轼，明代的宋濂、刘基、杨慎、文征明、徐渭等，都或多或少地创作出了一些颇见情志的题跋文。但要论题跋文中倾注情感的强烈、丰富，姜宸英无疑是其中非常突出的一位。

二 清粹温润与题跋书写

虽然姜宸英的序跋文在内容上颇多文献考证，但文本本身的文学价值依然饱满与丰盈。这些序跋文，往往起于一时兴会，或考证精湛，或多发感慨，灵动自然，清新隽永，体现出与其论体文、传记文等文体迥然不同的审美格调与艺术趣味。

清初学者何焯说："姜丈之文清而温，然所清温者，自纵横博辩，极其所至，洗练以归与粹，其风格高矣，光焰长矣。"① 此处揭橥的"清而温"，即精粹温润，虽然说的是姜宸英八股文的风格特征，但也适合概括其题跋文的艺术风貌。

其一是体式灵活。姜宸英的题跋文没有固定的体式，少则几十字，多则数百字，不拘一格，轻盈灵活，大有苏轼所说的"大略如行云流水，初无定质，但常行于所当行，常止于所不可不止，文理自然，姿态横生"② 的妙处。如其《为人临卫夫人书帖》一文：

> 窗外微霙，毫间冻涩，势不得骋，特于体制无失耳。逸少《兰亭》是其最得意书，亦必于天朗气清时得之也。③

---

① 何焯：《姜西溟四书文序》，《何义门先生集》卷一，《清代诗文集汇编》第207册，第148页。

② 苏轼：《与谢民师推官书》，《苏轼文集》卷四十九，孔凡礼校点，中华书局1986年版，第1418页。

③ 姜宸英：《为人临卫夫人书帖》，《湛园题跋》，《清代诗人别集丛刊·姜宸英集（下）》，人民文学出版社2018年版，第832页。

短短四十个字,有情有景,有感有思,笔调轻盈,流畅自然,集中地表现出姜宸英当时的临书状态与内心世界。虽然三言两语就已表情达意,但简约之中依然错落有致。

再看《又题帖》一文:

> 此隋僧智果书,字非一体,当是积日所成。玩其行楷,亦精研于钟傅者。而李嗣真《书评》比之委巷之质,岂其然乎?①

此文就是三句话:第一句点明此帖的特点,第二句言其渊源所自,第三句批驳《书评》所论。一句一意,有感悟,有议论,精致简约。"当""亦""而""岂"等虚词杂于文中,使此文抑扬起伏,流转自如。

其二是表达丰富。写人、记事、描写、抒情、议论,无所不用,且往往交错进行,浑然一体。如其《临帖后书》一文:

> 寒威稍霁,纸窗西照,执笔欣然,得《阁帖》,仅临晋魏间书数种,爱其遒秀发于淳古也。不及钟傅、二王者,亦犹唐人选诗之不录杜工部也。时乙亥十二月初五日,书成,笔头作冻,霅然有声。②

时值农历十二月,夕阳温暖的光芒稍稍冲淡了寒气,姜宸英提笔临帖,"爱其遒秀发于淳古也",真正地获得了发自内心的愉悦和慰藉。更为难得的是,在"笔头作冻,霅然有声"的冰冷的室内,姜宸英尚能如此,可见其超旷与闲雅。此文有景物描写,有心理描写;有记叙,有议论,如此丰富的表达,为我们刻画了一位高雅的书家形象。

---

① 姜宸英:《又题帖》,《湛园题跋》,《清代诗人别集丛刊·姜宸英集(下)》,人民文学出版社2018年版,第836页。
② 姜宸英:《临帖后书》,《湛园题跋》,《清代诗人别集丛刊·姜宸英集(下)》,人民文学出版社2018年版,第820页。

又如《题〈戏鱼堂像赞〉》：

> 宝晋斋初刻《像赞》，最为神妙，中缺九十余字。停书馆摹本虽少生趣，风格尚可想见。余家藏宝晋，乃是曹之格重刻者，结体丰匀，亦无缺字，然顿乏风致，不足重也。前年北上时，收拾得旧藏戏鱼堂残本四册，吴门遇故人司寇徐公，云当为命善手重装，今不知竟落何处，内亦无此帖。今日友人查浦以此本见示，快所未睹，殆是宝晋初本之亚也。虽石刻多剥，意正似微云之点月，愈觉妍好。①

此文开篇高度叹赏宝晋斋刻本之"神妙"，接着写家藏曹之格重刻本"顿乏风致，不足重"，两相对比，可见宝晋斋刻本之重要以及作者对宝晋斋刻本之喜爱。接着叙写旧藏《戏鱼堂》残本遗失之经过。最后写友人查浦以此本见示，作者兴奋地写道："殆是宝晋初本之亚也。"与开头呼应，可想见此本之"神妙"。结尾以诗一般的语言写出"石刻多剥"的美好。此文有议论，有记事，有描写，随意挥洒，生动有趣。

其三是趣味盎然。姜宸英的题跋文往往注重情趣，追求理趣，一些佳作写得情致婉曲，趣味盎然。如《题〈传经堂集〉》一文即是如此：

> 往余晤亮庵于武林胡氏之米山堂，向疑其宿学，辈行去余远甚，问之才长余数岁。未及订交而别，常耿耿胸次也。比于都中，见其仲君明经次厚，知亮庵里居闭关几三十年，无复当世意。今年初夏，次厚游太学，亮庵偕之来访其故人。既至，假馆僧庐，倦卧不出，于是公卿舆马填塞街巷，坐门问安，喧哄都下，以至四方宦学名流、裙屐子弟，怀刺到门，皆愿得识

---

① 姜宸英：《题〈戏鱼堂像赞〉》，《湛园题跋》，《清代诗人别集丛刊·姜宸英集（下）》，人民文学出版社2018年版，第822页。

面为快。亮庵愈不自得,急促装南返。余与之语顷,即执手言别,则其耿耿比前愈甚可知也。临行,出示余《传经堂集》,连缀海内古文辞数百篇,所以称美卓氏之家学甚备。余亦久谋归,拟筑室于湖上,陈经而读之。是时,去亮庵居当不远数舍,舣舟水次,造所谓传经堂者,瞻谒三先生祠,启其遗书,从亮庵决疑发滞,其必有益于余闻。①

亮庵,即清初藏书家卓天寅(约 1630—1699)的号,初名大丙,字火传,仁和(今浙江杭州)人,后移居塘栖镇。此文第一段写昔年在武林米山堂面见亮庵,但"未及订交",内心充满遗憾之情。第二段写亮庵来京城,因前来拜访人之多而"愈不自得",于是"急促装南返"。着一"急"字,可见亮庵喜爱清净、淡泊名利之品性。第三段写见面之短暂,尤其写其"谋归",想象筑室湖上、陈经读之、乘舟拜谒、决疑发滞等情景,独见风神。

再如下面两则:

> 王君树百以便面嘱书,适新诗成,遂细行书其上,十指几为皲裂。不知当暑摇之定,能作冰气来袭人否?时乙亥十一月二十七日也。②

> 徐子道积曰:"君规摹魏晋人书,偶一为此,终不脱向来本色。"答曰:"惟有向来本色,所以貌得宋元人书。譬如今诗家,目不识《古诗十九首》、《苏李赠答》为何物,哆哆苏、陆,到底是两家门外客也。"③

---

① 姜宸英:《题〈传经堂集〉》,《湛园未定稿》卷五,《清代诗人别集丛刊·姜宸英集(上)》,人民文学出版社 2018 年版,第 533 页。
② 姜宸英:《录新书诗后》,《诗文辑佚》,《清代诗人别集丛刊·姜宸英集(下)》,人民文学出版社 2018 年版,第 914 页。
③ 姜宸英:《题米赵书跋语》,《湛园题跋》,《清代诗人别集丛刊·姜宸英集(下)》,人民文学出版社 2018 年版,第 836—837 页。

第一则写为王树百书写新诗，但因室内寒冷，"十指几为皲裂"。这本是痛苦难堪之事，但作者却突发奇想："不知当暑摇之，定能作冰气来袭人否？"在风趣幽默中，令人有辛酸之感。第二首一问一答，把姜宸英的情趣神韵表现得惟妙惟肖。

姜宸英题跋文所表现出来的"清粹温润"的风格，正好和其论体文的"闳肆雅健"构成互补，共同诠释了姜宸英古文风貌的多样性与丰富性。

三　文人情怀与题跋创作

姜宸英之所以能在题跋文创作中取得如此成就，与其修养、学识、个性等主体要素密切相关。这些主体要素彰显出姜宸英浓厚的人文情怀。

首先，姜宸英是学者，在学术研究上造诣深厚。清初，学术界考经论史，渐成风气。[1] 姜宸英深受此风熏染，"生平读书，以经为根本，于注疏务穷精蕴。自二十一史及百家诸子之说，靡弗批阅"[2]。点滴心得，集腋成裘，最终汇成《湛园札记》四卷。四库馆臣虽曾指出七处讹误，但小疵大醇，此书依然具有很高学术价值："考论礼制，精核者多，犹说部之有根柢者。"[3] 尤其肯定阎若璩欲改"札记"为"劄记"，姜宸英不从其说，"论亦典核"[4]。正因如此，阮元曾取《湛园札记》中有关经学部分，录入《皇清经解》。[5] 姜宸英对杜诗，亦颇有研究。《湛园札记》卷四专论杜诗，"对杜诗之精辟见解及翔实考证，确有独到之处"[6]。仇兆鳌《杜诗详注》中引姜宸英所论杜诗数条。当代学者周采泉通过对勘仇注所引与《湛

---

[1]　参看王汎森《清初的讲经会》，《权力的毛细管作用——清代的思想、学术与心态》（修订版），北京大学出版社2015年版。
[2]　王钟翰点校：《清史列传》卷七十一《文苑传二》，中华书局1987年版，第5807页。
[3]　（清）纪昀：《四库全书总目提要》（三），河北人民出版社2000年版，第3089页。
[4]　（清）纪昀：《四库全书总目提要》（三），河北人民出版社2000年版，第3089页。
[5]　（清）王定祥：《重刻〈湛园札记〉序》："《湛园札记》四卷，阮文达公曾取其有涉经学者，录入《皇清经解》中，非全书也。"
[6]　周采泉：《杜集书录》附录三，上海古籍出版社1986年版，第926页。

园札记》后指出，仇注尚有引姜氏之论而未注明者十数条。[①]

其次，姜宸英是古文家，在古文创作上成就卓著。姜宸英古文各体兼备，不但数量高达470余篇，而且还有很多深受后人赞誉的名篇。其古文创作以六经为本根，远受《史记》、《汉书》、《战国策》、唐宋八大家、明代归有光之深刻影响，近与冯宗仪切磋，又得王猷定指导又经过自己的不懈努力，终于成为深受时人赞誉和后世称扬的古文大家。

再次，姜宸英是书法家，在书法创作与书法理论两方面建树颇多。其与汪士鋐、何焯、陈奕禧被誉为"清初四大家"，与笪重光、汪士鋐、何焯并称"康熙四家"，是清初帖派的重要书家。其书初学米芾、董其昌，后溯晋、唐，工于行草。包世臣《艺舟双楫》列其行书为"能品上"[②]。姜宸英"以自己性情合古人神理""以摹为学"及"神明说"等书法理论亦深受时人和后世的认同和好评[③]。

姜宸英以如此深厚的学养和卓越的才华嘱意于题跋文领域，自然不同凡响，呈现出独特的思想情趣与艺术魅力。其题跋文内容上"考古证今，释疑订谬"[④]，情感上"褒善贬恶，立法垂戒"[⑤]，写法上展现出的高超的写作技巧，无不得到其学养和才华的多方滋润。

题跋文文体较为自由，内容灵活，故而从题跋文中最能看出作者的个性。反之，一个作者的个性越是鲜明和突出，越容易在题跋文中刻下无可替代的个性标记。当时熟悉姜宸英者，对其观照总离不开"任性使气"的个性气质，并毫不吝啬地予以激扬。如年纪稍长的前辈文人钱澄之："姜子为人质直任性，或不合时宜，而于王公

[①] 周采泉：《杜集书录》附录三，上海古籍出版社1986年版，第925—926页。
[②] （清）包世臣：《艺舟双楫》，栾保群编《书论汇要》（下），故宫出版社2014年版，第797页。
[③] 参见郑玉浦《姜宸英书法初探》，《宁波师院学报》（社会科学版）1985年第4期；王镇远：《中国书法理论史》，黄山书社1990年版，第456页。
[④] （明）徐师曾：《文体明辨序说》，罗根泽校点，人民文学出版社1998年版，第137页。
[⑤] （明）徐师曾：《文体明辨序说》，罗根泽校点，人民文学出版社1998年版，第137页。

贵人亦率其自然，不为少变，此其所以可重也。"① 再如年岁略小的同辈友朋韩菼："先生负气自高，不肯浮湛俯仰，岂亦有嫉而挤之者与？"② 可见，怀抱"任性使气"，且一贯秉持，成为姜宸英最富特征的人格标识，并为时贤所赞扬。姜宸英任性使气的个性气质灌注到题跋文的创作中，使其大量的题跋文表现出明显的抒情达意的私人化创作倾向。如其题跋文中抒发的怀才不遇之感，表达的对故人的深切思念，批判的社会的不良习气，等等，均在在证明了这一点。

此外，姜宸英还有诸多雅好。比如喜欢收藏，常与朋友去庙市淘书画碑刻。蒋光煦《东湖丛记》云："后得见朱拓晋唐小楷四种，后有跋语……跋云：'忆丙子客都下，同西溟、悔余、澹远每至庙市，定得书画碑刻几种，辄互相鉴赏。'"③ 家藏有唐摹石《兰亭序》《张即之书楞严经》《困学书李潮八分歌》等。他还喜欢听琴。琴，是古代文人高雅生活不可或缺的内容，具有重要的文化意义和审美价值。姜宸英是否会弹琴，不得而知，但从其诗文看来，他是非常喜欢听琴之人，如从《琴兴》《赠家叔，游湖上，闻有吴君者善琴，可为我问之》《夜醒闻邻舍弹弦索》等诗歌题目即可知晓。"堂上闲琴惊古调，转将此曲向君弹"④ "应梦山围瀑布深，况闻高士复能琴"⑤ 等句，亦能鲜明表现出其对琴音的喜爱。这些雅好，内化为一种文化修养，对其题跋文创作无疑具有多方面的益处。

综上所述，姜宸英的题跋文考证严谨细密，情感丰富真挚，风格清粹温润，是其修养、学识、个性等主体要素的自然流露。在一定程度上说，正是因为姜宸英有了深厚的多方面的修养、丰富的学

---

① （清）钱澄之：《湛园未定稿序》，《清代诗人别集丛刊·姜宸英集（上）》，人民文学出版社 2018 年版，第 372 页。

② （清）韩菼：《湛园未定稿序》，《清代诗人别集丛刊·姜宸英集（上）》，人民文学出版社 2018 年版，第 373 页。

③ （清）蒋光煦：《东湖丛记》卷四《汤邻初、曹廉让》，《续修四库全书》（杂家类），上海古籍出版社 2002 年版，第 711 页。

④ （清）姜宸英：《自金陵还，渡广陵，饮季延令》，《苇间诗集》卷二，《清代诗人别集丛刊·姜宸英集（上）》，人民文学出版社 2018 年版，第 56 页。

⑤ （清）姜宸英：《赠客之刻中》，《苇间诗集》卷一，《清代诗人别集丛刊·姜宸英集（上）》，人民文学出版社 2018 年版，第 7—8 页。

识、鲜明的个性，才创作出了那么多情采兼美的题跋文。而这又与晚明小品的注重片段、高扬情韵、不拘格套、以心为旨归的创作追求颇为相似。从这个角度来说，姜宸英的题跋文与晚明小品文一脉相承。

本章小结

本章集中探讨了姜宸英的古文创作。相较同时期古文家而言，姜宸英的古文作品数量相对较多，且体裁多样，自具特色。为了更好地阐释其古文内蕴与创作特色，本章以姜宸英的人格怀抱视角切入其古文创作。从"经世精神"切入其论体文创作，揭示姜宸英的论体文，或深切批判明代刑法制度，或热切关注当时江防、海防，或深刻总结历史兴亡教训，或深入思考人才的使用，在在彰显着其一贯强烈的"经世精神"。其论体文见解独特，文风雄辩，是其一贯秉持的"经世精神"灌注于古文创作所结出的生动文本。从"狷介人格"切入其传记文创作，再现姜宸英的传记文特别注重挖掘传主的忠孝节义之事，同时作家本人的怀才不遇、才难用世贯穿于所作传记文中。从"文人情怀"切入其题跋文创作，发现姜宸英的题跋文情感丰富真挚，风格清粹温润，是其一贯怀抱的文人情怀的自然流露。这些特点的形成与其接受《史记》《汉书》、唐宋八大家、归有光等的古文创作及观念密切相关。姜宸英以其卓有造诣的古文创作、数量不菲的古文精品，成为清初古文代表性人物之一，[①] 从而在清初文坛丰富、多样、复杂的格局中占有重要一席。

---

① 如储大文《雪苑朝宗侯氏集序》："或谓大家《文钞》宜益于一、西溟。或又谓并宜益藜洲、平叔，而天生、伯吁、甫草亦间及焉。"（《存研楼文集》卷十一，《清代诗文集汇编》216 册，第 119 页）秦瀛《答陈上舍纯书》："本朝古文以汪尧峰、魏勺庭、姜西溟、邵青门四家为长。"（《小岘山人文集》卷二，《清代诗文集汇编》407 册，第 480 页）李慈铭认为："国朝古文推方望溪、魏叔子为最，彭躬庵、姜湛园、邵青门、毛西河次之，此皆荦荦成家者也。"（《越缦堂读书记》，上海书店出版社 2000 年版，第 992 页），等等。

第五章　姜宸英诗歌与清初诗坛风尚

清初诗坛，主要有遗民诗人、贰臣诗人、清初入仕新朝的文臣三大创作群体。随着清政权的稳定和逐步走向兴盛，清初诗歌的风格总体上从哀苦怨愤走向温柔和平。这期间，诗坛涌现出了很多杰出诗人，如钱谦益、吴伟业、吴嘉纪、屈大均、王士禛、朱彝尊等。姜宸英虽以古文成就知名于世，但其诗歌创作亦受时人青睐。清初诗人周筼（1623—1687）有诗道："陆嘉淑姜宸英李因笃顾炎武及三魏际端、禧、礼，直上皆欲干青云。"① 在诗歌造诣上，其把姜宸英与陆嘉淑、李因笃、顾炎武、"宁都三魏"等量齐观。据孙仲谋考察："姜氏之同乡后进诗人叶愚《读国朝人诗》绝句，称查慎行与姜宸英、汤右曾为伯仲，则宸英在浙派诗人中亦俨然重镇之一。"② 基于这样的认识，他把姜宸英列为浙派第二期诗人，并用一整章篇幅加以论述，可见其重要程度。

检视《清代诗人别集丛刊·姜宸英集》，诗歌部分收有《苇间诗集》五卷745首、《湛园诗稿》三卷304首、《诗文辑佚》30首③，共计1079首。现列表如下：

---

① 周筼：《寄彭仲谋兼柬令弟羡门》，《采山堂集》卷三，《清代诗文集汇编》第84册，第53页。
② 张仲谋：《清代文化与浙派诗》，东方出版社1997年版，第201页。
③ 《诗文辑佚》中的"词"，未算在内。

第五章　姜宸英诗歌与清初诗坛风尚

诗集	苇间诗集卷一	苇间诗集卷二	苇间诗集卷三	苇间诗集卷四	苇间诗集卷五	湛园诗稿卷一	湛园诗稿卷二	湛园诗稿卷三	诗文辑佚
数量	142	150	155	163	135	84	120	100	30

应该说，这不是姜宸英诗歌的全部，遗佚之作仍然很多。清末冯保燮、王定祥有言："先生诗文各集刻于身后，子姓已零落矣，故其遗佚实多。"① 这还有待于我们披览群书，拾阙补遗。

在目前所见的姜宸英1079首诗中，就体裁而言，古、近体皆备；就风格而言，"沉着工稳"②；就题材而言，内容丰富，如咏怀、咏史、送别、行旅、题画、唱和等。本章即以姜宸英诗歌创作为研究对象，把其置于清初诗坛风尚中加以考察，分析其内容，品评其成就，探寻其特色。

第一节　姜宸英的题画诗与清初尚画之风

中国古代的题画诗滥觞于东晋③，兴于唐，盛于宋，至明清蔚然大观。清初，尚画之风盛行，文人题画似已成一时趣尚。故而，清初文人均有数量不等、成就不一的题画诗创作。作为清初文人中的重要一员，姜宸英亦热衷于这一传统的诗歌题材，创作出了不少题画诗。本节即对其题画诗及其相关问题进行初步探索。

一　题画诗的主题取向

检视《清代诗人别集丛刊·姜宸英集》，题画诗共75题，107首，约占姜宸英全部诗篇的十分之一。其中，就画图的内容而言，或山水、或人物、或花鸟；就画图的时代而言，或题咏古画，或品

---

① 冯保燮、王定祥：《姜先生全集》卷首，《姜先生全集》，清光绪十五年（1889）毋自欺斋冯氏刻本。
② 袁行云：《清人诗集叙录》，文化艺术出版社1994年版，第283页。
③ 高文、齐文榜：《现存最早的一首题画诗》，《文学遗产》1992年第2期。

评当代画卷；就画者的身份而言，或画家之画，或诗人之画；就题诗的内容而言，或描绘画面、或借画抒怀、或品评画艺，等等。

第一，着眼画面，描摹景物。这是题画诗创作的应有之义，是题画诗创作最常见的写作模式。在这种写作模式中，姜宸英往往全面观照画图，抓住画图最突出的特点，浓墨重彩地去描述。同时，姜宸英还能运用联想和想象，绘出象外象，点出画外音。阅读这样的题画诗，既能使人有如临其画的真切之感，又能让人含味咀嚼，情韵悠长。如姜宸英《澄上人索题陆高士华顶云泉图》一诗：

> 心知五岳足未蹑，几负脚下双游屐。谁移南山向西走，更徙万树从东掷。陆生指上声淙淙，喷珠激日盘太空。是烟非烟几千里，石莲摇动开春风。天台迤逦下四明，万牛奔迸当西行。方师锡飞潺湲洞，岂知兴满芙蓉城。素壁悬泉挂树杪，峰峦叠处烟霞绕。高飞山鸟不知名，平铺金阙何年造。方瞳老人且莫闲，白毫开士休闭关。待汝清言两寂寞，落花飞尽满空山。①

画题是"华顶云泉图"，此诗自然是围绕"华顶"与"云泉"两个方面落笔。"谁移"两句写华山，意象奇崛，笔法奇特，有如站在华山顶上纵览一望无际、树木丛生的壮观景象。"陆生"四句写"云泉"，是从"华顶"之上望见的"云泉"：泉声淙淙，喷珠激日，绵延千里，有似在春风中开放的石莲。这样用生动的笔触描摹画面，真有如临其境之感。

再如《宗室博问亭属题庐山僧长幅画竹，傍有兰数茎，丛生石上》一诗：

> 庐山道人三昧力，写就潇湘高士色。挂君东皋一草堂，烟树离离生虚白。苇间野老归去来，手指寒潭空一摘。山云欲雨

---

① 姜宸英：《苇间诗集》卷一，《清代诗人别集丛刊·姜宸英集（上）》，人民文学出版社2018年版，第38页。

不雨时,清梦扶疏绕四壁。老干直上排云归,幽艳落落坐怪石。借问王孙小渭川,月下风前谁领得?①

"手指"一句极写画面之逼真。"山云"二句写画面所营造的环境。"老干"两句写"竹""兰"。"老"字写出竹干之苍翠,"排云"夸张地写出竹之高耸入云;"幽艳"写出兰之清幽艳丽,"落落"写出兰之零落稀疏。本诗绘形绘色,寥寥数笔即把画面景物特点生动形象地表现了出来。

如《题王紫望②〈风木图〉二首》:

石桥流水绕孤坟,独立苍凉倚乱云。怪鸟欲啼山树黑,夜深应共哭声闻。

风起白杨愁暮寒,荒蹊无路棘团团。父兮母兮知何在,不见儿衣身上单。③

康熙三十六年(1697)四月间,王煓之父王鼎吕病逝,未及赴川南任上的王煓扶柩归里,为父守孝,心情极为悲痛。十二月,著名画家禹之鼎绘《风木图》,留下了王煓守孝时的小影。王煓并请当时不少名流题诗,姜宸英就是其中之一。第一首,诗人用"石桥""流水""孤坟""乱云""怪鸟"等意象渲染了画面苍凉萧瑟的气氛,和王煓守孝期间悲苦伤痛的心情一致,尾句"夜深应共哭声闻",运用虚笔写出王煓晚上的哭声,可以想见其失去父亲的悲痛。第二首,前两句依然是写画面景物,运用"白杨""荒蹊""棘"等意象写出守丧之地荒凉闭塞的特点,最后两句直抒胸臆,写王煓守丧期间之

---

① 姜宸英:《苇间诗集》卷四,《清代诗人别集丛刊·姜宸英集(上)》,人民文学出版社2018年版,第193页。
② "王紫望"应是"王紫诠"之误。王煓(1651—1726),字子千,号盘麓、南区、南村、紫诠,直隶宝坻人。
③ 姜宸英:《苇间诗集》卷五,《清代诗人别集丛刊·姜宸英集(上)》,人民文学出版社2018年版,第237页。

苦情。两首诗有实有虚,虚实结合,既使人想见画面之景象,又给读者提供了想象的空间。

姜宸英还有题画小诗,或五绝,或七绝,写得很是精工:

落叶山下路,四野绝行侣。惟见天际帆,迢迢向何许?(《题画卷》)①

烟搓堤柳碧丝丝,正是阴浓绿涨时。人迹少通飞鸟绝,满湖风撼读书帷。(《题画卷》)②

家住深山只爱山,霜林枫叶红斑斑。乌犍背上夕阳色,吹尽笛声人未还。(《题画》)③

这样的小诗,笔触细致,情景交融,读来神完气足,情韵悠长。

姜宸英这种类型的题画诗,就像一首首情韵生动的山水田园诗,颇见其描摹的功力。

第二,借画抒情,寄托感慨。中国古代的题画诗有广义、狭义之分。狭义的题画诗,专指画家在画图完成之后,直接题写在画图上的诗作,从而诗与画相融合,构成有机的统一体。广义的题画诗,即观画者根据画面内容所赋的诗,可以离开画面而独立,一般不题在画面上。一般来说,此类诗作多由诗人所作。④ 就姜宸英的全部题画诗而言,两种均有,而尤以后一种居多。

如《题〈邗城雅集图〉》:

去年策蹇长安道,五月炎蒸颜色槁。主人拂拭青琅玕,坐我北窗风窈窕。就中宾客谁最奇?华省才人绝妙辞。平明下直

---

① 姜宸英:《苇间诗集》卷三,《清代诗人别集丛刊·姜宸英集(上)》,人民文学出版社2018年版,第107页。
② 姜宸英:《苇间诗集》卷四,《清代诗人别集丛刊·姜宸英集(上)》,人民文学出版社2018年版,第179页。
③ 姜宸英:《苇间诗稿》卷下,《清代诗人别集丛刊·姜宸英集(上)》,人民文学出版社2018年版,第334页。
④ 孔寿山:《论中国的题画诗》,《文艺理论与批评》1994年第6期。

每相过，系马门前垂柳枝。西风蓟北何萧条，吹散六翩秋旻高。谁知相失忽相见，欢然酌酒城南濠。孔融荒台没行迹，隋帝遗宫半秋色。青萝白石闭深院，寂寞吟诗永将夕。禹生年少好画手，兴来点缀无不有。丘壑能安谢幼舆，云泉只益晁无咎。两君要路终驱驰，予向沧江学钓鱼。物情飞泳各异趣，朋友聚散真斯须，安得日夕把臂如此图？①

全篇只有四句和画面有关："禹生年少好画手，兴来点缀无不有。丘壑能安谢幼舆，云泉只益晁无咎。"而且这四句全用虚写，只有"丘壑""云泉"可以使人想象画面的景物。开篇八句，追叙去年五月的景象，自己"策蹇""颜色槁"，可见落魄之情状。而"华省才人"对自己非常之好，请我去做客。今年八句，写意外相逢，无限感慨。最后，又荡开诗笔，对两位朋友祝愿："两君要路终驱驰，予向沧江学钓鱼。"可见此诗是借题画来感慨人生遭际的。全诗流畅如水而又跌宕多变。

再如《过香山题师岩上人遗像二首》：

> 淅淅寒窗雨过丝，空花散尽总成悲。梧桐落子声闻寂，十四年前夜话时。

> 纸上音容忆别年，鬓毛强半已苍然。知君亦有平生恨，此意重来问老禅。②

第一首和画面无涉，只是写在悲凉静谧的环境中，忆念十四年前夜话的情景，使人感到其无限的温馨。第二首"鬓毛强半已苍然"七字写画面，这不是目的，是为了引起最后两句。姜宸英以己心度彼心，知其有"平生恨"，其自己亦有，可昭然若揭。

---

① 姜宸英：《苇间诗集》卷二，《清代诗人别集丛刊·姜宸英集（上）》，人民文学出版社2018年版，第89页。
② 姜宸英：《苇间诗集》卷二，《清代诗人别集丛刊·姜宸英集（上）》，人民文学出版社2018年版，第66页。

再如《题乐陵君〈观渔图〉》：

> 鄙性不食肉，因有嗜鱼癖。所至必索鱼，荒县何由得？自君理高津，甘霖变卤泻。渗液满近郊，清晨荐芳鲫。啖我以腹腴，未觉枯肠窄。杜陵有布衣，数过诸孙食。盘飧何足辞，口实恐见责。惟君用意好，甫也甘久客。满幅濠梁图，一片蟠溪石。吾家盛勋业，东海留余迹。羡尔方年少，垂纶且自适。①

此诗只有"满幅濠梁图，一片蟠溪石"写的是画面，其他全是以画面写感慨。开篇四句写自己性不食肉，而嗜食鱼。接下来数句写乐陵君以鱼热情款待自己。最后抒发感慨："羡尔方年少，垂纶且自适。"表达了对随缘自适的逍遥生活的向往。

姜宸英的这类题画诗中，写向往归隐生活的诗歌不少，如《题王山人为黄研芝中允画〈黄山采芝图〉》："中允声名久，烟霞志无改。独立鸿濛间，涧空石磊磊。揽袂遍灵药，倾筐写珠琲。饵服思身轻，结念契千载。吾意亦悠然，名山可津逮。"②《将发津门题画》结尾："北风习习吹五两，送我飘然入越行，千岩万壑随所向。"③表达的往往是一种飘然归隐的感慨。

第三，借题发挥，开出议论。沈德潜《说诗晬语》卷下第四六条在论杜甫的题画诗时说："其法全在不粘画上发论，如题画马、画鹰，必说到真马、真鹰，复从真马、真鹰开出议论，后人可以为式。又如题画山水，有地名可按者，必写出登临凭吊之意；题画人物，有事实可粘者，必发出知人论世之意。"④ 姜宸英的题画诗中亦有这样"开出议论"的作品。如《龚节孙相晤天津舟次，自言前住宜

---

① 姜宸英：《苇间诗集》卷三，《清代诗人别集丛刊·姜宸英集（上）》，人民文学出版社2018年版，第147—148页。
② 姜宸英：《苇间诗集》卷五，《清代诗人别集丛刊·姜宸英集（上）》，人民文学出版社2018年版，第227—228页。
③ 姜宸英：《苇间诗稿》卷下，《清代诗人别集丛刊·姜宸英集（上）》，人民文学出版社2018年版，第330页。
④ 沈德潜：《说诗晬语》，霍松林校注，人民文学出版社1998年版，第245页。

兴，仿东坡楚诵意，种橘园中，自名橘圃，出图索句》：

> 湘客昔见放，行吟垂《橘诵》。东坡晚南还，千头课自种。古之介直士，忧患迭相共。当其所寓意，往往杂嘲弄。而子方壮年，天马脱羁鞚。何故转蹭蹬，南归触氛雾。抛却阳羡田，复作扬州梦。老友倏见面，殊乡成远送。何处觅行舟，一篙依菰蒋。风俗竞端阳，波涛杂喧哄。楚些君勿歌，且剥盘中粽。①

此诗与图画相关的就是前四句，其余诗句均由此生发开去，一方面对之议论，发表见解，即"古之介直士"四句；一方面紧扣龚胜玉（字节孙）的遭遇，对之进行了安慰，使得这首题画诗别具一格。

姜宸英不擅画，据现存史料，亦未得见姜宸英有画作的记载，但是其艺术鉴别力颇高，借题画品评的画家亦不在少数，如《将发津门题画》："华子落笔如有神，张侯爱画如爱真。"②《宗室博问亭属题庐山僧长幅画竹，傍有兰数茎，丛生石上》："庐山道人三昧力，写就潇湘高士色。"③《题〈邗城雅集图〉》："禹生年少好画手，兴来点缀无不有。"④ 等等。

综上所述，姜宸英的题画诗，大多数表现其归隐情怀，涉及社会的现实题材非常少。

二 题画诗的文本生成

姜宸英的一生命途多舛，极其坎坷，怀才不遇之情、愤世嫉俗之意时时袭来，但是并没有在题画诗中留下些许痕迹。这是什么原

---

① 姜宸英：《苇间诗集》卷三，《清代诗人别集丛刊·姜宸英集（上）》，人民文学出版社2018年版，第154页。
② 姜宸英：《苇间诗集》卷三，《清代诗人别集丛刊·姜宸英集（上）》，人民文学出版社2018年版，第330页。
③ 姜宸英：《苇间诗集》卷四，《清代诗人别集丛刊·姜宸英集（上）》，人民文学出版社2018年版，第193页。
④ 姜宸英：《苇间诗集》卷二，《清代诗人别集丛刊·姜宸英集（上）》，人民文学出版社2018年版，第89页。

因呢？让我们考察一下姜宸英题画诗的文本生成，主要有如下三种情况：

一是接受别人请求，直接题写在画图之上，成为画图的有机组成部分。姜宸英《宗室博问亭属题庐山僧长幅画竹，傍有兰数茎，丛生石上》一诗自注有云："予癸巳年（笔者注：1653 年）在吾邑东郊缓归亭，为刘君题画绢兰竹。君张绢几上，令余立题之，余即捉笔写成。"① 该诗就是当场题写在刘君兰竹画上的。

二是接受别人请求，题写在画图之外。如《龚节孙相晤天津舟次，自言前住宜兴，仿东坡楚诵意，种橘园中，自名橘圃，出图索句》一诗即是如此。惠栋《渔洋精华录训纂》卷八引邵子湘《种橘图序》："东坡云：吾性好种植，能手自接果，尤好载橘。阳羡在洞庭上，柑橘载至易得，欲买一小园，种三百本。屈原作《橘颂》，吾园若成，当作亭以楚颂名之。然东坡园与亭竟未就也。龚子节孙移居阳羡，仿此绘图，乞名人诗词盈帙。"② 姜宸英此诗就是应龚胜玉之请而作的。再如《题〈洞庭秋泛图〉，为樊明府》一诗自注："前数家题俱云。"③ 这说明有很多人为此画题诗，姜宸英亦是应邀而作。又如《题蒋总宪〈家庆图〉》一诗自注："征诗原启，引二公为比。"④ 这说明蒋总宪公有征诗启，姜宸英是应此启而写。《题高学士〈蔬香图〉》一诗，高士奇《苑西集》卷四《禹生为余写蔬香图自题卷尾》诗六首，诗后附同时人的唱和诗，有长洲宋德宜、梁清标，泽州陈廷敬，昆山徐乾学、徐元文，云间王鸿绪，桐城张英，秀水朱彝尊、钱澄之等人。

三是在宴饮雅集上，群体作画，群体题诗。清初陈康祺记载道：

---

① 姜宸英：《苇间诗集》卷四，《清代诗人别集丛刊·姜宸英集（上）》，人民文学出版社 2018 年版，第 193 页。
② 王士禛著，惠栋、金荣注，伍铭辑校，韦甫参订：《渔洋精华录集注》（下），齐鲁书社 1999 年版，第 1005 页。
③ 姜宸英：《苇间诗集》卷五，《清代诗人别集丛刊·姜宸英集（上）》，人民文学出版社 2018 年版，第 217 页。
④ 姜宸英：《苇间诗集》卷一，《清代诗人别集丛刊·姜宸英集（上）》，人民文学出版社 2018 年版，第 226 页。

"康熙戊寅之夏,辇下诸名人合写《芝仙书屋图》,画者三十人:王原祁、宋骏业、禹之鼎……诗者六十人,皆余思祖为之书,姚奎、袁启旭、费厚蕃……姜宸英……题识者孔毓圻,而陈奕禧为之书。是图不知今落何许,录之亦足存国初雅人姓字,并以见皇畿才彦之盛也。"① 惜乎,姜宸英此首题画诗已佚。

在上述三种题画诗的生成方式中,第二种生成方式在姜宸英题画诗中占绝大多数。这种方式,往往是图画主人邀请与己相关的一群人,在不同时间、地点,从各自不同的身份出发,围绕此图画主题共同完成的一件书画作品。它最重要的功能,与大多数的题图诗卷一样:"一是交游,二是纪念。"② 这就要求题画者,必须围绕着画图主题完成。姜宸英所题的画图,多数都和隐逸有关,如乔石林《柘溪归隐图》、徐电发《枫江把钓图》、毛惠侯《戴笠垂钓图》、王令诒《柳矶垂钓图》、钱孝修《山中采药图》、黄研芝《黄山采芝图》等,均是如此。所以,姜宸英的题画诗,大多数表现其归隐情怀,涉及社会的现实题材非常少,也就顺理成章。

三 题画诗创作与清初尚画之风

丹纳《艺术哲学》在阐释艺术品的本质时指出:"要了解一件艺术品,一个艺术家,一群艺术家,必须正确地设想他们所属的时代精神和风俗概况。这是艺术品最后的解释,也是决定一切的基本原因。"③ 不同的时代精神和风俗影响到士人的审美趣尚,进而会影响到文学作品的审美取向,以此来观照姜宸英,发现其题画诗创作亦深受清初尚画之风的影响。

清初尚画之风的形成、发展与帝王权贵对于绘画的参与关系密切。据礼亲王昭梿《啸亭杂录》记载:"国朝自入关后,日尚儒雅,

---

① 陈康祺:《郎潜纪闻 初笔 二笔 三笔》(下),中华书局1997年版,第675页。
② 魏泉:《"交游"与"纪念":"宣南诗社"之"题图诗卷"读解》,《文艺研究》2015年第9期。
③ [法] 丹纳:《艺术哲学》,傅雷译,江苏文艺出版社2012年版,第14页。

天潢世胄，无不操觚从事。"① 福临亦是如此："勤政之暇，尤善绘事。"他临摹宋元文人的山水画，并常将自己的画作赐赠近臣。皇太极的第六子高塞，长期居住在盛京（今沈阳），擅长绘画，闻名遐迩。文坛泰斗王士禛曾高度评价高塞的绘画艺术："常见仿云林山幅，笔墨淡远，摆脱畦径，虽士大夫无以逾也。"② 皇帝还曾把大内珍藏的书画赐予群臣，据记载："顺治三年七月二日，上出大内历代珍藏书画赐廷臣，先文康以大学士蒙赐。明年，临洺李台辰芳莎侍先文康夜饮，先公以谢表相委，李挥毫座上如风雨，脱稿时才二鼓耳。一时辇下，侈为美谈。"③ 帝王带头、权贵嗜好，社会上便兴起了浓厚的尚画之风，而士人群体中的赏画、藏画之风也由之出现：

  合肥许太史孙荃家藏画鹑一轴，陈章侯题曰："此北宋人笔也，不知出谁氏之手。"余览之，定为崔白画，座间有窃笑者，以余姑妄言之耳。少顷持画向日中曝之，于背面一角映出图章，文曰"子西"，"子西"即白号，众始叹服。后此事传至黄州司理王俟斋丝，犹未深信。一日宴客，听事悬一画，余从门外舆上辨为林良画，迨下舆视之，果然，即俟斋亦为心折。④

  李龙眠画人马恒在绢上，取法唐人，用笔刻画，惟毗陵庄氏所藏《五马图》卷，用澄心堂纸，白描微设色，简古高妙，独冠诸迹，详周公谨《云烟过眼录》及近日卞侍郎永誉《式古堂画考》。内"画杀满川花"事，洵为千古佳话。公瑾云："王逢原吉赋韩幹马，亦云传闻三马同日死，岂前是亦有此事乎？"披玩之余，录题跋如左。题缺一马，殆即满川花也。⑤

---

  ① 昭梿：《三王绝技》，《啸亭杂录》卷十，中华书局1980年版，第317页。
  ② 铁保：《熙朝雅颂集》卷首，嘉庆九年内务府刻本。
  ③ 宋荦、刘廷玑：《筠廊偶笔 二笔 在园杂志》，蒋文仙、吴法源校点，上海古籍出版社2012年版，第11页。
  ④ 宋荦、刘廷玑：《筠廊偶笔 二笔 在园杂志》，蒋文仙、吴法源校点，上海古籍出版社2012年版，第23页。
  ⑤ 宋荦、刘廷玑：《筠廊偶笔 二笔 在园杂志》，蒋文仙、吴法源校点，上海古籍出版社2012年版，第73页。

> 公每作画，必以宣德纸、重毫笔、顶烟墨，曰："三者一不备，不足以发古隽浑逸之趣也。"公官京师时，每岁初冬辄赠门人、幕宾画，人人一幅，以为制裘之需。好事欲得之，往往缄金以俟焉。①

通过以上三则材料，窥斑知豹，清初士人作画、赏画、藏画之风盛行，这是文人的一种艺术化生活方式，绘画已成为文人士大夫的精神寄托之所和心灵休憩之乡。他们在庙堂严肃生活之余，悠游其中，释放劳累，安顿生命，是难得的精神调剂。在清人的各种文化生活方式中，对绘画的爱好可谓一个较为理想而又普遍的游心选项。这也正是清初题画诗繁荣的一个重要原因。

在这种风气影响之下，一些爱画、藏画的文人邀请当时已广有声名的姜宸英题诗，实属一时风雅之举，而姜宸英题画诗之生成也就自然而然。

综上所述，题画诗这一古老而又经典的诗歌题材，在清初走向兴盛，是当时文坛尚画之风的必然产物。姜宸英的题画诗，以其广泛的内容、突出的成就，成为窥探当时文坛尚画之风的一扇窗口。

第二节　姜宸英的行旅诗与清初游幕、处馆之风

姜宸英于康熙元年（1662）背井离乡，开始了自己的游历生涯，走上了终其一生的科举之路。从35岁到72岁，他的足迹遍及大江南北。在这漫长的游历岁月中，其以诗纪行，留下了大量的行旅之作。他的行旅诗既记录了他的游踪，又有精致的景物描写和诚挚的情感抒发，取得了较高的艺术成就。本节拟对姜宸英行旅诗的内容、艺术成就及其与清初游幕、坐馆之风的关系予以初步探讨。

---

① 王应奎：《柳南续笔》卷二"王麓台作画"条，《柳南随笔 续笔》，以柔校点，上海古籍出版社2012年版，第109页。

一 行旅诗的内容

据初步统计，姜宸英的行旅诗题材广泛，内容丰富，现存150首左右，在姜宸英全部诗歌中所占比例较大。"一般来说，行旅诗主要反映行旅生活，书写行旅过程中的见闻，……是对行旅生活进行艺术呈现。"① 姜宸英的行旅诗亦是如此，具体说来，主要表现在以下三个方面：

其一，生动地描绘所历各地绚丽多姿、各具情韵的秀美风光，表达诗人的热爱之情。很多历史名胜，在姜宸英的笔下都得到了绘声绘色的描摹。如闻名遐迩、历史悠久的燕子矶："水接西南悬砥柱，碑残日月自齐梁。"② 如巍峨高耸、树木蓊郁的金山、焦山："树老光浮翠，钟清响入云。"③ 如烟波浩淼、以潮著称的钱塘江："入海天围尽，连城水势遥。"④ 再如位置险要、视野开阔的瓜洲大观楼："南来风压归帆白，北顾山团落日黄。趋海急流分半壁，际天孤岛隐殊方。"⑤ 诗人笔下的这些引人入胜的风光，或气势雄浑，或色彩艳丽，均美不胜收，令人神往。

江南风光旖旎秀美，姜宸英的一些行旅诗则以描摹细腻见长，较有代表性的是《暮上玲珑岩》。诗云：

> 一片玲珑石，登临出世间。白移人过树，红乱日沉山。野鹿衔花去，溪猿听法还。悠然俯下界，灯火闭禅关。⑥

---

① 赖燕波：《论查慎行的行旅诗》，《学术交流》2013年第2期。
② 姜宸英：《晚泊登燕子矶》，《苇间诗集》卷一，《清代诗人别集丛刊·姜宸英集（上）》，人民文学出版社2018年版，第39页。
③ 姜宸英：《浮江东下望金焦》，《苇间诗集》卷一，《清代诗人别集丛刊·姜宸英集（上）》，人民文学出版社2018年版，第40页。
④ 姜宸英：《渡钱塘江》，《苇间诗集》卷二，《清代诗人别集丛刊·姜宸英集（上）》，人民文学出版社2018年版，第62页。
⑤ 姜宸英：《登瓜洲大观楼同张见阳司马》，《湛园诗稿》卷二，《清代诗人别集丛刊·姜宸英集（上）》，人民文学出版社2018年版，第316页。
⑥ 姜宸英：《苇间诗集》卷二，《清代诗人别集丛刊·姜宸英集（上）》，人民文学出版社2018年版，第70页。

第五章　姜宸英诗歌与清初诗坛风尚

全诗温润自然，如行云流水，颇为传神地表现了江南风光独有的特点。"白移人过树，红乱日沉山"一联，有动有静，色彩绚烂。此联继承了杜甫"绿垂风折笋，红绽雨肥梅"[①]的笔法，但意境之阔大，实已过之，尤值得称道。

姜宸英何时入都，现无法明确考定，只是知道康熙十一年（1672）年其已在北京。是年中秋后二日，徐乾学邀请姜宸英、钱澄之等人同游西山。对早已习惯南方风物的姜宸英来说，北方风光的特色毫无疑义地会对其造成一定程度的震荡与冲击。果然，姜宸英依次作《始游西山，出西便门，憩摩诃庵作》《出十方院》等九首行旅诗[②]。兹选取其《来青轩》一诗来略窥其北方行旅诗的特征：

> 兹山最岩峣，开轩冠群峰。岩峦互回合，缺处当其中。金轮涌海底，白波翻回风。鸟随碧天尽，水将银汉通。爽气落户牖，遐想凭虚空。雁齿没山骨，龙鳞凋松容。昔闻翠辇过，尚看垂露浓。阅世有代谢，葆道资无穷。所以广成子，终日游鸿濛。[③]

此诗前八句写站在来青轩里所望见的雄伟景象：峰峦缭绕，红日初升，白波翻涌，碧空万里。这些景象呈现出迥异于江南风光的雄伟辽阔的意境。身处此地，诗人不禁遐想联翩。明神宗所书写的"来青轩"三个大字，不能不进入其视野。更为难得的是诗人已对明清

[①] 杜甫：《陪郑广文游何将军山林十首》（其五），《杜诗详注》卷二，中华书局2009年版，第151页。

[②] 钱澄之《湛园未定稿序》有云："辛亥春，予客武塘……明年，予入都门。未几，姜子亦至。其秋，徐太史原一邀同官数子与姜子及予为西山之游。姜子所至，题咏都遍。"辛亥春，即康熙十年（1671）春；明年，即康熙十一年（1672）。钱澄之《田间诗文集》诗集卷十九《客隐集》中有《中秋后二日，徐原一邀同姜西溟、叶子吉、张素存游西山，马上杂作》诗，共十一首，其二曰《摩诃庵》，其七曰《香山寺与子吉桥边坐话》，其八曰《拜景帝陵》。这些篇目，与姜宸英所作相同，可见这是同一次出行所作。故出行的具体时间是康熙十一年（1672）中秋后二日。

[③] 姜宸英：《苇间诗集》卷二，《清代诗人别集丛刊·姜宸英集（上）》，人民文学出版社2018年版，第85页。

鼎革有了一个更为达观的看法："阅世有代谢。"可见诗人此时内心的豁达与从容。这样的诗篇，不仅使我们能够领略到彼地雄奇的风光，更能得以窥见彼时其心灵的律动。

其二，姜宸英的纪行诗，不仅注入了诗人热爱山水、崇尚自然的人生态度，而且他还将对人生、遭际等真切的感受融汇在模山范水的诗行中，不仅充实了内容，而且还使主题含蓄，诗意隽永，颇耐咀嚼。如其七律《游平山堂感事有作二首》：

沙平石路隐长楸，尽是繁华昔日游。兵火几经隋大业，笙歌仍出晋邘沟。人谈旧事刀痕在，望接重江剑气浮。可惜名都天下会，沉吟不独为登楼。

朝游城北暮城东，相国名犹满域中。尽瘁身亡残垒在，神仙迹去野桥空。门庭死守伤遗策，左右无人误乃公。荒冢至今鬼夜哭，可怜丝管醉春风。①

第一首诗写游平山堂。首联写昔日繁盛景象，虚实结合，令人想见当年之"繁华"。颔联写平山堂几经战火，现在已残破不堪，但当时士人官宦仍然日夜"笙歌"。诗人以隋喻明，流露出对当时士人官宦在战乱频仍之际依然奢侈作乐的行为感到愤慨和不满。颈联写遭难之后的人们心灵的创伤，但依然同仇敌忾。尾联诗人沉吟，但不只是为了登楼，引出第二首诗对史可法的叙写和怀念。第二首诗重在写史可法。首联写史可法的声名犹存。颔联写史可法逝去，但残垒、野桥依然存在，充满了物是人非的悲叹。颈联写史可法的不幸遭遇，充满了诗人的无限同情。尾联再次回到现实，对歌舞作乐的批判。此诗题目只作"感事"，诗中"以隋寓明"，对史可法只称"相国"。这是一种隐晦的作法。对此，赵翼在品评吴伟业诗歌创作时说道："身阅兴亡，时事多有所忌讳，其作诗命题，不敢显言，但

---

① 姜宸英：《苇间诗集》卷二，《清代诗人别集丛刊·姜宸英集（上）》，人民文学出版社 2018 年版，第 41—42 页。

撮数字为题，使阅者得之，如《杂感》《杂咏》《即事》《咏史》《东莱行》《洛阳行》《殿上行》之类，题中初不指明某人某事，几于无处捉摸。"① 此种评价，亦适用于姜宸英这类的诗歌。

由上分析可见，姜宸英这类的行旅诗熔铸着他对山光水色的观赏和对历史、人生的思索，这样的诗歌融现实景象和历史遗迹于一体，集叙事、议论、抒情为一身，因此其内涵更加厚重，容量也更加广大。如其《扬州春尽不闻杜鹃》："江南此日最关情，桑柘阴阴独鸟鸣。应是隋皇行乐处，春深不到断肠声。"② 其《宿德州廨中》："杖策行看暮，遥天映夕霞。人烟依郭少，驿路向河斜。倦吏灯前酒，荒城枕上笳。犹怜断碣在，临别一咨嗟。"③ 等等，均是如此。

第三，姜宸英还有一些行旅诗，不同于一般的山水诗，已完全超出个人一己之情的小天地，而将视角转向百姓，反映较为广阔的社会生活，表现出他对社会现实的深切关注。

在行旅途中，姜宸英注重战争给百姓带来的灾难，借助景物描写将所见所闻呈现出来，诗人的情感态度见于言外。如其《荒村》一诗云：

> 高田种麦不成穗，短犁黄犊带憔悴。男儿不死走荒凉，自与共驦投魑魅。长天作愁风嘶壁，吹落屋茅点饭块。鸡声膈膈墓田雨，稿床挂足眼光翳。一月十五发不沐，坐埋土室如梦寐。问君何为屋漏中，顾地窥天心转碎。隔房偪仄水声劲，蝮蛇经过上檐际。蛰雷殷殷动地脉，百虫乘时自为厉。我生岂无日月照，侧身春风如短翅。④

---

① 赵翼：《瓯北诗话》卷九，《清诗话续编》，郭绍虞辑，上海古籍出版社1983年版，第1288页。
② 姜宸英：《苇间诗集》卷一，《清代诗人别集丛刊·姜宸英集（上）》，人民文学出版社2018年版，第43页。
③ 姜宸英：《苇间诗集》卷二，《清代诗人别集丛刊·姜宸英集（上）》，人民文学出版社2018年版，第75页。
④ 姜宸英：《苇间诗集》卷一，《清代诗人别集丛刊·姜宸英集（上）》，人民文学出版社2018年版，第23页。

除了描写战争灾难外，姜宸英的行旅诗还写有沉重的劳役赋税带给百姓的苦难。如其《舟过吴江》一诗有云：

  日落野云蒸，行人悲不胜。恤灾明诏格，科税长官能。蓬挂逃亡室，波连刻镂塍。并兼盗贼虑，将恐及晨兴。①

诗歌无情地揭露了地方官吏征收赋税给百姓带来深重灾难的社会现实。吴江之地发生水灾，朝廷体恤灾情的诏书已到，但是地方长官依然征收苛捐杂税，结果就是百姓逃亡，洪水漫到田地。"能"字，对"长官"充满了辛辣的嘲讽。全诗表现出诗人对"长官""科税"的批判，对百姓遭受深重灾难的深切同情。

当然，姜宸英的一些行旅诗，并不是都写得那么沉重晦暗，相反，有一些诗歌颇为亮丽和温馨，展现了农民生活的欢快图景以及诗人愉悦的心绪。如下面诗篇：

  新禾上佳色，当晚更闻香。广陌过疏雨，深锄带夕阳。飞飞蝉出树，黯黯月生塘。坐看归耕者，船移逐水凉。②
  小舫闲载泊荆扉，白露寒多稻子肥。无数腰镰赤脚妇，满田微雨插花归。
  村渔七十颇有须，少妇滩头指跃鲈。当舷出手擎来滑，懊恼生生唤老奴。
  种菊荒坡水力枯，花开低小索人扶。几回令节成虚逝，浅淡茅柴带月沽。③

---

① 姜宸英：《苇间诗集》卷二，《清代诗人别集丛刊·姜宸英集（上）》，人民文学出版社2018年版，第74页。
② 姜宸英：《原上行，观禾抵暮》，《苇间诗集》卷一，《清代诗人别集丛刊·姜宸英集（上）》，人民文学出版社2018年版，第22页。
③ 姜宸英：《九日村庄即事杂谣》，《苇间诗集》卷一，《清代诗人别集丛刊·姜宸英集（上）》，人民文学出版社2018年版，第24页。

第五章　姜宸英诗歌与清初诗坛风尚

前后两诗均写农村生活的祥和图景。前诗写疏雨过后，禾稻色佳味香，当晚时分，百姓归耕，呈现出一派温馨静谧的农村晚景。后诗以三首绝句组成，选取三幅画面描摹之。第一首的地点是稻田，写稻子丰收，农妇干完农活回家的欢乐场景。"插花"一细节可见农妇心情之愉快。第二首的地点是滩头，写渔人捕鱼的情景。第三首的地点是荒坡，写菊开低小，虽然略显凄清，但也透露出闲适之情。由上可见，诗人虽然旅途劳顿，但有时也能以愉悦的心情赏玩眼前美好景物，怡然自得，诗作也舒缓有致，情趣盎然。

二　行旅诗的特色

姜宸英的行旅诗，在艺术风格和表现手法上，表现出了一些较为鲜明的特色，论述如下。

其一，出现了类似组诗的形式。比较典型的是两次。一次是康熙十一年（1672）年中秋后二日，徐乾学邀请姜宸英、钱澄之等人同游西山。姜宸英依次作《始游西山，出西便门，憩摩诃庵作》《出十方院》《宿张氏庄》《寻宝珠洞，久行乱山中》《来青轩》《香山寺泉》《松磴》《表忠寺松》《景帝陵》9首行旅诗，真切地描摹了游山途中所见到的瑰伟雄奇的景色。第二次是康熙二十九年（1690）春，姜宸英与查慎行结伴南归。查慎行记述道："玉峰大司寇徐公，予告南归，奉旨仍领书局，出都时邀姜西溟及余偕行，两人日有唱和，旗亭堠馆，污壁书墙，率多口占之作。"① 现在《湛园诗稿》卷二有一组诗：《三家店同夏查重》《宿白沟店，见郑生题壁，时正清明日》《饭赵北口，得鱼数头，是北来未有》《登赵北口小阁》《河间城外》《景州》《发剡城》《红花埠》《早发红花埠》《途次泰安州，宴周别驾宅》《至峒峿始入江南境》《河堤同夏重》《饭赵北口，得鱼数头，是北来未有》《大壩马上口号》《晚泊宝应城外，饮乔侍读别业，听歌二首》《登瓜州大观楼同张见阳司马》《清江浦，同张力臣诸君，过大寺雪上人方丈》17首诗，即是此次

---

① 查慎行：《题壁集序》，《敬业堂诗集》卷十一，《清代诗文集汇编》第178册，第197页。

南归途中所作。但是此行所作的行旅诗应该有散佚之作。翻检《敬业堂诗集·题壁集》，查慎行有诗题为《良乡次西溟韵》《寒食过涿州和西溟》。由"次西溟韵""和西溟"可知，姜宸英于良乡、涿州皆有诗作，但遍检姜宸英现存诗文集，均不见此二诗踪影，可见这两首诗已亡佚。以组诗写行旅，有利于读者把握其行踪和心态的起伏变化。要用一首诗把游踪及其各个景点的特色表达出来不容易做到，或者说不容易表达得淋漓尽致，但用组诗的形式则可以较好地做到这一点。

其二，感情真挚，直抒怀抱，也是姜宸英行旅诗的特色之一。姜宸英曾夫子自道："弟一生读诗，触目即吟；一生作诗，意到即发。不论宗派，不名家数。"① 在漫长的行旅中，面对大好风光，自然会生发感受，然后笔之于诗，情感自然真挚。如《原田》一诗："耕种有常课，随时因及秋。稻粱临水碓，纺绩在床头。唧唧蟋蟀叹，迟迟行旅愁。薄田家未得，终岁此淹留。"② 诗人漂泊在外，看到农家稻粱丰收、纺线织布的温馨景象，反观自身，漂泊无依，不禁发出"薄田家未得，终岁此淹留"的羁旅之叹。再如《饭赵北口，得鱼数头，是北来未有》一诗："洪湖新涨白澜翻，湖外人家小荻门。牵动江东鲈脍兴，饭炊香稻出鱼飧。"③ 姜宸英"鄙性不食肉，因有嗜鱼癖"④，一路行来，今才得鱼数头，自然是欣喜异常，便写下此诗，字里行间流露出兴奋、愉悦之情，一扫旅途栉风沐雨、鞍马劳顿之苦。姜宸英的很多行旅诗都具有这样的特点。

其三，白描手法的大量运用，绝少着意修饰和堆砌辞藻，是姜宸英行旅诗的又一显著特色。如《出十方院》："白发僧无事，松间

---

① 姜宸英：《复程穆倩》，《湛园藏稿》卷三，《清代诗人别集丛刊·姜宸英集（下）》，人民文学出版社2018年版，第776页。
② 姜宸英：《苇间诗集》卷一，《清代诗人别集丛刊·姜宸英集（上）》，人民文学出版社2018年版，第21页。
③ 姜宸英：《湛园诗稿》卷中，《清代诗人别集丛刊·姜宸英集（上）》，人民文学出版社2018年版，第310页。
④ 姜宸英：《题乐陵君〈观渔图〉》，《苇间诗集》卷三，《清代诗人别集丛刊·姜宸英集（上）》，人民文学出版社2018年版，第147页。

洗药苗。闻钟不归去,指客过山腰。"① 短短二十字,寥寥数笔,就把一位老僧的外貌、动作及恬淡的内心揭示了出来。再如《石坪玩月》:"已过三五夕,复此石边行。缺月散林影,空潭流夜声。各持千载意,聊共一尊倾。古寺钟初歇,悠悠非世情。"② 尤其是颔联,视听结合,以动衬静,用白描手法把月夜祥和静谧的意境表现得淋漓尽致。

由上可见,以组诗形式写行旅,感情真挚、直抒怀抱,白描手法的大量运用,是姜宸英行旅诗的重要特色。

三 行旅诗创作与清初游幕、处馆之风

作家的创作倾向、审美趣尚不可避免地受时代精神和风俗状况的影响,姜宸英的行旅诗创作即与清初游幕、处馆风气密切相关。

"游幕",是中国古代文人的一种特殊的生活方式,"他们或迫于生计,或出于友情,或寻求发展,就背井离乡,在权贵势要的幕中从事文字或谋划等工作,或随幕主辗转他方,或与幕僚切磋诗文"③。"处馆"就是任塾师,教授生徒,"这是古代多数读书人在科举失意和人生巨变时所最钟情的谋生方式,即使穷困至极,这些深受儒家文化熏陶、自视为精英的读书人也多不屑于亲自操锄躬耕,尽管他们也无数遍地表白归耕,却没有人真正地甘心做耕夫、渔夫、樵夫。"④

清初士人为何游幕?尚小明认为:"游幕士人的自身状况包括很多方面,其中最重要的是其家庭状况与功名状况。……而大量史实也表明,士人游幕在很多情况下是由于他们家境贫寒,或是科举入

---

① 姜宸英:《苇间诗集》卷二,《清代诗人别集丛刊·姜宸英集(上)》,人民文学出版社2018年版,第84页。
② 姜宸英:《苇间诗集》卷二,《清代诗人别集丛刊·姜宸英集(上)》,人民文学出版社2018年版,第53页。
③ 朱丽霞:《明清之交文人游幕与文学生态——以徐渭、方文、朱彝尊为个案》,上海古籍出版社2008年版,第2页。
④ 朱丽霞:《明清之交文人游幕与文学生态——以徐渭、方文、朱彝尊为个案》,上海古籍出版社2008年版,第34页。

仕受挫。"① 尚小明还说："在分析游幕士人的家庭状况时，不能不考虑一些意外情况的发生对士人出游幕府的影响，如遭遇大乱家产丧失、直系亲属过早死亡，等等。特别是父亲的早逝，很值得注意。……他们不仅要逐步承担起赡养祖父母和母亲的义务，而且要为自己的前途，尤其是为一次次参加科举考试准备足够的费用。为此，他们就不得不为生活而奔波。"② 姜宸英的情况则是既家境贫寒，又科举入仕受挫，所以他会走向游幕之途。

  尚小明通过量化统计出清代士人游幕曾出现过三次高潮，其中第一个高潮就出现在康熙十三年（1674）至四十二年（1703）间。③姜宸英正是受此时风气的影响，于康熙十三年（1674）与何嘉延同客扬州郡署，馆金氏幕，又于康熙二十九年（1690）至康熙三十一年（1692）被徐乾学邀入洞庭东山书局，纂修《大清一统志》。同时，据现有资料，姜宸英还有三次处馆经历。第一次是顺治九年（1652），馆于萧氏。其《留别萧羽君、邵匪莪二子》"屈指第五壬"句下自注云："予壬辰尝馆萧氏，今年壬申，五阅壬矣。"④ 壬辰，即顺治九年。第二次是顺治十二年（1655），馆于定海谢氏。其《寄寿镇海薛五玉先生八十序》有云："忆乙未年，馆于其邑谢氏，值先生四十生日，予为文寿之。"⑤ 乙未年，即顺治十二年。其《太学生谢君墓志铭》亦云："（谢君）既补邑博士弟子员，丙申、丁酉间从余为制义。"⑥ 丙申、丁酉，即顺治十三年、十四年。第三次是康熙十二年（1673）初夏后不久，馆于纳兰性德家。姜宸英晚年回忆

---

① 尚小明：《清代士人游幕表》，中华书局 2005 年版，第 8 页。
② 尚小明：《清代士人游幕表》，中华书局 2005 年版，第 10—11 页。
③ 尚小明：《清代士人游幕表》，中华书局 2005 年版，第 6 页。
④ 姜宸英：《苇间诗集》卷三，《清代诗人别集丛刊·姜宸英集（上）》，人民文学出版社 2018 年版，第 146 页。
⑤ 姜宸英：《姜西溟先生文钞》卷二，《清代诗人别集丛刊·姜宸英集（下）》，人民文学出版社 2018 年版，第 661 页。
⑥ 姜宸英：《湛园未定稿》卷六，《清代诗人别集丛刊·姜宸英集（上）》，人民文学出版社 2018 年版，第 604 页。

说："吾始至京师，明氏之子成德延至其家，甚忠敬。"① 全祖望《翰林院编修湛园姜先生墓表》亦云："枋臣有长子多才，求学于先生，枋臣以此颇欲援先生登朝。"②

文人赴幕或赴馆，东西南北，水陆兼程，往往需要很长时间才能到达。他们在旅途中，或游山玩水，或走访古迹，得江山之助，自然会创作大量的行旅诗。康熙二十九年（1690）春，姜宸英与查慎行结伴南归，赴徐乾学洞庭东山书局，纂修《大清一统志》，在这次旅途中，姜宸英现存十七首纪行诗即是典型的一例。

姜宸英的纪行诗创作，既是其多年游幕、处馆经历的自然结果，也与其个人独特的性情有关。姜宸英曾自道其性情："余少愜幽性，泉石每攀援。……山行肆微眺，颇觉襟袖宽。"③ 他还说："何人邀我京邑住，马蹄历碌车间关。转忆家乡落天外，放眼不见门前山。以此决计赋归去，系缆津门春苦阑。既无时鸟啼睍睆，亦少溪水流潺湲。"④ 他特别喜欢山水，经常寻幽访胜，在仰观俯察中，开拓胸臆，陶冶性情，自然会把所见所感，笔之于诗。

综上所述，行旅诗这一古老的诗歌题材，在清初走向繁荣，是当时文人游幕、处馆之风盛行的必然产物。姜宸英的行旅诗创作，以其广泛的题材、较有特色的书写，可在清初行旅诗的洋洋大观中占有一席。

第三节　姜宸英的唱酬诗与清初雅集之风

唱酬诗是古代文人诗歌创作中一个不可忽视的组成部分。姜宸英一生久居林下，漂泊南北，交游广泛，留下了数量相当可观的唱

---

[1] 方苞：《记姜西溟遗言》，《方苞集》（下），刘季高校点，上海古籍出版社1983年版，第706页。
[2] 全祖望：《鲒埼亭文集选注》，黄云眉选注，齐鲁书社1982年版，第173页。
[3] 姜宸英：《晓发自汶溪，抵香山书舍题壁》，《苇间诗集》卷一，《清代诗人别集丛刊·姜宸英集（上）》，人民文学出版社2018年版，第31页。
[4] 姜宸英：《将发津门题画》，《湛园诗稿》卷下，《清代诗人别集丛刊·姜宸英集（上）》，人民文学出版社2018年版，第329—330页。

酬之作。这些唱酬诗，既描摹了其与当时高官显贵、文人墨客宴饮雅集的具体场景，又真实地展现了其内心世界的波澜起伏。

一　姜宸英与文人雅集

翻读《清代诗人别集丛刊·姜宸英集》及相关史料，在康熙七年（1668）前，几乎找不到姜宸英参与文人雅集的文字记载。这是可以理解的。因为这一阶段，政治形势发生了巨大的变化，社会极不稳定，文人们的生存受到严重困扰，自然无暇雅集酬唱。

从康熙七年（1668）到康熙十七年（1678），始见姜宸英参与同人集会活动，且多为友人过从、迎来送往的小型聚会。如康熙十七年（1678）秋，"姜子西铭客游无锡，主于秦子留仙之家，余与黄子庭表、计子甫草、陈子赓明皆至，相与晨夕论文，甚乐也。"[①]这种聚会还不算真正意义上的文人雅集，但毕竟预示着文人雅集活动的逐渐兴起，但尚未形成风气。

康熙十七年（1678）到康熙三十五年（1696）冬，是姜宸英参加文人雅集的频繁期。这期间，无论是北方，还是江南，战乱后的秩序已开始恢复，社会稳定，整个国家的形式也蒸蒸日上，文人雅集逐渐发展、繁荣起来。随着姜宸英交友圈的变更，其雅集也可分为如下阶段：

第一，与以徐乾学为中心的朋友圈的雅集。徐乾学是清代名宦，著名的文学家、学者，性情豪爽，乐于奖掖人伦。其对姜宸英的帮助自始至终"顾昆山虽退居，其气力尚健，惓惓为先生通榜，卒不倦，则亦古人之遗也"[②]。姜宸英对徐乾学亦是始终如一，即使在徐乾学失势之后，感情亦不少衰。全祖望《墓表》有"始终不负昆山"[③]之语，可谓实录。姜宸英参与以徐乾学为中心的朋友圈的雅集非常多，自与徐乾学相交，到徐乾学去世，数十年间，只要徐乾学

[①]　董以宁：《赠姜西铭为两尊人寿序》，《正谊堂文集·序》，《清代诗文集汇编》第112册，第318页。
[②]　全祖望：《鲒埼亭文集选注》，黄云眉选注，齐鲁书社1982年版，第173页。
[③]　全祖望：《鲒埼亭文集选注》，黄云眉选注，齐鲁书社1982年版，第173页。

举行雅集，必邀请姜宸英。如康熙十六年（1677）三月三日，姜宸英与陈维崧、徐乾学、李良年、吴绮、吴任臣、盛符升集钱曾述古堂（苏州城西虹桥）文宴。三月四日，姜宸英与陈维崧、徐乾学、李良年、吴绮、吴任臣、蒋伊、毛扆、王翚再集钱曾述古堂文宴。康熙二十八年己巳（1689）三月上巳日，徐乾学招同姜宸英等人修禊城南祝氏园。是年，姜宸英与徐乾学、朱彝尊、陈廷敬等人聚会颇多，以下联句皆作于此年。如《社日登黑窑厂联句》，有王士禛、徐乾学、朱彝尊、姜宸英、陈廷敬五人。《徐尚书载酒虎坊南园联句》，有姜宸英、朱彝尊、陈廷敬、徐乾学四人。《苦热联句》，有朱茂晭、姜宸英、张远、王原、徐善、朱彝尊、万斯同、朱俨、谭瑄、查慎行、李澄中、魏坤、黄虞稷、释净宪、龚翔麟、汤右曾、郑觐裦、钱光夔十八人。

  第二，与以纳兰性德为中心的朋友圈的雅集。姜宸英与纳兰性德结识于康熙十二年（1673）初夏。当二人同在京师时，则邀约友人，雅集宴饮，诗文唱和。姜宸英记述道："往年，容若招予住龙华僧舍，日与苏友、梁汾诸子集花间草堂，剧论文史，摩挲书画。于时禹子尚基亦间来同此风味也。自后改葺通志堂，数人者复晨夕相对。"① 可知他们聚会之频繁。比较有代表性的是康熙二十一年（1682）元宵节，姜宸英、朱彝尊、严绳孙、陈维崧、吴兆骞、顾贞观、曹寅同集纳兰性德花间草堂，饮酒赋词。姜宸英回忆道："记壬戌灯夕，与阳羡陈其年、梁溪严苏友、顾华峰、嘉禾朱锡鬯、松陵吴汉槎数君同饮花间草堂，中席主人指纱灯图绘古迹，请各赋《临江仙》一阕。"② 这个朋友圈的人员构成比较固定，较活跃的有顾贞观、吴兆骞、陈维崧、严绳孙、秦松龄、姜宸英等人。在这个群体中，纳兰性德与顾贞观结成生死情谊，二人词学主张相同，并于"花间草堂"酝酿一个词派。若非纳兰性德早逝，"花间草堂"

---

  ① 姜宸英：《跋同集书后》，《湛园藏稿》卷三，《清代诗人别集丛刊·姜宸英集（下）》，人民文学出版社2018年版，第771页。
  ② 姜宸英：《题蒋君长短句》，《湛园未定稿》卷五，《清代诗人别集丛刊·姜宸英集（上）》，人民文学出版社2018年版，第536页。

词群足以构成一个别具风格的具有重要影响的词学流派。①

第三，与《明史》纂修人员的雅集。康熙十九年（1680）二月，内阁学士徐元文推荐姜宸英入史馆，参修《明史》，但因其丁忧未赴职。不久，经总裁叶方蔼推荐，姜宸英正式进入明史馆，编撰《刑法志》。闲暇之时，其经常与同馆纂修人员雅集。如康熙二十一年（1682）夏，姜宸英与万斯同、黄虞稷、万言、沈季友、方中德等人集方象瑛寓斋。康熙二十二年（1683）立春后一日，同方象瑛、黄虞稷和万斯同、万言父子饮施闰章邸舍；春日，与黄虞稷、万斯同、万言集方象瑛寓斋小饮。这个阶段的雅集，人员亦比较固定，基本上都是《明史》纂修人员。

第四，与查慎行、唐孙华、赵俞、宫友鹿、吴暻等人的雅集。据查慎行记述："甲戌偪腊抵都，偕家声山僦居宣武门外，与姜西溟、惠研溪寓舍相望。自新年始约为诗酒之会，吴中则唐君实、赵蒙泉，海陵则宫友鹿七人而已。汤西厓、钱木庵亮功兄弟时或一至。后益以翁康饴、陈六谦、狄向涛、杨嵩木，稍为好事所传，他有宴会牵率入座，大约月必有集，集必有诗，声非击筑，名托酒人，各有取尔也。"② 这个阶段的雅集相当频繁，有组织，人员比较固定，尽管形式上仍以诗酒文会出现，表面上看是会聚朋友、饮酒赋诗、互诉衷肠、排遣苦闷，但细绎文士们的心理，不排除有某种功利性的诉求。据徐珂《清稗类钞·著述类·牵缀姓氏于集中》云："查夏重、姜西溟、唐东江、汤西厓、宫恕堂、史蕉隐在辇下为文酒之会，尝谓吾辈将来人各有集，传不传未可知，惟彼此牵缀姓氏于集中，百年之后，一人传而皆传矣。"③ 这些高才名士，在各自的文学空间中，流露出借诗酒风流而传名显世的诉求。

由上可见，姜宸英在不同阶段与不同的交友圈雅集的次数可谓

---

① 参看严迪昌《一日心期千劫在——纳兰早逝与一个词派之夭折》，《江苏大学学报》（社会科学版）2002 年第 3 期。

② 查慎行：《〈酒人集〉序》，《敬业堂诗集》卷十九，《清代诗文集汇编》第 178 册，第 267 页。

③ 徐珂：《清稗类钞》（第八册），中华书局 1986 年版，第 3737 页。

多矣,在集会上所作的唱酬诗亦复不少,值得我们进行深入的探究。

二 唱酬诗的情感取向

天下承平之后,文人雅集之风又起,很多清代名宦对诗酒集会充满热情,既游山玩水以开拓胸襟,又驰骋诗才以享文人乐趣,徐乾学就是其中一个代表。姜宸英多次参加徐乾学召集的诗酒文会,并分韵作诗。其诗中多次表达对徐乾学的赞扬之意:"道济贤者心,颇耽泉石癖。偕我二三子,赏玩竟日夕。皇天久不雨,向晚云阴幂。呼唱俄满林,余亦动轻策。"① "非公高躅遗尘赏,谁向空林待物华。"② 当瞬间的快乐过后,还是要回到自己寂寞悲凉的生活轨道,虽然如此,还是对徐乾学充满感激之情:"倏忽车骑散,群鸟整归翮。徙倚独何事?鄙夫多感激。"③

在一些唱酬诗中,姜宸英难得地袒露心曲:

> 愚本蓬荜士,一瓢聊自甘。敢辱君子驾,翩然顾我谈。穷巷扫积雪,枯株系停骖。快兹寂寞游,清斋同一龛。岂繄折束致?风谊夙所谙。蔬果亦时设,蒸濡杂爝燂。那无好食手,愧此终席耽。俄顷月挂户,耿耿参横南。与我二尺檠,齐光却成三。口令征前事,经史穷搜探。问一能知几,举觯吾终惭。客散月堕西,墙角卧空坛。照见独立影,短发余鬖鬖。取醉须臾耳,讵解忧如惔。逝将归旧庐,里老同挦扳。庙社喧箫鼓,乡味饱蛏蚶。念从数子乐,乍别何由堪。④

---

① 姜宸英:《健庵司寇禊饮祝氏园,分得激字》,《湛园诗稿》卷二,《清代诗人别集丛刊·姜宸英集(上)》,人民文学出版社2018年版,第306页。

② 姜宸英:《总宪公修禊杨氏园,同汤西崖、万季野诸君。时园中花事尚遥,宿莽苍然,壶觞尽日,清谈而已》,《苇间诗集》卷三,《清代诗人别集丛刊·姜宸英集(上)》,人民文学出版社2018年版,第125页。

③ 姜宸英:《三月九日徐健庵先生招饮冯园,看海棠,分得激字》,《苇间诗集》卷三,《清代诗人别集丛刊·姜宸英集(上)》,人民文学出版社2018年版,第100页。

④ 姜宸英:《上元夕招唐实君仪郎、赵文饶进士、宫友鹿明经、查夏重同年、查声山庶常小饮寓斋,分得南字》,《苇间诗集》卷四,《清代诗人别集丛刊·姜宸英集(上)》,人民文学出版社2018年版,第171—172页。

雅集的过程是热闹的、快乐的："快兹寂寞游，清斋同一龛。"但热闹快乐不能彻底解决忧愁，相反，热闹过后的落寞、繁华之后的悲凉更加浸入骨髓："取醉须臾耳，讵解忧如惔。"如何消除这种深重的忧愁呢？"逝将归旧庐，里老同捋扳。庙社喧箫鼓，乡味饱蛏蚶。"回乡隐居，过上一种逃脱世俗羁绊的休闲生活，从而消除眼前的忧愁。这当然是姜宸英在特定心态下的自我慰藉之词。这首唱酬诗情感丰富，沉郁顿挫，难得地表现出诗人的心路历程与复杂心态。

在与以徐乾学为中心的交友圈宴饮雅集，姜宸英如此坦陈心声的诗作毕竟不多，但与查慎行、唐孙华、赵俞、宫友鹿、吴暻等同年或友人的雅集，则迥然不同：

或借景抒情，感慨人事变迁："……花为游人气方吐，争酣竞态日停午。阁道吹回阵阵香，塔波飞度茸茸雨。一年几处见花开，此地何人数举杯。白头黄阁看花老，冷落东城废石台。东城西城花变换，四百年间疾流电。可怜人事总如花，莫惜花前酒频劝。"① 或触景生情，联系现实："……分曹赌饮集群贤，折柬相招余一个。花香酒清罗珍羞，高谈雅令兴转遒。贱子何为徒偃仄？半酣万感纷来投。不见昨时飞骑促，报道西来翻地轴。泥委平阳百万家，百十六灾无此酷。至尊减彻当尔时，吾侪纵饮岂其宜。主人低头客欷歔，停杯不语日西驰。移时欲起风势恶，吹动花枝任开落。"② 或直抒胸臆："塞拙素寡谐，老作长安客。晚游得数子，中坐百端集。"③ "虽无《阳阿》奏，人意偕冲融。喧阗名都会，数子襟契通。岁岁兹欢赏，未必吾道穷。"④ 这些诗篇比较集中地表现了姜宸英此时此地的心灵世界。

---

① 姜宸英：《城西兴胜寺同诸公看杏花》，《苇间诗集》卷四，《清代诗人别集丛刊·姜宸英集（上）》，人民文学出版社2018年版，第178页。

② 姜宸英：《翁康饴户部招饮看芍药》，《苇间诗集》卷四，《清代诗人别集丛刊·姜宸英集（上）》，人民文学出版社2018年版，第181页。

③ 姜宸英：《东江考功席上同用子瞻岐亭韵》，《苇间诗集》卷五，《清代诗人别集丛刊·姜宸英集（上）》，人民文学出版社2018年版，第202页。

④ 姜宸英：《上元夜西斋宴集，用乐天"明月春风三五夜"韵，分得风字》，《苇间诗集》卷五，《清代诗人别集丛刊·姜宸英集（上）》，人民文学出版社2018年版，第203页。

三 唱酬诗创作与清初雅集之风

姜宸英曾指出："当天下无事时，仕宦者得以其间从容于游宴之乐而述为诗歌，民生其间，何大幸也！然而烟尘稍警，则淮南之受兵必先，鲍明远所谓'通池夷、峻隅颓'者，尝间世而一见也。而风嗥雨啸之场，诗人之响，或几乎息矣。"[①] 后来，天下无事，社会稳定，无论是江南还是北方，文人雅集之风开始盛行。

兹以扬州为例，以见雅集之盛况。王士禛康熙三年（1664）在扬州召集了"红桥修禊"，这是一次著名的文人集会。参与者有张纲孙、孙枝蔚、程邃、孙默、许承宣、许承家等名士，尤其是八十五岁高龄的耆宿林古度渡江赴会，更增添了雅集的分量。在这次雅集上，王士禛一连作了《冶春绝句》二十首，唱和者更众，一时形成"江楼齐唱《冶春》词"的空前盛况，后编成《红桥唱和集》三卷。康熙十六年（1677）八月十三日，平山堂复建竣工，太守金镇在这天晚上招同孙枝蔚、汪懋麟、汪耀麟、邓汉仪、宗鹤问、华衮、黄云、孙默、许承家、程邃、杜濬、盛珍示、刘彦度等雅集相庆，即席限体赋诗。此次雅集影响甚大，远近闻名，王士禛、曹溶、金敬敷、吴祖修、罗坤、王概、张僧持等五十余人作诗遥和，一时大江南北传为盛事，可见扬州雅集的繁盛程度。

正是在这样雅集之风的影响下，姜宸英参与了很多文人聚会，在筵席上饮酒赋诗，坦陈心迹。当我们探究姜宸英唱酬诗时，不能不考虑当时雅集之风的影响。

综上所述，唱酬诗创作是当时诗人频繁参与文人雅集的必然产物。姜宸英的唱酬诗，大部分诗作感情真挚、语言质朴，在清初唱酬诗中较有特色。

---

① 姜宸英：《广陵倡和诗序》，《湛园未定稿》卷二，《清代诗人别集丛刊·姜宸英集（上）》，人民文学出版社2018年版，第434页。

第四节　姜宸英其他诗歌简论

一　咏怀诗

姜宸英的这类作品现存30余首,虽然数量不多,但在很大程度上展现了其内心世界的波澜,记录了其人生情感历程的运行轨迹。这类诗篇,一方面表现了诗人漂泊天涯的羁旅之情。如《秋夕书怀》:"意孤知袖短,骨折似无形。哀湍没巨石,沸浪时时惊。水国有归梦,暗与沧潮平。归梦不复归,月仄青棱棱。稚子厌遥夜,方歌闻采菱。"[①] 在冷落凄清的氛围中,流露出诗人强烈的思归之意。"恰伴孤眠城角鼓,惯萦离恨纸窗灯"[②] "旧山马鬣何时就,客舍牛衣总自哀"[③] "水流到海无归信,花落成泥有断魂"[④] 等均是此种情怀的表达。

另一方面也表达了对自己失意沦落的哀叹。姜宸英是清初著名的古文家、诗人、书法家、史学家,很早就名闻天下,但是命途多舛,66岁才中举人,70岁方中进士,72岁就病死狱中。因此失意沦落的哀叹会随时袭来,比较有代表性的就是《旅社遣怀》一诗:

> 冉冉流光又一春,天涯历尽足酸辛。当前落魄都因傲,事过思量只合贫。镜暗解丝年少发,炊稀愁积后来薪。桃秾柳艳长安道,多少繁华是故人。[⑤]

[①] 姜宸英:《苇间诗集》卷一,《清代诗人别集丛刊·姜宸英集(上)》,人民文学出版社2018年版,第22页。

[②] 姜宸英:《长安杂感四首》(其一),《苇间诗集》卷三,《清代诗人别集丛刊·姜宸英集(上)》,人民文学出版社2018年版,第104页。

[③] 姜宸英:《八月二十九日书怀二首》,《湛园诗稿》卷中,《清代诗人别集丛刊·姜宸英集(上)》,人民文学出版社2018年版,第294页。

[④] 姜宸英:《感旧》,《湛园诗稿》卷中,《清代诗人别集丛刊·姜宸英集(上)》,人民文学出版社2018年版,第299页。

[⑤] 姜宸英:《苇间诗集》卷二,《清代诗人别集丛刊·姜宸英集(上)》,人民文学出版社2018年版,第59页。

一边是长安大道,桃秾柳艳;一边是凄凉旅社,独自悲愁。在强烈的对比中,诗人内心的失意沦落之情也就跃然纸上。

姜宸英在咏怀诗中还表达了对人情世态的讽刺。他曾自道其性情:"以余之戆愚,不谐于俗,虽久游于四方,熟尝人情变态,而志气硁然,愈不可易。"① "我时嫚骂,无问强弱。君不予狂,知予嫉恶。"② 姜宸英的这种"戆愚""嫉恶"的性格,时常对人情世态的不良风气加以讽刺。康熙十七年(1678),康熙帝诏举博学鸿词科,意在"选拔一批有学识之官僚人才"③。清初遗民中,除了少数如顾炎武、傅山、杜越、王弘撰、孙枝蔚等人采用各种方式拒征外,多数人纷纷入都应试。王应奎记述道:"隐逸之士亦争趋辇毂,惟恐不与。"④ 面对如此卑下之士风,姜宸英作《感怀》诗一首以讽刺之:

> 文章用尽终无力,犹向沧波一问津。北阙新除输粟尉,西山遥贡采薇人。林宗有道身仍隐,元叔无官相岂贫?物色虚劳明主意,早知麋鹿性难驯。⑤

颔联就是对当时遗民应征现实的揭露和讽刺,颈联用东汉郭泰(字林宗)、赵壹(字元叔)隐居不仕的典故强化了这种批判。

姜宸英还有一首诗,题为《偶题有讽》,别有风味:

---

① 姜宸英:《严荪友诗序》,《湛园未定稿》卷二,《清代诗人别集丛刊·姜宸英集(上)》,人民文学出版社2018年版,第442页。
② 姜宸英:《祭容若侍中文》,《湛园藏稿》卷四,《清代诗人别集丛刊·姜宸英集(下)》,人民文学出版社2018年版,第811页。
③ 关于"己未词科"举行之目的,目前学界主要有三说:一是孟森主张"拉拢遗民"(《明清史论著集刊》第498—499页);二是[美]魏斐德认为"试图通过它来阻止旧明遗臣投奔吴三桂"(魏斐德著,陈苏镇、薄小莹等译《洪业——清朝开国史》,江苏人民出版社1995年版,第983页注③);三是赵刚认为意在"选拔一批有学识之官僚人才"(《康熙博学鸿词科与清初政治变迁》,《故宫博物院刊》1993年第1期) 本文从赵刚说。
④ 王应奎:《柳南随笔》卷四,《柳南随笔 续笔》,以柔校点,上海古籍出版社2012年版,第46页。
⑤ 姜宸英:《苇间诗集》卷三,《清代诗人别集丛刊·姜宸英集(上)》,人民文学出版社2018年版,第103页。

只为尘多举扇遮，可知惆怅为东华。三春已过芳菲歇，冷落棠梨一树花。本事：此人枚卜不得，有"须避东华仕宦人"之句。时前朝进士止此一人。①

据"本事"可知，一前朝进士想入清为官，结果"枚卜"（即选官）不得，却又想留下清高之名，便宣称"须避东华仕宦人"。姜宸英洞悉此事，便写下此诗，予以讽刺和揭露。

二　咏史诗

姜宸英是清初著名史学家，正因如此，康熙十九年（1680）二月，监修总裁徐元文荐其入史馆，参修《明史》，但因姜宸英丁忧未赴职。不久，总裁叶方霭又荐之入局，编撰《刑法志》。姜宸英曾自道："及被荐入史馆……编成史志数种，列传二百余篇，又同修《一统志》。"② 最终，姜宸英所撰《刑法志序》与倪灿《艺文志序》并称杰作。在当时的环境中，姜宸英的史学修养能够被官方认可，并取得突出的成绩，其精于史学的程度可想而知。其咏史诗虽不多，只有20多首，但我们随处可见其渊博的历史知识、敏锐的历史感觉和独到的历史见解。如《明妃曲》一诗，诗前小序云："昭君出塞，正当呼韩入朝之后，此汉极盛时事。元帝虽悔而终与，特不欲失信于藩臣耳。后人咏史多作中国短气语，何不细读《汉书》也？"③ 读此小序，即可见姜宸英发前人所未发的独到的历史见识。诗云："汉主威清绝朔尘，当时稽首乞和亲。肯将粉黛轻中国，图画虚传出塞人。"④ 就是对这一深刻见解的形象化表达。

---

① 姜宸英：《苇间诗集》卷三，《清代诗人别集丛刊·姜宸英集（上）》，人民文学出版社2018年版，第114页。

② 姜宸英：《寄寿镇海薛五玉先生八十序》，《姜西溟先生文钞》卷二，《清代诗人别集丛刊·姜宸英集（下）》，人民文学出版社2018年版，第661页。

③ 姜宸英：《苇间诗集》卷一，《清代诗人别集丛刊·姜宸英集（上）》，人民文学出版社2018年版，第37页。

④ 姜宸英：《苇间诗集》卷一，《清代诗人别集丛刊·姜宸英集（上）》，人民文学出版社2018年版，第37页。

姜宸英的咏史诗也不时地总结历史兴亡教训，给当下统治者以借鉴。如《秦帝》一诗：

> 秦帝雄图朝六王，南山表阙营阿房。离宫连延七百座，宫中仙珮森翱翔。山东健儿不识字，一心作贼贪如狼。吁嗟古事空苍茫，万乘回车降道旁。四十一年天子气，一朝散作咸阳光。"①

此诗叙述了秦始皇消灭六国、营建阿房、最终灭亡的历程，表面看并没有用议论性的语句点出此诗要旨，但是透过"连延七百座""仙珮森翱翔""作贼贪如狼"等诗句，亦可觇见秦国是因兴建阿房宫而引起灭亡的。姜宸英在《咏史》一诗中，总结帝王之道："乃知帝王道，所贵绝嫌猜。秦人虽志得，物色犹尘埃。"② 在《孙仲谋》一诗中，对孙权的励精图治做了高度的赞颂："父兄忠义好门户，排袁锄董开强吴。更思为国讨狡贼，部署袭许计非迂。……传世忠孝古所重，生子莫如孙仲谋。"③ 无论是总结历史教训，还是称赞古代贤王，都为统治者提供了教训和经验。

姜宸英在一些咏史诗中也时借古人酒杯，浇自己之块垒。如《数奇叹》：

> 白发吊天天欲老，鸡鸣独走咸阳道。老尉如何相怒惊，单骑夜卧霸陵草。渔阳小丑尔何人，亦知汉有飞将军。将军射石如射虎，猿臂一挥风鹤舞。不及平阳厮上奴，忍令英雄对幕府。④

---

① 姜宸英：《苇间诗集》卷一，《清代诗人别集丛刊·姜宸英集（上）》，人民文学出版社2018年版，第43页。
② 姜宸英：《苇间诗集》卷二，《清代诗人别集丛刊·姜宸英集（上）》，人民文学出版社2018年版，第72页。
③ 姜宸英：《苇间诗集》卷二，《清代诗人别集丛刊·姜宸英集（上）》，人民文学出版社2018年版，第79—80页。
④ 姜宸英：《苇间诗集》卷一，《清代诗人别集丛刊·姜宸英集（上）》，人民文学出版社2018年版，第15页。

这里写的是西汉飞将军李广失意时夜行为霸陵尉呵斥侮辱的故事，很显然是借古以自伤，抒发了失意沦落、怀才不遇的慨叹。

三 送别诗

姜宸英数十年久居林下，南北奔波，常常与友人离别，自然创作了大量的送别诗。通过这一方式，姜宸英不仅加深了与友人的情谊，而且也在相互砥砺中得到心灵的慰藉，减轻了因离别所带来的伤感。姜宸英现存送别诗共计 130 余首，虽然不乏纯粹应酬之作，但不少诗篇仍旧饱含深情。如《金陵送汤荆岘大参归睢州》一诗：

> 门前上马处，便是归乡路。旅食虽未深，执手宁待暮。忆我初见君，朱华犹泫露。兹别殊倏忽，微霜被江树。及归睢水阳，款款话亲故。组绂既不恋，寂寞亦云素。旧京盛交游，辙轨缓相顾。惨惨同舍情，念此独延伫。①

汤斌，一代大儒，清初著名文人，与姜宸英友情甚笃。康熙二十六年（1687）九月，当时权相明珠指使翁叔元弹劾汤斌，姜宸英曾立即为文讥刺翁叔元。姜宸英对汤斌评价颇高，有言："公治身当官立朝，斩然有法度。"② 此诗是二人相识不久之后离别而作。"执手""倏忽""独延伫"等词语突出表现了二人依依不舍之情，读后令人动容。

姜宸英的不少送别诗也融入了自己的身世之感。如《送人还里》：

> 此去趋庭却羡君，我犹京国叹离群。岂无慷慨安时策？漫学俳优买笑文。易酒天寒人易醉，燕歌日落调难闻。他时若忆

---

① 姜宸英：《苇间诗集》卷二，《清代诗人别集丛刊·姜宸英集（上）》，人民文学出版社 2018 年版，第 56 页。
② 方苞：《记姜西溟遗言》，《方苞集》（下），刘季高校点，上海古籍出版社 1983 年版，第 707 页。

同游侣，寂寞还知有子云。①

此诗充满了对友人归乡侍奉父亲的羡慕，对自身失意流落的感伤，尤其是颔联，饱含怀才不遇的感慨、对自身处境的无奈。这样把身世之感融入送别诗中，使得送别诗内容更加丰富，更能表现出姜宸英此时此地独特的内心世界。

从价值层面而言，姜宸英的题画诗、行旅诗、酬唱诗最能透视出清初诗坛的某种风尚。题画诗，可见清初尚画之风；行旅诗，可见清初游幕、处馆之风；酬唱诗，可见清初雅集之风。而于此处简要论述姜宸英的咏怀诗、咏史诗、送别诗，有助于展现姜宸英诗歌创作内容上的丰富性与风格上的多样性。

本章小结

本章对姜宸英的诗歌创作进行了专门论析，从文学风尚的视角观照其诗歌创作的主要题材，如其题画诗反映了清初尚画之风，其行旅诗反映了清初坐馆、游幕之风，其酬唱诗反映了清初雅集之风。同时，在探讨各个类型的诗歌体裁时，也对其诗歌艺术进行了较为深入的考察。姜宸英在诗歌创作上的丰富实践以及鲜明的诗学主张，与其古文创作成就一道，成为奠定其文坛一代大家地位的厚重基石。

---

① 姜宸英：《苇间诗集》卷三，《清代诗人别集丛刊·姜宸英集（上）》，人民文学出版社2018年版，第104页。

结　　语

一　本书小结

本书从作家和作品两个层面对姜宸英进行了比较全面的探讨，将其家世、交游、文学思想、诗文作品作整合研究，重视以作家心态与诗坛风尚的视角切入其古文创作和诗歌创作，并注意从学术史的维度审视其诗文，力求给予其诗文以准确的文学史定位。

姜宸英的经历颇为曲折丰富。其以杰出的才华很早就与朱彝尊、严绳孙并称为"江南三布衣"，后又以布衣身份进入史馆，参与编修《明史》，不久又协助徐乾学编纂《大清一统志》。但姜宸英的科举之途异常坎坷。他二十余岁即是诸生，六十六岁方中举人，七十岁才中进士。其南北奔波的特殊经历和屡试不第的心路历程，是考察清初士人遭际与心态的一个较为典型的个案，而这一切在其诗文创作中都得到了不同程度的反映。

姜宸英是清初著名文人，在学术、诗歌、书法等方面均有建树，尤以古文创作名世。姜宸英交游广泛，往来多是当时文苑英才、诗坛巨擘、政界贤达，其对当时的国家政局、文坛景观有着较为全面深刻的认知。姜宸英著述丰富，除了数量不菲的散佚之作，现存有《姜先生全集》三十三卷。其诗文创作，比较典型地体现了清初特定时代文化大背景下的文坛创作特色，有着重要的文学价值与研究意义。通过对其诗文的研究与剖析，可以准确把握明末清初文学向清前期文学发展的时代脉动，进而准确地评价其文学史地位与价值。

秉持"由文献进入文心"的研究理念，采用"知人论世"的研究方法，客观考述姜宸英的家世、生平、著述及交游情况，在此基础上研究姜宸英的文学思想与文学创作的特点、价值，是还原姜宸英这位清初文坛大家实际地位的有效途径。在研究过程中，注意从学术史视角出发，做横向、纵向的比较研究，由此考察姜宸英的文学思想与文学创作在清初文学史上的地位、作用与影响。最终以姜宸英为个案，梳理明末清初文学向清前期文学过渡时期表现出来的种种特征、所面临的问题以及解决路径等。

然而，由于清初政局动荡，各种文学思潮、文学流派蜂拥而起，当时文坛创作与文学观念丰富复杂，加上囿于笔者的学识、才力，本书对姜宸英所做的各层面研究，内容还比较浅显，论证还相当粗疏，尚未达到预期目的，仍需进一步努力。

二 本书尚需解决的问题

姜宸英作为清初著名文人，身份多重：既是一位成就卓著的文学家，又是一位造诣非凡的书法家，同时也是一位见解深刻的史学家，此外还是一位颇有影响的学者。其身份的复杂性决定了对其进行深入研究的难度。本文主要从作家和作品两个层面观照姜宸英，实际上，之于姜宸英这一丰富的论域而言，尚有诸多面向有待开拓。

比如，姜宸英的书法成就及书史地位尚需考述和论定。姜宸英书法造诣甚高，与汪士鋐、何焯、陈奕禧一起被誉为"清初四大家"，与笪重光、汪士鋐、何焯并称"康熙四家"，在清初书法史上占有重要地位。清人和时贤对姜宸英的书法已经进行了初步研究，也取得了一些成果。当前最大的问题是姜宸英的书法作品分散四方，尚无"竭泽而渔"式的搜集与梳理，从而很难进行较为全面和深入的研究。同时，对姜宸英书学观念与诗文创作、文学思想等进行会通研究，也是一个有趣的课题。

再如，姜宸英的史学成就尚需考索和评估。姜宸英共有两次修史经历，一次是参修《明史》，一次是参修《大清一统志》，均留下了大量的史学作品，深受时人赞誉。史学的深厚修养无疑会对其诗文题材的选择和文学风貌的形成产生诸多层面的影响。细致地清理姜宸英的史学成就，对于我们深入研究其诗文创作具有重要价值。

　　总之，姜宸英在书法和史学领域的突出成就尚需全面观照，其书法、史学与文学的互动、互渗，尤需深入挖掘。这样，对姜宸英其人、其学、其艺、其文都会有一个更为全面的理解和更为深刻的认知。

附录一　姜宸英遗佚诗文汇编

对姜宸英诗文进行辑佚，清人已经开始，冯保燮、王定祥编纂的《姜先生全集》，特列《诗词拾遗》一卷，规模初具。今人陈雪军撰著的《姜宸英年谱》附录四（又见其与孙欣点校的《姜宸英文集》附录），多有搜罗；雍琦整理的《姜宸英全集》附录，亦有收获；笔者致力姜宸英研究有年，又辑得若干篇。以上均收入笔者辑校的《清代诗人别集丛刊·姜宸英集》"诗文辑佚"中，今迻录如下：

诗

重九后一日雨中集长椿寺

九日倏已过，姜宸英。湿云漫四郊。森森长雨垂，彝尊。飒飒虚檐捎。病叶恋冷枝，梁佩兰。惊乌盘空巢。晨兴践夙约，陆嘉淑。揽袂皆贫交。胜引双树林，魏坤。宛若深山坳。藤绾三秋蛇，张云章。槐舞千岁蛟。赭柿进露实，朱载震。金英坼霜苞。红的的吴萸，陈曾䔲。碧丛丛秦艽。瓦沟窜鼫鼪，汤右曾。户网除蟏蛸。薜深颙顶伏，查慎行。篆古蒲牢哮。粥鱼昼浩浩，俞兆曾。墙鸡午嘐嘐。光景歘明晦，宸英。眺览穷楢樕。新酎绿满罃，彝尊。晚菘黄充庖。岂意青豆房，佩兰。俄顷罗嘉肴。鸣姜剩紫蟹，嘉淑。题餻余彩猫。子鹅新韭配，坤。鲜鲫枯荷包。已见雉膏登，云章。况有兔首炰。分曹玉钩射，载震。角力骰盘抛。急觞易沉顿，曾䔲。缓带便爬抓。一饮动一石，右曾。载号或载呹。同声倡者和，慎行。含意漆在胶。五言乍妥帖，兆会。十手争传钞。虽乏韶濩音，宸英。肯使下里酼。合并洵匪易，彝尊。顾我中心恢。归帆舣艒舮，佩兰。别骑笼鞦韂。逦迤陟荒冈，嘉淑。邪许搴长笯。免泣下和璞，坤。且诛宋玉茅。草缚不借履，云章。泉酌呜然匏。槟榔焦椰荔，载震。都蔗菱菰茭。鸡头祖竹萌，曾燠。翠羽官梅梢。熟知江乡乐，右曾。莫厌潮田硗。招隐丘中琴，慎行。励志贲上爻。岂必马足尘，兆会。逐逐营斗筲。宸英。

——朱彝尊《曝书亭集》卷十二，《清代诗文集汇编》第 116 册

竹炉联句 并序

锡山听松庵僧人性海制竹火炉，王舍人过而爱之，为作山水横幅，并题以诗。岁久炉坏，盛太常因而更制，流传都下，群公多为吟咏。图既失，诗犹散见于西涯、篁墩诸老集中。梁汾典籍仿其遗式制炉，恒叹息旧图不可复得。及来京师，忽见之容若侍卫所，容若遂以赠焉。未几，容若逝矣。丙寅之秋，梁汾携炉及卷过予海波寺寓，适西溟、青士、恺似三子亦至，坐青藤下，烧炉试武夷茶，相与联句，成四十韵。明年，梁汾将归，用书于册，以示好事之君子。

西神峰连延，龙角氿泉喷。孙致弥。桑苎次水经，第较中泠逊。姜宸英。山僧寡营役，谷饮遂夙愿。朱彝尊。踟跦长松根，风来耳垂鬣。周篔。都篮选茶具，一一细莎顿。张祐《慧山诗》："重街夹细莎。"顾贞观。舍彼陶冶工，截竹等辫䰂。致弥。附以红泥团，其修仅扶寸。宸英。坎上离于中，下乃利用巽。彝尊。微飘飕飕入，活火焰焰焌。篔。初聆桧雨喧，渐见鱼眼瞚。贞观。紫笋舒萌尖，乍点汤色嫩。致弥。王郎穿竹过，爱接支许论。宸英。解带磐石间，素瓷迭相劝。彝尊。欣然惬所遇，伸纸随染渲。篔。濛濛岩亭瀑，历历水田畈。贞观。短短茅覆屋，茸茸荻抽藭。致弥。桥欹乃有路，门辟或无楗。宸英。林壑虽未深，埃壒颇已远。彝尊。流传盛新咏，群雅足彝宪。篔。或为篆籀隶，若盉鬲敦甗。贞观。或为真行草，若䌽靖羲献。致弥。穆如清风作，举一可当万。宸英。呜呼百年来，精庐窟貐貒。彝尊。曩时所珍物，零落

委荆蔓。彝。吾家纑塘侧，想兹恒缱绻。贞观。形模授巧匠，高下仿遗楑。致弥。所惜七尺图，虑为尘土垒。宸英。开箧逢故人，辍赠得右券。彝尊。羊脂镂蹙玉，兽锦束腰綮。彝。譬诸延平津，剑合始无恨。贞观。俄惊邻笛悲，永叹壑舟遁。致弥。萧条黄公垆，歌哭与俗溷。宸英。是物睹者希，五都绝市贩。彝尊。今年吴船来，载自潞沙堰。彝。徙置青藤阴，旅话破幽闷。贞观。质比莲芍轻，形嗤石鼎钝。致弥。小勺分宫时，头纲试瓯建。宸英。忽忆秋水生，乘此风力健。彝尊。逝将挂席归，耦耕师下潠。彝。毋令石床空，兼使夜鹤怨。贞观。

——朱彝尊《曝书亭集》卷十三，《清代诗文集汇编》第 116 册

社日登黑窑厂联句

隗台久芜没，蓟丘不可梯。济南王士禛贻上。虽有千里目，将何共攀跻。徐乾学原一。佳辰趁新社，膏雨融冻畦。彝尊。早抽红药萌，渐见碧草萋。姜宸英。层坡簇五骑，两壶提一奚。泽州陈廷敬子端。陟彼积土冈，同驻削玉蹄。士禛。安房隐曲几，藉地分疏荑。乾学。泉樽酌用匏，饭黍先以鸡。彝尊。既沥甘蔗浆，复堆苦荬齑。宸英。微酣恣坦步，遐览穷端倪。廷敬。南有松柏林，其北桃李蹊。士禛。亭午风华香，疑是麝脱脐。乾学。居人半陶旒，门窦皆衡圭。彝尊。浓薰树杪烟，浊漉水中泥。宸英。童娃亦娟劳，面目成黧黳。廷敬。何时得颒濯，胜眼刮神篦。士禛。不见九陌尘，奔车日冥迷。乾学。吾侪处其中，形殊境则齐。彝尊。相期泛裂帛，莹拂湖上堤。宸英。子为逸少序，我续兴公题。廷敬。

徐尚书载酒虎坊南园联句

夜市灯荧荧，晨衙鼓统统。试瞻十二衢，何人事游览。姜宸英。吾党脱朝簿，甘与世味淡。初疑谏果食，渐似都蔗啖。彝尊。驾言适丘园，尘虑益澹澉。取径衣乍褰，入门首先頷。陈廷敬。循廊无坦步，引緪得危揽。高下屋四隅，其中乃习坎。徐乾学。穿池注欿嵌，构草当蕴菼。非无鹤在沙，亦有鱼聚篸。宸英。移情欣鸟音，侧足避花蒂。层楼窗面面，远目水黕黕。彝尊。际此日载扬，可以释愁黪。矧

饶冻春醪，因之沥诗胆。廷敬。满酌金屈卮，并坐绿头毯。行厨少新烹，粗饭有遗糁。乾学。司寇珍庖盈，尚虑客颔颔。说礼何铿铿，升车必抱槧。宸英上司寇。冢宰论春秋，凡例屏赵啖。观其竖一义，坚锐不可撼。彝尊上冢宰。太史述旧闻，意欲阐幽闇。群书拥户栋，散纸满箱簏。廷敬答太史。姜生老不遇，其气颇虓阚。譬之珠在渊，光彩讵能掩。乾学答著作。趋陪固所愿，赏誉夫岂敢？将毋餍燔炙，嚼及菖蒲歜。宸英。论议或异同，片言耻阿谄。共此千秋心，方寸默相感。彝尊。坐久归反惮，临分袂再揽。起视天坛烟，如云出封磡。廷敬。堂坳虽一杯，五月有菡萏。相期避暑游，复此安灶窞。乾学。

苦热联句

苦热今年甚，幽州亦蕴蒸。朱茂暕。久无甘雨降，惟见火云升。姜宸英。际夜焦烟合，经天杲日恒。张远。高林枯白带，浅沚露丹棱。王原。最怕冲灰洞，何须堰炭陵。徐善。河流金口腻，山翠画眉层。朱彝尊。黑蜮潜难见，商羊舞莫凭。万斯同。新畬荒稷黍，遗种虑蟊螣。朱俨。雩队分行缀，祠官典故征。谭瑄。力难驱旱魃，咒乃试番僧。查慎行。童女双丫髻，旗竿五色缯。李澄中。新妆朱箔卷，杂戏绿衣能。魏坤。虹霓群情望，尘埃万目瞪。黄虞稷。疾雷无影响，长彀但鞞鞒。释净宪。销夏愁无策，联吟喜得朋。龚翔麟。尽谙微径入，不待小僮应。汤右曾。席帽人人脱，亭栏处处凭。郑觐尧。剧谈多野趣，苛礼必深惩。钱光夔。旅迹频年共，乡心触绪增。宸英。小航思划桨，精舍忆担簦。茂暕。白剥乌头芡，青牵紫角菱。原。夕风嘶麦蚻，横港没鱼鹰。右曾。竹树浓于画，笆篱密似罾。千家花满屋，六月稻交塍。彝尊。自失江村乐，翻怜毒暑仍。善。黄沙随扇集，白汗比浆凝。远。易渍床床簟，空支院院棚。担稀珠市果，价倍玉河冰。慎行。槁落含香蕊，挛拳袅格藤。斯同。暗窥蛛网缩，干坼燕泥崩。翔麟。户撤垂帘额，瓶添汲井绳。俨。慵寻温水浴，只想冷砚登。瑄。三葛衣犹重，双丝履不胜。拨书嫌走蠹，悬拂倦驱蝇。坤。只觉娑拖便，谁甘袯襫称。觐尧。到门防客刺，无地曲吾肱。彝尊。亟买泉浇圃，同贪草藉芳。宸英。酒拼河朔饮，茶爱武夷秤。澄中。返照斜初敛，微凉暮可乘。原。分曹争射覆，四座百觚腾。慎行。

——以上朱彝尊《曝书亭集》卷十四，《清代诗文集汇编》第 116 册

赠祖臬□自□河回苏州

接壤名封重□□，使君风度正相宜。五车□日张安世，八法前身□□□。潮落吴淞停画□，云生茂苑拥归□。几回剪烛长安□，又抱风流到习池。

吴虞升抵京久不枉过灯下偶忆戏柬

十年不见故人来，知到长安第几回？底事临风频惆望，平津阁下正筵开。时寓其舅宋公第。

□史传后起检废簏得制义数十篇

闲抛旧叶付东流，孤负寒窗四十秋。漫道持衡秦镜在，还惊按剑夜光投。文章未□千人敌，意气从□百战收。尚把毛锥论往事，笑人痴绝是浮鸥。

城南宴集今用张字七言古体

昨闻好友城南约，清晨披衣起我忙。连骑且复访古寺，日昳始至饥苍黄。门前阒无车马迹，树下俄见锦席张。是时季冬木叶脱，古干槎枒郁相望。老人对此三叹息，肯今年少争擅场？欢呼落日□□罕，仿佛照我髭鬓苍。旋闻好事颇窥窬，欲□作达□其方。此辈不来败人意，眼无俗物兴益狂。自我□□游燕市，群公满朝谁扶将。无何日饮随数子，君为博徒吾卖浆。酒谈诙嘲无管籥，文咏蕴藉兼锋铓。城头鼓角起未散，出门回首月入梁。底事喧传满都下，灌园之叟走且僵。此非作贼聚空舍，何劳踪迹徒跄踉？人生贫贱过半百，岂复得饮须商量。勿□醉人多谬误，君试相要过道傍。

次日复和前韵送之

扁舟直向草玄亭，蓬藋当蹊薜荔屏。水态偏从归后碧，山容不

改旧时青。

□□□思在吴门，耆旧于今存几□？它日寻君研溪路，但随流水绕孤村。

岁序仍看斗柄东，归心□□与君同。多因旅倦探怀刺，转为身孤怯影弓。

不胜幽恨听骊歌，似尔交情实少过。况有诗篇推谢客，兼知经术并田何。

二月长安不见春，城隅小立在沙尘。可□芳草明朝路，南渡□□忆故人。

送王春坊督学两浙

道启□图日，时当□□辰。北扉咨夙彦，南斗转洪钧。□命宣初下，蒙求望正殷。湖山供□□，旌旆拂晴旻。幕府当吴岫，章逢遍越人。柯亭□必及，蜃市照无垠。鲸掷波涛大，鹏仪霄汉亲。会看文芜□，再使俗浇淳。卓尔前修在，居然大雅陈。西田陪啸咏，东墅对松筠。西田及东园，其兄太常烟客先生别业。午未间，予屡游其地，承太常款□至尔。再无□交□，它年契阔频。吾衰仍泛梗，公去失迷津。饯席铺芳草，征□拍后尘。□□清切地，帝□待经纶。

听朱子悔人说盘山之胜因为盘山吟赠宋牧仲观察

客来语我盘山奇，昨来更读盘山咏。仿佛归云□溶洞，半见斜阳挂西岭。二句即《回中集·游盘山》句。盘山五峰起高嶒，天门势绝猿鸟腾。山腰白绕秦城□，山上红飞金塔灯。此中诡异纷难说，灵旗翠旆溪明灭。万岁苍松夹涧蹲，半空怪石穿云裂。主人□节□诸□，主人达兴寄沧□。胜地遥闻谢客□，醉时惟共梦□游。我本四明一狂客，自□□山煮白石。竭来京□随□尘，独驱羸马愁杀人。一从朱生语我后，夜夜盘山□□埔。魂飞不离九华□，□□如窥种乳□。安得凌空迫飞□，日向山中望□霭。□风吹堕五峰幽，百二十重□花累。李公剑台未□□，侧身长啸倚天外。

——以上《苇间诗集》，稿本，上海图书馆藏

赠谢翼昭

江潮带雨过寒城，十五年前忆此行。邂逅几回成老大，风尘何处足浮名。春生海上云霞气，日暖篱边鸟雀声。知尔西堂吟正好，到来惟共酒杯倾。

——阮元辑《两浙輶轩录》谢炽昌诗小传，《续修四库全书》影印嘉庆刻本

夏杪坐石公精舍漫赋二律

古寺深山里，西房竹院幽。墙低容树入，楼小得云留。石榻垂秋果，绳床听雨鸠。清谈已消热，不必访丹丘。

尘埃不到处，僻性最相宜。海近生云易，峰高吐日迟。汲泉烹嫩茗，索笔写新诗。莫看此行偶，山灵应早知。

——释敏庵编《保国寺志》卷上《艺文》，《中国佛寺志丛刊》八十三册，广陵书社 2006 年版

寿峰晤潮音和尚

独擅回珠转璧才，久湮名胜一时开。竹窗松榻从新至，山色溪声入旧来。洗我尘缨崖下水，索人佳句岭头梅。慈湖道学高千古，可向庐峰作社媒。

——释照机编《先觉寺志略·艺文》，《中国佛寺志丛刊》八十三册，广陵书社 2006 年版

与罗叔初黄墓山中

二月黄鹂树上鸣，君家好事在躬耕。三罗之后逢真隐，四皓门前无俗声。野草碧将春水色，涧花高并石床明。窗悬青李来禽子，莫以函封又不生。

——冯可镛修、杨泰亨纂：《慈溪县志》卷六，清光绪二十五年刊本

龙山

一山风景白云遮，曲径深藏仙子家。诗料尽为天外叠，酒钱不

费杖头赊。盘回深入新经路,飘落春看欲尽花。游倦漫寻休足处,松间羽客款香茶。

——刘天相编《龙山清道观志》

谢起臣孝廉赓昌挽诗二首

每于风雨忆联床,千里归舟得共觞。岂谓虎丘一日醉,俄惊玉树百年殇。安人有术悲长夜,吾道斯穷叩彼苍。剑挂松枝空涕泪,九原何处问茫茫?

曾树骚坛赤帜雄,何期泣下在南宫?知君善战应非罪,犹谓逢时我未工。三载嫁衣今预作,千秋宿草恨难终。朝光不灿泉台夜,枯菀由来一梦中。

——《谢起臣挽诗》(写本)

过娄东投赠吴梅村先生

风雅于今谁重陈,娄东学士邈无伦。诸儒虎观推前辈,弟子鸿都服大醇。山鬼几经思薜荔,秋风原不为鲈尊。从教三径荒凉甚,除却羊求绝少人。

谁知江左有风流,不寄承明寄一丘。花底执经人问义,月中乘兴独登楼。仙家梅市桃源里,汉帝金茎玉露秋。无奈苍茫杯酒夜,百年文献此中留。

漫说功名误少年,销亡精力斗纤妍。心同壮悔知何及,先生尝拟某文于侯朝宗,侯有《壮悔堂集》。书为穷愁亦可怜。虞仲孤峰余蔓草,谓虞山也。延陵六代接宫悬。终朝怅望东江道,床下唯应拜大贤。

扁舟系缆泊荆村,槐柳荫荫绿到门。一曲羊何常共和,千秋班马几同论。闻弦感切柯亭赏,望舍心知栗里尊。亦有蒯缑弹未得,曳裾何处此寒温。

——顾有孝《骊珠集》卷七,康熙九年刻本

赠洪方崖之官潮州

君昨年四十,邀我南山诗。我谓君方刚,冈陵安足侈。吟诗自纪澎湖绩，风利帆轻目无敌。猱腾直上百尺樯，翻入惊涛飞礔礰。十年幕府去谈兵，战罢氛消波镜清。西走云中北上谷，建节仍为潮海行。诏许景山亲引见，重问楼船旧酣战。解衣拂拭刀箭瘢，苦道天阴痛犹遍。马射平弯六石弓，枝枝正透当心红。至尊大笑福建子，乃与突骑争骁雄。同时儿辈拥旄麾，至今出身尚偏裨。岂知九重结深眷，千里一刷谁能羁。岁暮风寒怅别离，何人解唱渡江辞？君出示《过江辞》，甚工。坐镇江东老飞将，谓义山蓝公。自许功图麟阁上。与君意气本绸缪，两地金汤兀相望。

——周硕勋《潮州府志》（乾隆）卷四十二，《中国海疆旧方志》第二十四册

忆鹤和叶九莱韵

圆吭修翎共寂寥，卑栖终日伴渔樵。谁知蕙帐徒空后，舞势犹能忆鲍昭。

——叶奕苞《经锄堂诗稿·北上录》，《四库禁毁书丛刊》影印康熙刻本

无题

望重彭城郡，名高进士科。仪容如绛勃，刀笔似萧何。木下还添字，虫边更著番。一般难学处，三十六食波。

——陶元藻辑《全浙诗话》卷四十四，《续修四库全书》影印嘉庆元年怡云阁刻本

无题

我马瘝郎当，崚嶒瘦脊梁。终朝无限苦，驼水复驼汤。

——陈康祺《郎潜纪闻二笔》卷三，中华书局1997年版

题京江负笈图卷

北固山楼高插天，长江鼓浪落楼前。愁风愁雨乘潮客，那得寻师夜泊船。甲戌新秋，书于京师之停舟书屋。四明姜宸英。

——端方辑《壬寅消夏录·国朝七》，文物出版社2007年版

约谢子维贤同游阿育予因事入白峰谢见候屡日不值及予至寺谢已先还慨然有赋兼呈法公

喜雨题诗古寺中，海天萧飒万山空。秋风竹径来求仲，春草池塘忆谢公。卷幔牵萝惊户碧，临阶滴叶妒鱼红。谁将清磬敲残暑，愁见平皋落暮鸿。

——《明州阿育王山续志》卷十四，《中国佛寺志丛刊》第九十册，广陵书社 2006 年版

词

鱼游春水·用楞严寺唐碑韵留别

悲歌歧路里。又临歧，重增碗礴。凝阴乍散，铺就一天霞绮。帆挂西风留不得，泪洒东城纷如缕。待问情深，桃花潭水。　　去去斜阳徙倚，邀我醉余书青李。飞花万点愁人，金尊再洗。高怀共拟云中鹤，逸兴还看庭前鲤。相思异时，枫桥角里。

——顾贞观、纳兰性德辑《今词初集》，《续修四库全书》影印康熙刻本

浣溪沙·郊游联句

出郭寻春春已阑，陈维崧。东风吹面不成寒。秦松龄。青村几曲到西山。严绳孙。　　并马未须愁路远，姜宸英。看花且莫放杯闲。朱彝尊。人生别易会常难。成德。

蝶恋花·酬友

浪说韶光朝复暮。手把金卮，暗识歌声误。众里不教名姓露，花间蓦地摇鞭去。　　堪叹浮生萍梗聚。回首斜阳，又隔西陵树。那有临邛芳草路，三春知是和愁度。

——以上袁钧辑录《四明近体乐府》卷十，浙江大学出版社 2006 年版

临江仙·秋柳

过尽蝶忙莺闹也，而今几许凄凉。画眉人去不成妆。五更知有恨，碧月冷于霜。　　记得小桥曾系马，惹他飞絮轻狂。可能闲处不思量。寒鸦三两点，寂寞又斜阳。

青玉案·同前题

一天阁尽帘纤雨。寒食后、春如许。滚滚城西车马路。何年台殿，断金零碧，寂寞藏深树。　　有情怯向登临处。如此江山几今古。共尔言愁愁欲暮。危栏休倚，拼将旧恨，付与空□去。

——以上《苇间诗集》手稿本

文

序

东祀草序

丙子秋，皇上北征凯旋，以祭告武功之成，遣使四出。翰林院侍读学士溧阳史先生奉命祀少昊、帝尧陵寝，先师孔子阙里。当是时，先生之不出京师十有六年矣。自释褐，中秘校书，内殿起居，在钩陈豹尾之间，枚马之赋颂，苏李之应制，其余游览登涉，未数数然也。及乎揽辔出国门，云山入目，奇思横流，数衔命就道之日，至讫事还朝，共得诗六十四首。其祗谒陵庙，则肃穆峻整；凭吊山川，则俯仰悲壮。酒场文会之激昂而趣逸，思亲怀远之凄怆而情深。体擅众美，不主故常。然先生之诗实非有变于前也，独其天然自得之趣，根柢于性灵，藻绣于学植，至是而始畅所欲言耳。张燕公、王右丞岂曾学为山林枯槁之习哉？乃燕公居岳州所作，音调凄婉，备骚人之情思；右丞望春兴庆，陪宴从游，与其辋水云溪、竹洲花坞之逸兴，何以异哉？盖古之达人君子，以泉石烟霞为性情之穷之显，无往不存。虽然使山林枯槁之辈，终日含毫以求，肖其所为萧散闲远者而已，不胜其寒窘之态矣。况于清庙明堂，煌煌巨制，其可矫而为之与？今圣人有道，区宇宁谧，二三儒臣，出奉简书，入资启沃，以发为咏歌，蔼然治世之音。天下将有想慕其遭际之盛如在皇古，邈不可即者。顾某以老生浅学，犹得逡巡其后，辱先生复命之序，出其荒芜之辞，以窃窥见夫作者之意旨，何其幸也！

——《湛园集》卷一，《文渊阁四库全书》本

楝亭诗钞序

诗自明初至今，几于四变。洪武四家尚矣，空同、历下，其失也浮，竟陵矫之，其失也细。今则家称韩、白，变而南宋，其失也俛，甚而为俗矣。楝亭诸咏，五言今古体，出入开、宝之间，尤以少陵为滥觞，故密咏恬吟，旨趣愈出。七言两体，胚胎诸家，而时阑入于宋调，取其雄快，芟其繁芜，境界截然，不失我法。此是其工力到家，然非其天分过人，气格高妙，亦不能驱策古人为我之用也。叹赏之余，谨跋其后。四明教弟姜宸英。

——曹寅《楝亭诗钞》卷首，《清代诗文集汇编》第201册

诗笺别疑自序

辛未夏，自京师南还，赴洞庭东山书局，住翁氏园。四月，山中日长，编纂之暇，偶借得《毛诗注疏》读之，每日翻尽一卷，于郑义多所未安，有见辄录之别纸。积时成帙，藏弄行笥近三年。今年二月，于京邸寻理荒绪，涂乙颠倒，几不可识，乃手自脱稿存之，以待质于博雅君子。郑于经学，用心特至，其注《礼》尤详核，然泥于古制，窒碍难通者多有之。如封建畿内诸侯载师任地之法、四方诸侯朝觐天子、宫中进御日期□□，皆方而不适于当时之用，□尝著论疑之。又其酷信纬书，诡谲诞妄，往往以之乱经，此则其蔽之尤甚者也。范蔚宗曰："康成质于训辞，通人颇讥其繁。"其注《诗》、《礼》，遣辞拙涩，语不逮意，非注家疏通其义有不可句读者。而其于《诗》，尤无涵咏玩味之意。论文王受命与夫周公东征摄政之事，殆于毁纲裂常、遗误万世而不顾。至其果于自信，破字一

百余，所谓剜肉成疮，揆之圣人阙疑之意，不如是也。使非朱子折中先儒，为之集注于其后，则风雅之道不几息乎？予时迫于出山，又山中无它书可以参校，仅撮拾其大概，论之如此。或有为前人所已发者，不暇检也。郑又有《易注》，自隋以前与辅嗣《注》并行，而后浸微矣。《易》道变动周流，其难读更甚于《诗》，幸其书之不传，使更杂以谶纬邪说于卜筮之学，则如欧阳公所谓"因传而晦"者，殆不止十之五六矣。乙亥三月朔日，书于京邸之春树斋，宸英。

——钞本《诗笺别疑》卷首，中国国家图书馆藏

续灯正统序

先圣有云："西方有大圣人焉，不治而不乱，不言而自化。"自达摩传其道入东土，其为道也，不立文字，教外别传，明心见性，了生脱死。予初探其门庭，竟无所得，且于履践，毫不相应。然遇出世弘法之士，擎拳竖指，棒喝交驰，一语一默间，俨若过屠门，不能禁其大嚼也。壬申春，泛南海，登普陀，得晤别庵和尚，与语连日，知为大慧十七世孙也，赠额而还。次年以所集《续灯正统》，征序于予。予既不能窥其门庭，又安敢于和尚前作诳语哉？然细详是编，以南宋为始，要归于今日，补集《五灯》之未备，是之谓《续灯》也。以济、洞分列，各清其授受，表章二桂之昌荣，是之谓《正统》也。灯续而统正，将见灯灯不灭，千载流光，直使人人明心见性，了生脱死，所谓"不治而不乱，不言而自化"，其在斯欤？其在斯欤？

——王亨彦辑《普陀洛迦新志》卷十《艺文》，《中国佛寺志丛刊》第八十二册，广陵书社2006年版

王端士扬州杂咏序

广陵居江南北之要冲。方其盛也，上林琼台，杨柳之堤，龙凤之舸，延袤于重江复关之间，而相为萦带。诸公或建旄节，盛参佐，从四方奇士相与选胜赋诗，赓飏太平。而异时如韩魏公之与荆、岐数公者，赏花置酒，一时主客之集，后先继秉大政，传为盛事。当

天下无事时，仕宦者得以其间从容于游宴之乐，而述为诗歌。民生其间，何大幸也！然而烟尘稍警，则淮南之受兵必先，鲍明远所谓"通池夷，峻隅颓"者，每间世而一见也，而风嗥雨啸之场，诗人之响或几乎息矣。故予尝谓广陵之盛衰，可以验天下之治乱，而诗人之聚散，尤广陵之所以盛衰也，岂不信夫？前代无论，自甲申、乙酉，载经残馘，予时按行其旧址，蓬蒿蔚然。土人时于沙石中得遗箭镞，血殷红著铁间，相传视色变。如此寥落者几二十年已。

太仓端士王君之同年友王阮亭仪部来佐斯郡，始稍稍披荆棘，事吟咏，用相号召。君于其秩满而去也，以舴艋渡江而相携登昭明之楼，寻谢公之宅，拂摩断碣，循行旧垒，一字之赏，一石之奇，必呀唔竟日而去。或时朗吟于红桥画艇之间，或时倚叹城西古墓之侧，有倡必和，如响赴声。而君之诗为绝句至五十首，殆浸淫乎供奉、龙标而掇其胜者也。集成以示予，且属为序，余读之喜曰："此其太平之征乎？"盖自是广陵之风雅复作矣。且以明七子之倡和于嘉靖间也，太仓、历下实为职志，是时海内清晏，而家习弦诵，人尚礼乐，士大夫彬彬质有其文，作述之盛，轶于唐宋。今两王子之起于南北，各当其地，而又适来是邦以相为酬酢，名相重、气相得也，岂不亦后先合辙乎？或曰："夫两君者之不规矩于古，以病夫王、李者也。"斯则然矣，然吾姑就其所同以知其时耳。且吾所为，不仅为一方幸，而为天下幸者也。

去年予客广陵，未尝一识新城，阳羡陈子其年为予言："王君见子文，辄叹息以为作者，今遇太仓亦云然。"予谢不敢，然两君知予，予敢自谓不能知两君乎？故于是集也，敢粗述其所闻。若新城之诗，虽未暇合梓，然其风流亦大略可睹矣！

——钱肃润辑评《文瀫初编》卷六，《四库禁毁书丛刊》集部第173册

附：此文与《湛园未定稿》卷二《广陵唱和诗序》内容相似，然文字差异较大，故录之于此。

己卯顺天乡试录序

皇上以今年二月南巡狩，车驾所过，惠泽旁敷，尤以人才为致

理根本，虑有怀奇抱德、伏处山林者，必殷殷延访。及章缝秀士有挟所著书与诗文来献者，辄停辇霁容受之，叩其底蕴，询及素履，思得真才而储之，以为天下国家之用，意甚盛也。回銮之后逾月，适届顺天大比期，礼臣列典试官名上，皇上特命臣宸英入贰闱事。臣才识谫薄，闻命惶悚，屏营累日。窃念臣曩以布衣被荐，蒙恩食俸史馆，厕编纂之末者，迄今垂十八年。丁丑获举南宫，对策阙下，臣名列第七。皇上亲阅臣卷，拔置鼎甲。臣才谢平津，白首被举，凡海内淹滞耆宿，闻臣遭际，无不濯磨思奋，喜遇明时，而在臣私心感激，所思捐糜以图报万一者，又当何如也？兹幸得以宾兴大典，忝与司衡，于以少副我皇上求贤若渴之意。此臣素所蓄积，特自以赋性庸拙，兼年齿衰暮，精力刉敝，持三寸之管而器人于糊名易书之下，又安必其能拔十得五也？顾臣之所硁硁自信者，惟有一诚而已。臣偕修撰臣蟠始入锁院，即与十六房同考官设誓神前，凛以国法，惕以鬼诛。此臣自为诸生时所夙夜自矢，镂心刻骨，而即以质之于明神，即以是白之于我皇上者。臣既自尽其诚，则凡臣心力之所未逮，目力之所未周，同事诸臣必有能殚精竭思，以协成一科之盛典。盖臣之以诚自矢，而知诸臣之有不期而同然者，其于人臣以人事君之谊一也。虽然，夫取人于文字之间，安在其人之才识品量足以当天下国家之用，而谓可以仰副皇上求贤若渴之至意乎？不知文章虽末事，而用人途辙终不外是。昔人有言："求之贤良方正，则贤良方正即此人也；求之孝弟力田，则孝弟力田即此人也。"闻有能文而行不克副者矣，若舍文而别求所以取士之法，与舍八股而别求所以取文之方，臣固知其不能，又不必也。我皇上圣学渊弘，斟经酌史，阐天人之微妙，萃道德之精华，菁莪雅化，沾被斯人。而京师首善之地，人才渊薮，其沐浴于教泽也尤深。故能以风檐寸晷，略尽所长，使臣等得藉手入告，冀稍免于罪戾者，皆幸生寿考作人之世而然。臣既飏言卷末，并语诸士其尤不可不知所自也。翰林编修臣姜宸英谨序。

赠翁同知之任黄州序

黄在春秋时为战争之国，至三国时为西陵重镇。其地外连大江，南通云梦。宋承平无事时，王元之、苏子瞻之徒，爱其江山之胜，始相继为文咏，流传于后，而至今宦游者犹闻其遗风而乐之。自湖南用兵以来，三楚之间烽烟相接，民卒流亡道路，守土之吏供亿繁骚，朝不谋夕。而仕于黄者无片甲之扰，得以从容几案，为天子牧养小民。丞职当汉都尉之任，才健者居之，其力常出郡太守上。至近时选授尤称便，所掌兵防巡徼而已，催科案狱之繁，一不以累其心。不逾年报最，则安坐而二千石矣。

余友杭州翁子武原谒选得此，所知者皆为诗相称贺。翁子亦若色喜者，而告余曰："此吾得少展其志之日也，虽然，必得子之言以行。"惟余固有所进于翁子也。今夫丞之职，虽若无事，然所以佐守而表率其属吏者，其职尤重。表率之道，无过于廉。士大夫廉洁自好，本非分外之事，但言此于今日，似见为迂阔无用者。然余辈出身为民，使不稍为其迂阔者，则谁当为之？人相率而不为，则斯民之受困何时已耶？王、苏两公之居黄，皆以谪至，其中有忧谗畏讥之意，度不能尽发抒其所欲为，然犹皆为民所爱慕，至于久不忘。孰如君之以选擢而得此，其庸可忘也？

京兆吴公寿序

国家设翰林院以储公辅之选，其期之甚重，而待之甚优。每三年一选士，教习之，然至三年散馆之际，则例有所去留，以出为台省郎官者相望也。至及第三人，则无所致问，常优游侍从之班，不十余年而践台鼎、断国是矣。然从容养资，不经世务，论者或以为屈于实用，故前朝建议，屡有内外互调之说。本朝顺治间，遂遴拣才望，出补方面，其弊也一出而不复入，而向之以才望称者，且沉沦州郡，不免有积薪之叹矣。

我皇上锐精图治，尤加意儒臣。三十一年，亲择宫僚十人，改任京朝官，使之练习故事，亲职理政。至有所游幸，及赐宴赋诗，则十人者常珥笔扈从，均礼如初。盖使人各尽其实用，而不至有内外升沉之感，至良法也。是时，语水匪庵吴公以司业得通参，旋擢京兆丞。京兆号为天下繁剧，丞之职于是无所不领，居是官者多自贵重，不事事以为常。公独亲揽簿书，一切案牍以时行下。民间讼牒至庭，即与断理，一一慰遣之，民皆得愿以去，而吏竦畏之若神。畿辅学校，丞专掌也。每试，锁门围棘，请谒无所通。用经术程课而考之以行谊，振幽发锢，才隽毕达，自其前为司成时已然。所采录四方名下士无数，相继登乡榜取高第去，一时负奇抱伟之士，无不称述诗书，砥砺名教，号为吴公弟子也。

于时九月上旬，值公五十初度辰，相与约为词以祝，而问言于余。余唯古之为大臣者，必魁垒耆艾硕儒。公当登第日，既以学业闻望推重海内，今虽年力强壮，容貌丰伟，不异于往年，而士大夫中相与推老成宿望，已无不归重于公矣。以天子素所眷注之从臣，贯串古今，通达治体，又试之以繁剧之任，所处无不当而治，谓其可以大用也。经曰："五十曰艾服。"官政又曰："五十而爵。"盖天下引领以望公之设施也久矣，而章甫缝掖之秀，磬折序立阶下，捧觞以为公寿考之祈者，岂独其私心之爱慕已哉？无亦仰体圣天子企望之殷，而欲以其身及见明良之际遇，意甚盛也。余承乏政府，自愧报称无路，唯是以人事君之谊，不敢有忘。喜公之道之将大启，而其年适及乎此时也，故不辞诸君子之请而为之序。

钱太君七十寿序

鄞邑东南有地曰甲村。其山由四明发脉，逶迤东下，回抱前后。水自金峨分派，两流汇合，而王氏聚族其间千余家。某有学业，至性人也，寓京常过予，言："吾宗望出太原，自宋南渡至今，诗礼之传不替，不独其子孙济美，亦代有贤妇人焉。高祖总宪定斋公为正、嘉名臣，其母金太淑人身教至严，所遗诗文《兰庄集》数卷，皆班《诫》七篇之类也，吾子孙世守之。先君遭乱，弃举业不治，生计萧条。吾母钱太孺人蓄旨代匮，室无交谪，先君以是益忘其贫，不幸中年捐馆，愚兄弟三人尚幼也。吾母弱妇支门，足不逾阃限，内外整整，挟策课子，帅以礼训。某兄弟粗识文义，以不自堕于昏愚，不得罪于乡党朋友者，惟吾母之教是赖。某今恭遇新令，幸邀安人封诰，上荣膝下，将藉此以进，称七十之觞。顾非得先生一言，不足为乡间光宠。"予闻而善之，谓太君之贤，可无愧于兰庄之风也。自惟浪游多载，今老矣，家乡名胜，屐齿多所未到。明春决计请告，冀以残年遍游浙奇山水，先取道金峨、雪窦，杖策四明二百八十峰中，访其所谓过云、石窗之胜，出而舣棹甲村，拜寿母于堂。就君信宿谈话桑麻，周行阡陌，太夫人其必能减茅容之馔以食我也。

——以上《湛园集》卷二，《文渊阁四库全书》本

相国明公六十寿序

天有正气以生神圣之君，则必有间气以生不世出之臣。气之所聚，其盛在君臣之际，其感应常在国家。周公之留，《君奭》也既陈，成汤受命，时则有若伊尹六臣之格于皇天，继之曰："设礼陟配天，多历年所。"又曰："天寿平格。"平格者，坦然无私之谓也。君无私以御其下，臣无私以奉其上，上下无私以祈天永命，则君臣寿考，天下和平。周公既言殷之六臣，又陈文王之五臣以丁宁之，见人臣之能用平格致寿，以至于寿其君以及国，而厥基之永孚于休，其历世无不验也如此。

惟我皇上嗣膺历服，仁者必世之泽既溢其数，福禄愈臻，诸详毕集，太傅公弼亮再世，咸有一德。自掌邦政，爰立作相，内参密勿，外尽燮理，中更苞蘖梗命用兵者几七八年，而渐次削平。迄今宇内晏然，无援枹击柝之警，虽皇上神明独运本乎天授，然公之毗赞圣心，所以胥一世而衽席奠之者，其功不可泯也。是以宠命频加，晋涉宫傅，又念其勋，暂释机务，使之出入谋谟，相倚不啻若左右手。盖自公之事我世祖章皇帝，方在弱龄，已卓有令誉，而今当康熙纪元之三十三年，寿开六秩矣，人以公年高位峻，或不无倦于听览。然公益虔共厥职，夙夜匪懈，至其吐握之诚，岩穴琐士片长只善无不记录于心，冀其通显而后已。此盖古大臣以人事君之谊，而天下所以喁喁望其复当霖雨舟楫之任者，以此者也。

宸英辱与长公为笔砚友，习知家学渊源。次公恺功侍中以凌颜轹谢之笔受知九重，面试诗赋，停晷辄就，上惊叹以为异才。难弟某某，姿兼文武，复以地望缔婚天室，诸孙林立，皆磊然公辅器也。维古伊、周、毕、散之徒，既以老成硕德用乂厥辟，施于孙子，亦克缵承前烈，世笃忠贞，是以君臣欢然相与，而宗社灵长之庆于万斯年未之有艾。公今年才杖国，从此而至伊尹之称阿衡，毕公之为太保，考其年皆百岁余，方且书之史册，比隆前古，区区以一辞侑觞如今日者，固不足以尽之云。

——钞本《湛园未刻稿》，天一阁博物馆藏

三叔母林太夫人寿序

忆癸亥年，叔母林太夫人五十初度，余语友棠，至期宴集，当为文以序而祝之。值留史馆，未果。又十年，太夫人寿届六秩矣，友棠贻书促余文颇急。虽然，余岂忘之哉？顾胸中惙惙，举笔不能下辄止者数矣，友棠亦知之否耶？

叔母年少余母孙太孺人二纪，生同日也。同逮事先祖父、祖母。叔母淑质婉嫕，妇德著闻中外，姊姒中与先母特相爱重。每年生日至，同盛服上堂拜讫，妯娌相序拜，子孙各致庆，称觞而退。先祖父母尝为之开颜一笑，如是者二十余年。及祖父母考终，余母及叔母亦相继称未亡人。虽乐事顿减，然两房子孙以生日相拜庆，自若也。己未年，余母弃世。从此值是日，友棠与其妻子具吉衣冠，列拜堂下。余兄弟茕然相对，不得与斯事矣。

友棠才弱冠孤露，就乡里富家作童子师，自资给。帷灯读书，文史足用，始补弟子员，即上贤书，虽三试不弟，而才名日起。脩脯之入，以充奉养。外祖母嫠居无后，迎与太夫人同处。既连举三子，孩幼扶床，绕膝啼笑索枣栗，太夫人为忘其贫。人谓友棠能子矣。

余自壬子失怙，创痛余生，伶仃孤苦，不得已负米四方。或旷岁一归，垂橐入门，老人善病，调治无良医，药性不能健饭，胃火逆上，中夜苦饥，果饵、甘氄、庋阁之物不时具，往往临食废箸者有之。愚积习疏懒，日间率对客时多，常辍茅容之养以供朋友，母不余嫌也。然从今思之种种，皆悔端矣。行道上，见白发妪过前，辄仿佛忆母颜状。梦中得珍膳急以遗母，比相见，或疑非真，或欢笑才接，觉意态顿异，遂呜咽醒，一夕梦觅母不得，复往从向孺人曰："吾得事祖母足矣。"既而悟祖母亦前没。恍惚睡梦中，心怦怦动，泪渍枕席也。昔舜五十而慕大孝也，余年过六十，何慕哉？盖其良知之未尽亡，时时发露于念虑间，有不能以终掩者。然而贫贱母子之苦，至此亦已极矣。

计友棠今日上寿之余，台会戚里，欢言酌酒，余虽远在数千里外，南望稽首称庆，大略不异往时。又以吾母之生同日也，起而祝，俯而感，有欷歔之不禁者。与友棠一家兄弟，当不以余为异也。

友棠行上公车，以其年其才，为名进士，跻通显，叔母方强健，长享鼎食之养，要不难得。然余所见富贵而不能尽养之道者，皆是也。《经》曰："人无于水监，当于人监。"友棠唯监吾之所以过时而悔、悔而不得者，而以之致于太夫人，则其于友棠之孝也有余矣。

——《姜氏世谱·湛园公集选·寿序》，浙江图书馆藏

记

楝亭记

本朝设织造，江宁、苏、杭凡三开府。故工部侍郎完璧曹公以康熙初年出苏州督理府事，继改江宁。省工缩费，民以不扰，而上供无阙。公暇，退休读书，除隙地作亭，相羊其中。今户部公时尚幼，朝夕侍侧，知其亭而不能记其亭之所以名也。比奉命来吴门，纂先职，以事先抵金陵，周览旧署，惜亭就圮坏，出资重作，而以公手植之楝扶疏其旁也，遂以名之为楝亭。攀条执枝，忾有余慕。远近士大夫闻之，皆用文辞称述，比于甘棠之茇舍焉。

余惟织造之职，设自前朝，咸领之中官，穷极纤巧，竭民脂膏，期于取当上旨，东南民力，不免有杼轴其空之叹。及于季世，大珰柄政，中外连结，钩党构衅，至于众正销亡，邦国殄瘁，斯一代得

失之由，非细故矣。

今天子亲御浣濯，后宫皆衣弋绨，为天下节俭先。两省织造，俱用亲近大臣廉静知大体者为之，而曹氏父子，后先继美。及是亭之复，搢绅大夫，闻先侍郎之风，追慕兴感，与户部公特诗歌唱酬而已。则夫生长太平无事，所以养斯世于和平之福者何如！而是亭之有无兴废，可以不论也。辛未五月，与见阳张司马并舟而南，司马出是帖，令记而书之。舟居累月，精力刓敝，文体书格俱不足观，聊应好友之命，为荔翁先生家藏故事耳。慈溪姜宸英并记于梁溪舟次。

——《启功全集》第四卷《记〈楝亭图咏〉卷》，
北京师范大学出版社 2010 年版

二灵山房记

天地灵秀之气，静为山，动为水，人得两间之最秀最灵，而为名山大川之主。言仁，言知，方内圣人之则也；谓清净，谓广长，方外至人之化也。要之，山川无有不灵秀，在乎领略者即性、即心。然初得者未有不以为奇，久居者亦未有不以为常也，奇则非性非心，常则何心何性？方内圣人贵常而不贵奇，以常则可造于至诚至圣，而始奇也；方外至人示奇而亦示常，以奇则可转于大觉大悟，而未始不常也。吾尼山夫子曰："则吾岂敢？"彼天竺先生曰："惟我独尊。"一常一奇，于斯自道。

鄞邑东钱湖受七十二溪之水，湖中有名之山凡十有二，而二灵居其首焉。在昔，此山有寺，有山房，有诗，有记，以其得山水之灵，名为二灵。夫天地灵秀之气，何山何水不灵，而独归奇是山耶？奇之者在人，而山固常也。知和尊者栖此而侍以虎，恭都寺之居寺而伴以猿，人必以为奇也，而非奇也。古鼎铭公之退居也，有"高占白云层"之句，天渊濬公之创山房也，九灵山人戴良作记，无一不称其最奇。吾以为言高即未尝高，言奇即未尝奇，然别有高者、奇者，如陈文介公养忠直之气于是山，成千古奇汉，何事舍书院为浮屠之宫？始知大君子既秉伦常之正，当其引裾毕说时，不惜碎首以锄奸佞，安在区区一山一室哉？卒之首丘是山，其终始不离。顾托宫于浮屠氏者，其意深矣，非高奇之最者与？吾友竹窗介公，儒而学佛者也，仰先贤而崇尊宿，瘗寐二灵者多，历年所决，志复山房于其麓，在竹窗以为常，在人则以为高也，奇也，况竹窗之可以静息者？

郡有寿昌，其堂曰东隐；乡有延福，其堂曰内鉴，恢恢焉足以潜修逸影，乃劳劳拮据于空山浩渺间，岂非高而奇者乎？奇在性之所会，心之所合，志之所定，而事得竟成者，斯竹窗之视为常，实二灵之视为奇也。竹窗之不知其奇，斯竹窗之所以高也。若夫无所不奇之人与无所不奇之境，有九灵之旧记，发挥无余蕴，安知九灵之所谓奇非即濬公之安于常乎？能知濬公即可以知竹窗矣，因援笔而记。

——释德介纂《天童寺志》卷九，《中国佛寺志丛刊》第八十五册，广陵书社 2006 年版

普陀前后两寺蓝公生祠记

佛法自汉入中国，其时可谓久，而其道日益广矣。夫惟其道广，则藉手于卫道者甚殷；其时久，则凡所历治乱盛衰、变迁兴废之状日多，而其需乎人之卫之也亦日亟。顾古今来作释氏干城者多矣，大都不过舍基址、施金钱而止，未有终始经营、难不辞而久不倦如元戎蓝公之于普陀两寺者也。

方夫海禁乍弛，僧众初归，而道场梵刹俱未兴建，时则有故镇黄公乘间力奏，遣员赐帑，初地重光。然命甫下，而黄公旋殁于官，公来继镇，建牙翁洲。翁洲距补陀百里，潮汐往返，风涛叵测，不以为劳，力任兹事。若宜革，若宜兴，若宜先，若宜后，若宜多，若宜寡，寺之主者悉禀裁于公，公一以至诚大公处之。公之乡多产巨木，斥俸捐赀，桴海运木，分给两寺，置木之直至数千缗无所吝，然余谓此不足为公难。其分处两寺也，自有护法来，千百年间未有如公者。明万历七年以前止建一寺，至后又有镇海，然皆长老住持而已。展复来，别公以双径嫡孙提督陈公敦请主席后寺，先入山者

三年。公至普陀，喟曰："改律为禅，后寺已然。而前寺独可不延高行大德、阐宗风而登上乘者居之乎？"博咨广询，得天童四世孙潮音和尚，迎拜升座，闻者皈向。两师皆慧心定识，又其宗皆临济，无外所淄渑。公集两庑僧徒，晓譬而戒勉之，至诚披露，人人悦服，缁素叹息，称自有护法来，真未有如公者，竞谋建公生祠，以尸祝不朽。

越明年，两寺告成，俱以宸英素辱公知，函书来京，丐为文以镌石。余曰："公镇定十年，功德及吾宁者甚大，即不辱与公交，亦不得辞。然余知公极审，于公遇前寺，知公之精微；于公遇后寺，知公之广大。呜呼！公待佛及僧如此，其忠君爱国，诚民恤兵，更宜何如哉？"遂序其终始难不辞而久不倦者，以复两寺之请。世之览者，谅不以余为阿公，而公亦必不以余言为河汉也夫。

——许琰撰《普陀山志》卷十五《艺文》，《普陀典籍丛书》本

青林庙碑记

县治东三十里有庙曰"青林"，余素闻其神之灵而未获至也。后游东郊过仲弟非载家，顺道晋谒，始见其庙貌森然，神色如生，骇然问其里人建庙之由，答曰："不知也，然窃闻之神姓沐氏，名号、爵里不可考，意当时巡行至此，人怀其德，如召伯《甘棠》，爰作庙以祀之。每岁春正之十日，为神诞辰，九堡轮供俎豆，靡弗虔肃。昔在宋时，犹在双家汇东，迨明正德间改迁于此。其前殿基先为三官堂，堂后为陈姓家居，忽一夕神灯朗照如白日，空中见'青林庙沐府'数字，须臾遂熄，熄而复明，如是数次。陈姓惊异，因之让基，并迁三官殿而易为庙。今庙中元大德四年庚子残碑仅记三官会颇详，而建庙事实反不及载，使后人茫无可稽也，惜哉！又镇海沙河头亦有庙，仍之刁家桥，以祈雨辄应，亦建庙，虽更其名而不易其神也。"余曰："若是，青林洵句东古迹，神之灵使居者敬畏让基，行者易地崇祠，祷者分庙荐享。呜呼！其得不谓之赫赫而濯濯也哉？余向闻所闻而来者，今乃见所见而去已。"里人又谓曰："此非独神之灵也，即享祀者亦岂无因哉？其一即君之先世名芳字毓之，

元成宗时督饷海运之燕，遭风溺死，千里浮归，面色勃勃如生。人惊其异，且死于王事，遂葬于周家桥西北临河地。其一即舍地为庙之陈姓祖名理者，当迁庙时，佥议以配尊神为辅弼焉。兹庙既朽，谋欲新之，君长于文字之役，曷不为吾里记之？"余曰："唯唯。"

适见岁召纂修《明史》，未暇及此，今犹子伊水谒选来京，云："修庙落成祠下，复请为记。"余忆自奉召至今，宦游且老，追维往事，不觉怆然于故乡也。神之爵里，虽远莫稽，亦不必附会其说，然能保障一方，捍灾御患，载之邑乘，自宋迄今历数百年庙祀不衰者，非以其合于有功则祀之例欤？是庙葺于康熙三十五年，暨三十七年九堡重新，扩而大之，庙貌并严，冀垂不朽。且因其请，遂记于石。

——冯可镛修、杨泰亨纂《慈溪县志》卷十四，清光绪二十五年刊本

书

与人

唐刘文泉曰："十为文不得十如意，一如意，岂非天乎？"昨文似不偶然，故为足下说之如此，非自谀也。谀乃媚道，生平不喜媚人，况肯自媚耶？非足下相知之深，无从发此言。

寄惠元龙

前冬送别之后，去年唐、赵两公亦南发。老友星散，知音无几。以此登临少兴，文咏亦复寥寥。知下车之后，正当军兴旁午，盘错别利，肯綮迎解，真乃颇、牧出自禁中，可以钳武夫之口，而折干吏之角矣。秋间入闱选俊，遂空马群，此则吾辈意中事也。尔时恨留滞津门，无从握手一叙耳。某老而得第，禄不逮养，既极酸心，珠桂萦怀，弥成大累。以此自悔少壮谋生之无策，以至暮途汲汲逐队少年为可耻，我友其何以教我？项晤计君，述先生近状，云："上台公论，虽极分明，近来不无有抵牾者。"某以先生两年抚字，能事见于天下矣。板舆侍养，极人生之乐事，何不翻然远引，息弋者之

慕乎？与其迈绩龚、黄，不如希踪曾、闵。悠悠万事，惟此为重，想长者念之熟矣。某属知爱久，但愿先生为天下之全人，使《研溪》一集万古有所传述。故自以生平隐悔，发此狂言，倘不以为罪，愿有以相复。

与狄立人

昨晚始成此诗，书正，原期以十五后缴幸不迟。但三年追叙，殊觉不情耳，望日奉候云。往报国寺买得何异书？并何佳玩？稍暇当再过，不尽。

——以上《湛园集》卷八，《文渊阁四库全书》本

致张云章书两通

长兄别后，行且竟岁，寓居正在廛市间，冠盖既少见过，而游客如蝟，偶一到门，便褰裳而去，唯恐不疾，以此惘惘，无与对语。欲如往年与长兄连床促席、竟日彻夜之谈，了不可得，以此相思之殷，不能自解。知道驾仍住玉峰，彼中知交辈望，虽从前襟契，定不以远近顿殊，而境遇正自不同，故不当以鄙意相格耳。定省之暇，想复垂神著述，千秋大业，今以属君无疑，毕竟要直下担当，切勿以游谈废日。如弟之悠悠忽忽，老而无成，亦可鉴也。然此事又须立定脚跟，吴下多少佳士，只被"好名"两字，便为妄子牵去，抹煞一生。向闻老兄议论，久有定力，知此处决勿孟浪，知己情切，要弗妨为过情之虑，唯吾兄一笑而受之。第局趣辕下，意弥邑邑，顷入志馆，属以《海》《江》二志见委，茫无头绪，两鬓如霜，而日与诸年少官人争工笔墨，颇如汲汲自厉者，岂不为通人所笑？若长兄，则自能知而怜我也。《白云诗》尚有未了之债，容日装册呈教。诸不尽言，临书驰恋。

又

岁行尽矣，想河冰初泮，便是我兄鼓棹之时。前日附书已悉，企予之意，惟俟停骖快语，解我愁结。昨独坐想念间，得诗一首，

谨缄呈教削。知展纸欣然，亦定如晤对也。弟贫病交侵，并非复前时之状。两馆鸡肋，日束缚文字间，令人神思俱尽，到今始知识字之为累耳。长兄新制几何？别来两年，自当转入妙解，只是不误落门户，便成铁汉。我辈于此，切不可随人生活。弟观长兄笃行古道，乃眼所仅见，但微有名心未净，故敢过相规益，知知己决不为怪也。作此数行，托翼翁转致，不知何时得达左右。临书驰恋。

——以上张云章《朴村文集》卷三，《清代诗文集汇编》第 175 册

姜宸英尺牍十五通

承惠教，俪体而以开阖顿挫之法行之，丰茂典雅，俱用一气裹成，固是大家举止，要亦是清庙明堂器也，藉光良多矣。因昨小冗，未及奉答，谨此感谢。弟宸英顿首。亮老世道兄先生。

所求五十六字，向承慨诺，此时待用得即惠教，甚感。司空公新赐吴山诗再望一钞示，千万千万。余晤谢。亮老道兄先生。弟宸英顿首。

海味定佳，敬拜赐矣。两纸容书上，《洛神》当另得好纸临之也。弟宸英顿首希文道长兄。

日恐奉烦起居，不敢过叩。承委写册子、柱联俱完，谨附上。尊稿序，贱体多病，以是迟迟，俟略佳，当勉呈教削也。□侍宸英顿首。

姜宸英谨禀老夫子大人台下：前岁驺从入都门，此时仓皇取道，未获一陪几杖，至今余歉。兹者老师以间世之姿，当泰交之会，书接骈蕃，荣膺副相。数月之间，正论日陈，凡在有识，无不举手加额，谓太平可立致。况辱知如宸英，其为庆幸，当何如耶？值兹初暑，伏望尊履与时增摄。宸英才质驽下，凡事都不如人。自遭变以来，神识荒愦，自分废弃，不堪与时辈伍。老师犹欲取江湖之败梗，所为漂泊而不止者收植之，以冀其异日之扶苏而荫蔚，虽万不可得，然而用意则已厚矣，知己则已至矣。其在于英，宜若何感激而思图报于万一也。乃经年鹿鹿，尺幅之纸未达于从者之听，其为疏慢之罪如此，此在旁观者犹以为不可，而英窃恃之以无恐者，以老师知

我之素，有不在于区区形迹之间者也。兹因三世兄之便附候起居，兼陈愚款，唯江海涵纳，怜而鉴之。外别具先曾祖太常公志铭一卷。先太常首争册封事之首尾，皆老师所熟闻，故不赘述。两总裁老先生各上书一通，恳其立传。老师力赐主持而商榷之于诸同馆先生。先人之灵，没且不朽。又先侍御公讳思睿，太常公从子，历参乌程、宜兴相，久著直声，已托万门生于崇祯邸报中代为搜录，倘得附传，亦阐微之一德也。临禀不任惶悚。宸英谨禀。

此刻得闲否，待晤殊殷也。三轴一册并《兰亭》，乞再促之，其卷册之值即以见示，恐仓卒成行，难于收拾耳。不尽。宸英顿首。

负暄而坐，遂得题轴送，正恐不足以厕群公之后也。天气颇佳，此时作何消遣？倘暇，当曳履叩门耳。不尽。奉老大，弟愚英顿首。

庚子之秋，暂游珂里，访嵇生而命驾，遇叔度而停骖，寻畅楼头，欢咏弥日，忽忽去此已二十余年。自后曾同万贞老过候高斋，忽忽不遇，遂解维而西。青翁北来，辱惠示新篇，咳唾珠玉，恍如晤面，重以法书、诗板种种佳贶。抱疴连月，未能裁答，罪何可言？所恃知己之怜而恕之形迹之外耳。临楮神驰。弟名正肃。

昨趋候，闻上垄未还，此刻想得闲也。天气甚佳，欲一过且翁于园中，能乘兴一来否？待之。制小弟宸英稽首庆，翁老道兄。

今日果成行否？雨中未得趋送，殊耿耿也。五十六字，聊代歌骊，其中无有，直是先生遗我诗料耳。一笑。希文道长兄座右，弟宸英拜上。

册子领到，谢谢。拙稿当容送教，细为商酌，台驾能少待即过请也。不尽。小弟名心具。

昨都中邮致尊札及叠青佳什，捧读回环，不能释手。既深感厚意，又服膺雅才后起。英少固多，如我老世翁者，正千百中未易一二屈指耳。尔时尚未见浙省题名，想满袖天香已搜拂六桥烟水间也。贺贺。承尊公起居安善，缘暂寓析津，不及致候，并未得庄启左右，定能见谅也。小儿并致谢，小孙在家，望以世谊时教诲之，可胜感戢。临书驰恋。敬老年世道兄。弟宸英顿首。

明日张园之行，当与长兄连骑而往，不审此时已借得马否？早间千祈过我也。不一。弟名心肃。

　　承谕甚感，当即商酌行耳。领分弟已送去，大抵在兴云寺，去城十里许，此中杏花甚盛，兼近八里庄，不可不乘兴一游也。尊分付来，当转致惠元老。书纸送上。小弟宸英顿首，亮翁道兄先生。

　　昨归，想尚早，即日微有雪意，幸路未作泞，何不兼邀淡兄来为此鸡解脱？塞西□而快领也。少济乞命驾。不尽。奉世老弟先生。愚宸英顿首。

　　《剡川集》得巨手裁定，能使作者精神透露于数百年之后。昨阅竟思之，大抵诸序与题跋最胜，而题跋之佳者直欲伯仲潜溪矣。诸体虽各有利钝，只是所难者峭洁二字耳。略从先生次第中窥其梗概而述之如此，当不至径庭否？抑愚更有请者。剡川之得传，原繇潜溪先生之广蒐远访，始能出之断烂尘蠹中而藉以不泯。然今人目中早已不知此书矣，赖先生而复传，盖先生即今日之潜溪也。特其文醇疵相半，使汰其疵者，存其大醇，另一集以授之梨枣，则此集亦不妨雁行虞、揭诸公之后，当不至如前三百年之付之若存若亡者。先生能无意乎？知万卷藏中如此类比不少，直以乡里耆旧亟欲其附青云而不朽耳。专望专望。宸英顿首。

　　　　　——吴修辑《昭代名人尺牍》卷十五，清光绪三十四年西泠印社影印本

姜宸英书札十五通

　　细观《兰亭续帖》，皆本《汝帖》，刻较《汝》精细，其中增入乃《绛帖》澄心堂之精者。昨日雨中，仆临一册，用宣德纸，虽不及古人，亦有一种风致，尚未裱也。米襄阳帖，兹为十六册，英光本甚多，平生观其半刻，恨未全见为歉。奇山异溪，正不必数年游尽遍也。留心为他年快观，再睹始为叫绝。米帖亦临半，幸仍掷一二日，完此当归之。慕翁年长兄。宸英启。清和五日。冲。

　　前奴子回，接读手书，不胜感叹。近人交态，尽于《谷风》一诗，尝特爱丐贷如子公之无节，而知己不厌其求索，奖饰过情，且订秋期之诺。展玩再四，自谢知人，不只对家间称高义也。至马齿

日加，忽忽已六十，内顾无状，诫儿子辈无向人言，盖世情厌冷，一也；体□所物，勉来称祝，非其本情，二也。征诗则诗无佳句，求叙则序皆浮辞，无一人一言道着西溟心曲者，何以纷纷为？故一切屏绝，然即有儿辈年友僚友哄闹多日，正值酷暑，苦于应酬，遂致卧病，幸澍雨清风，为之解秽，而慕园之缄踵至，起而阅之，神气为之爽飒。所谀同心之言，因自有味也。承贶过厚，本不克堪。然正酬客无赀，遂以充用，不复自外矣。谢谢。原欲柬答，顾彼此暮年，往还宜以手迹，庶使后人知之。故率草奉复，两郎君同此致意。不宣。慕翁老长兄。学弟宸英顿启。

知驾到，渴思一晤，遣小儿先候，复值公出。明晨弟当少待，若年兄先过我寓，又恐不值也。慕老年长兄。小弟宸英。

场后冗极，未及一晤，年兄不知何日返津。以年兄之宿学邃养，而复屈此试，反使衰老得之，深为愧叹，要是造物欲稍迟其遇，为来科冠冕耳。愿勿以区区分意也，便中幸不吝尺素见喻。同学弟宸英顿首。

拙稿承面谕，特遣奉领，希即付之。但未得年兄手评见教，殊为怅然。慕翁长兄。宸英顿启。

早问偶有笔墨之事，兼是地泞，不敢过候，亦不敢辱玉趾之过也。拙稿四本，中志铭一本，检付来手，明日即□。不一。年弟宸英顿首。

初夏一别，大是□□。企迟之怀，殊苦未尽。私谓高足应试来京，当得快聚，不知何故中止，益深怅然。接手教，勤恳如领面谈，小儿荒疏，勉强入闱，恐不能对知己厚望。惶愧惶愧。场后或至津，把晤有期也。弟宸英启。

久阔候问，以尘俗鹿鹿，想蒙尊谅也。贤师弟读书读道，乐意满怀，弟惟有望风增愧耳。近著盈笥，能惠寄数首，一开我怀抱否？宸英拜呈。

荒园亦有苹果，乃半损于风，半损于鸟，至今未得尝鲜。顷蒙颁赐嘉□，喜出望外，情况宁在一味之甘耶？谨此申谢。宸英顿首。

委书日久乃就，竟无一笔合者，深用自愧。近来多不如意事，笔墨与吾相违久矣。赐墨而应以恶笔，不安殊甚，谨报《黄庭》一幅。拙书《李志》一通，稍将鄙意乞转致之。慕翁年长兄。小弟宸英顿启。

昨伻回，知感寒疾，连日天气浓阴，即豁然，亦当杜出门数日。弟公暇自当就教。统祈珍护，不宣。弟宸英顿启。

拙作呈政，过蒙奖谕。近日颇感兴多端，容日缮写奉教。王临斋《秋日赋怀》十首，即检来手一观。慕翁年长兄。宸英顿首。

　　行行欲何之，东皋独目眺。岭云独未去，新月来树杪。
　　日下山气静，天风动林樾。遑遑古竺钟，时伴西亭月。
　　晓风鸡乱鸣，深林侧马行。挽鞭挝酒肆，嫚骂使不平。
　　清溪流返照，茅屋寄闲云。处处林峦暮，山樵月下分。

近作四首，偶尔拈笔，不计工拙也。录呈郢政。慕园长兄阁下。宸英未定稿。

昨晚睡起，纸窗上月光渐满，竹影半横，取蒲团静坐，觉得又是一境界，所谓"一般清意味，料得少人知"。小疾顿减，堪慰雅怀。弟宸英启。

日昨吾兄以"梅花几度开"五字见问，一时忘却。回家间检宋诗，有"寄语林和靖，梅花几度开。黄金台下客，应是不归来"。此宋幼主在京都所作，始终二十字，含蓄无限凄戚，读之而不兴感者几希。前所惠貂毫，雅随人意，如再赐数枝以为不时之需，则拜谢无既矣。慕翁年长兄。宸英顿启。

——稿本《姜宸英书札》，中国国家图书馆藏

题跋

临圣教序跋后

唐寺塔碑文集右军书者多矣，然独此帖盛行者，以御制文，故重之也。不作是书殆三十年，在天津与友人查浦同寓，命予书之。揭本下劣，转得一快，以神气不为所夺耳。

——《湛园集》卷八，《文渊阁四库全书》本

题黄庭兰亭宋搨

壬申岁，获见于朱竹垞之六峰阁，因题年月其后。此帖乃是定武之最有风神者，纸隔麻，首尾无损。竹垞云多方购之始得，今遂落查浦手，其计更过于萧翼也。丙子三月，京师再题。

录新书诗后

王君树百以便面嘱书，适新诗成，遂细行书其上，十指几为皲裂。不知当暑摇之定，能作冰气来袭人否？时乙亥十一月二十七日也。

书宋搨宣示帖褚临乐毅论后

乙丑年在都，以褚河南《枯树赋》易得《乐毅》《破邪》二帖，后为吴征君天章取去，不得已捐此帖购还之。出门时，以《乐毅》《破邪》付长孙嘉树，闻又入偷儿手矣，是予并三帖失之也。此本宋搨褚书，人间绝少，各帖无所之施，褚作无施之所，足备收藏考证。一时换去，予计固失，而征君复以贻声伯年兄，亦未为得也。声伯

欲守此帖，当以予二人为戒。

书咏怀诗后

张子寄此纸属书《咏怀诗》。因寓中无全本，仅书《文选》所录十七首。是日闻三月朔日，有食之既，时北平薄子聿修、宿迁徐子坛长遇寓斋，看书相对，阁笔叹息者久之。

书册页后

友人曹子廉让复携此来，曰："愿书满册。"两日适无事，随意涂抹，不觉纸尽，然不知何所用。鸿爪雪泥，宁与世人计多少哉？

——以上《小石山房丛书》本《湛园题跋》，清同治十三年虞山顾氏刻本

又题宋儋书

仅七十字，段落凡五，其中宾主分合、单题直接、随势收煞照应，末又掉尾飘摇。置之龙门小赞中，是一是二？

——《昭代丛书》本《湛园题跋》，清道光二十四年吴江沈氏世楷堂刻本

临王帖题后

晋魏多用章草入行，后来率意作书，古法遂不可复见。

题禊帖

右军《禊帖》，乘醉用退笔随其势书之，故天然秀逸，妙绝古今。褚登善书每分隶体，用其法临摹，益饶古色。近所传刻多是褚书，余所见五字缺本吴兴《十三跋》绝工，往在延令，今不可踪迹矣。颍上学官所得石，蛟川王氏犹藏之，而揭本粗劣不足观。此本纸墨黝古，余家藏《十七帖》绝类此，皆五六百年物也。辛酉冬将入都，得王子勤此帖，灯下漫记。

——以上《涉闻梓旧》本《湛园题跋》，清咸丰元年海昌蒋氏宜年堂刻本

出关草题语

此本朝开国第一名谏臣诗也。读此遗墨者，当念祖宗优容直谏，

赠恤便蕃，无非阴培国家元气而鼓动忠臣义士之心，给谏虽死犹生也。若仅以为孤愤幽愁之作，与夫沉湘吊累者同其慨慕，失给谏当时抗疏本旨矣。给谏甫殁，而侍御君复以廷评权相幽絷西曹者累月，以此延令季氏兄弟同时后先直谏，名振天下。然遭逢圣主，俱获昭雪，为万世史册光，岂不伟哉？此卷为其季弟南宫所藏。南宫才赡学殖，纵横万卷，顾独什袭此纸，则岂独鹡鸰急难之谊可念，其趣尚亦可概见矣。余与南宫读书者三阅月，今将鼓棹而南，而南宫亦北诣公车，出此卷属题。行矣，南宫继两兄之懿轨，将在是矣。若以此卷随行，驴车土锉中，时一展诵之，观其真气跌宕，怨而不诽，亦文字之一助也。己酉二月晦日，四明姜宸英拜题。

——季开生《戆臣出关草》卷首，清康熙刻本

居项胥钞题辞

余与钮子玉樵别十余年矣，平时服其惊才绝艳，方驾齐梁、西昆，以下俱所不道。顷谒补来京师，为仆述其作令项子时事，酒酣以往，肯背诵其诗数十首，皆婉丽悲激，长于讽谕，绝不类其少作。中如《和杜秋雨叹》《悯时》《稌不登》《泣柳词》四章，刺治河无术，草木告灾，凡此类皆有关理乱、足备诗史者。昔子美爱元道州《春陵行》兼《贼退后示官吏作》而和之，且曰："安得结辈十数公，落落然参错天下为邦伯，万物吐气，天下少安可待。"仆于钮子诗亦如是矣。然元诗讦直，至诋衔命使者为不如贼，于所谓比兴体制犹未尽合，故一读可了其意。以钮子之寓托深远，使不善观之，直与近世词人吟咏性情、嘲玩风月者何以异？仆故为之疏明其大意，使知钮子之为吏良，宁谧不苟，去而见思，其设施具有原本如此。《传》所谓温厚和平者也，读者亦当以此得之。康熙二十七年戊辰二月日，慈溪弟姜宸英志。

——钮琇《临野堂诗集》卷首，《清代诗文集汇编》第 165 册

题南溪仅真集

一团真气，独往独来于尺幅中，此《三百篇》真派，徒以香山、

放翁相许者，未可许为知己。昔苏子瞻评陶元亮诗谓"外枯中腴"，中腴者，真之至也。要之，外本不枯，所谓绚烂归平淡耳。弘济诗："人间乐事谁能及，祖唱孙酬共一樽。"以此读义门之诗，触处皆天机洋溢矣。壬申春暮，姜宸英题。

读去似得之天分，非关思索。细玩其裁制之密，回斡之工，即景生情，离尘入妙，非苦心于此道者不能也。彼仅以皮毛相许，位置君于剑南、荆溪间者，愿勿受之。癸酉初春日，同里弟姜宸英题。

又云，一字一句，性真流露。钟记室《诗品》，每人推其渊源所自，若此之以性情为风雅，不必名其派别，要不失为《三百篇》之遗也。

——钞本《南溪仅真集》卷首，中国国家图书馆藏

题吴渔山写王丹麓听松小景卷

余与丹麓王子游余十年，见其挥洒翰墨，跌宕文史，卞推为第一流向上人物。而王子风神闲远，特寄情山水之外，间以其余兴评论近代文人小品，抒写旷怀，今世所流传文津是也。四方名流至武林者，必从其下榻投辖，与之欢笑，醉醒不厌。其或不得见者，一展对此图，必有千里命驾之思矣。句章同学弟姜宸英拜题。

——端方《壬寅消夏录·国朝五》卷一，文物出版社2007年版

题临王廙帖

王廙字仲将，其真书学元常，草法伯英，廙乃右军之叔，而传书法于右军者也。然右军虽云出蓝，不如仲将多矣。

题钮琇述哀诗

尝怪子美有"东郡趋庭"之句，而不闻《蓼莪》之悲，岂逸之耶？得此补之。

——以上钮琇《觚賸》续编卷一，上海古籍出版社1986年版

宋搨乐毅论破邪论跋

《乐毅论》是右军书付官奴者，正是王氏家法，故旧推楷书第

一。予家藏宋揭宝晋斋所刻最善，此本差可伯仲。永兴《破邪论》亦旧本。此二帖皆程孟阳所收，程不以书名，其风流故足重也。

右军之书《乐毅》，劲笔偏多，而婉丽不乏；永兴《破邪》，变为险峭，筋多肉少，此晋唐之分界也。若不善学之，便堕近来王雅宜一种恶道矣。此临池家所以贵于运腕，运腕得法，下笔自无枯槎之病。隐人甲子清明第二日又识。

祝枝山离骚经墨迹跋

此书虽本章草，其结构之法多得之《藏真》。余所见枝山《十九首》真迹，远不如此脱尽蹊径，独造天然。明一代书法，推枝山第一，此帖又枝山第一。乙丑六月，因暑展玩终卷，遂记之。

——以上刘献廷《广阳杂记》卷四，中华书局1985年版

题汪舟次摹古墨迹卷

古人论书，谓如逆滩上撑篙，用力许久，不离故处。余少时颇讲究运腕之法，时合时离，久之犹故吾也。兼之尘务经心，蹉跎迟暮，此事遂辍。今日病足，据膝床上，阅友人汪子舟次临摹此卷，此其逆流中上滩时也。人惊其法兼诸体，以为奇绝，不知此正由其运笔之熟。运笔既精，心手相习，自然种种入彀，苏子瞻所谓"十手无一心，手手得其处"。展玩良久，不觉见猎心动，虽力不能强，只如蔡君谟之爱茶，惟有时置几案，把弄不辍耳。戊午十月九日，慈水弟姜宸英谨题。

——方濬颐《梦园书画录》卷二十，《续修四库全书》影印清光绪三年定远方氏成都刻本

题王石谷西斋图卷

西斋先生既取子瞻诗自号，石谷高士为之图，而属余书其诗于后。当子瞻在黄时，既取乐天所谓东坡者，水耕于其中，又新作南堂，其诗曰："一听南堂新雨响，似闻东坞小荷香。"而此诗尤眷眷于桑枣鸣鸠之乐，则其田园之想，无时不情见乎辞也。然子瞻饱经

忧患，其倦而思返，今西斋方筮仕伊始，亦似有味乎其言者，盖古今用世之人，未有不轻爵禄而乐肆志、足称名士者也。余固思买山而不可得者，因书此以自慨。丁丑闰三月望日，苇间弟姜宸英并识。

——庞元济《虚斋名画录》卷五，上海古籍出版社 2016 年版

书云石山居诗后

　　风雅一道，今称极盛，然未免境多情少，只是一场大家风月话耳。读乾一此诗，清新流丽，足洗从来积瘴，诗至此方为有情。盖高、岑、王、孟而后，便不可无大历才子，况今之优孟盛唐，而其实无有者乎？蒸炎中得此，真一贴清凉散也。触热过袁子重其漫话，袁子曰："此诗实胜今作者。"非妄誉也。顷当驾言娄江，与乾老更拟挑灯细论耳。四明弟姜宸英。

——《清国初诸老题邹乾一云石山房诗集四大册》，裴景福《壮陶阁书画录》卷十五，学苑出版社 2006 版

临古书卷题辞

谢庄昨还帖

　　梁武帝、王僧虔、《书评》，唐李嗣真、张怀瓘、窦臮，诸言书家多矣，俱不及谢庄。书遒古，特有晋、魏风味，以此见六朝士大夫鲜不习锺、王法者，惜王著所收仅此耳。宸英。

王坦之惶恐帖

　　东亭书亦不他见，要是乌衣中人物，唐初犹有余风，虞、褚、欧、陆以后，此调绝响矣。尝叹绝代画手，有绝胜前代者，唯书法每降愈下，可谓一慨。宸英。

孔琳之日月深酷帖

　　孔琳之书，《书评》谓其"散花空中，流徽自得"，然语涉伤悼，余不敢为人书也。介兄大孝，正宜作此以助其哀。宸英。

　　梁制，与平吉人笺书，有增怀语者，不得答书，许乃告绝。私吊答中，彼此言感思乖错者，州望须刺大中正处，入清议，终身不得仕。故余不敢为人书字，及临摹古迹，未尝敢轻作不讳语也。

宸英。

王廙二表,又《嫂何如帖》,王僧虔《南台启》,王献之《违远坟墓帖》,姜宸英。

姜宸英临十七帖册题后

唐太宗御书:"勅字付直弘文馆臣解无畏勒充馆本,臣褚遂良校,无失,曾蕚。"姜宸英临。

太宗得逸少真行二百九十纸,其古本多梁、隋官书,隋则满骞、徐僧权题署。太宗又命魏、褚各署名卷末,后世以僧权不全本为《十七帖》第一。此宋本帖,余家世藏之,先君手付令珍藏者。唐张怀瓘论草势云:"草之体势,一笔而成,惟王子敬明其深诣,故首行之字往往继前行之末;逸少虽丰圆妍美,乃乏神气,无戈戟。"又云:"逸少有女郎才,无丈夫气;子敬草书逸气概世,千古独立,家尊才可为其弟子耳。"怀瓘以一笔成书为草书之精,非知书者也。所谓草书,草其真也,草书在乎点画拖曳之间,若断若续,而锋棱宛然,真意不失,此为至精至妙。文皇集右军草书,择其尤者为《十七帖》,其御制《传赞》曰:"烟霏雾结,状若断而还连;凤翥龙盘,势如斜而反直。"知此者可以得其集此帖之意矣。

右数段皆旧所题跋,仙李年兄属临此帖,并书于后。余学书至老而无成,当时可谓妄言之耳,仙兄不以余书为拙,则与此言也,或亦有所会心耶?丁丑九月,宸英。

——以上裴景福《壮陶阁书画录》卷十六《清姜西溟临古书卷》

跋自书头陀寺碑文

赵松雪书《楞严经》甚精,字才豆大,千行一律,余心爱之而不能学也。然亦有一病,乌丝细网,字求停匀,故无字不破体。退之谓"羲之俗书趁姿媚",若松雪此书,自有隶以来六书一大劫也。使后生皆仿之,古法将安所取正乎?予书此,略规永兴《破邪论》,宁拙无巧,自谓差胜。乙亥中秋后二日,书于津门张氏之遂闲堂,即以贻声伯三兄。同年弟姜宸英。

——《姜宸英、刘墉书法合装》,上海博物馆藏

书僧虔帖后

僧虔两表见本传中,为当时极笔。当宋、齐之际,能书者皆宗二王之遒逸,元常古趣几于绝响,独僧虔书犹存汉隶遗意,而此尤其合作也。枢巢年兄善书者,必有得于此矣。宸英。

——《姜西溟先生墨迹》

赞铭

石斋黄公墨写魁星赞

英年十五,酷爱公文。既得黄子,公官稿。想见其人。公没而升,灵为星辰。为世枢杓,以建冬春。为文玑衡,轻重唯均。洒墨染纸,自图其真。平原之书,忠义轮囷。瞻仰生敬,于斯亦云。谁其将者?水部左君。厥兆文明,奕世其珍。

——《湛园集》卷七,《文渊阁四库全书》本

苏轼偃松图卷赞

东坡此书,秀气可人,对此如饮沆瀣而茹灵芝也。丙子冬日,姜宸英题。

——潘正炜编《听帆楼续刻书画记》,《中国书画全书》第十一册,上海书画出版社 1996 年版

冬睡铭

暖床密室,低枕厚衾。侧身屈足,闭目闭心。浑浑沌沌,如龙蛰阴。氤氲一气,升降浮沉。其觉徐徐,其息深深。悠哉睡乡,斯乐难任。

砚铭

予拙汝钝,宜汝之近。

又

紫间焦白,遍地水藻。烟霏雾蒸,下岩之宝。其纵八寸,广半厚二。直方以大,习无不利。汝质至坚,吾笔至锐。力能汝穿,岂不吾畏?

——以上《湛园集》卷七,《文渊阁四库全书》本

墓志铭

征君冯次牧先生合葬墓志铭

自范蔚宗《后汉书》著《逸民传》后,史家皆因之。然昔之所谓隐者,多涸迹陇亩钓弋之间,与夫佮牛牧猪、赁舂鼓冶、织屦卖畚之事,极辱人贱行。为之者至毁冠冕、弃妻子而不顾,而其人常身系名教之重,及其德修名立,所在化之,至于争讼止息,盗贼愧避,而公府交辟,或朝离芒屩,暮登三事,此其尤难者也。后世之所谓隐,则不尽然,大抵如仲长乐志之论,无古人劳形苦神之事,而朝廷礼命之亦不甚厚,无瑰行绝迹足以耸动其里间,而吟咏著述亦足以垂世而行远。此两者,其为隐之名一也,而其实不同如此,有不得而兼焉者矣。惟吾同邑征君冯次牧先生之于隐常处于两者之间,亦各有其可傅者。

冯氏自西汉末来居邑中,为名族。先生曾祖讳燮,诰封池州府知府。祖讳叔吉,进士,历官湖广布政使司。父讳若陶,有文名,早卒。母陈太孺人,嫠而养孤,自四岁迄成立,诏旌其闾。先生年十六补邑诸生,未强仕,薄时文为不足为,即屏去,一意穷经史,已又学为诗歌,益勤而专。崇祯十二年,荐举令行,汪文烈公伟官检讨疏其名于朝,被征至京,例下吏部试,策问弭蝗。先生对,即举笔直书,累累千余言,纤悉无忌讳,历诋抚按、守令、阃帅及大臣、中贵贿赂养寇干政之祸,而以孽虫灾害非根本,不足问。主者怒其草野狂肆,授县丞以辱之。先生不拜官,径归家,住东城。城外有小阜,旧名汤山,乃因山为屋,改山名曰天益。又凿山为洞,

通来往，疏沼种树，皆手自经营，取前人未刻书及米、赵数家墨迹，镂版勒石，极精好。先得方伯公遗墨四柜，悉付之回禄灰烬中，至是自按法复延工制之，以此天益山书墨布天下，海贾有载至外国者，故海外亦争慕其名。然此皆先生盛年事，余生晚不及见。及沧海横流，吾乡世家巨族破坏几尽，而先生先世所留藏，无虑万万数，益荡析无遗，园亭废为荒圃，独天益山童然存耳。子二人，相继殁，诸孙幼稚。性故任达，喜诙嘲，衣不敝不服，至是箬笠散带，露胸曳屦，蹒跚行道中。口吃，遇人即立谈至久，语不得了。少年听杖声铿然地上，知先生至，辄趋避之恐后，而余特喜闻先生论诗，及其所谈海内师友黄文正公汝亨、倪文正公元璐诸先生绪言遗迹，必倾听移晷乃别。先生以是昵就于余，无厌也。

方先生盛时，好施予，岁歉，发廪振贷以为例。一日设厂施粥，偕客数辈往视之，有士人馁不前者，举手招之曰："来也，此粥甚佳，吾辈盍共尝之？"遂先啜一盂，次第以啜同游者，其人竟饱食施施去。客有赁屋与母居，不偿租数年矣。一日携母去，主者以闻曰："某自愧去，挈家权寄城南楼。"先生曰："城楼岂人所居？吾不忍其母子孤露也。"亟促之还，不可。时会岁暮，冒雪自至谯楼，拉之归，而亟遗之粟肉，戒僮仆无扬言乡里，以故深德之。先是，效陶靖节制篮舆游山，乱后从山中归，遇盗夺之舆，既去，问知先生舆，急追还之，且叩头谢曰："恐惊征君也。"然先生穷老益困，两日无所见，其家人至析书版为薪以爨。尝自裂逋券，手补缀窗楅子及黏壁支风雨，曰："今日乃知此物有用。"其天性通脱，不以贫故少改如是。

积诗至多，诗法杜而兼体北宋，然不肯存稿。今僧寮、邮馆、旗亭、村舍之所留题，尘尘剥落，仅存而可读者犹十之二，而其孤孙淄又将广搜其遗集而垂之无穷。然则先生之行事与其文词，未必不有闻于后世，吾所谓处于两者之间以为隐而各有其可传者，不在是与？

先生初为生圹于天益山，友人云间陈征君继儒、陈黄门子龙先后题其墓石。葬后，淄属余补铭。余忆子、亥间，先生延先祖户部公、先君伯仲及宸英饮,而出其子若孙行酒,曰:"吾两家世好五代矣,庶几荀、陈之风也。"盖先太常公故与方伯公亲家谊笃。今公殁,其家中落,余祖父及诸父亦不逮养,而余老困无所成,今日志公之墓,能无慨然?淄幼孤,知自力,又自嫌未尝学问,然手辑先生遗事授之余,详尽无溢美,皆余之所重且愧也。

先生讳元仲,字尔礼,后字次牧,生于明万历己卯年十一月十二日辰时,八十有二年而卒,实顺治庚子年六月十二日酉时也。配叶孺人,进士叶公维荣孙女,太学生长春女。副室陈氏。子嵋,郡庠生,次崳,即淄父也。女适邑学生钱元锡。皆先卒。孙五人,存者淄与其弟潍。曾孙廷楷、廷楫、廷枳,皆潍所出。铭曰:

貌颀而丰,髭修长兮。口之期期,辩韩扬兮。手摘云锦,咀宫商兮。厌儒衣冠,蓑笠行兮。身隐而文,誉孔彰兮。始也鼎食,宾满堂兮。逢世不淑,卒劻勷兮。既窆于圹,后克昌兮。谁肖公生,行髵髣兮。附古逸民,青史光兮。

——冯可镛修、杨泰亨纂:《慈溪县志》卷十四,清光绪二十五年刊本

墓表

相国纳兰公元配诰封一品夫人觉罗氏墓表

夫人生于崇德二年丁丑七月,年五十八而卒。其卒以康熙三十三年八月晦,逾月卜兆于城北之某原,谋葬事焉。卒哭既窆,次子侍卫君某泣告于余曰:"吾母夫人之葬,吾师仪部唐先生既铭诸幽矣,惟是墓道之碑所以揭示观者,垂之无穷,而缺焉未树,是吾母之德犹郁弗显,吾父恻焉,即吾不孝兄弟之痛,曷其有极?子辱与先兄游,习闻吾母懿行,愿终惠之言。"余曰:"吾闻夫人之德久矣,诚不可以不文辞。"

夫人系本宗室,太祖高皇帝之孙女,而英王之女也。少淑姆训,婉嬺静专,教于公宫,明习妇顺。既归我相国纳兰公,醴馈毕,出见宗党,莫不致庆,以相国之贤承籍华腴,世宜大启,而夫人动合矩度,其必能交赞以有成。于时相国方宿卫周庐,夙夜匪懈,夫人

以弱女子持家，一意敬慎，谨司管钥，约束内外，秩如井如。及今皇上之朝，相国已位通显，自中枢入政府，中更用兵，军机呼吸，悉心筹划，夫人亦日夜同其况瘁。既而多难底平，皇上悯四海疮痍之后，望治益切，所与执政商略致太平之具者甚备。相国则承之以小心，务于调护元气，凡所施设必当上旨，夫人更时时以满盈为戒也。

往余与长公容若读书通志堂，见容若退朝之暇，常闭门终日，凡杂客投谒者辞勿与通。余规其太甚，容若曰："吾何敢然哉？吾父每出门，吾母日夕诫余曰：'汝父辛勤立此门户，保之甚难而堕之甚易，汝年少，慎勿少有所做作，勿妄预外事，尽心公家，勉立忠孝，吾无忧矣。'"以是长公虽生长富贵，自约束恂恂若寒素，文咏之外一无所嗜好。余归里数年，复至京师，见其仲叔两君皆长成，则读书爱士、淡泊自修，与前日之所见于长公者无以异也。而次公诗文至动天子听，亲试而嘉叹之，则相国之教子义方，与夫人之克相夫子以造就其三子者，可不谓之交相赞以有成者与？

夫人性谙书，作字有体格。生平雅尚俭约，晚习梵诵，焚香茗饮，食鲜珍味。然岁时祭祀，馈献必虔，待外舍师友饮膳，必洁以丰。于其没也，人皆哀之。初封安人，累封至一品夫人。生三子，长性德，中癸丑会试，丙辰殿试，进士，官侍卫，早卒，有文名；次揆叙，以佐领选补侍卫；次揆方，尚郡主，封和硕额驸。女三人，一适温郡王，一适某，一未字。孙三人。

相国有别业在畅春园后，皇上每居海淀，夫人则随相国至园中，洒扫备储，谨待游幸。值驾临，相国出迎拜，夫人亦俯伏屏内。上以夫人宗室尊行，辄霁颜慰劳，良久乃退。其见礼如此。及今年八月，驾巡古北口，次君从行。九月四日，夫人讣至行在，上不欲揆叙遽闻之，第宣令先归侍母疾，而手谕相国，以夫人皇家之女，伤悼甚至。锡相国白金千两，酒食一筵，戒以勿过哀损，宜强进饮食，扶养天年，以副国家所以委畀之重，君臣之欢，亦永永无极。相国拜受诏已，率子孙泣告几筵以上意，存没感荷，著在彤管，书于史氏。自古明良一德之盛，何以加此？呜呼！其亦愈知夫人之贤也已。

——钞本《湛园未刻稿》，天一阁博物馆藏

祭文

祭张母何太夫人文

呜呼！自我太夫人之弃世，于今十有几日矣。凡在朝士大夫追慕闺德，无不歔欷悲怆。而要之天之所以曲成我相国母子之爱者，至此而益可感也。始相国之扈驾三征漠北，左右皇躬，内殚谋谟，外矢尽瘁。既功成扫荡班师饮，至可以从容廊庙，寻东山、绿野之乐矣。乃相国则遥念太夫人不置，陈情归省，限以三月还阙。髀肉未生，匹焉南返，日驰二百里。田餐野宿，雨雪载途，竟不逾半月渡江而南。正值岁旦，拜太夫人于里第，于时鞠跽上寿，喜可知也。已而王程渐迫，行有期矣。公依倚膝下，悲恋弥切。太夫人感其至诚，遂慨然许与同行。安舆至京之日，独佥宪公视学中州不与耳。詹事、司农诸叔季咸集都下，孙曾罗列，曲庭宴赏，备天伦之乐事。太夫人始示微疾，逍遥辞世。准之人子之情，固尚不免其太遽者。然太夫人年已上寿，秩登一品，始则起居无恙，安然而受相国之归觐。继之迎养邸中，家庭聚顺，一切甘脆之奉，参药之剂，公与诸季无不亲尝而虔进之。及于不幸而附棺附身，皆得以无悔者。此从来宦游士大夫之所难，古所谓终天之痛也。而相国一门独得无几微遗憾于心者，岂非太夫人之令德所召与？相国纯孝之所感，而造物亦将有以曲成之欤？呜呼哀哉！猗太夫人名门毓质，作嫔先公，苹蘩著洁。唯其淑慎，以相夫子。笄珈褕翟，象服有玼。赫赫先公，国之栋隆。哲嗣笃生，荀氏八龙。相国矫矫，左右周召。联翩金昆，禀母之教。母来祁祁，国人是仪。奄忽上升，谁不涕洟？帝用咨嗟，戚我良辅。便蕃遣酹，旨酒惟醹。惟帝念切，其恤孔多。宠我孝子，视古有过。辱在门墙，欣戚谊共。溯德叙哀，亦惟其痛。敬奠一卮，庶其享之。神之俣俣，以慰永思。尚飨。

——《湛园集》卷六，《文渊阁四库全书》本

恭拟御制孝陵祭文

亲恩欲报，对陵寝而增怀；圣泽流长，抚松楸而加慕。恭德协天心，民归景运。载清巨孽，惟今时之肆靖有征；弼我丕基，乃昔日之耿光是烈。臣凭藉前休，克清沙漠，不敢自逸，复用省方。礼重上陵之文，时正临乎长至。入修展墓之典，事适值乎归途。樽俎既陈，羹墙如在。

恭拟御制混同江祭文

朕统御寰宇，惟以奠安民生为念。顷者亲帅行阵，北剪凶顽，是用东巡，恭谒陵寝。犹欲经行塞外，览观形胜，凡受怀柔之职，宜隆望祀之文。况神发源长白，险控黄龙，屡昭灵爽于先朝，更汇嘉祥于今日。报祀之典，其可忽诸？爰命专官，特申禋祀。尚飨。

恭拟御制长白山祭文

国有名山，以兴云雨。况当龙蟠虎踞之地，实为发祥储祉之区。朕诞膺历服，宵旰靡宁，兹因厄鲁特噶尔丹小丑陆梁，扰我边鄙，聿兴问罪之师，遂厎荡平之绩。既告成于祖庙，复修谒乎先陵。惟神遥控旧京，联绵天柱，钟灵毓秀，默佑我邦。凡此克奏肤功，孰非明神拥护。报祭之典，朕不敢忘。用遣专官，虔修望祀。

恭拟御制辽河祭文

朕惟帝王时巡所至，必昭告于名山大川，所以隆秩祀、重灵贶也。朕廓清沙漠，行历一年，复事东巡，展谒陵寝。惟神拥护神京，自长白而发源，合双流而入海，灵爽夙著，厥功懋焉。兹当经行之地，宜崇肇祀之文。是用备陈牲醴，专官致祭。

恭拟御制医巫闾祭文

朕惟兴王之地，风气完聚，必有名山拥卫，克壮神皋。尔神自经虞帝之封，永作幽州之镇，扶长白而夹辅，共辽水以朝宗。朕之祖宗，实式凭焉。朕以荡逆之余，载举时巡之典，舳舻所过，风静波恬，效顺有征，咸秩斯在。爰遣官以致告，庶神鉴之无违。

恭拟御制暂奉安殿祭文

人情追远之诚，无间山川之隔。况途辙所经，仰瞻斯在，回思罔极，敢忘肃将？恭维诞育神灵，佑启我后，祥隆星渚，道叶坤仪。幸再世之蒙休，皆思齐之垂荫。镜奁在御，虽未启乎山陵；龙輴是陈，已俨临乎櫶桷。兹当长至之候，适值回舆，敬凭庶物之滋，敢邀锡嘏。

——以上钞本《湛园未刻稿》，天一阁博物馆藏

制义

第一问 癸酉乡试

古无经名也，六经之说见于《庄子》。自后戴圣记《礼》，遂有《经解》之篇。汉当秦灭经之后，诸儒掇拾于煨烬之余，各相传说，使圣人之道不泯于后世，而有宋诸大儒，因得以寻流而溯源，厥功伟矣。郑氏夹漈至谓"汉穷经而经亡"，不亦过欤？

《易》家有施雠、孟喜、京房，其后费直以《彖》、《象》、《文言》杂入卦中，至王弼又分爻之《象辞》，各附当爻。胡翼之、刘原父之徒谓古文淆乱自二人始。然《程传》、《本义》皆从费学，其意本欲使人易读耳，故至今遵之，而施、孟、京三家之说不传矣。

《尚书》伏生口授二十九篇，孔安国复增多二十五篇。或者谓伏生背文暗诵，乃偏得其难，而安国考定于蝌蚪古文错乱磨灭之余，反专得其所易。至所为之《序》，亦不类西京文字，则梅赜所奏上之书，亦未必为壁中之真本。然而要言格论，亦出于其间，故学者不能废也。

《诗》齐、鲁、韩三家皆立博士，鲁人大毛公为训诂，河间献王得而献之，以小毛公为博士，《毛诗》独后出，而齐、鲁、韩三家之说亦废。韩婴诗虽存，《外传》真伪各半，虽其真者，于论《诗》

之旨趣亦无当也。至朱子为《集注》，则并斥《毛诗》，而后之学者又以《小序》为不可尽去，则纷纷之论至今未有定矣。

《春秋》三传，左氏纪事，公、谷独传经义，其后有邹、夹之书，惜其不传。自唐以来多主赵匡、啖助，而陆淳之书所载两家之说，往往有存者，然今功令独遵胡安国传。朱子谓"《春秋》多不可解，安国之说亦未见得孔子之本意"，则谓其附会时事，过于牵强耳。今学者于胡氏而外数十家之注解，或亦有可以参观而互考者，不必株守一家之义也。

高堂生《仪礼》十七篇，后苍传之，与大小二戴之《礼》并存于世。今所用者，戴圣之《礼》也。朱子曰："《仪礼》是经，《礼记》是《仪礼》注解。"欲定为一书，以《仪礼》篇目置于前，而以《冠》《昏》等义附于其后，作《古礼经传通解》，而惜乎其书之未成也。

郑康成于《易》《诗》《书》《仪礼》《周礼》皆有笺注，唐孔、贾等共为疏义，皆就其所立说以证明其意，非有能领略圣人不传之旨于千百世之下者。斯文未泯，周、邵、程、朱辈出，乃就经以发明绝学，剖决性命，而后天下后世始晓然知经之所以载道，而百家异说至是而统归于一是矣。若宋、元诸儒羽翼六经，各有著述，大抵本于朱子之学，而不能无得失，其间学者兼存而节取之可也。

今皇上神明天纵，直接"精一"之统，以发挥于治道，而又表章六经，崇师重道，宸翰照耀，万方作睹，可谓旷世一时矣。今愚更有进者，夫经学之与理学一也，理不外于经，而经乃所以明理。自元以来，史臣无识，纂修《宋史》取道学与儒林而各为之传，于是谈理者高论性天，薄文学为无用，而穷经之士，亦不复以致知格物为事。此经学之所以大晦也。后之秉笔者必合道学、儒林而一之，使天下皆知明经所以造道，而不至徒事于口耳之功，其亦扶进人才之一端也与？

——《湛园集》卷四，《文渊阁四库全书》本

设为庠序学校以教之　射也

　　于养之后言教，而不同其义者，可先举焉。夫教不可废，则庠序学校之设可缓乎？至养与教与射，其义之不同又有如此者。今自井田区画，而同井望助，有霭然仁让之风焉，君子以此为教之所由兴也。乃恒心之在士者，已先于民而得之，此非即乡学之所由起乎？然而教又不可以不广也。彼民之稼穑者，且散去于田间，吾因其散而或设之庠焉，或设之序焉，或设之校焉。事莫便于其所近，出也负耒，入也横经。比闾族党之长，皆师儒之选也，而南亩歌其烝髦矣。教又不可以不专也。彼民之秀良者，且进而造于成均，吾示以专而第设之学焉。业莫精于其所聚，授数有节，合语有时，兴道讽诵之余，悉性情之事也，而《子衿》不忧城阙矣。今以滕之蕞尔，而欲举庠、序、校而设之乡也，又欲并学而设之国也，似乎繁重而迂阔，而不知彼固各有其义焉，且于义之中各有其所尚之不同焉。不明乎其义，则其名不可得而知也；不明乎义之所尚之不同，则其同者不可得而见也。夫于其名而可以得其义之所自寓，于其义之所尚之不同而可以得其所尚之无弗同，然后知古之为教者如是其深长而可思也，则孰有如庠与校与序之设者乎？庠之设何也？吾闻之学矣，"国老上庠，庶老下庠"。盖言养也，而庠亦有之，庠者，养也。校之设何也？吾闻之学矣，"教以《诗》《书》，教以《礼》《乐》"。盖言教也，而校亦有之，校者，教也。序之设何也？吾闻之学矣，"大射选士，燕射序贤"。盖言射也，而序亦有之，序者，射也。夫隐其义于庠、序、校之名者，亦犹之助之为藉，彻之为彻。创制之深心，可微寓焉，而不必以明其意，乃明其所尚于养、教、射之义者，亦犹夫读《公田》之诗，悟"亦助"之制。古人之成法可想像焉，而不必以泥其文。盖教之从来久矣，不然，彼夏后商周之世，何以称焉？而学之何以无弗同又如此也？

　　　　——方苞《钦定四书文·本朝四书文》卷十一，《文渊阁四库全书》本

附录二　姜宸英研究资料选编

一　族谱传记

姜氏世谱原序
姜应元

　　一世祖静，字乐山，行六，据嵊谱，本山东淄川族也，以儒术起家，宋太祖拜肇庆府通判。静生遵，宋真宗拜枢副。遵生梧，梧生国兴，国兴生仲开，宋徽宗宣和三年第进士，奉敕宰嵊，任满考绩，遂乞解职。值兵乱，不能返淄，徙台之临海青岩家焉，是为五世祖。仲开生二子，长玄；玄生六子，长郇；郇生二子，长囿；囿生二子，长畎；畎生四子，长安，次宜。安于宋理宗绍定三年登进士，除刑部主事，历官至淳祐八年，升广东参政，掌兵机，著绩。景定五年，敕封侯，未及拜命而卒。公与嵊之张崧卿最友善。崧以女妻公之长子敦，敦善地理，乐嵊名胜，因有卜居之意，及亲卒，自广东舁柩至嵊，遂卜葬于剡之桃源，与诸兄弟家焉，是为巨源祖。宜之长子数随伯父游广，还，与从兄敦相依，亦家于桃源，生绍夫，字知天，出张氏，赘上虞，居余姚咸池之南，生四子，从其长也。

　　夫淄川姜氏自静至仲开五世而徙台，仲开至敦，数又六世，而徙嵊，数至从一又二世，而徙姚，是为十三世矣，其宗支之在淄川、在青岩者未经考录，及八世自青岩而徙大盆者图也，徙宁川金墩者国也，出徐氏徙上虞者蓉也，九世自青岩随父任仁和主簿于杭者畦也、畔也，以茂才举奉化主簿、徙余姚娶商氏生一子宙者时也。此则皆可考核，若吾族之在咸池，则自祖从一始备载于姚谱焉。嘉靖甲午岁十月甲午朔，裔孙应元谨叙。

——《姜氏世谱》卷首，浙江图书馆藏

姜氏世谱·慈水支略言
姜联福

慈水以伏延公为始迁祖，系出于欢六公，是与姚族同七世祖。其间贤哲挺生，冠盖相望，固由灵秀之区钟毓者厚，抑实祖德宗功之所培而积者历久弥彰焉。癸丑岁，福因采辑家乘，再至城厢，询知西溟公旧居，久经改易，为其后者亦复寥寥无几人。今以此稿见付，据云散处族人俟渐次访明增入。福因取而读之，其文虽别无撰述，而书生配、书卒葬较旧谱为详，遂为编次改镌，垂诸不朽。窃维人物代更，风景亦异，昔之由盛而衰者安必今之衰者后不复盛也？凡我宗人当聚孝友于一堂，推仁恩于众姓，庶葛藟知庇本根而遐迩各支皆可联为同体也已。联福谨识。

——《姜氏世谱》戌集，浙江图书馆藏

姜太常传
徐乾学

姜太常应麟，字泰符，慈溪人。父国华，嘉靖三十八年进士，历陕西参议，有廉名。应麟万历十一年进士，改庶吉士，授户科给事中，即疏荐蔡悉、颜鲸等五人。十四年二月，有旨加封郑贵妃为皇贵妃。时王恭妃生皇长子，已五岁，而郑妃宠冠后宫，初妊邠哀王，帝与戏而伤之，生三月，不育。郑恚甚，帝怜之，与私誓，即更举子，立为东宫。及皇第三子生，赉予特厚，中外籍籍，谓神器且有所属。未几，加封之命下，礼部已具仪注将上，应麟疏言："近见大学士申时行请册立东宫，有旨元子弱，少俟二三年举行，既而圣谕封贵妃郑氏为皇贵妃。窃谓礼贵别嫌，事当慎始。贵妃所生，固皇上第三子，犹然亚位中宫，恭妃诞育元嗣，翻令居下，揆之伦理则不顺，质之人心则不安，传之天下万世则不典，非所以重储贰、定众志也。伏乞俯从末议，收回成命，臣愚，不胜大愿。且臣之所议者末也，未及其本也。皇上诚欲正名定分、别嫌明微，莫若俯从阁臣之请，明诏册立元嗣为东宫，以定天下之本，则臣民之慰、宗社之庆长矣。"疏入，帝震怒，抵之地，遍宣中官掌印者至，谕："册封贵妃，非为东宫起见，科臣奈何讪朕？"以手击御案几裂，中官环跪叩首，怒稍解。奉旨："册封非为别故，因其敬奉勤劳，特加殊封，立储自有长幼。姜应麟沽名卖直，窥探上意，着降极边杂职。"应麟遂得广昌县典史去。是时，国本之议自应麟首发，受严谴，吏部员外郎沈璟、刑部主事孙如法相继言之，并得罪。两京诸臣申救者疏复十数上，不省，自后言者蜂起，至于三案互发，党议相轧，垂六十年。然自立储自有长幼之旨出，言者皆得执此语以责信于主上，朝廷虽厌之，终不能夺也。

居广昌四年，移余干令，丁外艰，服阕至京，时储位尚未定，群情恟恟。首相沈一贯尝为人言："皆吾君子也。"语传播远近，应麟值之朝，力争之，遂与忤。复上疏言："臣既以身许国，而陛下复以信许臣；臣之初心未竟者十有六年，陛下之大信未成者亦十有六年，故臣欲以此日责大信于陛下，以毕臣之初心。初，臣为谏官，因册封皇贵妃，有慎封典、重储贰之请，陛下降旨云'立储自有长幼'，以臣疑君，卖直而斥，是臣之罪在不能仰体圣心，谪有余辜也。继而礼官沈鲤有免斥言官之请，陛下降旨云'因其置朕有过之地，故薄罪示惩'，是臣之罪在不能仰成圣德，谪有余辜也。信斯言也，陛下惟恐见疑于群臣，以得罪于天下后世，将朝更夕改之不暇。不意陛下之过举犹故，中外之人心转疑，初谓二三年举行，今且五年矣；初谓睿质清弱，今则强壮矣；初谓先册立后冠婚，今则几欲倒行矣。夫冠婚可委曰清弱，册立何嫌于强壮？愆期不举行，将有以窥陛下之微矣。彼偃仰风议之人方且怵威投鼠，甘心炀灶，立视陛下孤立于上，徐见阴阳之定而坐收其利。即有曲意调停者，亦不过就中转移，望风瑟缩，殊未闻有招不来、麾不去如古大臣之风者。且此非特不忠于陛下而已，究岂有工于为宫掖藩邸计而善成陛下之爱者哉？夫有却座之诤，始勉永巷之菑，人彘之鉴、燕啄之祸，非不灼灼也。陛下奈何溺衽席、嗜美疢，甘为子孙贾无涯之祸而不顾邪？夫弓不抑则不扬，矢不激则不远，士不临祸乱则忠愤不决裂。以祖龙之酷，尚夺气于茅焦之解衣危论；以嬴秦之暴，士尚有建节积尸阙下而不悔。陛下欲以威劫正人而成其私，窃恐威未及殚而大乱已成，可不戒哉？夫人主之托身不可不慎，托身贤士大夫，不引而致之明盛不止；托身于宦官宫妾，不引而致之乱亡不止。今道路之言，谓册立不决由皇贵妃牵制所致，甚者以为窥伺璇宫，怀逝梁之非望，又甚者以为齮齕震器，徼压纽之适。然揆之理势，或非事实；迹其隐微，夫岂无因？万一外戚中涓有以邪谋缀皇贵妃者，恐皇贵妃不得自由也；万一谐臣媚子有以家事误陛下者，恐陛下亦不得自察也。臣又思之，陛下动以祖宗为法，而尤宪章世庙为兢兢。窃谓世庙虽不建储，犹令景王之国以绝群疑而杜觊觎，此又不定之定，不立之立也。独不可法欤？臣前为言官而言，以职谏也；今不为言官矣，不当言矣。然臣之官可夺，而臣之志不可夺。陛下倘有感臣言，即发德音，册立冠昏，一时并举，臣虽死犹荣。若罪臣出位，责臣沽名，则臣已席稿括发待矣，断不愿与中立观望、全驱保妻子之臣同视息于天壤也。"疏上留中。初，应麟被谪，有旨不许朦胧升用，特疏其名于屏风。一贯既衔应麟，因嗾吏部无得随例补除。每用启事特奏之，待命七年，辄不报。二十九年十月，有诏立皇长子为皇太子，应麟遂归。

家居二十余年，光宗立，起太仆少卿。御史潘汝桢者，旧为慈溪令，与应麟有隙，阴令给事中薛凤翔劾应麟老病失仪，宜致仕。应麟引疾去。盖是时，珰祸潜萌，汝桢、凤翔皆逆党，与正人为难者也。应麟为谪官时有善政。广昌白狼为害，伤人积千余，檄于邑神，捕之立得，遂歼焉。余干宋丞相赵汝愚墓道为守冢方氏所侵，方宗强，应麟亲勘还之，为文祭汝愚。未几，雷摔其人，击而毙之墓下，如倒植然，人惊异之。性刚直，遇意不可，若飙发矢激，人无得挠者，以故恒与人龃龉。当万历季年，税使四出，慈溪令韩国瑶尽括邑中契券，搜索盈万金犹不已，人情惊怖。应麟谒国瑶，强出其契，事得止，邑人为立尊德祠于北湖壖，尸祝之。应麟自再诣京师，目击时事，遂无意于用世。尝寓书族人曰："吏部以掣签官人，兵部以封昏媚倭，大臣皆持禄养交，日夕如雷霆轰然在头脑上，胁息无敢出一言为天下者，中原陆沉，恐不难致，吾此身可以再尝试乎？"其后一起即报罢。应麟愈老矣，家居又十余年，崇祯三年卒。其子思简请恤阙下，从子御史思睿亦疏言之，赐祭葬，赠太常卿。

——《憺园文集》卷第三十四，《清代诗文集汇编》第124册

皇明中宪大夫太仆寺少卿赠太常寺卿松槃姜公墓志铭丁酉
黄宗羲

予尝读本朝奏疏，而叹诸臣之不敬其君也。夫谏者，宁仅行己之言为得乎？逆料其君不若尧舜，不能纳正言，而以庸言进今所共由者，庶几吾君听吾言，于是济以机智勇辨而行吾之谏。谏即行，终将冻解于西而冰坚于东，雾释于前而云瀚于后，是使其君终身不闻正论也。吾谓谏者，亦唯是尧舜之所行者，即吾君之所能行也。一时谏或不入，其君终畏其言而不敢自恣，未必不行之于数十年之后。若是者，可谓之敬君矣。

神庙时，光宗生，其母无宠。已而福王母郑氏，帝嬖之甚，尝于玄帝神前盟曰："有子则为后于天下。"书其盟于约，中分之，上藏其半，郑藏其半，犹流俗之所谓合同者。至是福王生，上传贵妃郑氏进封皇贵妃。户科给事中姜至言："礼贵别嫌，事当慎始。恭妃诞育元子，翻令居下，揆之伦理则不顺，质之人心则不安，传之天下万世则不典，非所以重储贰、定众志。如或情不容已，势不可回，则愿首册恭妃，次及贵妃，又下明诏，册立元嗣为东宫，以定天下之本。"当是时，神宗舍光宗而立福王之意，已沛然莫之能御，顾一时骤屈于公之昌言，不敢自明，但以牾君卖直谪公。吏科左给事中杨廷相等疏救，不听。自公谪后，神宗故缓其册立，初以皇长子质弱为辞，又变为传嫡，已又变为铺宫金钱未备，展转计穷。后公上疏之五年，为万历二十九年，不得已乃册立光宗为皇太子，弟三子为福王。四十一年十二月乙巳，神宗索盟书于贵妃，不肯出，明日

又索之，至暮乃出，尘封如故，焚之玄帝神前。辛亥下诏："明年三月丙子，福王就国。"盖数十年间，言国本者既皆祖公之说，而神宗以天子之威，不敢直行其意者，则公之一言足以畏之也。

公讳应麟，字太符，别号松槃，宁之慈溪人。祖槐。父国华，嘉靖己未进士，累官至陕西省参议。母王氏，封恭人。万历十一年进士，选为庶吉士，改授户科给事中，谪大同广昌县典史。十七年，迁知余干县。二十年，丁外艰，服除赴阙。王文肃以三王并封拟旨，举朝噪之。及文肃请去，公寓书："为相公计，可以四年前不出，不可于四年后求去。宜于无事时乞休，不宜于危时奉身而退。"文肃畏其言而谢之。同郡沈文恭执政，故昵豫事君者也，往会朝堂，公复以语侵之。故事，小臣随到补任。文恭语吏部："姜君姓名，公时置胸中。专请乃可。"于是待诏七年，五请而不报。文恭盖亦畏之矣！册立命下，公喟然而叹曰："吾君不难，以夜半之泣割而殉小臣之一言，是诚尧舜之君也，吾又何必出而图吾君乎！"遂归。光宗即位，叙国本首功，起太仆寺少卿。吏科薛凤翔以公礼格之，公亦耻与后进争用，即乞致仕。崇祯三年五月初七日卒，距生嘉靖二十五年四月二十四日，年八十五。明年，从子御史思睿请恤，赠太常卿。十四年，嗣子思简再请，奉旨予祭葬，录其子一人。葬邑东之花盆山。元配刘氏，封恭人，后公三年卒。子三人：思简、思素、思复，皆诸生。女五人，皆适士族。孙九人：晋珪、晋琮、晋璜、晋璐、晋珙、晋瓒、晋卿。曾孙某。铭曰：

古之君臣，亦惟师友。后之人臣，作妾奔走。师友之言，春温秋肃。仆妾之言，屈曲从俗。宋有程子，说书崇政。帝折柳枝，亦告以正。此风邈矣，有君不敬。昔我显皇，风落山蠱。割臂而盟，证之玄武。侃侃姜公，有道如矢。帝黜其身，其言留只。床笫虽安，公言霜雪。山穷水尽，要盟始绝。申王赵沈，仆妾之臣。夫苟法公，何至纷纭。岂为一疏，遂足以传。期君尧舜，此心万年。

——《南雷余集》，《清代诗文集汇编》第33册

孝洁姜先生墓志铭

朱彝尊

慈溪姜君宸英诗文倾折海内士，天子知其姓字，然屡赴乡试，不见录也。既而用荐入史馆，支正七品俸，纂修《明史》，又分撰《一统志》，月给餐钱，衣儒生衣，杂坐公卿之次。会覃恩敕授文林郎，赠考妣如其阶。岁在己巳冬，刑部尚书总裁官昆山徐公乾学告归，诏许以书局自随，公上言引君自助。于是君将还葬其考孝洁先生于夏家岙华盆山之阳，妣孙孺人祔焉，持状请彝尊志其墓志。曰：

先生讳晋珪，字桐侯，别字卓庵。先世自蜀迁于越，居嵊县，再徙余姚，复徙慈溪。曾祖国华，丁士美榜进士，累官陕西布政使司右参议，阶朝列大夫，赠太仆寺少卿。祖应麟，中先文恪公榜进士，以户科给事中抗疏争郑贵妃册封，谪典史，后历太仆寺少卿，阶中宪大夫，赠太常寺卿。父司简，官户部司务。母向孺人，妻孙孺人。先生少补儒学生员，贡于乡，年三十七，不复应举。研精理学，工诗，兼通六书，辨其源流，又娴经世之略。性至孝，友爱诸弟，与人交恺易。然取与必以义，虽势力不能夺也。太常公以廉节自励，遗产仅百亩，司务君昆弟分受之，先生昆弟又三分之。力不能给饘粥。兵后家计益窘，无以为亲养，乃游学，北至燕、赵，东浮洛，西游秦、蜀，束脩所入，归以养父母。孙孺人曲成其孝，一味不以自甘，必先进舅姑，晓问寝安否，庭闱燕衎，靡以异先生在家也。先生既远亲舍，岁时恒望乡遥拜，发为歌诗，多幽忧悱恻之言，音甚酸楚，今所传《泛凫吟稿》是已。迨向孺人殁，先生适在旅次，讣至呕血数升，遂中失血症。服除，将之瑞州，道出常山，疾发，卒于草坪旅舍，时康熙十一年五月日也，年六十三。宸英扶其柩归，先生之执友张能信、林三锡等交泣下，佥曰："君之事亲可谓孝矣，君之高蹈可谓洁矣。"遂私谥曰孝洁先生。先生殁后七年，孙孺人亦卒。孺人，国子监生之蕰之女，朝列大夫知德州事森之孙，赠朝列大夫某之曾孙。子男二人：宸英、宸芝。女一人，嫁儒学生员凌珆。孙男三人，女六人。

呜呼！自先王制产之法废，士之贫者无以养其亲，于是《陟岵》《鸨羽》《北山》《蓼莪》《四月》之诗作焉。虽不能养与祭，君子必以孝子目之，盖惜其遇而悯其志之不得已也。先生之孝，终食不遗其亲，顾以贫故，适四方资僚友缟纻之贻，以供菽水，是亦洁白之养矣。子职未尽者，孙孺人以妇道成之，宸英又克继其志。然则先生可无憾于泉下，而因行受名，庶几克副其实者乎？于其葬也宜铭，铭曰：

学焉而弗措也，才焉而不遇也。劳人之赋也，孺子之慕也。有贤妻为之助也，有令子为之嗣存故友也。子未服官而赠及其亲，天子之异数也。考卜于原，有岿者檀，有菀者枌。葬先生于是，嫔也祔此。幽宅既安，斯蕃衍而孙子。

——《曝书亭集》卷第七十六，《清代诗文集汇编》第 116 册

姜宸英传

姜宸英，字西溟，慈溪人，明太常卿应麟曾孙。父晋珪，诸生，以孝闻。宸英绩学工文辞，闳博雅健。屡踬于有司，而名达禁中。圣祖目宸英及朱彝尊、严绳孙为海内三布衣。侍读学士叶方蔼荐应鸿博，后期而罢。方蔼总裁《明史》，又荐充纂修，食七品俸，分撰《刑法志》。极言明诏狱、廷杖、立枷、东西厂之害，辞甚恺至。尚书徐乾学领《一统志》事，设局洞庭东山，疏请宸英偕行。久之，举顺天乡试。三十六年，成进士。廷对李蟠第一，严虞惇第二，帝识宸英手书，亲拔置第三人及第，授编修，年七十矣。明年，副蟠典试顺天，蟠被劾遣戍，宸英亦连坐。事未白，卒狱中。

宸英性孝友。与人交，坦夷而不阿。祭酒翁叔元劾汤斌伪学，遽移书责之。著《湛园集》《苇间集》。书法得锺、王遗意，世颇重之。

——赵尔巽等撰《清史稿》卷四百八十四《文苑一》，中华书局 1977 年版

姜宸英传

姜宸英，字西溟，浙江慈溪人，明太常寺卿应麟曾孙。少工举

子业，兼善诗古文辞，屡踬于有司，而声誉日起。圣祖仁皇帝稔闻之，尝与秀水朱彝尊、无锡严绳孙并目为"三布衣"。会开博学鸿儒科，翰林院侍读学士叶方蔼约侍讲韩菼连名上，适方蔼宣召入禁中浃月，菼乃独牒吏部，已不及期。方蔼旋总裁《明史》，荐之入馆，充纂修官，食七品俸，分撰《刑法志》。宸英极言明三百年诏狱、廷杖、立枷、东西厂卫之害，痛切淋漓，足为殷鉴。尚书徐乾学罢官，即家领《一统志》事，设局于洞庭东山，疏请宸英偕行。宸英在京时，大学士明珠长子性德从宸英学，明珠有幸仆曰安三，颇窃权，宸英不少假借。性德尝以为请，宸英益大怒，掷杯起，绝弗与通。安三知之，憾甚。以故连蹇不得志。久之得举顺天乡试。康熙三十六年成进士，及廷对，进呈名稍殿，上识其手书，特拔置第三人，授翰林院编修，年已七十矣。三十八年，充顺天乡试副考官，比揭榜，御史鹿祐以物论纷纭劾奏，命勘问，并覆试举子于内廷。上谕："诸生俱各成卷，尚属可矜，落第怨谤，势所必有，焉能杜绝？只黜数人，余仍令会试。"正考官李蟠遣戍，宸英坐蟠系狱事未白，病卒，年七十二。

宸英孝友，与人交悃愊无城府，然遇权贵不少阿。常熟翁叔元任祭酒时，劾汤斌伪学，宸英与叔元旧识，遽移书责之。生平读书，以经为根本，于注疏务穷精蕴，自二十一史及百家诸子之说，靡弗披阅。绩学勤苦，至老犹笃。故其文闳博雅健，有北宋人意。魏禧尝谓："侯方域肆而不醇，汪琬醇而不肆，惟宸英在醇肆之间。"论者以为实录。诗兀臬滂葩，宗杜甫而参之苏轼，以尽其变。书法锺、王，尤入神品。著有《江防总论》《海防总论》各一卷，《湛园集》八卷，《苇间集诗》十卷，又《札记》二卷，皆证经史之语，虽小有疏舛，而考论礼制，精核者居多。

——王锺翰点校《清史列传》卷七十一《文苑传二》，中华书局1987年版

翰林院编修湛园姜先生宸英墓表
全祖望

湛园姜先生卒四十年，其家零落，会有诏修国史，临川李先生

曰："四明之合登文苑者，非先生乎？不可无行实以移馆中。"予乃撷拾所闻而诠次之。而郑义门曰："先生墓前石表未见，碣即以此文为之，而移其副于史局？"予从之。

先生讳宸英，字西溟，学者称为湛园先生，浙之宁波府慈溪县人也。少工诗古文词。其论文以为周秦之际，莫衰于《左传》而盛于《国策》，闻者骇而莫之信也。及见其所作，洋洋洒洒，随意出之，无不合于律度，始皆心折。宁都魏叔子谓"侯朝宗肆而不醇，汪苕文醇而不肆，惟先生文兼乎醇肆之间"，盖实录也。诗以少陵为宗，而参之苏氏以尽其变。

当是时圣祖仁皇帝润色鸿业，留心文学，先生之名遂达宸听。一日谓侍臣曰："闻江南有三布衣，尚未仕耶？"三布衣者，秀水朱先生竹垞、无锡严先生藕渔及先生也。又尝呼先生之字曰："姜西溟古文，当今作者。"于是京师之人来求文者，户外恒满。会征博学鸿儒，东南人望，首及先生。掌院学士昆山叶公，与长洲韩公，相约连名上荐，而叶公适以宣召入禁中浃月，既出，则已无及矣。于是三布衣者取其二，而先生不豫。翰林新城王公叹曰："其命也夫！"已而叶公总修《明史》，荐之入局，以翰林院纂修官食七品俸，仍许与试。寻兼豫《一统志》事。凡先生入闱，同考官无不急欲得先生者，顾佹得佹失，而先生亦疏纵，累以醉后违科场格致斥。又尝于谢表中用义山点窜《尧典》《舜典》二语，受卷官见而问曰："是语甚粗，其有出乎？"先生曰："义山诗未读耶？"受卷官怒，高阁其卷，不复发誓。顾先生所以连蹇，正不止此。常熟翁尚书者，先生之故人也，最重先生。是时枋臣方排睢州汤文正公，而尚书为祭酒，受枋臣旨，劾睢州为伪学，枋臣因擢之副詹事以逼睢州，以睢州故兼詹事也。先生以文头责之，一日而其文遍传京师，尚书恨甚。顾枋臣有长子，多才，求学于先生，枋臣以此颇欲援先生登朝。枋臣有幸仆曰安三，势倾京师，内外官僚多事之，如旧史之萼山先生者，欲先生一假借之而不得。枋臣之子乘间言于先生曰："家君待先生厚，然而卒不得大有欸助，某以父子之间亦不能为力者何也？盖有人焉。愿先生少施颜色，则事可立谐。某亦知斯言非可以加之先生，然念先生老，宜降意焉。"先生投杯而起曰："吾以汝为佳儿也，不料其无耻至此！"绝不与通。于是枋臣之子，百计请罪于先生，始终执礼，而安三知之恨甚，枋臣遂与尚书同沮先生。昆山徐尚书罢官，犹领《一统志》事，即家置局，先生从之南归。时贵之构昆山者，亦恶先生。顾昆山虽退居，其气力尚健，惓惓为先生通榜，卒不倦，则亦古人之遗也。

康熙丁丑，年七十矣，先生入闱，复违格，受卷官见之，叹曰："此老今年不第，将绝望而归耳。"为改正之，遂成进士。及奉大对，圣祖识其手书，特拔置第三人赐及第，授编修。先生以雄文硕学，困顿一生，姓名为天子所知者二十年，至能鉴别其墨迹，虽有忌之者，而亦有大老吹嘘，不遗余力，乃笃老始登一第，其遭遇之奇，盖世间所希。既登中秘，神明未衰，论者以为当膺庙堂大著作之任以昌其文；乃甫二年，而以己卯试事，同官不饬簠簋，牵连下吏。满朝臣寮皆知先生之无罪，顾以其事泾渭各具，当自白，而不意先生遽病死。新城方为刑部，叹曰："吾在西曹，顾使湛园以非罪死狱中，愧如何矣！"呜呼，桑榆虽晚，为霞尚足满天，而奇祸临之，是则大造之所以厄之者毒也。

先生居家，孝友之行，粹然无间。与人交，悃愊不立城府。论文则娓娓不倦。书法尤入神，直追唐以前风格。生平无纤毫失德，故既死而惜之者，非徒以其文也。所著有《湛园未定稿》《苇间集》，皆行世。先生之文，最知名者为《明史稿·刑法志》，极言明中叶厂卫之害，淋漓痛切，以为后王殷鉴，《一统志》中诸论序，亦经世之文也。晚年尤嗜经学，始多说经之作，未及编入集中而卒。

予生也晚，不及接先生之履舄，顾世人所知者，但先生之文，而茫然于其大节，岂知常熟一事，则欧阳衮公之于高若讷不足奇也；枋臣一事，则陈少南之于秦埙，殆有逊之；若始终不负昆山，则又其小焉者矣。区区徒以其文乎哉！

其铭曰：

吾鄞文雄，楼宣献公。谁其嗣之？剡源、清容。易世而起，有湛园翁。白头一第，亦已儱冻。何辜于天，竟以凶终。茫茫黄土，冥冥太空。

——黄云眉《鲒埼亭文集选注》，齐鲁书社 1982 年版

姜宸英传

秦　瀛

　　姜宸英，字西溟，号湛园，浙江慈溪人，明太常卿应麟曾孙。康熙丁丑赐进士第三人，官翰林院编修。著有《江防总论》二十卷、《明史·刑法志》三卷、《列传》四卷、《土司传》二卷、《湛园未定稿》十卷、《湛园集》八卷、《真意堂文稿》一卷、《苇间集诗》十卷、《湛园札记》二卷、《湛园题跋》四卷。

　　初编其文为《湛园未定稿》，秦松龄、韩菼皆为序。后武进赵同敩摘为《西溟文钞》，此本为黄叔琳所重编，凡八卷。宸英少习古文，年七十始得第，绩学勤苦，用力颇深。集中有《与洪虞邻书》，论两浙十家古文事，谓：两浙自洪、永以来三百余年，不过王子充、宋景濂、方希古、王阳明三四人，其余谢方石、茅鹿门、徐文长等尚具体而未醇。不应浙东西一水之间，一时至十人之多，不欲以身厕九人之列。盖能不涉标榜之习以求一时之名者。其文闳肆雅健，往往有北宋人意，亦有以也。是集前二卷皆应酬之作，去取之间未必得宸英本意，然梗概亦略具于斯矣。集末《札记》二卷，据郑羽逵所作《宸英小传》，本自单行，今亦别著于录，不入是集焉。（节录《四库书目·湛园集提要》）

　　姜宸英，字西溟，太常卿应麟曾孙。工制艺，兼善诗古文。康熙戊午有修《明史》之命，相国徐元文以宸英有史才，荐入馆，遂奉特恩授文林郎，食七品俸。己巳，徐司寇乾学即家纂修《一统志》，设局于洞庭东山，疏请宸英与黄虞稷偕行。寻中顺天乡试，丁丑廷试一甲第三，授编修，时年已七十矣。宸英读书以经为根本，于注疏穷其精蕴，自二十一史及百家诸子之说，俱经批阅。为文必先立意而后下笔，略无凝滞。书法锺王，于唐宋诸家亦靡不临写，晚尤加意章草及篆隶，人得片纸，藏弄以为宝。著《明史·刑法志》三卷、《列传》四卷、《土司传》二卷、《一统志·总论江防、海防》

共六卷，留馆中。别有《湛园未定稿》十卷、《苇间诗集》八卷。（《浙江通志》）

　　先生生当熙代，润色鸿业，留心文学，名达宸聪，尝呼先生之字曰："姜西溟古文，当今作者。"会征博学鸿儒，东南人物首及先生。昆山叶公与长洲韩公约连名上，而叶公适以宣召入禁中浃月，既出则已无及。已而叶公荐之入明史馆，食七品俸，仍许与试。寻豫《一统志》事。常熟翁尚书者，公之故人也。是时枋臣方排击汤文正公，而尚书为祭酒，劾文正为异学，枋臣因擢副詹事以逼文正，以文正故兼詹事也。先生以文责之，一日而遍传京师，尚书恨甚。顾枋臣有长子多才，方求学于先生。时枋臣世仆安三者，势倾内外，官寮欲先生少假借之而不得。枋臣之子乘间婉言于先生，先生投杯而起，绝不与通。于是枋臣之子百计请罪，而安三知之，恨甚，枋臣遂与尚书同沮先生。昆山徐尚书罢官，犹领《一统志》事，先生从之南归，时贵之构昆山者，亦恶先生。康熙丁丑，先生成进士，年七十矣。仁庙识其手书，特拔第三人，赐及第。甫二年，而以己卯试事，同官不饬篝篚，牵连下逮，遽病死。世人所知者，但先生之文，而茫然于其大节，故特表而出之。（节录《鲒埼亭集·墓表》）

　　西溟少精举子业，屡踬有司，愈不喜诡随弋获。前年已有以其名上闻者，会格于例报罢。余尝谓："西溟嗜古近癖，而不能与时文定其荣辱之数；名达九重，而不能与流辈争其一日之遇。"西溟日与余论古今文字，益发愤，欲尽屏人事，并力以从事。会奉有命，治装北上，裒其前后，都为一集，曰《湛园未定稿》。（节录《苍岘山人文集·湛园未定稿序》）

　　姜编修西溟为举子时，表联中用涂抹《尧典》《舜典》字，点窜《清庙》《生民》诗语，监试御史不知出处，指摘令改易。西溟曰："此出李义山《韩碑》诗，非杜撰也。"御史怒，借微错贴出之。（《古夫于亭杂录》）

　　亡友姜西溟以古文名当世，其文滂沛英发，于苏文为多。未第时以荐举入明史馆，分纂《刑法志》，极言明三百年诏狱、廷杖、立枷、东西厂卫、缇骑之害，其文痛切淋漓，不减司马子长。其论文则谓："六经而下，衰于《左氏传》，而再振于《战国策》。"盖其为文本挟纵横之气，故云尔。常选《唐文粹》之文出以示余，惜未借钞。今其家尚存此本与否不可知。曾语其从弟孝廉宸荨访之，未见示也。（王士禛杂录）

瀛案：先生与先宫谕论金石交，主余家最久，诗篇唱和几无虚日，而先生尤以古文名。先宫谕为作《湛园未定稿序》，先生亦为先宫谕作《寄畅园记》。魏叔子尝谓："侯朝宗肆而未醇，汪钝翁醇而未肆，西溟在醇肆之间。"洵不妄也。余藏先生墨迹数种，尝推为本朝书家第一，访其后人式微殆尽，悲夫！

贾崧案：韩慕庐《湛园未定稿序》云："余亟欲以先生荐，院长叶文敏约同署名。会文敏宣入禁中，迟之两月，及余独呈吏部，已不及期矣。"西溟尝有句云："北阙已成输粟尉，西山犹贡采薇人。"盖不能无感慨云。

——《己未词科录》卷八，嘉庆十二年世恩堂本

湛园先生像赞

公之书，拍仲常，挈谦六，得思白之秀逸而追羲、献之踪。公之诗，抗渔洋，驾竟陵，参髯苏之疏宕而以少陵为宗。公之文，凌朝宗，跨荅文，原本于《国策》之洋洒，而神似欧阳子之雍容。公之名，齐竹垞，偕藕渔，一布衣而姓氏上达于九重。展公之像，睹公之貌，粹然精华之外发而道德之内充，是为宇宙之完人，岂唯吾鄞之文雄？道光甲午八月下浣，后学杨九畹拜题。光绪己丑六月下浣，后学冯保燮拜书。

——《姜先生全集》卷首

二　序跋赞题

姜西溟真意堂论序

计　东

姜子《真意堂古文》一编，此姜子传世之文也，予将序之以告

天下之知古文者，其不知者不与告也。姜子《近著论》一编，此姜子应世之古文也，予亦序之以告天下之知为制举业者，即不知古文者，予且告之也。然予窃意姜子自信自重其应世之文，当不若自信自重其传世之文，而姜子之意则均。予窃疑姜子有志于韩退之之文者也，韩于古文高自矜许，独深诋其应举之作，谓有类于俳优之词，颜忸怩而心不宁。即欧阳氏学于韩，亦自言当取科第时，未暇学韩之古文，徒时时念于心而已。夫以韩、欧之才，于二者尚不能兼，我不意姜子乃能兼韩、欧之不能兼也。既而思之，韩所为类于俳优之辞，大概如文苑中所载限韵赋之类，宜其为之而忸怩不安也。若《省试不贰过论》，则集中亦存之矣。今观姜子之论，其为举业一如其为古文，皆以沉锐之力、精悍之思出之，与韩之古文何以异？安能令姜子自信自重之不相均也？况功令之所以罢八股、尚策论，将以网罗天下学古之士，而今之为应制言者，大半空疏蘼靡，与八股异体而同习，宁不亦重负功令哉？予故欲以姜子应世之古文告天下之为制举业者。

——《改亭集》卷四，《清代诗文集汇编》第 97 册

题姜西溟苇间集后

杨　宾

牢落风尘遇最迟，胪传白发已成丝。如何雁塔题名日，即是牛衣对泣时。死后沉冤无地雪，生前傲骨几人知。可怜一代文章伯，留得江湖数卷诗。

——《晞发堂诗集》卷八，《清代诗文集汇编》第 178 册

苇间诗集题识

叶元恺

吾邑湛园姜先生著作甚多，早行于世，惟《苇间集》五卷，其门下士唐明府某于康熙五十年间付梓刊行。未几，板毁于火，淹没已多年矣。余偶于书肆中得之，如获至宝。先生稽古洽闻，一代鸿儒，不独为吾邑文苑之望，爰重为校正，悉依原本，并附刻全太史

谢山先生《墓表》一通，郑荔乡先生《小传》一篇，以志景仰云尔。道光四年小春月，同邑后学叶元垲晏爽氏识。

苇间诗钞小传
郑方坤

姜宸英，字西溟，慈溪人，以古文词驰誉江表，书法亦通神。圣祖仁皇帝稔识之，常与朱彝尊、严绳孙并称，目之曰三布衣。己未词科之举，朱、严皆入翰林，而先生不遇。久之，用荐入史馆，食七品俸，未授官。年七十始捷南宫，是为康熙之丁丑科殿试，进呈名稍殿，上问："十卷中有浙人姜宸英乎？"大臣有识其字迹者，谓第八卷当是。上云："宸英绩学能文，至老犹笃，可拔置一甲，为天下读书人劝。"于是以第三人及第，授史职。己卯主顺天试，所搜罗多名下士，以是来谗慝者之口，下狱勘问，事未及白，而先生已赴玉楼召矣。在昔沈诗任笔，兼擅为难，自韩、柳、欧、苏诸作家外，余率不无遗憾。先生既以古文词雄视一代，而有韵之言则又滂葩罴兀、宫商抗坠，与前人角胜毫厘间，韩、欧诸公安得而独有千古也？先生在史局时，日与辇下诗人纵酒论文，尝谓："我辈人人有集，然其诗或传与否，均未可知。惟当牵连缀姓名于集中，幸有传者，即所附载之人亦因以显，如少陵之于阮生、朱老，东坡之于杜伯升、老符秀才是已。"今先生集，固已大传于世，即更数十百年，当不泯泯，特不知谁为附之以传者，因钞诗集，并为纪其话言如此。

——以上《苇间诗集》卷首，道光四年叶元垲木活字排印本

姜西溟手钞欧曾老苏三家文跋
沈 堡

姜湛园先生文名雄一代，既殁后，手定诸书皆散逸，如秋风败箨，不能复问其所之。而友人钱黄初入市，于废书肆中得其《八家文钞》本，仅存欧、曾、老苏文，购归箧中，知予之爱之也，珍重贻予。其朱墨甲乙，圈点钩画，悉具慧解，而书法尤隽妙，草草中有晋人风骨。方摩挲不忍释手，而虫朽蟫断，漫漶几不可读，亟命

工补缀装潢，理为三帙，既成而喟然曰："今世士夫学殖荒落，游谈无根，而欲以空疏固陋之腹，涂改烟云，点窜花鸟，与古人争衡，难矣。视先生之读破万卷，矻矻昏旦至耄不衰者，不可以少愧乎？"先生于文无不解，了而心慕手追，不出欧、曾一路，其精悍者间或出入老苏，则是书虽缺，犹解百脉而独得其玄牝，未为不幸也。抑予幼时，蒙先生特达之知，今潦倒名场，忽忽数十年，目击先生之菀枯荣悴，仅收拾残编剩墨以为知己之报，又赧然自愧矣。雍正辛亥四月朔，渔庄居士沈堡题于青藤晨夕处。

——《姜西溟手钞欧曾老苏三家文》卷首，稿本，上海图书馆藏

姜西溟先生杂著手稿书后
赵怀玉

姜西溟先生《杂著稿》三种，曰《湛园札记》、曰《涑水论余》、曰《杜诗拾注》。《札记》论经史语，皆精当，已入《四库简明书目》。先生之文，与归德侯朝宗、宁都魏冰叔、长洲汪苕文齐名，号"四大家"。先生之书在汪退谷之上，识者推为本朝第一。未遇时，征入史馆，与修《明史》及《一统志》。康熙丁丑，始以一甲第三人登第，年已七十矣。又三年己卯，为顺天乡试副考官，实先曾祖侍读君座主。是科以科场事为同事所卖，一榜举人皆覆试，而先生竟殁，于理赋命之穷可谓极矣。雍正乙卯，先祖分巡浙东，访其后人，有长孙，已得风疾，乃为其次孙昏娶，冀延其后。所著《湛园未定稿》已早行世，又续刻《文钞》四卷，用慰先生之志焉。是编间为钞胥所录，余多先生手迹，即以书论，亦宜什袭珍之，非特用心之苦也。夏日命儿子检书得此，因识数语，俾闻者知吾先世渊源所自云。

——《亦有生斋集》文卷七，《清代诗文集汇编》第419册

姜湛园未定稿序
范家相

国初实学，在浙东者，莫如梨洲、万季野；辨博能文，推毛西

河、姜西溟。梨洲、西溟文集皆镂板于四明郑氏，不肯刷行，万无专刻，而西河集孤行海内。庚辰岁，余来京师，问《湛园未定稿》于邱君至山，君曰："适从故家购得一册，已许太仓王光禄矣。"急要而录之，得若干首。其规矩不出八家，而醇郁名贵，议论悉有关系，视西河边幅稍狭而凝重胜之。《刑法志》一篇尤生平极注力之作，可垂之百世，以为龟鉴也。凡读古今文字，须求其得力之所在，龙门化裁于《左》《国》，昌黎心追乎《孟子》，庐陵沉浸《史》、韩，长公脱胎庄叟，如丝茧之为锦绮，醇酒之出于谷麦也。先生得力在庐陵、南丰之间，可与荆川、遵岩翱翔而下上矣。桐城方望溪最慎许可，于史学极服万季野，古文亟称湛园。今季野史稿不知为何人掩取，而《湛园集》犹在人间，得钞而读之，不可谓不幸也。

先生老于京师，文学、书法兼擅一时，公卿巨室雅与折节论交，而耿介自好，应试峻拒关节。圣庙赐以七品官，给事内廷，年六十八始中甲科，殿试进呈，复不得与。上曰："姜某已中式，卷安在哉？"亟取进，拔置一甲第三。逾年副李君蟠典试顺天，李暗通关节，先生弗之察也。及事发，中有一人为先生亲旧，见坐是论遣，死于戍所。至山曰："先生后嗣不振，风流销歇，存者一二，已为耕甿矣。"可叹也夫！乾隆壬午岁五月哉生明，会稽范家相序。

——《姜湛园未定稿》卷首，清光绪会稽董氏行余学舍钞本，绍兴图书馆藏

姜西溟诗文序手稿

张　恕

《李东生文集序》《赵进士诗集序》《白燕栖诗集序》合装一册，为抱经楼卢氏物。卢氏书画散失殆半，三序底稿易主者屡矣。王师竹学博称于句容冯鸣老处见之，后归月湖汤眉厓。近汤氏衰歇，寄存林子玉署家。后有钱竹汀、梁山舟二跋。

——《南兰文集》，清光绪五年刻本

真意堂文稿残本跋

王定祥

往予为麟洲先生补刻《湛园札记》，既成而序之，独恨未得黄氏

所刻《湛园集》及《四库》所收《真意堂文稿》者。先是，城中有旧书肆，收集故家遗书颇多，予时时过之，赵氏所刻《西溟文钞》亦得之于此者，顾其零编断简、连床架屋，至不可收拾。主是肆者，因其不成部帙也，亦遂狼藉视之。邑人有见而心恻者，尽发其藏数万卷，移至宝善堂，将焚之。宝善堂者，邑人士议善举之所也。予闻其事，因亟与费君可遵、叶君缦卿往观焉。二君子与修邑乘，并司采访，事凡有涉文献掌故及古书印本之佳者、诗文集之罕见者，悉命留之，于是予与二君各检得百数十本以归，而《真意堂文稿》赫然在焉。嗟乎！文章之显晦有时，如湛园者，当不泯泯，乃兹集之名，则乡先生已鲜有能举之者矣。此卷所存，凡文十六首，入《未定稿》者，仅六首耳，既无卷次，又无序目，丛杂败蠹之中，孰使予醒心触目而遽得之也？文字有灵，蔽于暂而终耀于无穷者，理或然也。予前校《西溟文钞》，计《未定稿》所不收者四十首，合之此卷，得五十首矣。不知《湛园集》所存，以视三本复何如也？冯君梦香为予言，浙中当事者方修葺文澜阁藏书，夫阁中藏书，士人例许往钞黄氏所刊《湛园集》，政《四库》所著录也者。冯君幸为我访之，其尚有存本否也？光绪辛巳十月初十日，后学王定祥文父氏书于郡寓之听秋馆。

湛园手钞藏稿跋
王定祥

　　西溟先生手稿二册，昨游甬上得之于黄幼山先生之孙曰谱笙者。谱笙尚有一副本，校此多十七首，因并假归寓，命人补录之，旧无目次，乃为编订如左。合计《未定稿》及《文钞》所未刻者，又得九十五首，先生之佚文庶其尽于此乎？光绪乙酉冬杪，后学王定祥敬题。

——以上《姜先生全集》卷首

姜先生全集跋
冯保燮

　　吾邑姜西溟先生著作风行海内久矣，尚无汇梓其全集者。张菱舟明府尝有斯议,甫刻《湛园札记》,未卒业而明府物故。其高弟王缦云孝廉为鸠资,而《札记》始告竣,事详缦云所撰《重刻札记序》中。燮从弟襄卿孝廉,缦云之妹倩也,亦有志于斯,尝搜索秀水朱氏、海宁查氏诸集中,为先生《诗词拾遗》。燮从叔邕侯尝购残书数万卷,命燮集友人检理之,于蠹帙中得《真意堂文稿》一卷,刻于康熙二十年者,传世绝少。燮由是愿为先生补缺拾遗,网罗遗著,刻本钞本,罔不搜集而合校之,乃知《湛园未定稿》尚有初刻本,与今所通行本郑氏二老阁刊者不同,以初刻本校今本,多文十八首。此外有《西溟文钞》四卷本,兰陵赵氏刻于武林礛署,亦世所罕见。又有《湛园藏稿》两册,为先生手钞本,涂乙再四,朱墨灿然,卷中有鉴沙顾氏珍藏印,为伴梅草堂藏本,缦云得于甬上黄氏。以此本校《未定稿》《文钞》两本,又多文九十五首。又若郑氏二老阁本《湛园诗》三卷,吾邑鹤皋叶氏所刻,江都武进两唐氏本《苇间集》五卷亦有异同。惟《四库》所著录《湛园集》十卷为北平黄氏重编者,访求未得,至今耿耿,仅得《札记》二卷,为十卷中之二,即缦云所续刻者。又得《湛园题跋》一卷,为虞山《小石山房丛书》之一,后附黄昆圃侍郎跋,疑亦十卷中之一,尚未获见其十卷全本,则其编次若何,与各本异同若何,均未由参校,于心犹未慊也。而复以时不可失,遂不敢更待黄本之合校,姑就所已见者,谨先汇刻之。

光绪戊子春,爱与缦云商定条例,汇为全集三十三卷,燮任刻资,而校勘则缦云之力为多。同任其役者,又有镇海范君率夫、鄞章君晋泉、同邑费君桂舫、杨君榖人、童君佐宸、族叔掌明、暨燮弟保康、从弟家莆勉襄,厥事至己丑六月告成,岂非燮之幸乎?抑燮于此又有痛焉者。从叔邕侯、从弟襄卿皆早世,使天假襄卿之年,其所辑遗佚,当更有加,今以已辑者,订为一卷,梓入全集中,犹襄卿未竟之志也。刻事甫半,而缦云戊子八月乡试归,遽一病不起,未观厥成,尤堪嗟悼。今以缦云所撰《重刻札记序》暨诸跋语附梓于原集序跋之后,所以慰缦云也。缦云所辑先生墓表、别传、酬赠诗文、遗事、文评、丛谈为附录者,尚未卒业,今属范君率夫为之编次，并期有所增益，俟续刊焉。

光绪十五年岁次己丑六月，慈溪冯保燮谨识。

——《姜先生全集》卷末

跋姜先生全集己丑
王家振

予友冯君赞纶、王君缦云，哀刻西溟《姜先生全集》，工未竣而缦云捐世。今夏，赞纶丐予覆校一过，既竟，遂僭论曰：

自昔能文者多矣，而传于世者盖少，非特其才力之不逮也，安常处顺，靡所激发，拘文泥古，宏肆为艰，加以浮华浅薄，牵涉于速化场屋之习，此其所以不能行远也。西溟有美者五：家世忠义，富有卷轴，一也；遭遇鼎革，洞见时变，二也；遨游南北，胸次开拓，三也；硕学鸿才，郁悒不偶，四也；海内贤俊，半通缟纻，五也。人得其一美，便足自强，而西溟兼之，欲无传，得乎？抑塞牢落之气之在天壤，不善用之，则为震霆，为猛雨，为冰雹，为山崩海啸，为物异人妖，光怪陆离之状不可逼视，而一泽以六经之旨趣，仲尼之家法，则日星垂而江汉流，渊然坦然，叫呶之态融而为夷犹之致，何者？不历险阻，则识虑不周；不探理原，则本根不殖。左氏之传、马迁之史、韩欧之文章，皆是物也。国朝以古文名家者，巨手魁笔，磊落相望，求其杰然可与韩欧齐驾者，实艰其选，虽以望溪之谨严、叔子之踔厉、朝宗之奔放、尧峰之整炼、竹垞之雅洁、轸石之沉郁，防风一节，未称具体，而西溟左宜右有，律度从心，反刋划伪，一衷圣法，虽未知与退之如何，其于宋贤可谓取其精而嚼其华矣。且夫西溟本经世才，雅不欲以文士自命，饥驱仆仆，卒不获一当。至潦倒愈甚，而文望愈高，盖丰于名而啬于遇。天之位置西溟已久，而西溟不悟，晚景崦嵫，旋罹非幸。今读其《江防》《海防》诸论，亦足见其中之所蕴畜矣。遇不遇，何足道也？《全集》之刊《真意堂》才得十首，《湛园集》不可见，或以为西溟憾然。予观其诸作，卓卓不朽者，亦不过百余篇而已，明珠大贝，江海无不发之光，以听知言者之拾遗补阙焉可也。

跋湛园诗稿墨迹丙申

王家振

今春三月，予方抱疴索居。裘君云笙以《湛园诗稿》四帙见视，盖嘉庆间郑乔迁明经得之裘鼎熙茂才而为之授梓，此其手稿也。郑本少校雠之功，往往有原本不误而锓本误者，如《赠啸堂和尚》末句"临听松风聒耳喧"，原稿"临"作"卧"；如《酬祖清涧》第六句"雁到云中忆岁除"，原稿"到"作"别"；如《送周参军之幕山西》第五句"一部苍凉无恤庙"，"庙"原稿作"郡"；如《小憩东峪寺》"白杨落叶堆如蓝"，原稿"如蓝"作"伽蓝"；如《景州》"陵陂始见青青草"，原稿"草"作"麦"；如《竹径》"柴门须终闭"，原稿"闭"作"閟"，与上"悦""灭"韵协；如《徐司寇寿宴诗》"座上门生递酒杯"，原稿作"递举杯"，与上"喧争席"句对。有两首误合为一者，如《至峒崞》《始入江南境》，原稿作截句两首，一用仄韵，一用平韵。有题上原加"赋得"二字而裁之者，此不知作家之体例故也，顾予又有疑于此，如《和宋牧仲河曲精舍诗》有云："林边流水住，树下给孤成。"郑本缺"树下给孤"四字。《悯农》以下三首，郑本缺七十余字，原皆完璧，岂所据或非是稿欤？而诗又适如其数，不可解也。原删三十余首，诗余二首，和诗三首，予为录于别简。

往者亡友王缦云、冯赞纶有《姜先生全集》之役，搜罗不遗片隻，今是稿出得以补正《全集》者颇多，惜二君不及见矣。物之显晦，岂人力之所能为哉？然先生之文自当以《未定稿》为正宗，诗则《苇间集》，皆斟酌去取，惬心贵当之作，其余可以存，可以无存。而先生著述繁富，书法尤超绝，以是落笔辄为人藏弆，至于久而日出，泥古之士相与钞锓，以期其寿世，皆不可谓无意乎先生者。然而世目易欺，寸心难昧，此中之甘苦得失，岂不自喻？恐先生有知，未必不笑吾辈为好事者耳。

——《西江文稿》卷十三，《清代诗文集汇编》第 750 册

苇间诗稿 姜西溟先生手写本
邓 实

西溟先生所著《苇间集》，其门下士唐执玉编为五卷，于康熙五十二年刊行。未几，旋毁于火。其后，道光四年，邑人叶元垲重刊。然先后所刊，皆非全稿也。余得先生手自写诗稿一帙，取以校刊本，大半不载，知其所遗者多矣。此帙为先生初至京师，康熙丁未后二十年间之作，盖其四十至六十时诗也。先生固以能书名，小楷更入神品，有晋人风格。即以书法论，亦足珍矣。矧其为先生手自著之遗稿邪？中华民国五年五月望日，顺德野残邓实记。

——《苇间诗稿》卷首，风雨楼秘籍留真本

姜西溟文钞序
王心湛

宁都魏叔子叙任王谷文，有云："慈溪有姜宸英者，余爱其文，与朝宗并，毋交臂失也。"他日答计甫草，又曰："禧尝好侯君、姜君及某公文。"某公谓钝翁也。余窃怪宁都于近今文少许可，即朝宗、钝翁不无微诋，而独极口姜君不置，意其文必有得于古人立言之旨，而无愧乎其为大家者。积数十年而得所著《湛园未定稿》者，读之，然后叹大家之难言，而宁都之所取于姜君，非一切世俗耳目之所能知也。今世所好名士者，类无不为古文，而其中有大家之文焉，有名家之文焉，不可诬也。环巧朗丽，极镕铸之工，而令夫人之见之惊心动色者，名家之文也。澹简沉寂，不见可欲，久而循焉，若布帛之可衣而适、菽粟之可咀而旨者，大家之文也。故为名家易，为大家难，而辨大家于名家之中则更难。宁都爱姜君文似朝宗，以余而观，则大不类。朝宗豪迈，姜君冲夷；朝宗雄奇，姜君平澹。二家之文，初不相似，而宁都并称之，则所取者不在文彩词句间抑可知也。且夫才非学不醇，学非年不至。姜君穷老羁孤，用心益密，晚年留心经术，殚极理要，故其文悉有根柢，浩然一摅其胸之所欲出，而未尝有钩唇棘吻、雕绘为工之态，使宁都见其文于今日，当益叹朝宗之不得其年以竟所学为可惜也。姜君尝自言所学好取古人希夷淡泊之音、泊然无味者，闭户弦歌，以自排比为文章，而韩宗伯亦称其骨韵高洁。夫淡者，文之极，而洁则所谓参之太史者也。然则姜君文又乌得不为大家乎哉？与朝宗并可也。姜君近髦而第，旋以瘐死，其集六卷，皆不得志时所作。余为汰其造次者，而存之得如干首，其他容有足录者，要非余所好也。商丘中丞选叔子、朝宗、钝翁三家文，钝（笔者案：疑衍）谓"异日当有广之为六家、为八家者"。余咨求数十年而仅得一姜君。彼六家、八家可易言乎？然而姜君文固杜樊川所谓"不为难到"者也，愿有志古文者之毋自矜而画也。高邮王心湛撰。

——《姜西溟文钞》卷首，清补堂本，中国国家图书馆藏

湛园题跋跋
劳　权

庚戌秋日，家典叔秀才携赠蟫隐识，己未六月付双声重装。

此乾隆戊午，北平黄昆圃侍郎刻本，有人从京师携归，族子典叔于丛残中捡得相饷。寻海昌蒋君生沐遗以新刻，此本并附刻，《乐毅论始末》计六十首，蒋本少二十二首。又《临王帖题后》非全文，而多题《兰亭宋搨》《书宋搨宣示帖褚临乐论后》《题禊帖》三首，此本复脱。《跋告誓文》题之□门官署。检校一过，各正其伪脱数字，将行，倩生录新刻所遗寄蒋君，令续补之。咸丰己未六月十三日，劳权巽卿记于沤喜亭池上，以前三日立秋末伏之第二日也

蒋刻据张芑堂征君石鼓亭钞本，次第亦不尽同，殆别编本邪？又记。

《乐毅论始末》以与前有两跋相复，故此本别附刻之，翌日附钞蒋本。三跋并记。

——《湛园题跋》一卷（清劳权校并跋），清乾隆三年黄叔琳刻本

湛园题跋跋
蒋光煦

国朝书家以姜西溟先生为第一。其所著述录入《四库全书》者

有《湛园集》十卷、《湛园札记》二卷，其《湛园未定稿》六卷、《真意堂文稿》一卷录入附存。此《湛园题跋》一册，旧得钞本有石鼓亭印记，盖武原张文鱼征士所藏也。后又得吴氏拜经楼本，大略相同，因覆校一过，而授之梓。海昌蒋光煦识。

——蒋光煦编《涉闻梓旧》，清道光咸丰间蒋氏宜年堂刻本

湛园题跋跋

沈楸悳

西溟太史所著《湛园题跋》，大半皆考证碑版，研究书法，上自魏晋，下及近今，无不品评悉当，诚翰墨中之金鉴也。至于徐武功为明代巨奸，于少保之狱实出其口，虽铸铁跽墓，犹不足以蔽其辜，苟欲题跋，止就书法赞扬之可也。壬寅春日吴江沈楸悳识。

——《昭代丛书》补编第二十七

选诗类钞残本跋

据序共得百十三纸，合之序二纸，都应得百十五纸，今存百四纸，缺九纸。冯开记。

海上鲛人泣是珠，赖有沧浪题品在，先唐风格未全芜。湛园论诗颇宗渔洋，故□。次布以西溟手写《选诗类钞》属题南掇一律。马浮

独□□选诗，盖有意乎□□者也。其《序》谓"今之为诗者，剽剟景响，谓之选体"，当时盖亦率尔效之，非能沉酣于此者。虽然诗至新城，则景响于宋人□填词，又非□景响汉魏南朝而已。二者孰为得失？惜而能起西溟而质之也。民国二十年三月，章炳麟识。

右西溟先生选诗类钞真迹。先生为此，所以矫当时作者之弊，自为序已言之矣。是时先生年四十有尺寒，岁莫成于广陵署斋，上下多有朱墨夹注，烂然盈目，谓："谢康乐得诸士衡。"复缀其后

云："此余十年前持论，及见李献吉论诗亦云，喜余言之不谬。"盖先生既成书时，取观览有所得，则连续而记之，非出于一时所为而，然最恶沈休文，斥其为"贩国之贼，年已八十，而犹思仙药以度颓龄"，辞义凛然，仿佛如见其呵明珠、徐乾学诸人不值一钱也。余以百金得之，不惟先生之墨迹是宝，乃钦慕其节行与其学而不厌之意。吾乡先正之所为如是，有足法也。全书百十五纸，序缺，其一古诗暨曹子建诗缺其八，都缺九纸。民国十九年十月，后学鄞童第德。

——《选诗类钞》卷末，稿本，上海图书馆藏

姜西溟先生文稿跋

冯贞群

西溟以一布衣，周游四方，宿儒名流，闻声相交。昆山徐相国元文、尚书乾学兄弟先后荐修《明史》及《一统志》，于是出入豪门，名动九重。然天性傲骨，不肯媚权贵，九应南北乡试不售。康熙癸酉，年六十六矣，始以太学生中顺天乡试。丁丑成进士，圣祖特拔置第三人。及越三岁，以科场案牵连，瘐死狱中，可哀也已。

西溟素有书名，梁山舟推为有清第一，登第后乃喜作小楷。此册盖其晚年手稿，为《癸酉乡试第一问》《清苑令吴君本礼德政诗序》《李东生旭升文序》《白燕栖觉罗·博尔都诗集序》，凡四首。涂抹改削，可见行文之法。昔在王仲邕师处见《湛园手钞文稿》二册，今归童第德。与此正出一手，想其悬腕疾书，若不矜意，疏密合度，古拙可爱，先贤风流，去人不远。

张恕《南兰文集》有《跋西溟诗文序手稿》，曰："《李东生文序》《赵进士诗集序》《白燕栖诗集序》合装一册，为抱经楼卢氏流出，后有钱竹汀、梁山舟二跋。"据此，尚有《赵进士诗集序》及钱、梁二氏跋文，想为骨董家分割，别为册者。

林君集虚新得此册，疑为雁鼎。余一展卷，断为真迹。集虚其宝藏之，勿轻易让人也。癸巳三月既望，孤独老人冯贞群题。时年六十有八。

——《姜西溟先生文稿》卷末，中国国家图书馆藏

三　诗文杂评

复邹訏士书
彭士望

伯调去岁客兴安令署中，其郡人姜西铭宸英有《真意堂稿》，凝叔得之青藜笥中，雪夜异寒，读之狂喜，呼和公，扣弟扉，共赏击节，亟命儿子抄诵之。道翁必素识西铭，见间为一道此意。

——《耻躬堂文钞》卷四，《清代诗文集汇编》第 32 册

诗观诗评十则
邓汉仪

《宿张氏庄》"开筵面南窗，月出众山顶。清冷秋夜长，微醉自然醒"：唐人佳胜处，反胜选体。⊙少陵游西枝村诗有此苍秀。

《寻宝珠洞久行乱山中》"林卧起自早，不知阴与晴。一径入蒙密，千峰乱晦明"：山行真境，以妙笔写出。"侧径三四转，苍翠纷来迎"：转笔自然。"忽见双树阴，又闻清磬声。菌阁空中出，香云尘外生。下窥临无极，上缭蟠太清。五芝茁岩户，三辰倒松楹。"点缀都佳。"万里桑乾流，照日光晶荧"：又极变幻。⊙一路写景，有苍莽处，有秀警处，皆用健笔老气行之。

《来青轩》"岩峦互回合，缺处当其中"：朴而真。"昔闻翠辇过，尚看垂露浓。阅世有代谢，葆道资无穷。所以广成子，终日游鸿濛"：只反淡笔作收。⊙神骨逼肖，不仅貌似。

《松磴》"飞鸟之所没，孤云奄其逝"：令我神往。⊙摹景在空微处，遂觉丹青都废。

《表忠寺》"庭空静漠漠，松子向人落。饵松啜清泉，乘月下林薄"：妙。⊙"澹然离言说"。

《近玉泉寺皆裂帛湖水，行至水尽头》"置宇承岩隙"：真。"水绕重岩流，林映深潭碧"：深隽。⊙苍然、晶然，写来都无余景。

《西湖》"落日衔山西":妙。⊙"如何时代换,转令丘壑迷":山水间说出如许故事,令人想叹,足补《梦华》一则。

《景帝陵》"君不见,风号雨泣于谦墓,年年奔赛空钱唐":此自公道。⊙诸臣矜夺门之功,景陵不与天寿之数,易代而后,并同灰冷。言之可为太息。

《孙仲谋》"何苦低头事儿子,亦有忠臣涕零乱":权罪不胜诛矣。"传世忠孝古所重,生子莫如孙仲谋":定论。⊙父兄以忠孝开国,而权顾北面于曹,汉业终以不振,所谓权实汉贼也。此诗是正论,非翻案。

《徐编修筵上观洗象行》"是日都城观洗象,立马万蹄车千辆":点入洗象。"长者谓余岂解事,此物经今不知岁。闻说先朝万历初,贡车远自扶南至。中更四帝时太平,一朝闯骑走神京。忍死不食三品料,每到早朝泪纵横。沧桑变换理倏忽,勉强逐队保残生。君看垂老意态殊,众中那得知其情":独从老象溯说一番,无限沧桑,备见纸上。"茫茫旧事且莫说,劝君饮尽杯中物":如此作收,妙绝。⊙前叙置楚楚,入后借老象发出如许关系语,浪蹴波翻,虎啼猿啸,令人神移魂夺,真得少陵之精髓者矣!

——《慎墨堂诗话》卷十八,邓汉仪撰,陆林、王卓华辑,中华书局 2017 年版

文瀔初编文评一则
钱肃润

《王端士扬州杂咏序》。钱础日曰:"端士扬州诸咏,体裁极工,寄托最远,得西溟传出,神情意旨,俱为跃然。至说到诗人聚散关乎广陵盛衰,真审时识势之言,非仅为诗人长价也。"

——钱肃润《文瀔初编》卷六,《四库禁毁书丛刊》集部第 173 册

答计甫草书
魏 禧

禧尝好侯君、姜君及某公文,今又得足下。窃谓足下文多高论,读之爽心动魄,失在出手易而微多。韩子曰:"及其醇也,然后肆

焉。"侯肆而不醇，某公醇而未肆，姜醇肆之间，惜其笔性稍驯，人易近而好意太多，不能舍割。然数君子者，皆今天下能文之人，故其失可指而论。

——《魏叔子文集外篇》卷五，中华书局 2003 年版

与彭躬庵柬

魏 禧

姜西铭文果佳耶！不虚弟黑夜上下数百磴，惊山中鸡犬也。尝笑南村析疑，此语人知之。奇文无共欣赏者，如痒极不得搔，此苦难向异体人说。雨雪中闭户，得手札，想见好友之概，与"屦及窒皇，剑及寝门"同其激发，不觉日来宿食顿尽。

——《魏叔子文集外篇》卷七，中华书局 2003 年版

任王谷文集序

魏 禧

吾与王谷才皆不及朝宗，而王谷论旨醇正，足以相为胜。王谷好学不怠，其进于古作者无疑。予则瞠乎后矣。王谷谬许予，予其何敢以为然？慈溪有姜宸英者，予爱其文，与朝宗并，王谷他日相见，其毋交臂而失也。

——《魏叔子文集外篇》卷八，中华书局 2003 年版

姜宸英

王士禛

亡友姜编修西溟宸英以古文名当世。其文滂沛英发，于苏分为多。未第时，以荐举入《明史》馆，分撰《刑法志》，极言明三百年诏狱、廷杖、立枷、东西厂卫、缇骑之害，其文痛切淋漓，不减司马子长。其论文，则谓六经而下衰于《左氏传》，而再振于《战国策》。盖其为文本挟纵横之气，故云尔。尝选《唐文粹》之文，出以示予，惜未借钞，今其家尚存此与否不可知。曾语其从弟孝廉宸蕚访之，未见示也。

——《古夫于亭杂录》卷四，袁世硕主编《王士禛全集》，齐鲁书社 2007 年版

友人文集序
杨　宾

　　吴自嘉、隆以来，言古文者莫不宗欧阳公。归太仆，学欧者也，则亦宗之。汪遁翁，学欧与归者也，则又宗之。如其不然，则虽能文如魏叔子、姜西溟、唐铸万、王昆绳，类皆以为不足录……昔魏叔子好取古人行事，设身处地一一筹划之。其文曲折紧严，而又变化不测，当世之为古文者莫能过之。西溟质实老成，叔子推之在侯朝宗上。铸万瑰奇排奡，叔子读其《五行》诸篇，为设座而拜之。昆绳雄恣汪洋，喑哑叱咤，辟易千人。此皆当世所号为能文者，而吴人往往讥之，何也？以其不宗欧、归，而宗《左》、《国》、昌黎，与遁翁不同故也。

——《杨大瓢先生杂文残稿》（不分卷），《清代诗文集汇编》第 178 册

姜西溟四书文序
何　焯

　　慈溪姜丈西溟，以唐诗、宋文、晋字擅名者四十年。己未，用大臣荐入史馆，不及鸿词之试，独未授官，仅食七品俸，分撰《明史》。引内阁中书例，每京兆秋赋，犹屈首逐六馆之士，裹饭携饼，提三钱鸡毛笔入试。丁卯，主司已定监元，复为外帘所抑。至昨岁，始得解。虽被黜落者，皆为喜相告也。姜丈与刘兄大山同为分校某公所荐，大山将雠其平日科举文字为行卷，咨予抉择，而自叹其不如姜丈。手以视予，予受而疾读，洵均之为国工也。盖大山之文宏而肆，姜丈之文清而温。然所清温者，自纵横博辨，极其所至，洗炼以归于粹，其风格高矣，光焰长矣。参观少作，不可以知用功之深乎？予窃怪古今文人愤其道之郁滞，多流为悲凉怨思、乖谬圣籍，初不自禁，而姜丈之为文也加粹焉。己未以后，古文尤贯穿六艺，非自孔氏者不道，何其谨也！昔李长源由荐书从事史馆，馆中新进虽所长，尚不满其一笑，而从事职书写止，若今史馆之有誊录耳。

人以府史蓄之，长源不自聊，至于雷李交讼而罢。元裕之论其诗，为词旨危苦，郁郁不平者不能掩也。方今士大夫能以道相高，姜丈即得专纂述之事，与编检钧礼。及修本朝《一统志》，又得预焉。盖亦可谓独遭其盛欤？然而汗青头白犹着麻衣，叹老嗟卑不形篇翰，非君子有德之言殆未能然也。太史公感《子虚》《大人》其指风谏，作《相如列传》，直书其临邛之事，盖以箸才若相如，虽不护细行，然不可辱在泥途，而狗监皆得言士，是武帝能尽时人之器用也。明守科举之法不通其变，有才而操行修洁者，亦多湮没于场屋。如归熙甫晼晚一第，宰相力引之，始以冗散获挂朝籍，况唐寅、徐渭、张大复、唐时升之徒哉？好古者无以竞劝文章，且远逊唐宋，何望两汉？姜丈纂述余暇，反覆史家之微旨，或当有辍简长思，所关非特一身之穷达者乎？盖并念大山他日当路何术，而思天下无滞才也。康熙甲戌十月，长洲后学何焯书。

——《何义门先生集》卷一，《清代诗文集汇编》第 207 册

雪苑朝宗侯氏集序
储大文

近日邵青门尝铨次先生、叔子暨钝翁汪氏文，号《三家文钞》。然叔子望最高，而榷当代古文曰："侯肆而不醇，某公醇而不肆，姜在醇肆之间。"尝自谓才不及朝宗。而又曰："四明姜宸英，吾爱其文与朝宗并。"……或谓大家文钞宜益、于一、西溟。或又谓并宜益、藜洲、平叔，而天生、伯籲、甫草亦间及焉。

——《存研楼文集》卷十一，《清代诗文集汇编》第 216 册

钦定四书文文评一则
方 苞

《设为庠序学校以教之 射也》："易繁重题，疏疏淡淡，首尾气脉一笔所成，于古人有欧阳氏之逸。"

——方苞编《钦定四书文·本朝四书文》卷十一，《文渊阁四库全书》第 1451 册

国朝诗别裁集诗评一则
沈德潜

《徐健庵编修筵上观洗象》：流寇破京师，过象房，群象哀鸣泪下，比于唐之舞马，此日所存者其一也。沧桑之变迁，物类之忠爱，全于后半传出。予在京时，见象有齿毛脱落、蹒跚缓行者，象奴谓是万历时贡物，阅健庵为编修时，又将八十年矣。读《苇间集》并记之。

——《国朝诗别裁集》卷十八

柳南随笔一则
王应奎

何大复云："文靡于隋，韩力振之，然古文之法亡于韩；诗溺于陶，谢力振之，然古诗之法亦亡于谢。"某宗伯斥其说之妄，非过论也。近日慈溪姜西溟宸英为古文学大苏，以纵横恣肆为主，遂以《左氏内外传》为衰世之文，而病其委靡繁絮。夫左氏之文直继六经，而西溟以一人之好恶谬为诋諆，其妄正与大复同。同时如阮亭先生，固所称文章宗主也，乃不知是正而反称许之，何欤？

——王应奎《柳南随笔》卷四，中华书局1983年版

答张解元世荦论古文书
夏之蓉

本朝古文以侯、魏、姜、汪称最。侯有奇气，魏善谈史事，纵横自恣，姜与汪粹然儒者，言皆有物，此四君子者，称绝盛矣。其视韩、苏诸公，相去亦未知何如也。四家而外，或取径于幽曲，或过骋其粗豪之气。黄藜洲、万充宗诸公邃于经学，文采不足。朱竹垞笺疏之作，极有可观，而无洋洋大篇。其余若王于一、傅平叔、孙宇台辈仅等诸自郐以下耳。施愚山有逶逸之致，王昆绳长于论辨，邵青门记叙似柳州，储同人格高，方望溪解经有足采者。鄙意欲以此接侯、魏诸君子之后，孰弃孰取，幸足下一折

衷焉。

——《半舫斋古文》卷四，《清代诗文集汇编》第287册

带经堂诗话附识一则
张宗柟

姜编修所著文曰《湛园未定稿》，诗五卷，曰《苇间集》，沉郁顿挫，得力故在韩、苏，本朝一作手也。兼工笔札，瘦硬自成一家。先大父官部曹时与之定交，得其书颇夥。今柟所藏，唯临旧人数页，及集唐楹帖而已，闲中玩赏，真所谓以澹泊见滋味者。

——《带经堂诗话》卷二十八《琐缀类》，袁世硕主编《王士禛全集》，齐鲁书社2007年版

跋湛园未定稿
翁方纲

尝闻方望溪以其文质诸李穆堂，穆堂笑其未通，望溪愕然。穆堂指其首句"吾桐"云：桐江、桐庐皆可称桐。望溪为折服。乃今读姜湛园之文，有甚于此。周栎园，河南祥符人，官江南布政使，而其墓志云：卒于江宁之里第。岂有官廨可称里第者乎？此不更谬于桐城县人之称吾桐乎？志其人之生平，而云某科进士者，不知其何世？云卒年若干，不知其为何岁？徒以词气若效史迁，而目为古文可乎？望溪于经传考订虽未深，然以文论，岂逊姜湛园耶？每见近人论古文，或薄望溪，而未有议湛园者，书此以当箴记，非敢漫议前辈也。

——沈津辑《翁方纲题跋手札集录》，广西师范大学出版社2002年版

论文杂言一则
管世铭

国朝古文侯、魏齐名，然壮悔堂文纵横踔厉，未免气尽语竭，不若叔子之坚栗精悍，而文章之外尚有平生志事在也。邵青门当次于侯，汪钝翁、姜西溟又当次于邵。

——《韫山堂文集》卷八，《清代诗文集汇编》第393册

答某书
秦瀛

本朝初,自以汪尧峰、姜西溟为优,竹垞虽气体不逮尧峰、西溟,《曝书亭集》中又多牵率酬应之作,宜为足下所诋,然其问记博洽,尧峰、西溟亦推之,其长未可概没。

答陈上舍纯书
秦瀛

本朝古文以汪尧峰、魏勺庭、姜西溟、邵青门四家为长,望溪方氏后出,精于义法,简严精实,而或者钩棘字句,以僻涩为古。

——《小岘山人文集》卷二,《清代诗文集汇编》第 407 册

复洪稚存常博书
毛燧传

慨然以为自汉以下,于唐有韩愈、柳宗元、李翱、孙樵、杜牧,于宋有穆修、柳开、范仲淹、韩琦、欧阳修、苏氏父子、司马光、王安石、曾巩、秦观、李觏、陈亮、张耒、真德秀、文天祥;于元有姚燧、吴澄、揭傒斯、欧阳玄、刘因、黄溍、虞集,于明有宋濂、刘基、王祎、胡翰、方孝孺、杨士奇、罗玘、李东阳、王守仁、唐顺之、归有光、王慎中、茅坤、曾异撰、金声、艾南英。千五百年间,跳荡蹭踔而起者类出于名公卿相,独至本朝,侯方域、魏禧、董以宁、邵长蘅、姜宸英、方苞共六家,内惟慈溪、桐城曾列仕版,余悉不挂朝籍。坛坫之上,山林与缙绅分执牛耳。

——《味蓼文稿》卷九,《清代诗文集汇编》第 412 册

西庐词话一则
袁钧

今先生集中无词,殆非所好耳。然《蝶恋花》《临江仙》二阕,亦足趋步苏、辛。

——《四明近体乐府》卷十

初月楼古文绪论一则
吴德旋

朱竹垞颇能摆落浙派，叙事文较议论为优，但少风韵耳。姜湛园则更漫衍。

——《初月楼古文绪论》第 44 则，人民文学出版社 1959 年版

初月楼文续钞一则
吴德旋

德旋年二十许，时见吾郡诸前辈言及古文，无不啧啧称羡侯、魏、汪、姜及董文友、邵青门诸子，而于望溪、海峰曾不置之齿颊间。自皋文交王悔生，而后知古文之学在桐城。数十年来，学者稍稍称说望溪、海峰、惜抱三先生能学古文而得其正。然世人好三先生之文者，终不敌好侯、魏诸家之文之众。

——《复耶溪书二》，《初月楼文续钞》卷二，《清代诗文集汇编》第 486 册

湛园未定稿文录引
李祖陶

《湛园未定稿》，慈溪姜西溟先生著。先生为人甚奇，非寻常文士可及。以布衣入史馆，天子知其能文，宰相为之荐达，至老始得一第，卒缘事死于狱中，王阮亭尚书深以为愧。论文喜《国策》，不喜《左传》，故其文亦善议论，不善叙事。议论之文纵横贯穿，直入子瞻之室。最奇者为《春秋四大国论》，指画情势，证据古今，理足气昌，足以垂训万世。《江防》《海防》二稿，亦有用文章，坐而言可以起而行者也。全谢山称先生文最知名者为《明史稿·刑法志》，极言明中叶厂卫之害，淋漓痛切，以为后王殷鉴。今其文不见集中，惟存《刑法志总论拟稿》而已。集中序最多神来之笔，直迈北宋而上，而援引铺张，至运掉或不灵，俗体或未脱者，亦间有焉。分别录之，汎汎乎大雅之音已。杂文可观者亦多，惟表志之作营垒不坚，不及尧峰远甚。兹选于叙事之文，惟录《先太常传》一篇，余尽从

汰，盖非其所长也。魏叔子尝有言曰："侯朝宗肆而不醇，汪钝翁醇而不肆，姜西溟文在醇肆之间，但好意太多，不能舍割。"三复其文，真知言之选已。上高李祖陶撰。

——《国朝文录·湛园未定稿文录》卷首，清道光十九年瑞州府凤仪书院刻本

湛园未定稿评语二十六则

李祖陶

《春秋四大国论上》：立论详确之至，而发挥亦最为透彻，文笔纡余为妍，卓荦为杰，殆合欧、苏为一手者。

立论详确，有目皆知。最爱其文心最灵，局阵最变，说一面而面面俱透，击一节而节节皆应。学者能于此文心识其妙，而得其构思运笔之所以然，其于古文思过半矣。○通篇分五节读，而归重在秦、齐、晋行事相符，故同作一段。楚事起手与秦近，而后事与齐、晋符，故另作一段。秦则纯乎取天下之术矣，故正讲后既引吴、越以驳之，复援周家以证之，然未有天下之先与周同，既有天下之后则又与吴、越同矣。推勘到底，更无余意待后人补正。如此手笔，那得不冠绝一时？

《春秋四大国论下》：三意蝉联而下，确凿指画，皆足为后王殷鉴。

《萧望之论》：议论一步紧一步，而结尾一段尤为不刊。

《二氏论》：从朱子之言悟入，而杂引汉晋诸人之说以证之，立论甚创，而根据甚确，一结尤严。

《江防总论拟稿大清一统志》：三条骤括，而归重于一统之后之当预防。上下千年，供其抵掌；纵横万里，如在目前，此真经国大文。有心世务者，当座置一篇以自省也。

《海防总论拟稿大清一统志》：前事为后事之师，故于明初经制、明臣议奏详悉铺陈，大抵惟有备可以无患，虽居安亦当虑危。观嘉靖间倭患之由，及瀛渤间独不被兵之故，夫亦可恍然矣。老成练达，不同纸上空谈。

《腾笑集序》：删俗存雅，真古道交，中间文气一往，有指与物

化之妙。

《吴虞升诗序》：叙诗只前两行已足，以下俱从家世上发出。如许议论，喜往复，善自道，真奇文、大文，亦千秋绝调也。

《陈其年湖海楼诗序》：格调与汪尧峰集中《计甫草诗序》相近，而由盛而衰，由衰转盛，更觉波澜壮阔，渺无津涯。

《严荪友诗序》：末一段一气贯注，曲折而达。

《黄子自谱序》：前段发证，后段进方，为病而未死人叙谱，故应有此议论。

《奇零草序》：表章忠烈，议论激昂，末幅尤人所不敢开之口。

《志壑堂集序》：议论大有关系，笔力亦淡沲有神。

《陈六谦之任安邑诗序》：戊午鸿博之举，一时名宿尽入网罗，而姜子独见遗荐牍。此文借酒杯浇块垒，宜其言之有余愤也。一结遥情胜慨，令人想味于意言之表。

《贺昆山徐公入阁序》：典赡详核，经术湛深。〇为户部作文贺阁老，便从户部与内阁关通处发出议论，如此落想，自无不切陈言。

《兰溪县重建尊经阁记》：上溯渊源，推极流弊，大旨在兼通诸经，以求内外本末之皆备。至"治经以养心"一段，尤醇乎醇矣。先生以史学名，而经旨亦未尝不深如此。

《蓴圃记》：文心最奇，文情特别，文笔绝佳。

《停舟书屋记》：前一段为"停舟"作反面，后一段为"停舟"作去路，中间以"放舟"之险不如"停舟"之安，而委之于命，无非见道之言。

《寄邓参政书》：磊落奇伟之气，横见侧出于行墨之间，先生人品如此，宜其蹭蹬至老而始获一第也。

《投所知诗启》：前后妙论相承，自写苦衷，即自占身分。

《书嵇叔夜传》：持论严正，读之可以想见先生。

《鼻亭辨》：层层驳诘，极透极醒，末以地必近帝都而今不可考作收，深合古人阙疑之义。

《姚明山学士拟传辨诬》：明山此言，今流传成典故矣，不可少此申雪。甚矣，贤子孙之不可无也！使不出而要之于路，则覆盆千古矣。

《友说赠计子甫草》：首言朋友之谊，关系于人伦，裨补于道义，而以仲尼之徒作实证，至"师友之道得友而益彰"，较前"所以济师之道之所不及者"而更进矣。中言市道之弊，末以交相切磋之意望计子，亦精微，亦沉挚，处处实获我心。

《京口义渡赡产碑文》：前幅叙次详明，入后议论，处窈而曲，如往而复，无限波折，无限风神。

《先太常公传略》：磅礴英伟，数千言一气贯注。此先生悉心营构之文，然按之正史，并系实录，唯史文删削太甚，不及此传之详备耳。

——《国朝文录·湛园未定稿文录》

四库全书总目提要四条

湛园集八卷副都御史黄登贤家藏本

国朝姜宸英撰。宸英有《江防总论》，已著录。初编其文为《湛园未定稿》，秦松龄、韩菼皆为序。后武进赵同敩摘为《西溟文钞》。此本为黄叔琳所重编，凡八卷。宸英少习古文，年七十始得第。绩学勤苦，用力颇深。集中有《与洪虞邻书》，论两浙十家古文事，谓两浙自洪、永以来三百余年，不过王子充、宋景濂、方希直、王阳明三四人。其余谢方石、茅鹿门、徐文长等，尚具体而未醇。不应浙东西一水之间，一时至十人之多，不欲以身厕九人之列。盖能不涉标榜之习，以求一时之名者。其文闳肆雅健，往往有北宋人意，亦有以也。是集前二卷皆应酬之作，去取之间，未必得宸英本意，然梗概亦略具于斯矣。集末《札记》二卷，据郑羽逵所作《宸英小传》，本自单行。今亦别著于录，不入是集焉。

——《四库全书总目提要》卷一百七十三

湛园未定稿六卷浙江巡抚采进本

国朝姜宸英撰。宸英有《江防总论》，已著录。此本为其未入书局以前所自定，不及大兴黄氏本之完备，以别行已久，姑附存其目。

真意堂文稿一卷浙江巡抚采进本

国朝姜宸英撰。此本前有秦松龄《序》，言宸英奉纂修之命，治装北上，袠为此集，盖其中年所作，初出问世之本也。

——以上《四库全书总目提要》卷一百八十四

湛园札记四卷副都御史黄登贤家藏本

国朝姜宸英撰。宸英有《江防总论》，已著录。是书皆其考证经史之语，而订正三《礼》者尤多。其中如坚主天地合祭之说，未免偏执。引《轩辕大角传》谓轩辕十七星如龙形，有两角，角有大民、小民，以证角为民之义，亦未免穿凿。又如引《西京杂记》薄蹄事，证造纸不始蔡伦，不知乃吴均伪书；引张平宅战舰声如野猪事，证阴子春先鸣语，不知先二子鸣乃出《左传》；引篠骖为宋祁语，不知乃唐徐坚文；引李广铸虎头为溲器、为虎子之始，不知汉制侍中所执乃在广前；引颜竣《妇人诗集》为《玉台新咏》之祖，不知《新咏》非妇人诗：亦皆不免小有疏舛。然考论礼制，精核者多，犹说部之有根柢者。前有《自序》，称阎若璩欲改"札记"为"劄记"，以《尔雅注》《左传注》皆有简札之文，而劄则古人奏事之名，故不从其说，论亦典核。其书据郑羽逵所作《宸英小传》，本为三卷。此本二卷，乃黄叔琳编入《湛园集》者，岂有所删削与合并欤？

——《四库全书总目提要》卷一百十九

读湛园文集

黄式三

姜先生西溟，吾乡之以古文名者也。自今之士，穷精疲力于举业，少年以古文为怪事，而老师宿儒之课弟子任教责者，亦以不合时宜而不为。为之者或纵横其才而不轨于法，与虽究其法而无学识以充之，终归于无成。西溟先生学无所不窥，于汉学取博精而不为烦碎，宋学则嫥取沉实，有空虚玄眇、自陷于茫昧不可知之地者黜之。其于古文也，自幼学之垂老，未得第而不悔。所素斥者委靡繁絮之文，复以俚俗不如浮艳，而所自作者旁参乎韩、欧，宗法乎司马子长、班孟坚之所为，而出之以醇正，是学之足以充其文也。后人读其文，知其闳肆雅健，足以成家，而其学亦因之以见。

《范增》之论，精辟于苏子瞻而以遒劲匹之。《送王少詹使祀南海神庙序》规模韩子《南海神庙碑》，得其神似。凡记、志、书题，其称述者可以劝，其讽规者可以戒，其核实者补前史所未明，其辩释者能刊俗论之轻刻。作邵惧叟墓志，称其文得汉太史公之法而惜其无所传于世。《归太仆未刻稿题辞》"惜其晚始得第，为当时盛名者所摧压"，盖兼自伤矣。虽然，安有文如《湛园集》而终湮没于后世乎哉？集中有汤公潜庵之母《赵恭人墓表》，考其所作在汤公致仕之时。其后汤公复起典浙试，诫语同事者暗中摸索，勿失姜君，而卒不能得意者，天欲老其才以成之乎？而读《墓表》之文，上法乎子长，并驾乎韩、欧，合汤公自作《事状》读之，益见异曲而工，宜乎汤公之倾慕心折矣。

今之言古文大家者，推姚姬传，溯其宗派，法得之刘海峰，海峰得之方望溪，而钱竹汀之论望溪也，讥其以古文为时文，以时文为古文。尝举竹汀说问于今之宗法方、姚以古文名者，则以竹汀不知古文而为此言。式三谓望溪之文谨严简洁，亦古文之一家，而学之者往往摹其风神而流于枯寂，且以传志诸作拘执乎文法运掉之灵而削其事实，此学望溪者之所短，竹汀之言亦以明学古文者之不可拘也，则如《湛园集》之类，安可少哉？

——《儆居集·读子集三》，《清代诗文集汇编》第563册

记张皋文茗柯文后
方宗诚

国朝论古文正宗者，曰望溪方式、海峰刘氏、惜抱姚氏，而吾从兄植之先生晚岁又并推戴氏潜虚……四人之外，于国初则又取慈溪姜湛园，以为雅驯胜侯、汪、魏。

——《柏堂集前编》卷三，《清代诗文集汇编》第672册

湛园集
李慈铭

　　阅姜湛园文。湛园文章简洁纡徐，多粹然有得之语。此集皆其未第时所作，穷老不遇，他人皆为搤掔，而湛园和平自处，绝不为怒骂嬉笑之辞，其加于人固数等矣。十七通籍，一与文衡，非罪牵连，身填牢户，文人之不幸，盖未有如湛园者！每读其集，辄为之悲惋不置也。湛园学养深醇，故集中论古，皆具特识。其《楚子玉论》《荀氏八龙论》等作，尤有裨于世教。《萧望之论》，亦为杰作。往时德夫读《汉书》，深不满于长倩，屡与予议论，皆与湛园暗合，恨尔时偶不记此，未及举以相证。湛园谓望之量狭而妒前，附魏相则劾赵广汉；恶韩延寿为左冯翊声名出己上，则劾韩延寿；以霍光轻己，则谋霍氏；以丙吉居己右，则短丙吉；又诅冯奉世，排张敞，尤极与予意同。又《黄老论》《书史记儒林传》《读孔子世家》诸篇，皆正议卓然，足以推明史意。其《书史记卫霍传后》云："论者多左霍而右卫。熟观太史公《传》，所谓两人点次处，则左卫也，其于霍多微辞。《传》叙卫战功，摹写惟恐不尽，至骠骑战功三次，皆于天子诏辞见之……此良史言外褒贬法也。"其言诚当。然左右字似误用。自来书传，皆以右为助，左为觬，此当云论者皆右霍而左卫，下当云则右卫也，方合文法。予尤爱其《贺归娶诗序》云："或谓予曰：'古者昏礼不贺，故娶妇之家三日不举乐，思嗣亲也。今者贺之，礼欤？'曰：'奚为而非礼耶？《礼》不云乎"贺娶妻者，云某子使某，闻子有客，使某羞"。盖娶妇之家，不可以是为乐，而姻戚之情，则自有不可废者。然不曰娶妻而曰有客，若谓佐其乡党僚友供具之费而已，是其所以谓不贺也。'曰：'予闻之郑氏，进于客者，其礼盖壶酒束脯若犬而已，不闻其以诗也，以诗贺亦礼欤？'曰：'奚为而非礼？《诗》"间关车之舝兮"，说者曰："宣王中兴，士得亲迎，其友贺之而作。"非今诗之祖与？'文王新得后妃而《关雎》以咏，亦此物也。"可谓说经解颐，不愧读书人吐属。《车舝》之义，出于宋儒，与《传》《笺》不合，故更以《关雎》义佐之。

同治甲子十二月十九日。

——《越缦堂读书记·别集类》，上海书店出版社 2000 年版

郎潜纪闻诗评五则
陈康祺

姜西溟哭容若侍卫诗

西溟哭容若侍卫诗云："禁方亲赐与，天语更缠绵。"又云："俄闻中使告，惨淡素帷前。"自注："次日，老羌款关，报至，诏使哭告灵前。"案：容若以宿卫小臣，上承天眷如此，知其才必可毗任。当时必已卓树苾歆，不特儒雅风流，为相门子弟所罕也。

姜西溟梦梨诗

西溟先生性行敦敏，诗文集中叙述家事，多缠绵恳挚之言。尝客中州，梦食大梨而甘之，欲遗母不果，怅然而醒，因作《梦梨诗》寄两弟。追溯月日，正其母病黄思大梨遍觅不得时也。陆橘孟笋，事异情同，纯孝至此，犹不获完发肤以终牖下，天乎？

——以上《郎潜纪闻初笔》卷十三，中华书局 1997 年版

借马诗

汤西厓少宰未遇时，与西溟先生同客都下，每出则从西溟借马乘之。一日，西溟投以诗云："我马瘦郎当，崚嶒瘦脊梁。终朝无限苦，驼水复驼汤。"一时传以为笑。按：西溟先生吾乡文雄，呼疲瘦为瘝，亦吾乡土语也。

——《郎潜纪闻二笔》卷三，中华书局 1997 年版

苇间集之讽刺

西溟先生《苇间集》中《苦热行》《苦寒行》，颇寓讽刺。又有咏史《二疏事》一篇，注云："龚芝麓司马欲告假，而其子尼之，余为此诗以讽。钱饮光持以示龚，按：饮光字澄之，桐城人，著有《田间集》。龚读之，谓是有心人；数日，遂以病告。"西溟是举，洵不愧古之友道矣。乃若芝麓，亦贤者也。

——《郎潜纪闻二笔》卷三，中华书局 1997 年版

营谋荐鸿博科二则（其一）

康熙丁巳、戊午间，入赀得官者甚众，继复荐举博学鸿儒，于是隐逸之士亦争趋辇毂，惟恐不与。西溟先生有句云："北阙已除输粟尉，西山犹贡采薇人。"时以为实录。

——《郎潜纪闻二笔》卷十五，中华书局1997年版

盋山谈艺录二则

姜西溟瘦削而涩，亦自一体。王于一如楚军，以剽悍胜。其与姜西溟于所谓"浩乎沛然"者，似并有所阙。

——以上《盋山谈艺录》，王水照主编《历代文话》第六册

湛园未定稿六卷初刻印本

叶德辉

姜宸英《湛园未定稿》初印本，版心墨块未刻，卷数较印行本少文数十篇，前只秦松龄一序。为王渔洋池北书库旧藏。前馀叶有题记云："朱竹垞之详雅，姜西溟之雄迈，皆近日古文高手。西溟《春秋四大国论》《晋执政谱》，议论恢阔，尤是创辟文字。康熙二十三年夏五月阮亭甫书。"共字四行，钤"王阮亭藏书记"六字朱文篆书长方印。后藏历城马竹吾大令国翰家，首叶序阑匡上有"王函山房藏书"六字朱文篆书方印。大令辑有《玉函山房辑佚书》《目耕帖》等书，风行一时，道光中山东学者也。湛园文，《四库全书总目》集部著录《湛园集》八卷，为黄昆圃侍郎所编刻者，盖在此刻之后矣。

又一部二老阁刻本

姜西溟《湛园未定稿》六卷，前书面有"二老阁藏版"字。二老阁者，慈溪郑大节藏书处也。乾隆开四库馆时，进呈书籍最多，其进呈书目附薛福成所编《天一阁现存书目》后，即其人也。无刻书年月，从子康侯有初印未分卷本，前有王文简士禛题语，为康熙二十三年，大约即刻成于是年矣。此为从子定侯东明所藏，为冯柳东太史登府藏本。前有太史题字，在书面上云："有欧之神，有归之

气，而微嫌平波，无风翻云起之势，亦时有率处，似逊于尧峰、竹垞，则文气和厚，言情深挚，粹然儒者之言，固我朝名家也。柳东。"又一行云："先生尚有《西溟文钞》未刻。此从半浦郑小宋乞得之。"每卷间有评，前序有"石经阁"三字朱文篆书长方印，即太史印记。太史著有《石经补考》一书，故称石经阁也。太史考据家，论文却门外，湛园文近桐城，本与望溪侍郎交好，竹垞、尧峰自当别论，安得谓逊于二家？此太史一时兴到之言，殊不足为定论。特前贤手迹，可作法书珍藏，不必信其评骘之公，遂以为可与何义门、黄尧翁比美也。

——《郋园读书志》卷十，上海古籍出版社 2010 年版

散体文家之分派
徐 珂

国初，散体文以宋荦所选侯方域、魏禧、汪琬三家为最著。方域，字朝宗，号雪苑。禧，字冰叔，号裕斋。琬，字苕文，号钝庵。琬原本经术，瓣香庐陵，于明则推重归太仆。禧与兄祥、弟礼时称"三魏"，文有理致，而禧笔势尤雄放，其论事叙事之作，多得史迁遗意。方域初好六朝文，既而步趋史迁，矫变不测，如健鹘摩空，如鲸鱼赴壑，虽享年不永，根柢逊于琬、禧，而识解特超，其高才自不可及。同时布衣以文名者，有邵青门长蘅，枕葄经史，力追归、唐，可与雪苑、冰叔抗衡。至遗民之以文名者，则推顾炎武、黄宗羲、陈弘绪、彭士望、王猷定诸人。士大夫以文名者，则推李光地、潘耒、孙枝蔚、朱彝尊、严虞惇、姜宸英诸人。中惟虞惇文陶铸羣言，体近庐陵、南丰，彝尊、宸英文善学北宋，余多不入格。自方苞、刘大櫆继起，而古文之道乃大明。桐城、阳湖两派，亦由此起矣。

——《清稗类钞·文学类》，中华书局 1984 年版

真意堂文稿文评二十三则

吴氏伟业《嘉树园记》评曰：前后都说得有关系，中间点景处

风华掩映，与前后情事适相入，故妙。若小家数为之，则伤气矣。

曹氏尔堪《友说》评曰：西溟自谓不欲为骂世之文，此其名教自任不得已而为此痛哭之言也，亦可见两君之相与高出古人矣。

钱氏中谐又评曰：昌黎以《师说》赠李蟠，谓其能行古道。今姜子作《友说》，其有所伤乎？其刻意畅发，直窥见圣贤师友渊源，非姜子不能为之，非计子不能当之也。

又《李中丞传》评曰：一起挈要，篇中每萦绕此意，所描写李公孤直不遇处，曲曲入神。

王氏士禛《霜哺篇序》评曰：体裁凝重，用笔更极虚活，司马相如之高文典册宜用廊庙者，此也。

施氏有一又评曰：一篇凡作数意，回环起伏，只是一片，结更于奇处得解。

李氏研斋《持敬堂记》评曰：一堂记耳，原本经术，发明理学，维持风俗，垂诫子弟，无不曲至，字字如浑金璞玉。

计氏东又评曰：开阖自然，转折变化，一种古茂醇深之气融液流露，近世自震川而外无敢闯其室者。

又《吴虞升诗序》评曰：封疆之议，盗贼之患，皆始于朋党，朋党之见起于国本，而争国本者其初无朋党之见者也。于此洞见原委，两家情事适同，说来自有关合，尤妙在挽合诗上。

顾氏有孝《徐电发诗序》评曰：通篇俱是高山流水之调，无一语旁杂，文到极净处便是云尽天空。

徐氏祯起又评曰：俱用司马列传法，得其神骏，自不欲随其步趋也。北地、历下诸公何处生活？

宋氏既庭《小山堂诗序》评曰：所点次小山堂处句句关合诗上才是诗序，不是堂记，此作者手力，一起一结，搀入自家，尤有天然位置。

张氏绣龙又评曰：最热闹中静深，最错综中条理，一种宕逸之气，读终飘飘乎欲仙矣。

阙名《狄梁公庙记》评曰：就乡庙中从空发议，随机点化，有关世道人心，淋漓排宕，真得六一先生之髓，归震川未能穷此胜也。

又《赠薛五玉四十序》评曰：惋惜珍重，不作老骥伏枥之态，特见交情深至。得之寿章苦海中更奇。

又《赠孙无言归黄山序》评曰：只从两人所以相识之故层层点入，中间以王子作波，生死离合，无限感慨，无限风神。

又《吴母胡孺人寿序》评曰：结意甚曲折，细寻之条分缕析如画，何意此等题目乃遂淋漓烂漫至此？谁谓九如之祝不可以传？

又《孙朗仲诗序》评曰：前用外氏本色点缀，情景适称，后忽开拓五六转，紧接欲纵辄留、似断还续，唐以后无此手笔。

又评曰：通篇出奇无穷，一层高似一层，令人眼目应接不暇。

又《续范增论》评曰：大旨以顺人心为主，从中看出君臣大义，此古今圣贤、豪杰、奸雄得失关头，宇宙间一绝大公案也。不知从来何未及此？得此洗发，虽程、朱复生不能易矣。

又评曰：当与子瞻论并老泉《项羽论》合看，方知其逐段披剥不苟处。

又《杨节妇传》评曰：只就寻常事描写得前后浓至一往，凄绝动人，序传中之《国风》也。

又评曰：纯以议论代叙事，史迁而后惟欧阳公独得其妙，今人不能为，亦不能读矣。

湛园藏稿文评二则
阙　名

又《前锦衣金事王公墓表》评曰：议论、叙事，极变化错综之妙。

又《冯梧州赠行诗序》评曰：洁净得体，非苟作者。

——以上《姜先生全集·附录》下《文评》，宁波天一阁博物馆藏

姜西溟文钞评语六十七则
王心湛

《春秋四大国论上》：始强终弱，始弱终强，此古今立国大势，不独为四国发也。流演洋溢，体气颇学先秦。

《春秋四大国论下》：慎兵权，戒封殖，只两大段文字，写得离奇恍惚，变灭不测，此西溟作意摹古处，觉宁都诸论，犹有痕迹在。

《续范增论》：奉义帝，杀沛公，此增所谓奇计者也，不知始终无益。巨眼摘出，真足砭子瞻恶羽护增之病。至于因增之欲杀沛公，知杀宋义、杀义帝皆增之谋。深文老笔，千古不磨。

《黄老论》：汉用黄老而治，魏晋用老庄而乱，眼前议论，摘出快心。老氏得传，孔子之教失其传，故虽用儒，而不得如黄老之实效。此种识议，又非近人所知。文亦疏朗，得欧、曾气体。

《萧望之论》：汉相大略皆以气力胜，无休休之度，而望之其尤著者也。篇中摘望之失处，真如老吏断狱，而气体高遒，颇似宁都笔力。

《荀氏八龙论》：正论而发以健笔，可谓辩才无碍。

《梁将王景仁论》：败军之将，反面事仇，其权有所不颛，其下有所不信，景仁两败，或亦有故，不尽关气之馁也。堂阜之囚，而一匡九合，则又何耶？而"将以气为主，气以心为主"数语自是名论不朽。

《二氏论》：意在为吾儒溺佛者辨，故以老佛分合，助其波澜，亦文家避俗法。

《与子侄论读书》：学子当人书一通，置座右。

《论诗乐》：即一诵字，悟出诗乐一源，识高理邃，文致淡远，如春云之出岫。

《论王风》：《诗》亡，雅亡也，较宁人列国诗亡为正。至云伯者之迹熄而《诗》又亡，此岂宋以下人所能言？

《明史刑法志总论拟稿》：前季刑法之失，莫过于中旨诏狱，故篇中极言之。本朝律典，轻重得宜，为历代所罕见。篇首"因律起例"数语，可谓得律之精矣。文气段段相引，不立间架，颇学龙门《河渠》诸书。

《晋执政谱序》：国贫国亡，皆本于执政好利，何处得此方诸镜，有味乎其言之也。

《五七言诗选序》："变必复古，而所变之古非即古"，此特识也，而余谓苟能变而古，纵不即古，其去古人不远矣。六经、《史》、《汉》而后，焉得复有六经、《史》、《汉》哉？

《唐贤三昧集序》：逐貌失神，最学古者之病。诗之不可以时世分，亦以此也。文多确论，可存。

《过岭诗集序》：新城、邵阳，洵近日诗伯，品第最确，轻重合离，错综尽变。

《王给谏诗序》：谏官所重不在诗，斡旋殊难。文以能谏为主，而以诗作游兵映带，最为得体。引汲公一段，法与机凑。

《高舍人蔬香集序》：江邨向后荣遇，更非潜溪可比。此文作于二十年之前，在今日恐亦不能斥其布衣起家也。

《选诗类钞序》：少陵云："学精《文选》理。"文从此句悟出。○文气质而逸。

《陈君诗序》：于此可识长安士大夫之诗。

《一研斋诗序》：坚削似介甫，集中另一格文字。

《健松斋诗序》：如读昌黎论文诸书。

《刘子诗文集序》：抑扬顿挫，不见针迹，深合大家体制。

《赠行诗序》：博雅。

《贺归娶诗序》：俗而泽之以雅，引用经文有古趣，此古文中未有之题，可备一格。

《奇零草序》：容与淡雅，固为可传。

《志壑堂集》：议论高，感慨大。

《州泉积善录序》：名利二字，说向积善人更有味，可想见所积之非实矣。牛、金两引，大有波趣。

《赠徐顺德序》：以洗脱为主，而叙述结掉处尚欠裁剪。

《赠汪检讨出使琉球序》：雅与题称，结尾用意尤得安内攘外之旨。

《陈六谦之任安邑诗序》：不急于自见，非大英雄、大学问人不能，西溟亦颇自命。

《诰赠中宪大夫沈公崇祀乡贤诗序》：永平、天复两引，是空中楼阁，此亦作文避俗径处。

《冢宰陈公五十寿序》：只言知己之感，不为厘祝，文品鲜洁。

《赠定海薛五玉四十序》：就四十生情，移向他年不得，寿叙中最为跳脱。○用三数长句，缠绵历落，皆从《史记》来。

《大司寇徐健庵先生寿宴序》：一篇道学文字，作为寿序，弥觉洒脱。然今世士夫非东海不足以当之。

《兰溪县重建尊经阁记》：阐发经学次第，朱陆异同，悉有原本。

《重修嘉善县署记》：潇疏淡洁，叙吏治，无一尘垢语，绝似欧公风度。

《惠山秦园记》：不侈其园之盛，而归本世德，有规有讽。更妙在借屠记点染一二笔，最为倩省。文笔在韩、欧间。

《敦好斋记》：借题砭世，大有关系。文亦老朴无枝。

《持敬堂记》：经术理学，源流井如，绝似考亭静江、福州诸学记。○此等文，宁都、钝翁集所无。

《五园图记》：大地皆妄，唤醒多少。

《十二砚斋记》：竖义得之庄生，故文亦近乎《秋水》。

《小有堂记》：潇洒。后三种不得买山人，说世情殆尽。

《停舟书屋记》：舍舟返家，喝棒也。卒至停舟不如，何为知命？

《寄张阁学》：叶书缠绵，张书感慨，叙次各有主张，书中不能以无疑，是病根。故前直断以为于例得书，情辞与叶迥异，想见西溟负气之概。

《寄叶学士书》：酷摹欧、曾，佳在不涉其藩，是专家作手。

《与万充宗书》：古制不可考者甚多，存之以竢博辩。

《与冯元公书》：此议最佳，可破俗见。又文字另出一格，绝不傍依古人，是为真能学古人文字者。宁都谓钝翁《复仇》一篇，能不袭古人而气类西京，吾于此文亦云。

《投所知诗启》：于伊周寻出一间，见处盛世未尝无怨，善斡旋，善占地步。

《鼻亭辨》：鼻亭之封，顾宁人亦以为疑，而此辨尤邕。

《钱黄两家合葬说》：简朗，无靡泛之习，最为合体。

《程处士篆刻说》：借篆刻一种，以示复古之则，用意良深，今人耳目，略使近古，肃然长者之言。

《菊隐说》：中多寓言，认作坿菊疏便非。

《困学记题辞》：文可存，嫌漫，节之乃成全璧。

《归太仆未刻稿题辞》：惜之，更深于赞，此为脱跳。

《书左雄察举议后》：取文必以行，亦有为而发，文特疏宕。

《书史记卫霍传后》：看书何可无此识？文亦朴老。

《读孔子世家》：颇得史公立言之意。

《题宋潜溪谢皋羽传后》：前幅故设疑阵，以见皋羽之孤踪，不可捉摸。后幅借世反衬，正得即离之妙，而笔又瘦硬有神，集中杰作。

《碧山堂元夕斗酒诗跋后》：酒为人险，无故张饮，可乎？得末路一救，方为得体。

《跋家藏唐石兰亭序》：西溟善书，故言之津津，前列两面，后两证，文澜古质。

《董公传》：酷摹《伯夷》《日者》，然不着迹，故佳。

《文学邵君墓志铭》：文章以经术为主，是西溟自言得力处。借题发论，惜其无称于世，亦自寓慨。疏落停顿，亦一擅场。

《明经李君墓志铭》：叙事一气贯注，不用起伏，颇得昌黎《樊》《孟》两铭意。

《光禄卿介岑龚公墓碑阴》：光禄书陵事，可备史征。

《数贼文》：娟洁流逸，《送穷文》说出佳，此不说出更佳。

——王心湛批点《姜西溟文钞》一卷，稿本，上海图书馆藏

姜宸英姜先生全集三十三卷
邓之诚

姜宸英字西溟，慈溪人，诸生，工为古文，有盛名。以荐入明史馆，纂修《刑法志》。后从徐乾学洞庭山《一统志》局为分纂。康熙三十六年成进士，入翰林。后二年，充顺天乡试副考官，以物论纷纭被劾下狱，病卒，年七十二。事具《清史列传·文苑传》。光绪中，鄞人冯保彝、王定祥裒集宸英所为诗文而尽刻之，为《湛园

未定稿》十卷、《西溟文钞》四卷、《真意堂佚稿》一卷、《湛园藏稿》四卷、《湛园杂记》四卷、《湛园题跋》一卷、《苇间诗集》五卷、《湛园诗稿》三卷、《诗词拾遗》一卷，都九种三十三卷，曰《姜先生全集》。唯《四库》著录之《湛园集》八卷未得，而《藏稿》则皆自宸英手稿录出，《序例》称于原集不敢增省，然《未定稿》原为六卷，今改十卷，门目次第亦俱变易。所称初刻《未定稿》，较二老阁本多二十余篇，亦未指出所多者，何不即以初刻本重雕乎？宸英集外诗词，尚为之补辑，而序文之散见于清初人文集者不少，乃不为收拾，未为得也。然宸英之书，久而渐佚，求之不易，今竟能刻为全集，表章之功为不可没矣。宸英之文较侯、魏为近雅，较汪为弘肆，叙事或稍逊耳，究不失为清初高手。诗亦调高格稳，颇有寄托，自注尤足征轶事。何焯素轻之。焯博览，善校勘之学，固非宸英所及，如以文论，则焯集具在，安能望宸英乎？

——《清诗纪事初编》卷七，上海古籍出版社1984年版

四　西溟评语

选诗类钞残本评语四则
姜宸英

《于承明作与士龙》：余谓谢康乐诗虽源本子建，而体裁得之士衡为多，观此数诗可见。此予十年前持论，自谓独得，及见李献吉论诗亦云。

《游沈道士馆》：贩国之贼，年已八十，而犹思仙药以度颓龄，老而无厌，独不思东昏之余怨耶？改作：此老死负东昏，生愧玉奴矣。

《赠从弟惠连》：康乐诗所以特妙者，以其幽而能艳，细而能老。知其艳则得炼句之法，知其老则得审局之法。

《游仙诗七首》：潘、陆以前，声律未备；颜、谢以往，雕镂太

工，唯景纯诸诗兼辞格而并运，超千古而独出。

——《选诗类钞》残本，上海图书馆藏

储遯庵文集评语十五则
姜宸英

《上梁宗伯书》：一边抬高人，一边为自家地步，醇而后肆，苏、王得意笔。

《与邹程邨书》：合铸龙门、柳州而未尝有叹老悲穷之意，直为世道人心肩一极大担子，"大雅久不作"，吾辈正当服膺斯篇。

《与邹程邨论谢献庵题名记书》：严紧神似子厚。余尝怪谢君集多沿袭古人而好讥弹同辈，观此益信。然谢献庵者，反藉此传矣。

《答张敦若书》：此原道书也。待己待人俱得之矣，以其言严峻而不失和平之意。

《拟御制皇舆表序》：令王、李仿此体，全无真气矣。有笔人，故自不同。

《送潘原白之任溆浦序》：此所造尤怆咽峻激，海内诸公皆变色失步矣。愈穷愈工，岂独诗哉？维古文词亦然，乃亦有穷之久，且甚而益以零落不振者，如予是也。然则先生之才为不可及，而遇不遇，盖非所论也已。

《澹木斋文集序》：命意特高一层，正是文字善于出脱处。

《愿息斋诗集序》：其理深醇，其气浑融，震川《南陔草堂记》互相发明矣。

《族谱序》：谱生于情，文写其情之不能自已者，少引经术，多发天然，足与老苏分有千古。

《在陆草堂记》：风韵简远。○高才不遇，古今同慨，然自震川先生没，斯文日就芜废，今君家得两人焉，丰此吝彼，奚憾哉？

《申自然传》：相其风韵，在《五代史·死节·一行传》间，而杳冥变化过之。予少治古文，尝力造此境而不能至，故知真色难学也。

《和亲之议论》：只备述和亲之不利，不添一笔，真是百尺无枝。

《项羽论》：绝不从成败论古人，又不是一味翻案，或抑或扬，或恨之或惜之，绝样识见，自生出无数波澜。愚尝有《乌江诗》曰："虞歌曲尽怨天亡，潮落沙平旧战场。千里江东羞不渡，六朝曾此作金汤。"亦足助此文之叹息矣。

《汉高论》：两段若不相蒙，观者如连山断岭，自可知其气象之联络，此神于章法者。○汉高、项羽英雄气短，俱在一女子。人知其眷眷于戚姬，而不知其犹情深于故剑，宁忍于韩、彭，不忍于吕雉，何其言之刻至？殆是古人所未发。

《公祭姚先生文》：合祭并叙七人之情，最难下手，此如司马之传荀、孟、庄、韩，或于一处并提，或于始末参见，随机变化，错综入妙，只此一文，已足报答师恩矣。

——储方庆《储遯庵文集》，《清代诗文集汇编》第 129 册

啸竹堂集评语十五则
姜宸英

《鹤赋》：信笔所至，无不锤炼精工，真是才大八斗。可称"诗人之赋丽以则"。

《珠赋》：典雅华缛矣，而觉一种清娇之气溢于行间，遂使笔有余情，句无滞响。开府而后，吾仅见此。

《感旧赋》：天地盈虚之理，古今兴废之迹，无不借感旧发之，读者莫仅作小赋观。

《燕子赋》：香艳者其情，幽秀者其笔，一往佳言如屑，安得不推为工雅绝伦。

《葵赋》：简洁雅健，堪与鲍参军作并垂不朽。

《培风赋》：风已难赋，而培风则尤难赋也。作者写得十分雄快，但觉英气逼人，岂止绘风绘影而已耶？

《鸳鸯赋》：艳而能幽，巧不伤雅，描摹情景，笔笔欲生，应出简文帝、湘东王二赋之上。

《西湖赋》：西湖山水清佳，楼台瑰丽，花香鸟语，歌扇酒旗，一一写得如画，殆《两京》《三都》妙手也。至结处数语，更为湖山生色。昔人猥以西子亡国比之，谬甚。

《丹枫赋》：大要先从枫字着笔，然后转入丹字，层次既见，而刻划亦清。不然点染虽工，竟是一篇《红叶赋》矣。至其遣词之飘洒，琢句之疏秀，又非钝根人所及。

《松赋》：体制虽袭梁、陈，气脉直追汉魏，艰涩者无其流利，浮靡者逊其清真。

《月中桂树赋》：通篇是月中桂，逐句是月中桂，试问有一语游移否？高手不同乎人，惟在此耳。

《河成赋》：写得鲜润异常，迥非寒俭可比。

《孤山放鹤赋》：序次婉曲，兼有风神，绝不为限韵所苦。虽唐人以此取士，专精揣摩，恐亦逊其笔意之潇洒也。

《万寿无疆赋》：序文雅丽宏硕，掷地可作金石声。庙堂典制之作，妙能冠冕称题，虽使马、杨摛藻，徐、庾含英，不是过也。

《赠隐者》：语多高旷，读之使人功业之思冰释。

《哀蚓》：能于小中见大，性情亦最近《三百篇》。

《田家》：撮《流火》《楚茨》诸诗之胜，可谓致兼风雅。

——王锡《啸竹堂集》，清康熙刻本

正谊堂文集评语二则
姜宸英

《计甫草文集序》：结构精紧，斟酌合宜，妙在一气运旋而法自在。

——董以宁《董文友文选·序》，《清代诗文集汇编》第112册

《苏幕遮·帐畔听流苏响声》："和月""和云"，三语化工。

——董以宁《蓉渡词》卷中

甫里集评语一则
姜宸英

《严方贻太史稿序》：作严太史稿序，却步步结到李子言诗上，笔法变化出奇无穷，身分又甚高。

——《甫里集》六卷，清康熙五年刻本

参考文献

一 古籍及整理本

1. 基础文献类

（清）姜宸英：《姜先生全集》，光绪十五年（1889）冯氏刻本。

（清）姜宸英：《姜西溟手钞欧曾老苏三家文》不分卷，稿本，上海图书馆藏。

（清）姜之珑编：《姜氏世谱》，乾隆十一年（1746）刻本，浙江图书馆藏。

2. 其他古籍及整理本

（汉）司马迁：《史记》，中华书局2005年版。

（魏）王弼撰，楼宇烈校释：《周易注校释》，中华书局2014年版。

（梁）萧统编，李善注：《文选》，岳麓书社2002年版。

（唐）杜甫著，仇兆鳌注：《杜诗详注》，中华书局1979年版。

（宋）黄庭坚著，屠友祥校注：《山谷题跋校注》，上海远东出版社2011年版。

（宋）苏轼：《苏轼文集》，中华书局1986年版。

（宋）朱熹撰，金良年今译：《四书章句集注》，上海古籍出版社2006年版。

（明）徐师曾著，罗根泽校点：《文体明辨序说》，人民文学出版社1998年版。

（明）许学夷著，杜维沫校点：《诗源辩体》，人民文学出版社1987年版。

（清）查慎行：《敬业堂诗集》，《清代诗文集汇编》第 178 册。
（清）陈康祺：《郎潜纪闻》，中华书局 1997 年版。
（清）陈廷敬：《午亭文编》，《清代诗文集汇编》第 153 册。
（清）陈维崧：《陈维崧集》，上海古籍出版社 2010 年版。
（清）储大文：《存研楼文集》，《清代诗文集汇编》第 215 册。
（清）丁福保辑：《清诗话》，上海古籍出版社 2015 年版。
（清）董以宁：《正谊堂文集》，《清代诗文集汇编》第 112 册。
（清）法式善：《槐厅载笔》，清嘉庆四年刻本。
（清）法式善等撰，张伟点校：《清秘述闻三种》，中华书局 2012 年版。
（清）方苞：《方苞集》，刘季高校点，上海古籍出版社 1983 年版。
（清）方象瑛：《健松斋集》，《清代诗文集汇编》第 128 册。
（清）冯可镛：《光绪慈溪县志》，《中国地方志集成》，上海书店出版社 1993 年版。
（清）顾炎武著，黄汝成集释，栾保群、吕宗力校点：《日知录集释》（全校本），上海古籍出版社 2013 年版。
（清）顾有孝辑：《骊珠集》，清康熙七年刻本。
（清）韩菼：《有怀堂文稿》，《清代诗文集汇编》第 12 册。
（清）何焯：《何义门先生集》，《清代诗文集汇编》第 207 册。
（清）黄宗羲：《南雷文定》，《南雷余集》，《清代诗文集汇编》第 33 册。
（清）惠周惕：《砚溪先生集》，《清代诗文集汇编》第 209 册。
（清）计东：《改亭诗集》，《清代诗文集汇编》第 97 册。
（清）蒋光煦：《东湖丛记》，光绪九年缪氏刻云自在龛丛书本。
（清）李慈铭：《越缦堂读书记·集部·别集类》，上海书店出版社 2000 年版。
（清）李桓辑：《国朝耆献类征初编》，广陵书社 2007 年版。
（清）李联琇：《好云楼二集》，《清代诗文集汇编》第 682 册。
（清）李邺嗣：《杲堂文钞》，《清代诗文集汇编》第 77 册。
（清）李祖陶：《国朝文录·湛园未定稿文录》，《续修四库全书》本。
（清）陆世仪：《桴亭先生文集》，《清代诗文集汇编》第 36 册。

（清）陆以湉撰，冬青校点：《冷庐杂识》，上海古籍出版社 2012 年版。

（清）吕星垣：《白云草堂文钞》，《清代诗文集汇编》第 436 册。

（清）纳兰性德著，赵秀亭、冯统一笺校：《饮水词笺校》，辽宁教育出版社 2001 年版。

（清）潘耒：《遂初堂文集》，《清代诗文集汇编》第 170 册。

（清）彭士望：《耻躬堂文钞》，《清代诗文集汇编》第 32 册。

（清）钱澄之撰，彭君华校点：《钱澄之全集》，黄山书社 2014 年版。

（清）钱谦益：《有学集》，上海古籍出版社 1996 年版。

（清）钱仪吉编：《碑传集》，中华书局 1993 年版。

（清）秦松龄：《苍岘山人集》，《清代诗文集汇编》第 147 册。

（清）秦瀛：《小岘山人诗文集》，《清代诗文集汇编》第 407 册。

（清）裘琏：《横山文钞》，《清代诗文集汇编》第 164 页。

（清）全祖望：《鲒埼亭文集选注》，黄云眉选注，齐鲁书社 1982 年版。

（清）阮元、杨秉初辑，夏勇等整理：《两浙輶轩录》，浙江古籍出版社 2012 年版。

（清）邵长蘅：《青门麓稿》，《清代诗文集汇编》第 145 册。

（清）沈德潜撰，王宏林笺注：《说诗晬语笺注》，人民文学出版社 2013 年版。

（清）宋荦、刘廷玑撰，蒋文仙、吴法源校点：《筠廊偶笔 二笔 在园杂志》，上海古籍出版社 2012 年版。

（清）孙枝蔚：《溉堂续集》，《清代诗文集汇编》第 71 册。

（清）孙致弥：《杕左堂集》，《清代诗文集汇编》第 159 册。

（清）汤斌：《汤子遗书》，《清代诗文集汇编》第 102 册。

（清）唐孙华：《东江诗钞》，《清代诗文集汇编》第 136 册。

（清）万斯同：《石园文集》，《清代诗文集汇编》第 161 册。

（清）汪懋麟：《百尺梧桐阁集》，《清代诗文集汇编》第 151 册。

（清）汪琬著，李圣华笺校：《汪琬全集笺校》，人民文学出版社 2010 年版。

（清）王夫之著，戴鸿森笺注：《薑斋诗话笺注》，上海古籍出版社 2012 年版。

（清）王家振：《西江文稿》，《清代诗文集汇编》第 750 册。

（清）袁世硕主编：《王士禛全集》，齐鲁书社 2007 年版。

（清）王士禛著，张世林点校：《分甘馀话》，中华书局 1989 年版。

（清）王应奎撰，以柔校点：《柳南随笔 续笔》，上海古籍出版社 2012 年版。

（清）王猷定：《四照堂集》，《清代诗文集汇编》第 12 册。

（清）王又旦：《黄湄诗选》，《清代诗文集汇编》第 140 册。

（清）魏禧著，胡守仁、姚品文、王能宪校点：《魏叔子文集》，中华书局 2003 年版。

（清）吴德旋：《初月楼古文绪论》，人民文学出版社 1959 年版。

（清）吴暻：《西斋集》，《清代诗文集汇编》第 209 册。

（清）吴振棫：《养吉斋丛录》，北京古籍出版社 1983 年版。

（清）徐乾学：《憺园集》，《清代诗文集汇编》第 124 册。

（清）徐世昌：《晚晴簃诗汇》，中华书局 1990 年版。

（清）徐元文：《含经堂集》，《清代诗文集汇编》第 132 册。

（清）严绳孙：《秋水集》，《清代诗文集汇编》第 86 册。

（清）杨宾：《杨大瓢先生杂文残稿》，《清代诗文集汇编》第 178 册。

（清）姚元之、王晫撰，曹光甫、陈大康校点：《竹叶亭杂记 今世说》，上海古籍出版社 2012 年版。

（清）叶奕苞：《经锄堂诗稿》，清康熙刻本。

（清）尤侗：《西堂杂俎二集》，《清代诗文集汇编》第 65 册。

（清）岳端：《玉池生稿》，《清代诗文集汇编》第 225 册。

（清）曾灿：《六松堂集》，《清代诗文集汇编》第 98 册。

（清）张煌言：《张苍水集》，上海古籍出版社 1985 年版。

（清）张恕：《南兰文集》，清光绪五年刻本。

（清）张廷玉等撰：《明史》，中华书局 1974 年版。

（清）张云章：《朴村诗集》，《清代诗文集汇编》第 175 册。

（清）章学诚著，仓修良编注：《文史通义新编新注》，浙江古籍出版社2005年版。

（清）赵尔巽等撰：《清史稿》，中华书局1984年版。

（清）赵怀玉：《亦有生斋集》，《清代诗文集汇编》第419册。

（清）赵翼撰，曹光甫校点：《赵翼全集》，凤凰出版社2009年版。

（清）赵俞：《绀寒亭诗集》，《清代诗文集汇编》第140册。

（清）郑梁：《寒村诗文集》，《清代诗文集汇编》第148册。

（清）周亮工：《赖古堂集》，《清代诗文集汇编》第39册。

（清）周篔：《采山堂集》，《清代诗文集汇编》第84册。

（清）朱彝尊：《曝书亭集》，《清代诗文集汇编》第116册。

程树德：《论语集释》，中华书局1990年版。

李学勤主编：《十三经注疏·论语注疏》（标点本），北京大学出版社2005年版。

李学勤主编：《十三经注疏·孟子注疏》（标点本），北京大学出版社2005年版。

栾保群编：《书论汇要》，故宫出版社2014年版。

沈津辑：《翁方纲题跋手札集录》，广西师范大学出版社2002年版。

王锺翰点校：《清史列传》，中华书局1987年版。

二　工具书

（清）纪昀：《四库全书总目提要》（四），河北人民出版社2000年版。

邓之诚：《清诗纪事初编》，上海古籍出版社1965年版。

江庆柏：《清朝进士题名录》，中华书局2007年版。

江庆柏：《清代人物生卒年表》，人民文学出版社2005年版。

柯玉春：《清人诗文集总目提要》，北京古籍出版社2001年版。

李灵年、杨忠主编：《清人别集总目》，安徽教育出版社2008年版。

钱仲联：《清诗纪事》，江苏古籍出版社1989年版。

上海博物馆编：《中国书画家印鉴款识》，文物出版社1987年版。

杨廷福、杨同甫：《清人室名别称字号索隐》（增补本），上海古籍出版社2011年版。

袁行云：《清人诗集叙录》，文化艺术出版社1994年版。
张慧剑：《明清江苏文人年表》，上海古籍出版社2008年版。
张舜徽：《清人文集别录》，华中师范大学出版社2010年版。
朱保炯、谢沛霖：《明清进士题名碑录索引》，（增补本），上海古籍出版社1998年版。

三　近人、今人论著（按著者拼音排序）

《文学遗产》编辑部编：《世纪之交的对话》，上海古籍出版社2000年版。
陈居渊：《清代朴学与中国文学》，百花洲文艺出版社2000年版。
陈平原：《从文人之文到学者之文——明清散文研究》，生活·读书·新知三联书店2004年版。
陈雪军：《姜宸英年谱》，浙江大学出版社2011年版。
崔尔平：《明清书法论文选》，上海书店出版社1995年版。
杜桂萍：《清初杂剧研究》，人民文学出版社2005年版。
杜桂萍：《文献与文心：元明清文学论考》，中华书局2009年版。
杜桂萍：《杂剧：历史描述与个案批评》，社会科学文献出版社2002年版。
段润秀：《官修〈明史〉的幕后功臣》，人民出版社2011年版。
冯其庸、叶君远：《吴梅村年谱》，文化艺术出版社2007年版。
傅璇琮、蒋寅：《中国古代文学通论·清代卷》，辽宁人民出版社2005年版。
郭英德：《明清文学史讲演录》，广西师范大学出版社2005年版。
郭英德主编：《多维视角：中国古代文学史的立体建构》，北京师范大学出版社2011年版。
郭预衡：《中国散文史》，上海古籍出版社1999年版。
郭预衡、郭英德总主编，陈惠琴、莎日娜、李小龙著：《中国散文通史》（清代卷），安徽教育出版社2013年版。
侯体健：《刘克庄的文学世界——晚宋文学生态的一种考察》，复旦大学出版社2013年版。

黄天骥：《纳兰性德和他的词》，广东人民出版社1983年版。
蒋寅：《清代诗学史》（第一卷），中国社会科学出版社2012年版。
蒋寅：《王渔洋事迹征略》，中国社会科学出版社2014年版。
蒋寅：《王渔洋与康熙诗坛》，凤凰出版社2013年版。
蒋寅：《学术的年轮》，凤凰出版社2010年版。
李婵娟：《清初古文三家年谱》，世界图书出版公司2013年版。
梁启超：《清代学术概论》，上海古籍出版社1998年版。
刘恒：《中国书法史》（明清卷），江苏教育出版社1999年版。
邝健行：《科举考试文体论稿：律赋与八股文》，台湾书店1999年版。
马积高：《清代学术思想的变迁与文学》，湖南人民出版社2002年版。
莫砺锋：《朱熹文学研究》，南京大学出版社2001年版。
商衍鎏：《清代科举考试述录及有关著作》，百花文艺出版社2004年版。
尚小明：《清代士人游幕表》，中华书局2005年版。
尚小明：《学人幕府与清代学术》（增订本），东方出版社2018年版。
孙微：《清代杜诗学文献考》，凤凰出版社2007年版。
孙之梅：《钱谦益与明末清初文学》（增订版），山东大学出版社2010年版。
王逸民：《昆山徐乾学年谱稿》，学苑出版社2000年版。
王运熙、顾易生：《中国文学批评史新编》，复旦大学出版社2001年版。
王运熙、杨明：《魏晋南北朝文学批评史》，上海古籍出版社1989年版。
王镇远：《中国书法理论史》，黄山书社1990年版。
王汎森：《晚明清初思想十论》，复旦大学出版社2004年版。
吴承学：《中国古代文体学研究》，人民出版社2011年版。
吴小如：《古文精读举隅》，天津古籍出版社2002年版。
谢无量：《中国大文学史》，中国人民大学出版社2011年版。
谢正光：《清初诗文与士人交游考》，南京大学出版社2001年版。
严迪昌：《清诗史》，人民文学出版社2011年版。

袁行霈：《中国诗歌艺术研究》（增订本），北京大学出版社1996年版。

张伯伟：《中国古代文学批评方法论》，中华书局2002年版。

张健：《清代诗学研究》，北京大学出版社1999年版。

张修龄：《清初散文论稿》，复旦大学出版社2010年版。

张云龙：《清初散文三家研究》，齐鲁书社2007年版。

张仲谋：《清代文化和浙派诗》，东方出版社1997年版。

郑德坤、吴天任纂辑：《水经注研究史料汇编》，艺文印书馆1984年版。

周绚隆：《陈维崧年谱》，人民出版社2012年版。

周勋初：《中国文学批评小史》，复旦大学出版社2007年版。

周振甫：《文心雕龙今译》，中华书局2013年版。

朱丽霞：《明清之交文人游幕与文学生态——以徐渭、方文、朱彝尊为个案》，上海古籍出版社2008年版。

朱则杰：《清诗考证》，人民文学出版社2012年版。

朱则杰：《清诗史》，江苏古籍出版社2000年版。

［法］丹纳：《艺术哲学》，傅雷译，江苏文艺出版社2012年版。

［美］勒内·韦勒克、奥斯汀·沃伦：《文学理论》，江苏教育出版社2005年版。

［美］魏斐德：《洪业——清朝开国史》，陈苏镇、薄小莹等译，江苏人民出版社1995年版。

［日］青木正儿：《清代文学评论史》，杨铁婴译，中国社会科学出版社1988年版。

四　期刊论文（按发表时间排序）

王运熙：《谈谈中国古代文论的研究方法》，《复旦学报》（社会科学版）1984年第5期。

郑玉浦：《姜宸英书法初探》，《宁波师院学报》（社会科学版）1985年第4期。

苗银英：《余绍宋》，《浙江档案》1990年第7期。

陈桂英：《姜宸英〈送容若奉使西域〉诗考释》，《承德师专学报》（社会科学版）1991年第4期。

高文、齐文榜：《现存最早的一首题画诗》，《文学遗产》1992年第2期。

孙蓉蓉：《论古代文论中情感论的流变》，《文艺理论研究》1992年第1期。

赵刚：《康熙博学鸿词科与清初政治变迁》，《故宫博物院院刊》1993年第1期。

孔寿山：《论中国的题画诗》，《文艺理论与批评》1994年第6期。

束忱：《朱彝尊"扬唐抑宋"说》，《文学遗产》1995年第2期。

祝尚书：《重论欧阳修的文道观》，《四川大学学报》（哲学社会科学版）1999年第6期。

赵秀亭、冯统一：《纳兰性德行年录》，《承德民族师专学报》2000年第4期。

朱迎平：《宋代题跋文的勃兴及其文化意蕴》，《文学遗产》2000年第4期。

蒋寅：《进入"过程"的文学史研究》，《山西大学师范学院学报》2001年第1期。

王杰：《论明清之际的经世实学思潮》，《文史哲》2001年第4期。

李金松：《论清初文坛对明文的反思》，《文学评论丛刊》2001年第13卷第2期。

罗宗阳：《开清初散文风气之先的王猷定》，《南昌大学学报》（人社版）2002年第4期。

陆林、评蒋寅：《王渔洋事迹征略》，《中国学术·书评》（第十二辑），商务印书馆2002年版。

严迪昌：《一日心期千劫在——纳兰早逝与一个词派之夭折》，《江苏大学学报》（社会科学版）2002年第3期。

李雷：《纳兰性德与寒疾》，《文学遗产》2002年第6期。

吴承学、李光摩：《八股四题》，《文学评论》2004年第2期。

李晓峰、李文浦：《姜宸英〈通议大夫一等侍卫进士纳腊君墓表〉

注释》，《承德民族师专学报》2004 年第 4 期。

程二行：《〈洛神赋〉的写作年代与屈宋文学传统》，《中国楚辞学》（第六辑），学苑出版社 2005 年版。

赵园：《经世与救世——关于明清之际士大夫的一种姿态的考察》，《社会科学论坛》2005 年第 6 期。

陈文新：《清代文章的研究现状及前景展望》，《湖北社会科学》2006 年第 5 期。

吴承学、陈赟：《对"文本于经"的文体学考察》，《学术研究》2006 年第 1 期。

吴宏一：《谈中国诗歌史上的"以复古为革新"——以陈子昂为讨论重心》，《北京大学学报》（哲学社会科学版）2007 年第 3 期。

刘畅：《康熙己卯顺天乡试案考辨》，《菏泽学院学报》2007 年第 6 期。

周波：《论狂狷美》，《文学评论》2007 年第 2 期。

查洪德：《元代诗学性情论》，《文学评论》2007 年第 2 期。

孙蓉蓉：《刘勰的文学"通变"思想新论》，《南京师大学报》（社会科学版）2008 年第 4 期。

吴承学、刘湘兰：《中国古代文体史话·论说类文体》，《古典文学知识》2008 年第 6 期。

高军红：《从〈六行轩姜帖〉看姜宸英的书法风格和历史地位》，《书画世界》2008 年第 2 期。

杜桂萍：《论循吏心态与杨潮观的杂剧创作》，《学术交流》2008 年第 11 期。

李正民：《陈廷敬诗文集序跋研究》，《山西大学学报》（哲学社会科学版）2009 年第 6 期。

王水照、朱刚：《三个遮蔽：中国古代文章学遭遇"五四"》，《文学评论》2010 年第 4 期。

郭英德：《论明代论辨文的时代特征》，《北京师范大学学报》（社会科学版）2010 年第 3 期。

黄卓越：《书写、体式与社会指令——对中国古代散文研究进路的思考》,《北京大学学报》(哲学社会科学版)2010年第2期。

熊曲:《姜宸英文学思想初探》,《船山学刊》2010年第1期。

段润秀:《姜宸英与〈明史〉修纂考述》,《廊坊师范学院学报》2010年第3期。

周明初:《走出冷落的明清诗文研究——近十年来明清诗文研究述评》,《文学遗产》2011年第6期。

刘尊举:《"以古文为时文"的创作形态及文学史意义》,《文学评论》2012年第6期。

陈国安:《清初文化变革与桐城派》,《南京社会科学》2012年第12期。

查洪德:《文道合一:一个伪命题》,《中华读书报》2012年6月27日第15版。

曹虹:《集群流派与布衣精神——清代前期文章史的一个观察》,《苏州大学学报》2012年第6期。

张伯伟:《今日东亚研究之问题、材料和方法》,《中国典籍与文化》2012年第1期。

杨勇:《西风吹冷长安月——姜宸英及其书法》,《书法》2012年第8期。

查洪德:《论自得》,《文史哲》2013年第5期。

杜桂萍:《"文献先行"与"文心前置"刍议》,《文学遗产》2013年第6期。

赖燕波:《论查慎行的行旅诗》,《学术交流》2013年第2期。

杨剑兵:《王猷定生卒年考辨》,《贵州师范大学学报》(社会科学版)2014年第5期。

师雅惠:《以古文为时文:桐城派早期作家的时文改良》,《安徽大学学报》(哲学社会科学版)2014年第6期。

石雷:《走向古代小说戏曲研究的前沿》,《文学遗产》2014年第2期。

魏泉:《"交游"与"纪念":"宣南诗社"之"题图诗卷"读解》,《文艺研究》2015年第9期。

五　硕博论文（按完成时间排序）

崔晓新：《朱彝尊交游考论》，博士学位论文，山东大学，2012年。

邓妙慈：《龚鼎孳文学研究》，博士学位论文，南开大学，2014年。

郝艳芳：《魏禧的文章学理论及其实践》，硕士学位论文，扬州大学，2010年。

何丽晶：《姜宸英书学研究》，硕士学位论文，吉林大学，2008年。

李玉：《徐增及其诗学思想研究》，硕士学位论文，南京师范大学，2014年。

毛文鳌：《钱陆灿研究》，博士学位论文，华东师范大学，2012年。

吴琼：《明末清初的文学嬗变》，博士学位论文，上海师范大学，2012年。

赵祥：《姜宸英研究》，硕士学位论文，南京师范大学，2010年。

赵向南：《清初十作家传记文研究》，硕士学位论文，苏州大学，2002年。

朱泽宝：《魏禧散文研究》，硕士学位论文，南京大学，2013年。

祝静：《徐乾学古文研究》，硕士学位论文，郑州大学，2012年。

后 记

"虚堂人静不闻更，独坐书床对夜灯。"（周弼《夜深》）映入眼帘的，是电脑屏幕上温馨厚重的"致谢"二字。此时，我的内心并没有涌起兴奋与激动的浪潮，而恰如一亩方塘，澄澈、平静，映照着一年来博士论文写作之旅中的点点滴滴，那里有师长的心血、同门的关爱、家人的支持……

感谢我的博士导师杜桂萍先生。杜师为人为学所彰显出来的平正通达的气象，对于年逾而立的我，依然具有绝大的塑造作用。难忘老师课堂上循循善诱时的博学与严谨，难忘老师生活中娓娓而谈时的真诚与深情，难忘老师点评拙文针针见血时的犀利与睿智。这里既有视野的开拓、方法的点拨，更有思维的提升，让我时时有章太炎所说的"心有疑滞，睹辨析之论，则悦怿随之矣"（《文学总论》）的美妙体验。凡此种种，均极大地点燃了我一心向学的热情，使我欲罢不能。我的人生之船也重新选择起航，由原来风平浪静的港湾，开始驶向更为开阔、更为浩瀚的学术海洋。三年来杜师之于我的影响，可谓深矣，大矣！

感谢我的硕士导师张安祖先生。张师学识精深，性喜雅谑，既是我的硕导，又是我博士阶段的任课教师。连续七年亲承音旨，其幸何如！在此惟愿年近七旬的张师和师母永葆青春心态，健康快乐！我还要衷心感谢博士期间予我指导、给我关怀的文学院各位老师："望之俨然，即之也温"的薛瑞兆老师，秀外慧中的胡元翎老师，高雅脱俗的陈才训老师，博学多才的许隽超老师。因时间关系，我没有遍听老师们的课程，但是通过"狼吞虎咽"老师们的专著论文、

"道听途说"老师们的奇闻轶事，春风化雨，对我的为人与为学都起到了潜移默化的影响。

感谢我的诸位同门。杜门大家庭，和谐友爱，团结互助，生活其中，甚为幸福。2013年4月19日，在杜师的倡导下，在马丽敏师姐的组织下，每月一期的"知非论坛"正式举行。犹记得那是一个春风拂煦的午后，窗外杨柳吐绿，丁香花开正盛，社科楼317室内，师生十余人围坐桌旁，讨论着论坛的名字、内容、形式。从此，参加论坛的同门就所提交论文的选题、论证、语言等各个方面进行深入细致的探讨，偶尔也会出现唇枪舌战甚至面红耳赤的"火爆"场面，最后由杜师做总结发言。杜师的发言常常是高屋建瓴，鞭辟入里，最能给人以启发。经过一期期论坛的洗礼，我们的学术视野开阔了，问题意识突出了，理论思维增强了，论文语言精致了。在这期间，虽驽钝如我，也获益良多。《荀子·劝学》有云："蓬生麻中，不扶自直。"其我之谓欤？

感谢我的家人们。感谢岳父、岳母，已年届花甲，还不辞劳苦地承担起照顾年幼儿子的重任；感谢我的姐姐们，经常陪伴远在乡下年逾古稀的母亲，使我免除后顾之忧；感谢我的妻子，她承担了全部家务，并不断地给予我督促与勉励，才使我的论文如期完成。最令我难过的是，父亲缠绵病榻近一年后，于去年阴历四月五日不幸离世。天人永隔，心痛不已；至今想来，恍如昨日。

行笔至此，已过午夜了。轻轻地走出楼外，感受一下春风骀荡的夜晚。是时，夜色宜人，丁香花、桃花、杏花的香气不时袭来。回首前尘，我对自己一直没有放弃学术而感到欣慰；畅望未来，在人生选择上，再无功利的权衡和无谓的彷徨，读书写作，注定是我奋然前行的方向。

让我再次衷心感谢所有在我学术成长道路上帮助过我的人，谢谢你们！

2016年5月1日写于哈西寓所

附记：

博士论文《姜宸英研究》定稿后，情难自已，写下了上面这篇"后记"。随着博士生涯落下帷幕，这部论文也就恍若完成了自己的使命，栖身于我的电脑中，渐渐地，淡出了我的记忆。

2018年，恩师杜桂萍先生启动"清代诗文研究丛书"出版计划，使这部尘封已久的论文又重新回到我的视野。翻阅这部不成熟的博士论文，不禁汗涔涔下。在文献搜集上，努力追求竭泽而渔，结果可算差强人意，但在文本阐释上，限于自己的理论素养及学术根柢，常感到捉襟见肘。尤其是当时执意想要突破个案研究的一些程式，因求新而刻意为新，某些地方难免会方枘圆凿、榫卯难合。这次修改，虽然尽量去修补弥合，但也存在诸多不如人意之处。现在本书以如此面貌问世，也警示我要更加努力地去读书写作，在接下来的科研中不要留有太多遗憾。

在此，我要特别感谢恩师杜桂萍先生。读博期间，杜师为我确立研究方向，给予指导、督促与关怀；居京五年来，杜师对我的指导、督促与关怀一如既往。杜师就是我生命中的灯塔，时时用智慧的光辉，驱散我心灵的迷雾，照亮我前行的航向。

感谢左东岭先生、周绚隆先生。两位先生在学业、工作、生活上对我的大力帮助，我永志不忘；两位先生睿智的话语、爽朗的笑容，总能增强我抵抗尘俗的力量。

感谢帮我逐章审阅的李淑岩师姐；感谢无私付出的本书责任编辑张潜博士；感谢杜门大家庭中的每一位成员；感谢我的亲人和朋友；感谢与我结缘的所有人！

2021年5月1日写于京西寓所